Zoek de zon op

Jenny Colgan

Zoek de zon op

Happy Ever After 2

Vertaald door Els van Son

UITGEVERIJ LUITINGH-SIJTHOFF

Oorspronkelijke titel: *The Bookshop on the Shore*
Vertaling: Els van Son
Omslagontwerp: Studio Marlies Visser
Omslagbeeldillustratie: © Anke Knapper
Opmaak binnenwerk: Crius Group, Hulshout

ISBN 978 90 245 9094 0
ISBN 978 90 245 9095 7 (e-book)
ISBN 978 90 245 9431 3 (luisterboek)
NUR 302

www.lsamsterdam.nl
www.boekenwereld.com

Uitgeverij Luitingh-Sijthoff vindt het belangrijk om op milieuvriendelijke en verantwoorde wijze met natuurlijke bronnen om te gaan. Bij de productie van dit boek is daarom gebruikgemaakt van papier waarvan het zeker is dat de productie niet tot bosvernietiging heeft geleid.

Inleiding

Toen ik klein was, las ik elk boek dat er te vinden was op de kleine kinderafdeling van de plaatselijke bibliotheek (behalve het grote groene boek over reptielen en amfibieën, want daar was ik bang voor).

Ik las boeken over kalligrafie, over tafeltennis, over kabouters (ik was een vreselijke kabouter en had er een hekel aan, ik heb ooit maar één insigne gehaald en dat was voor, ja, goed geraden: lezen), boeken over hoe je spion moest worden en de Bijbel en natuurlijk elk verhalenboek dat er maar was.

Ik dacht dat het daarom ging: je kunt lezen, dus lees je elk boek dat er bestaat. Toen ik op mijn dertiende mijn volwassenenpas kreeg, duurde het een halve plank Louis L'Amour voordat ik besefte dat dat misschien toch niet zo leuk was als ik had gedacht (hoewel ik door veel meer Tom Clancy heen kwam dan je zou verwachten voor zo'n jong tienermeisje).

Nou, dat gezegd hebbende: hallo en dank je wel dat je *Zoek de zon op* nu leest – de keuze aan leesvoer is enorm, dat weet ik maar al te goed. 😉

Dit boek is geen vervolg op *Op goed geluk*, maar er komen wel een aantal dezelfde personen in voor, zoals Nina en Surinder, maar het verhaal gaat over Zoë.

Het is ook een verhaal over mijn liefde voor boeken, omdat, tja, ik altijd het idee heb dat je als je leest een extra beschermlaagje hebt tegen de wereld, wat misschien vreemd klinkt, maar wat ik wel oprecht meen.

Lezen betekent dat je niet altijd op jezelf hoeft af te gaan. Het betekent dat je in meerdere hoofden kunt zitten, meer levens te leven hebt dan alleen het jouwe. Mijn zoon is geen fervent lezer (geen bijzonder voorlijk kind), maar ik herinner me wel dat hij, toen hij de Harry Potter-serie las, naar me toe kwam en vol verbazing zei: 'Het is helemaal niet zoals de film, het is alsof je er echt bént, mam.' En ik geloof nog altijd dat lezen de beste manier van communiceren tussen twee breinen is die tot nu toe is uitgevonden, totdat Facebook ons allemaal op z'n minst implantaten bezorgt.

Lezen kan een ontsnapping zijn – ik vind het vooral leuk om forensen te bekijken die, zich niet bewust van de grijze ochtend om hen heen, verdiept zijn in Thomas Cromwells Engeland of Michel Fabers buitenaardse werelden of George R.R. Martins sciencefictionsuperhelden.

In mijn vorige verhaal over boeken heb ik het gehad over waar je allemaal kunt lezen en een hoop lezers hebben daar nog allerlei eigen ideeën aan toegevoegd. Een van de interessantste dingen die naar voren kwamen, was het verschil tussen 'echte boeken' en e-boeken of luisterboeken. Sommige mensen – niet veel – waren onverzettelijk en zeiden 'O, er is niets zo fijn als een echt boek', maar het was opvallend hoeveel méér mensen van de vrijheid houden een hele bibliotheek gewoon op de telefoon in je broekzak te hebben, en hoe handig is het niet om een grote letter op je e-reader in te stellen zodat je geen leesbril meer nodig hebt? E-readers zijn ook handig om voor je neer te zetten op de sportschool en ik neem de mijne elke avond mee in bad (en sla de bladzijden dan om met mijn neus). Ik heb hem nog nooit in het water laten vallen en echt, ik ben superonhandig. Ik hou ook van luisterboeken, omdat je dan nog steeds verder kunt in het verhaal als je bijvoorbeeld de hond uitlaat.

Wat ik wel een beetje mis, is dat je met gedownloade boeken niet stiekem meer kunt kijken wat anderen aan het lezen zijn. En ik zou het ook handig vinden als ze de titel van het boek boven aan elke pagina vermelden; ik vergeet de titel meestal en als mensen me dan vragen wat ik lees, kijk ik ze even wazig aan en zie ik ze denken: o, oké. Sorry, ik dácht dat je van boeken hield. Wat ik heel, heel irritant vind.

O, en ik ben tijdens een etentje ook een keer heel boos geworden op een vrouw die maar door bleef zeuren over hoe ze nooit, maar dan ook nooit, een e-boek zou lezen, dat er niets boven een echt boek ging – ik ben echt nooit onbeleefd tegen mensen, maar zij was werkelijk ondraaglijk – en dus heb ik gereageerd met 'Tja, e-boeken zijn eigenlijk alleen handig voor mensen die véél lezen', wat natuurlijk gemeen was van me, maar ook tevredenstellend.

Dus wat ik probeer te zeggen is eigenlijk: hou van wat je leest. Verrijk je leven met boeken, wat voor soort ook. Als je niet van een boek geniet, probeer een ander* – het leven is veel te kort.

Ik probeer nog steeds alle boeken die er op de wereld zijn te lezen. Jij bent een lezer, dus jij begrijpt dat.

Liefs,
Jenny
xxx

* Behalve dit, natuurlijk. Ik e-mail je persoonlijk om te checken of je het uit hebt, met een kort vragenlijstje erbij!

DEEL EEN

'Het uitzicht vanaf hier is anders,' zei Robert Carrier terwijl hij een vleugel uitstak. 'Als je de dingen op dezelfde manier bekijkt als je altijd hebt gedaan, verandert er niets. Als je van perspectief verandert, verandert alles.'
'Maar dit ziet er helemaal niet uit als de stad,' zei Wallace verwonderd. 'Het is alleen maar hemel.'
'Precies,' zei Robert Carrier terwijl hij zijn kleine kraaloogjes op het ietwat smoezelige joch richtte. 'Er zijn heel veel verschillende soorten hemels.'

Uit: *Up on the Rooftops*, Mary Lee Campbell-Towell

1

'Vertel eens wat over het huilen? Wanneer, hoe enzovoort?'

De vrouw van de GGD, vriendelijk maar formeel, zat achter een armoedig, gehavend bureau. Op een poster aan de muur stond een verwarrend acroniem dat je moest onthouden voor als je dacht dat je een beroerte had.

Het idee dat je je zo'n letterwoord moest zien te herinneren terwijl je een beroerte had, maakte Zoë heel nerveus, nog nerveuzer dan ze al was. Het was een klein kamertje met stoffige luxaflex voor het raampje dat uitkeek op een stenen muur. Op de vloer lagen ruwe tapijttegels vol koffievlekken.

'Nou, het is meestal op maandagen,' zei Zoë terwijl ze naar het glanzende donkere haar van de vrouw keek. Ze had zelf ook lang donker haar, maar dat zat nu in een staartje, samengebonden met, hoopte ze, een haarelastiekje, maar het kon ook net zo goed een postelastiek zijn. 'En bijvoorbeeld als de metro laat is of ik de buggy niet de wagon in kan krijgen. Of als iemand geïrriteerd raakt terwijl ik de buggy in de trein probeer te hijsen omdat ik als ik de buggy niet meeneem een uur te laat kom; hij is er eigenlijk te groot voor, dat weet ik ook wel, maar daarom hoeven ze nog niet zo chagrijnig naar me te kijken. Of als ik vastzit op m'n werk en uitreken hoeveel me dat extra kost omdat ik hem dan te laat ophaal en ik de hele dag voor niks heb gewerkt. Of als ik denk dat we beter de bus kunnen nemen en de deuren dichtgaan op het moment dat ik aankom bij de halte, hoewel de chauffeur me heeft gezien maar gewoon geen zin heeft in gehannes met een buggy. Of als de kaas op is en ik geen geld heb om nieuwe te kopen. Kaas is zó duur tegenwoordig. Of...'

De vrouw glimlachte vriendelijk maar keek ook een beetje ongemakkelijk.

'Ik bedoelde uw zoon, Mrs O'Connell. Wanneer *híj* huilt...'

'O!' zei Zoë geschrokken.

Ze keken allebei naar het donkerharige jongetje dat in een hoek van het kamertje schuchter met een stel boerderijbeesten zat te spelen. Hij keek op, een beetje op zijn hoede.

'Dat... dat had ik niet begrepen,' zei Zoë terwijl ze voelde dat ze op het punt stond te gaan huilen.

Dokter Baqri duwde de doos met tissues die ze op haar bureau had staan naar haar toe, maar daar werd het alleen maar erger van.

'Maarre...' – haar stem trilde – 'dat is geen probleem. Ik bedoel, af en toe een traantje maarre...' – nu moest ze het echt zeggen – 'hij... eh... zegt geen woord.'

In elk geval, dacht Zoë nadat ze haar tranen had gedroogd en weer bijna was gaan huilen en zichzelf had vermand en ze tot haar afschuw besefte dat de afspraak waar ze zoveel maanden op had moeten wachten al bijna voorbij was, omdat zij de tijd voornamelijk had opgemaakt met huilen en afwisselend hoopvol en wanhopig naar dokter Baqri kijken, terwijl Hari inmiddels opgewekt op haar schoot zat te wriemelen, in elk geval had dokter Baqri niet gezegd wat iedereen altijd zei...

'Einstein...' zei dokter Baqri, en Zoë kreunde inwendig – nu zegt ze het toch – 'begon pas op zijn vijfde te praten.'

Zoë glimlachte flauwtjes. 'Ja, dat weet ik, dank u wel,' zei ze met opeengeklemde kaken.

'Electief mutisme... Heeft hij iets traumatisch meegemaakt?'

Zoë beet op haar lip. God, ze hoopte van niet.

'Eh, zijn vader is vaak weg, hij ziet hem onregelmatig,' zei ze, en toen voegde ze er – een beetje smekend, alsof ze naar goedkeuring van de dokter zocht – aan toe: 'Maar... maar dat... dat komt toch best vaak voor? Je vindt het leuk om papa te zien, hè, Hari?'

Bij het horen van het woord 'papa' lichtte Hari's gezichtje op, zoals altijd. Hij stak een mollig vingertje vragend in haar wang.

'Gauw,' zei ze tegen hem.

'Wanneer hebben jullie hem voor het laatst gezien?'

'Eh... drie... zes...'

Zoë probeerde terug te tellen. Jaz was eigenlijk de hele zomer weggeweest. Ze nam zichzelf steeds voor op te houden met hem te volgen op Instagram, maar het was een soort irritante verslaving. Hij was naar vier festivals geweest en had heel veel foto's met gekke hoeden op gepost.

'Tja,' zei de dokter, die een kaartspelletje met Hari had gedaan, hem had geleerd met zijn vingers te knippen, kiekeboe met hem had gespeeld en hem allerlei dingen had laten zoeken die ze overal had verstopt. Zoës vierjarige zoontje had het allemaal nerveus geprobeerd en was daarna steeds met grote, angstige ogen teruggeklommen op de schoot van zijn moeder.

'Het is een sociale angststoornis.'

'Ja, dat weet ik.'

'Maar het komt heel weinig voor...' – de dokter keek in haar papieren – 'dat een kind zelfs niet tegen zijn ouders praat. Is er thuis iets waarvan hij van streek raakt?'

Ze woonden in een flat in een afgrijselijk oud appartementengebouw aan een van de drukke straten in Wembley. De leidingen maakten lawaai en er was een bovenbuurman die regelmatig dronken thuiskwam met een stel vrienden en dan tot diep in de nacht keihard muziek draaide. Zijn vrienden vonden het dan grappig om bij haar op de voordeur te bonken, waarna ze hard begonnen te lachen. Alleen het geld bij elkaar krijgen voor de borg voor een andere woning was al onmogelijk, nog los van de vraag of ze de huur wel zou kunnen betalen. De gemeente had haar een B&B aangeboden, maar dat leek haar nog erger. En ook haar moeder kon haar niet helpen; ze was pas geleden naar Spanje verhuisd en merkte dat het met de dag duurder werd daar. Ze redde het net met een klein pensioentje, dat ze aanvulde door te werken in zo'n afschuwelijk tentje met foto's van gebakken eieren voor de ramen.

Bovendien had Zoë, toen ze per ongeluk zwanger was geraakt van Hari, lang haar best gedaan om haar familie en vrienden voor te spiegelen dat alles prima ging; ze kon gewoon niet laten zien hoe moeilijk het allemaal was. Maar dat had dramatische gevolgen, dat was nu wel duidelijk.

Dokter Baqri zag blijkbaar aan Zoës gezicht wat ze dacht en zei: 'Het ligt... Het ligt niet aan jou.'

Zoës lip begon weer te trillen.

'Jullie lijken goed gehecht,' zei dokter Baqri. 'Hij is timide, maar ik denk niet dat hij getraumatiseerd is. Soms... soms is zoiets gewoon onverklaarbaar.'

Het bleef lang stil.

'Dat,' zei Zoë zacht, 'is het aardigste wat iemand in eeuwen tegen me heeft gezegd.'

'We beginnen gewoonlijk met een systeem van beloningen voor pogingen,' zei dokter Baqri terwijl ze haar een stapel invulschema's en een lijst met doelen overhandigde. 'Alleen maar aanmoedigen, natuurlijk. Iets leuks als hij iets fluistert, een traktatie voor een liedje.'

Zoë knipperde met haar ogen en probeerde te bedenken waar geld voor een traktatie vandaan moest komen. Ze wist nu al niet wat ze moesten als het te koud werd en hij zijn sandalen niet meer aan kon.

'En als dat niet werkt kunnen we medicatie proberen.'

Zoë staarde haar aan. Haar prachtige kind onder de pillen... Dit was het eindstation, letterlijk: het had hun op deze bloedhete dag, na acht maanden op de wachtlijst, twee uur gekost om Londen te doorkruisen voor deze afspraak met een kinderarts.

'Praat je veel tegen hem?'

'Ja,' zei Zoë, blij dat ze eindelijk eens iets goed leek te doen. 'Ja, ik praat eigenlijk constant tegen hem!'

'Oké, maar pas op dat je niet te veel voor hém praat. Als je alles begrijpt wat hij wíl zeggen maar niet zegt, is er voor hem geen motivatie om te gaan praten. En die hebben we juist nodig.'

Dokter Baqri stond op. Toen ze Zoës ontstelde gezicht zag, glimlachte ze.

'Ik begrijp dat het moeilijk is dat er geen kant-en-klare oplossing is,' zei ze terwijl ze de papieren oppakte.

Zoë voelde weer een brok in haar keel.

'Ja,' zei ze.

En dat was het.

Zoë probeerde bemoedigend naar haar kleine ventje te lachen. Maar op de terugreis naar huis, in twee lawaaierige te volle bussen met schreeuwende schoolkinderen die luidruchtige video's bekeken op hun telefoons en waarin Hari om ruimte te maken voor andere passagiers op haar schoot moest zitten en haar daardoor een slapend been bezorgde, en ze zat te piekeren hoeveel deze hele onderneming haar had gekost omdat ze weer een dienst had gemist en Xania, haar baas, er nogal klaar mee was dat ze steeds maar vrijaf nam maar het een ramp zou zijn als ze haar baan kwijtraakte, leek het allemaal te veel. En toen ze eindelijk thuis was en de smoezelige spaanplaten binnendeur achter zich dichtdeed en Hari zowat omviel van moeheid, lag er een brief op de deurmat die alles nog veel en veel erger zou maken.

2

'Aan wie heb je het appartementje verhuurd? Kunnen zij je niet helpen?'

Surinder Mehta zat in de keuken van haar huisje in Birmingham aan de telefoon met haar vriendin Nina en probeerde haar advies te geven, maar Nina deed wat mensen meestal doen als ze advies krijgen: alles punt voor punt verwerpen.

Nina had een mobiele boekwinkel in de Schotse Hooglanden. Dat begon tijdelijk lastig te worden, aangezien Nina ook verliefd was geworden op een heel aantrekkelijke boer en het een bijzonder lange en donkere winter was geweest... Het is nu eenmaal de loop van de natuur...

In Schotland streek Nina boos over haar enorme buik. Ze waren er niet aan toegekomen om het appartement al te koop te zetten.

'Seizoenarbeiders! Die hebben het druk!'

'Er moet toch iemand zijn die kan helpen. Hoe zit het met dat meisje dat weleens kwam opruimen in de bus?'

'Ainslee zit nu op de universiteit. Het is gewoon... Iedereen hééft al drie baantjes tegelijk. Zo is het hier nu eenmaal. Te weinig mensen voor al het werk.'

Nina keek uit het raam van de boerderij. Het was oogsttijd en iedereen die dat kon, hielp mee. In de verte zag ze gebukte figuren staan op het land. Het gouden licht scheen op de rimpelende akkers vol gerst. Het oogsten werd haar dit jaar bespaard, maar ze moest wel zorgen dat er iets te eten was voor iedereen die tot laat doorwerkte op het land, dus was ze terug naar de boerderij gegaan om soep te maken.

‘Nou,’ zei ze uiteindelijk. ‘Denk er in elk geval over.’

‘Ik ga echt mijn baan niet opgeven om in te vallen tijdens jouw zwangerschapsverlof!’ zei Surinder. ‘En dat betekent niet dat ik niet om je geef, dus ga mijn woorden niet verdraaien, ja?’

Nina slaakte een diepe zucht toen ze hadden opgehangen. Het was allemaal zo goed begonnen. Ze herinnerde het zich nog precies: Lennox was in het hoge veld bezig geweest te helpen met het lammeren; de lente had laat ingezet en veel lammetjes waren onder zware omstandigheden ter wereld gekomen, geboren in striemende wind terwijl het er vaak ook nog bij sneeuwde. Ze had niet echt geweten hoe Lennox zou reageren. Hij was al getrouwd geweest en ze wilde niet dat hij dacht dat ze iets van hem eiste; ze vond het prima zoals ze nu samenwoonden. En hij hield niet van gedoe; huwelijksklokken en grote feesten waren niks voor hem.

In de boekenbus was ze die dag zo afgeleid geweest dat ze Mrs McGleachin bijna twee keer hetzelfde boek van Dorothy Whipple had proberen te verkopen, wat een klein diplomatiek incident zou hebben betekend. Ze had ook de verkeerde examenoefenboeken meegegeven en de hele dag snel *What to Expect When You're Expecting* achter haar rug verborgen zodra iemand het trapje van de boekenbus op kwam. Haar mooie boekenbus met de lichtblauw geschilderde planken, een hoekje met zitzakken voor de kinderen, de kroonluchter die aan het plafond bungelde en een klein kastje dat diende als toonbank, waar je nu zelfs contactloos kon betalen – iets waar Nina ongelofelijk trots op was (als het werkte, als de wifi in de goede richting waaide). Veel van de oudere bewoners van Kirrinfief vonden het pure hekserij.

Uiteindelijk had Nina de bus over de heuvel gereden, de stoofpot die ze die ochtend in de slowcooker had opgezet gecheckt en de vermoeide Lennox met een glimlach en een tedere kus begroet. ‘Boek?’ had ze na het eten voorgesteld.

‘Ach, Nina, ik wilde met de kippen op stok, ik ben kapot,’ zei hij. Maar toen zag hij haar gezicht.

'*Aye*, oké, even dan,' zei hij terwijl hij Peterselie, de schaapshond, bij zich riep om hem te aaien.

Met wild kloppend hart haalde Nina het boek uit het zakje van gerecycled papier dat ze gebruikte om de omslag netjes te houden. Het heette eenvoudig *Hallo* en was prachtig geïllustreerd met een reeks haast impressionistische tekeningen die de manier verbeeldden waarop een baby leerde zien. Het begon in zwart-wit en wazig met vage randen, maar als je verder bladerde, kwam alles meer en meer in focus en werden de tekeningen kleuriger – van het bewegen van de wolken tot het gevoel van de wind – tot op de allerlaatste pagina een baby en een moeder elkaar in de ogen keken met slechts één woord eronder: 'Hallo!'

In plaats van in slaap vallen zoals Lennox meestal deed, lag hij nu stokstijf te luisteren terwijl Nina's stem bij elke nieuwe pagina meer begon te trillen. Hij keek naar haar alsof hij haar nooit eerder had gezien. Zelfs Peterselie voelde de spanning in de lucht.

Toen het uit was, klapte Nina het kleine kartonnen boekje kordaat dicht. Ze sloeg haar ogen neer en staarde verlegen naar de vloer. Het bleef lang stil, het enige wat ze hoorde, was het getik van de antieke klok op het buffet, die elke week opgewonden moest worden. *Tik, Tik, Tik.*

Toen hield ze het niet langer uit en keek ze langzaam op. Lennox zat met een gezicht vol ongeloof naar haar te staren.

'Misschien kun je me vertellen of je er blij mee bent,' zei Nina haastig.

'O!' zei hij, en op zijn kalme, ingehouden, eigen manier zei hij: 'Nou...'

Nina keek bezorgd naar zijn gezicht. 'Ik weet dat we het er nooit over hebben gehad,' zei ze, 'maar aan de andere kant hebben we ook nooit besproken dat we dit níét wilden...'

Hij knikte.

'Dus,' zei hij.

'Dit is een van die situaties waar we het over gehad hebben,' zei Nina. 'Zo'n situatie waarin je móét praten, waarin je echt moet zeggen wat je vindt. Ik bedoel: vind je het leuk? Ben je er blij mee?'

Hij keek haar verward aan.

'Natuurlijk,' zei hij, alsof hij verbaasd was dat ze had gedacht dat hij er misschien anders over dacht, wat hij inderdaad was.

'Ik bedoel, we doen het vaak,' mompelde Nina, 'en dan is dit natuurlijk een logisch gevolg.'

'Jaja, ik weet het, ik ben boer.'

Ze keek stralend naar hem op terwijl hij haar op zijn schoot trok en haar zachtjes kuste. Zijn handen gingen naar haar buik.

'Je voelt nog niks, hoor,' zei Nina. 'Het is nu nog maar een heel klein erwtje.'

'Nou, dat vind ik ook leuk. Dus. Wanneer?'

'November, denk ik. Het lijkt me leuk om jarig te zijn in een supersaaie natte maand waarin er weinig te doen is.'

Hij blies een lange adem uit en liet zijn grote hoofd op haar kleine hoofdje rusten.

'Nou,' zei hij, 'dat is... dat is...'

Ze lachte. 'Zeg íéts.'

Het was lang stil terwijl hij haar stevig omklemde.

'Perfect,' zei hij zachtjes. 'Dat is perfect.'

En zo hadden ze een hele tijd samen gezeten.

Dus dat was prima. De rest... niet echt.

3

Zoë belde Jaz. Ze had hem in geen weken gezien.

Ze vroeg zich af, zoals zo vaak, hoe ze in godsnaam in deze situatie terecht was gekomen. Hoe iemand sowieso ergens terechtkwam, dacht ze.

O, Jaz. Superster-dj. Oorspronkelijk afkomstig uit Birmingham. Hij had altijd zoveel jonger geleken dan de achtentwintig jaar die hij nu was.

Zoë en hij hadden nooit echt samengewoond; ze had zijn familie nooit ontmoet – en hier zijn we op het punt waarop Zoë weet dat je zult denken: idioot, hoe heb je jezelf in vredesnaam zwanger laten maken? En precies dat, kan ik je vertellen, was wat haar moeder en haar vriendinnen zeiden, de laatsten zelfs nog op scherpere toon dan haar eigen moeder.

Tot haar verdediging, die nu nog magerder is dan haar eigen banksaldo, valt aan te voeren dat hij ongelofelijk aantrekkelijk was... is. Hij heeft wimpers die bijna opkrullen tot aan zijn haargrens, brede schouders, lange benen...

Ze probeerden het. Zoë deed echt haar best. En Jaz ook, een tijdje. Maar 'gebonden zijn door een kind', zei hij oprecht, 'is niet mijn stijl, babe.'

Ze huurden een afgrijselijke zit-slaapkamer in Wembley, die Zoë zo goed ze kon opknapte, hoewel het behang krulde en op de gang een misselijkmakende kooklucht hing en het onmogelijk was om de buggy langs de fietsen van de andere bewoners te laveren.

Zoë nam zo kort mogelijk zwangerschapsverlof op (ironisch genoeg werkt ze op een luxe, dure crèche – veel en veel te chic om haar eigen kind op te doen), Jaz deed zijn best en begon aan een baan op een kantoor, en toen werd Hari geboren (volgens de verloskundige was het een normale en makkelijke bevalling en volgens Zoë een traumatische, moeilijke) en voor korte tijd vergaten ze alle problemen en bewonderden ze hem alleen maar, hun wonder, hoe mooi hij was, hoe fantastisch, hoe perfect: zijn kleine roze nageltjes, de lange wimpers van zijn vader, zijn geloken oogleden en zijn pruimenmondje. Hij was een rustige baby, gemakkelijk. Er werd enorm van hem gehouden. En hun vrienden, die nog jong waren en tot diep in de nacht uitgingen en constant naar festivals gingen, waren alleen maar enorm enthousiast en kwamen langs met cadeautjes die ze nergens kwijt konden. Zoës moeder kwam nog over uit Spanje en was heel ontroerd, als een echte *EastEnders*-moeder, en Zoë dacht even, heel even maar, dat alles wel goed zou gaan.

En toen besloot Jaz dat hij misschien even een biertje moest gaan drinken met een paar vrienden en zijn dj-vaardigheden moest ophalen en werd hij te laat wakker voor zijn werk. En daarna wilde hij af en toe niet meer voor Hari zorgen. Hari was natuurlijk schattig en zo, maar wat het is met baby's, realiseerde Zoë zich, is dat ze er altijd zijn, elke seconde, en als je ze even niet in de gaten houdt, al is het maar een milliseconde, dan stikken ze bijvoorbeeld of zo en zijn ze opeens dood.

Dus om een einde te maken aan de ruzies kwam Jaz steeds minder naar huis. Bovendien was het ook echt een bloedhete zomer dat jaar en hadden ze geen balkon of iets dergelijks. Dus zat Zoë elke dag naar de vier muren in haar zit-slaapkamer te staren met het gevoel dat ze die vrouw uit die film was die opgesloten zat in een kamertje. Alleen werd ze niet gevangengehouden, maar had ze gewoon het geld niet om iets anders te doen dan in haar appartementje zitten. Helemaal niets anders. Na een zo kort mogelijk zwangerschapsverlof stapte ze weer in de vreselijke, eindeloze Londense tredmolen: naar haar werk in een super-de-luxe crèche met biologisch eten en oefenrekenwerkjes voor de enorm geprivilegieerde kinderen die er zaten, terwijl ze Hari moest achterlaten bij een goedkope oppas van wie ze vermoedde dat ze de kinderen de hele dag voor de televisie zette.

Als ze Jaz vroeg hoe hij de toekomst voor zich zag, begon hij meteen een enorme ruzie, waarna hij het huis uit stormde om dagenlang zijn gezicht niet meer te laten zien, terwijl Zoë Hari het goedkoopste geprakte eten dat ze kon verzinnen gaf en zich in haar appartementje zat af te vragen wat haar in vredesnaam was overkomen: Zoë O'Connell, achtentwintig, een veelbelovende jonge professional die had overwogen haar master te gaan doen en zelfs ooit een eigen crèche te beginnen. Maar hier zat ze dan. Vastgelopen. Met babyhapjes in haar haar, een kind met wie iets mis was en nu, na twee expedities met de bus naar de GGD aan de andere kant van de stad, waar ze te horen had gekregen dat ze het allemaal zelf moest opknappen, vond ze thuis op de mat een brief met een nieuwe 'huurtaxatie'.

Ze had het geweten. Ze had het zien aankomen. Een nieuw biologisch koffietentje op de hoek. Een viswinkel, plannen voor een luxesupermarkt. De groenteman had buiten een lichtslinger opgehangen en de hele boel zachtgroen geverfd, de kledingwinkel was opeens 'vintage' geworden en er waren geruchten over de komst van een Banksy (Zoë kon hem wel vermoorden). Voor de meeste buren was dat goed nieuws, voor haar waren het akelige dreigende voorbodes van verandering. Haar huisbaas wilde haar eruit hebben, zodat hij het appartementje aan een paar rijke yuppen kon verhuren. De grijsgeverfde Farrow & Ball-klauwen van de veryupping strekten zich uit. En nu moesten ze haar dus hebben.

Ze had de brief op tafel gelegd. Dat er zoveel dreiging kon uitgaan van een doodgewone envelop was belachelijk, maar Zoë durfde hem niet eens aan te raken, laat staan open te maken.

Ze kon het sowieso niet betalen. Absoluut niet. Echt, op geen enkele manier. En voor bijstand kwam ze niet in aanmerking. Als Jaz niet kon bijspringen, besefte Zoë terwijl ze naar de envelop staarde, waren ze dakloos. En van de gemeente hoefde ze ook niet veel te verwachten. Ze kon zich niet overleveren aan hun genade. Wie weet waar ze dan terechtkwam. Maar ze kon toch niet dakloos worden! Dat kon gewoon niet! Dit was belachelijk. Absurd.

Of moest ze naar Spanje gaan en bij haar moeder gaan wonen in haar kleine tweekamerappartementje en een baantje zoeken in een bar – die waren er genoeg, baantjes in bars. Maar om naar een ander land te verhuizen, met een zoontje dat niks van de taal begreep...

Zoë merkte dat ze in paniek begon te raken, haar hart klopte als een bezetene en haar handen beefden. Wat kon ze doen? Er werden genoeg inwonende kinderoppassen gevraagd, maar niemand wilde natuurlijk dat ze haar eigen kind meebracht. Geen van de baantjes die ze kon vinden, betaalde genoeg. Ze onderdrukte een snik en belde Jaz, of beter gezegd, ze appte hem, omdat hij de telefoon toch nooit opnam als hij zag dat zij het was, en zei dat ze hem móést spreken.

4

Jaz was te laat. Natuurlijk, hij was altijd te laat. Na een miljoen appjes had hij eindelijk ingestemd met een tijdstip. Zoë had ooit eens tegen hem gezegd: stel dat er iets ernstigs met Hari is? Dat hij in het ziekenhuis ligt? En hij had hetzelfde gereageerd als altijd en haar eenvoudigweg de mond gesnoerd door zijn schouders op te halen en te zeggen: 'Maak je niet druk, stuur me gewoon een appje, babe.'

Zoë bekeek het bord in het koffietentje. Het was een dure tent, vol slanke blonde mama's en lange knappe papa's met peuters op hun schouders, met bevriende stellen met labradors en frisbees met wie ze hadden afgesproken, die bladen vol dure koffies en taartjes kochten alsof het geld hun op de rug groeide.

Zoë ging aan het einde van een lange tafel zitten, op het randje van haar stoel, met Hari op haar schoot. Er zat al een grote groep mensen met namen als Fizz en Charlie en Ollie en Fifi, en er kwamen er steeds meer bij, met ballen en vliegers en picknickmanden en koelboxen. Ze hadden het over het fantastische weer buiten, terwijl Zoë zich steeds verder terugtrok in haar hoekje en zich bijna verontschuldigde voor de ruimte die ze innam. Uiteindelijk bestelde ze een kop thee, het goedkoopste wat ze kon bedenken, en onderging de gekwelde blikken van de magere blondines die hun dure buggy's tegen haar stoelpoten parkeerden. Ze probeerde zich helemaal te concentreren op de nieuwe Michael Lewis die de bibliotheek voor haar apart had gehouden. Boeken: het enige wat haar nooit teleurstelde. 'Jij altijd met je neus in die boeken!' had haar moeder vaak gezegd als ze iets te veel ophad – wat vaak zo was. En toen ze zwanger was:'Je zou toch denken dat je wat had geleerd van al die boeken en je niet zomaar met kind had laten schoppen!' En daarna:'O, schatje, je weet toch dat ik je alleen maar plaag.'

Na een tijd kwam Jaz binnenslenteren. Hij kleedde zich steeds jonger, leek het wel, vandaag droeg hij een korte broek met een T-shirt erop, bijna kinderachtig, en met zijn zorgvuldig getrimde baard leek hij een puber. Zoë had juist het gevoel dat ze elke dag een stuk ouder werd, de wereld drukte op haar schouders.

Hij was natuurlijk nog steeds knap en aantrekkelijk en hij had nog steeds die geweldige, week makende glimlach.

Toen Hari hem zag, werd zijn mondje een O van blijdschap en probeerde hij uit alle macht zich los te worstelen en van haar schoot af te klimmen. 'Zeg maar "alsjeblieft, mama",' zei een van de blonde moeders opgewekt tegen hem – alsof ze een grapje maakte, maar eigenlijk bedoelde ze het doodserieus – en Zoë slaakte een zucht, maar ze had geen zin er een strijd van te maken en dus zette ze Hari gewoon op de grond – onder de afkeurende blikken van de blondines – waarna hij vol adoratie op zijn vader afrende.

'Bro!' zei Jaz terwijl hij hem optilde en door de lucht zwaaide.

Zoë vond het vervelend dat hij Hari zo noemde; ze wáren geen broers; maar daar trok Jaz zich niets van aan; hij noemde iedereen 'bro', het was bijna een neurotische tic.

'Wat heb je me vandaag te vertellen?' vroeg Jaz.

Hari zei niets, natuurlijk zei hij niets, maar hij keek zo stralend op Jaz neer terwijl hij in diens handen boven zijn hoofd hing dat Zoë zichzelf bezwoer dat ze ervoor zou zorgen dat die stralende blik van haar zoontje voor zijn vader nooit zou verdwijnen. Ze zat nu eenmaal voor eeuwig aan Jaz vast en wilde dat Hari net zoveel van Jaz bleef houden als nu – ze had zelf tenslotte ook gedacht dat ze van hem hield. Min of meer tot nu toe, nu hij op het punt stond haar dakloos te maken.

'Hoe gaat het?' vroeg hij haar nonchalant. Ze vormden nu het centrum van de aandacht voor zowat de hele tent, merkte

Zoë. Jaz vond het nooit erg als alle ogen op hem gericht waren, maar zij hield er niet van.

'Zullen we een stukje lopen?' zei ze, niet van plan om haar zorgen te delen met deze hippe verzameling goedverdienende, latte macchiato drinkende, yoga, minibreak yuppiestellen die ze het liefst had gehaat, maar op wie ze eigenlijk vreselijk jaloers was.

'Laat me even een koffietje meenemen, babe... Jij nog iets?'

Uit gewoonte schudde Zoë haar hoofd en ze keek toe hoe hij bijna tien pond besteedde aan een enorme latte en twee gigantische muffins, een voor hemzelf en een voor Hari, die ernaar staarde alsof hij zich afvroeg of hij zoiets groots wel helemaal op kon.

Uiteindelijk ontsnapten ze uit het koffietentje en even later waren ze in een parkje vlakbij op weg naar de eendenvijver, slalommend langs lui lezende of vrijende jonge mensen van hun eigen leeftijd, alleen of in groepjes, die blijkbaar eindeloos veel vrije tijd hadden zodat ze naar buiten konden om in het gras te genieten van de zonnige dag.

Hari dwaalde voor hen uit en smeerde de muffin zo consistent over zijn hele lijfje dat Zoë besloot dat het niet nodig was hem in te smeren met zonnebrandcrème: een opluchting, omdat dat spul een fortuin kostte.

'Wat is er aan de hand?' vroeg Jaz na een hele tijd op afwerende toon.

'De huur,' antwoordde Zoë eenvoudig,

Jaz knikte. 'Ja, maar babe...' zei hij klagerig, 'ik ben mijn baan kwijt...' Hij spreidde zijn armen in een wat-kan-ik-eraan-doen-gebaar.

Zoë vroeg niet hoe het kwam dat hij zijn baan kwijt was. Ze had hem meegemaakt als hij bij haar sliep. Dan lag hij tot ver in de ochtend in bed, belde als hij geen zin had dat hij ziek was en klaagde over zijn bazen die af en toe van hem eisten dat hij iets dééd.

'Ze gaan de huur verhogen,' zei ze vastberaden.

Jaz zuchtte.

'Sorry, babe,' zei hij, 'ik kan niets voor je doen, ik heb gewoon het geld niet.'

Maar Zoë had erover nagedacht. En dat zei ze ook. Hij kon haar wél helpen. Hij kon aan geld komen. Als hij het aan zijn ouders vertelde, zouden ze hem zeker helpen. Ze hadden het goed in Birmingham; ze hadden genoeg geld om een auto voor hem te betalen. Als ze wisten dat ze een kleinkind hadden, zouden ze zeker... In het begin zou het natuurlijk wel een schok voor hen zijn, maar als ze eenmaal aan het idee gewend waren, dan...

Jaz' mond veranderde in de bekende streep zodra ze zijn ouders noemde. Geen sprake van. Absoluut niet. Nooit.

'Het is maar voor een jaar,' zei Zoë radeloos. 'Dan zit hij op school en kan ik meer uren gaan werken en dan is het niet meer nodig.'

'Kun je niet naar je moeder toe?'

'Naar Spánje?'

Hij had tenminste nog het fatsoen enigszins beschaamd te kijken.

'Hé!' hoorden ze opeens een bekakte stem. Een van de irritant perfecte vaders uit het koffietentje, in een gestreken chino en een keurig poloshirt en met onberispelijk gekamd haar, riep naar hen: 'Die is toch van jullie?' Hij wees.

Ze draaiden zich allebei om.

Hari stond wankelend op de aflopende oever naar de vijver terwijl er een akelig grote, gemeen uitziende eend op zijn muffin afkwam. En zoals altijd gaf hij geen kik.

'Hari!' gilden ze allebei.

Hari draaide zich om op het moment dat de eend de muffin uit zijn hand hapte en hem uit zijn evenwicht bracht. Jaz was er in een flits, hij pakte Hari op en verborg zijn met muffin besmeurde gezichtje in zijn hippe jack.

'Niks aan de hand, mannetje,' zei hij geruststellend terwijl de tranen stilletjes uit Hari's ogen rolden en vlekken maakten op Jaz' designershirt terwijl hij hem stevig vasthield. 'Niks aan de hand. Niks aan de hand, mannetje. Ik ben er voor je, ik ben er voor je.'

Echt niet, dacht Zoë boos. Ze keerde zich om. Ze wilde naar huis. Onbetrouwbare vader. Klote kinderoppas. Geen geld. Een jochie dat nog niet praatte. Niks te doen en geen plek waar ze heen kon. Ze kon alleen maar naar haar werk, opgesloten zitten tussen de vier muren van haar appartementje of naar de bibliotheek... (de vriendelijke bibliothecaresse daar was trouwens de eerste die had gevraagd of ze zich zorgen maakte omdat Hari nog niet praatte).

En nu, nu kon ze geen kant meer op.

5

Surinder wist dat er iets mis was. Ze hoorde het aan de manier waarop Jaz zijn sleutel omdraaide in de voordeur en had het al vermoed toen hij haar appte dat hij naar Brum kwam, wat op zich al heel ongewoon was.

Maar ze was zijn zus. Ze hield van hem. Ze wist dat hij het niet makkelijk had; hun twee oudere broers waren allebei oogarts en zijzelf had een goede baan bij een import-exportbedrijf, maar Jaz had nooit echt zijn weg gevonden. Toen Jaz werd geboren, had haar vader inmiddels een goed inkomen gehad en Surinder vond in haar hart dat Jaz verwend was – auto's die voor hem werden gekocht, designerkleding. Haar ouders hadden hun hele leven keihard gewerkt; ze wist dat ze ervan genoten om hun jongste zoontje te verwennen. Maar zo hadden ze hem ook in zekere zin onvolwassen gehouden.

En nu vertelde hij haar aan haar keukentafel, tot haar absolute verbijstering, dat hij zélf een zoontje had.

En het was niet eens een baby meer, maar een kind van vier! Met een witte vrouw in Londen.

Hij zat ineengedoken aan haar tafel. Haar keuken was verbouwd tot iets cleans en hips met een keukeneiland en een enorme, dure pastelkleurige staande mixer die ze nooit gebruikte. Soms miste ze de enorme stapels boeken die werkelijk overal lagen toen Nina nog bij haar woonde.

'Maar,' zei ze, en ze schudde nogmaals haar hoofd, 'hoe heb je dat in vredesnaam gedaan? Een baby?'

Jaz rolde met zijn ogen. 'Nou, je weet wel, de bloemetjes en de bijtjes...'

'Hou op,' zei Surinder. 'Wanneer was je van plan het pa en ma te vertellen?'

Hij wendde zijn blik af en verschoof ongemakkelijk op zijn stoel.

'Nou,' zei hij. 'Het... het is gewoon een soort van gebeurd, snap je...'

'Nee, dat snap ik niet!' zei Surinder. 'Je struikelt niet zomaar ergens per ongeluk over een baby. O mijn god, ik ben weer tante! Laat me foto's zien... Nee, nee, niet doen, ik ben woedend op je... Laat zien, verdomme! Nee!'

Het was een tijd stil.

'Geef hier!'

Jaz gaf haar zijn kostbare telefoon, die hij altijd met argusogen bewaakte.

'Ik dacht dat je zo stom deed over je telefoon omdat je een vriendinnetje had... O, daar heb je er natuurlijk ook een paar van...'

Jaz bloosde tot achter zijn oren.

'Dus waarom vertel je het me nú dan?'

Jaz haalde zijn schouders op.

'Nou, het dj-gedoe loopt minder dan ik dacht en...'

Surinder keek hem met grote onschuldige ogen aan en hij probeerde net te doen of hij het niet zag.

'Ben je hier voor géld?'

'Het is echt heel zwaar,' zei Jaz. 'Ze begrijpen mijn vibe gewoon niet.'

'Nou, ik wel,' zei Surinder dreigend. Ze opende de noodsituatiekoektrommel, nam er een koekje voor zichzelf uit en bood Jaz er geen aan.

'Ga je het aan pa en ma vertellen?' vroeg ze streng.

'Die vermoorden me!'

'Nee. Die vermoorden je niet, ze zullen alleen enorm teleurgesteld in je zijn.'

'Dat is nog erger!'

'O, in vredesnaam.'

'Ik heb gewoon... Ze heeft gewoon hulp nodig...'

'Nou, dan ben je hier op het verkeerde adres. Wat je had kunnen weten als je de krant las en van de term "brexit" of "wisselkoersen" had gehoord en bij een importbedrijf werkte.'

Jaz wreef over zijn nek.

'Wat ben je van plan?'

'Ik ben van plan deze zomer te gaan draaien op festivals, het dj'en een enorme push geven, snap je. Genoeg geld verdienen om het op te lossen.'

'O, dus je bent van plan een toverstokje te kopen,' constateerde Surinder weinig optimistisch.

'Je zult nog spijt hebben als ik beroemd ben.'

'En háár familie, hoe zit het daarmee?'

'Die zit in Spanje,' zei Jaz. 'Ze heeft alleen een moeder.'

'Wat ben je toch een idioot,' zei ze. 'Wat voor iemand is het? Heb je een foto?' Het zou wel een dik lui wijf zijn, dacht ze, dat op haar kont bleef zitten en verwachtte dat Jaz alles betaalde.

Tot haar afgrijzen had hij niet eens een foto.

'Ah, ze is oké,' zei hij. 'Altijd met haar neus in een boek, net zoals die Nina die vroeger bij je woonde. Ontzettend saai.'

Het was even stil.

'Wat?' vroeg Jaz.

'Niks,' zei Surinder. 'Alleen... Nee, ik weet zeker dat het niks is.'

6

De seizoensarbeiders waren weer vertrokken, maar het weer was nog steeds zacht, de zon scheen met gouden stralen en er waaide een licht briesje door de nu gemaaide velden. De avonden waren nog lang, ook al voelde je in de lucht dat de herfst eraan kwam. De ganzen cirkelden nu in de lucht en bereidden zich voor op hun lange tocht zuidwaarts.

Nina was even de winkel van Mrs Murray in het dorp binnengewipt om wat dragon te halen voor de kip die ze vanavond wilde braden en vier zoete broodjes te kopen waarvan ze zou proberen er in elk geval één voor Lennox te bewaren.

'Oooo!' zei Mrs Murray, 'Kijk nou toch eens! Je bent echt enorm!'

Nina tuurde omlaag naar haar buik. 'Ik dacht dat ik gemiddeld was,' protesteerde ze, zichzelf er opnieuw van bewust dat ze – zoals ze ook steeds op de zwangerschapscontroles te horen kreeg – flink was voor haar aantal maanden.

Ze had uitgerekend dat ze precies even lang zwanger was als de een of andere beroemdheid en was een beetje geobsedeerd geraakt door haar: ze had nog maar een nauwelijks zichtbaar buikje, dat ze op allerlei plekken op de wereld liet zien op Insta, terwijl zij, Nina, al moeite had met bukken om haar schoenveters vast te maken.

'Nou, misschien zitten er wel meer in!' zei Mrs Murray, die altijd nogal direct was.

'Ja, wie weet,' zei Nina terwijl ze besloot toch geen zoete broodjes te kopen.

De oude vrouw keek haar aan. 'Maar het is natuurlijk fantastisch,' zei ze. 'Ik had nooit gedacht Lennox ooit nog gelukkig te zien.'

Nina glimlachte, niet bepaald blij herinnerd te worden aan het feit dat ze niet Lennox' eerste partner was.

'En wat ben je van plan met je bus?'

Op het moment dat ze dat vroeg, rinkelde het belletje boven de deur van het winkeltje en kwam er een jong meisje binnen dat ze geen van tweeën herkenden. Ze was blond, had hoge jukbeenderen en leek bijna in tranen.

'Hallo?' zei Mrs Murray nogal voorzichtig.

Het meisje wreef over haar gezicht, dat al onder de zwarte vegen zat.

'Wanneer bus alstublieft?' vroeg ze met een sterk Pools accent.

Mrs Murray fronste. 'Eh, dat ligt er maar aan waar je naartoe wilt.'

'Maakt niet uit,' zei het meisje heftig.

Mrs Murray en Nina keken elkaar aan.

'Dinsdag,' zei Mrs Murray.

'Gaat het?' vroeg Nina voorzichtig.

Het meisje schudde haar hoofd. 'Het zijn monsters, die kinderen!' zei ze.

Nina vroeg oprecht medelevend: 'Wat bedoel je?'

'O!' zei Mrs Murray alsof haar een lichtje opging. 'Je werkt in het huis!'

'Niet meer,' zei het meisje.

'Welk huis?' vroeg Nina.

'Het grote huis!' zei Mrs Murray meteen, op een toon alsof Nina een debiel was.

'Ja,' zei het meisje, 'het zijn... het zijn...'– ze keek hen allebei aan – 'wolven!' barstte ze uit. 'Kleine gemene wolven.'

Mrs Murray sloeg stilletjes de chocoladereep aan op de kassa, die Nina zonder het te merken in haar mandje had gegooid.

'Ik niet blijven... Dinsdag?'

'Een bus naar Inverness. Daar is een vliegveld.'

Het meisje knikte stilletjes.

'O, dat huis...' zei Mrs Murray.

Het meisje ging weer naar buiten, ze sleepte haar zware tas achter zich aan.

'Wat is er met dat huis?' vroeg Nina. Ze woonde pas een jaar in Kirrinfief en had al veel mensen leren kennen, maar het was een gesloten gemeenschap en meestal kreeg ze de roddels alleen via via te horen, áls ze ze al te horen kreeg. Wat ze prima vond. Elke keer dat iemand haar meer bij het dorpsleven betrok – een koffieochtend hier, theedrinken daar, op 25 januari een Burns' Night (waarvan ze had geleerd dat dat een feest ter ere van de nationale dichter Robert Burns was) – voelde ze zich meer geaccepteerd als inwoner, als iemand die van plan was voorgoed in Schotland te blijven, niet de een of andere toerist.

Maar er was ook, om eerlijk te zijn, enorm geroddeld over haar en Lennox en Lennox' ex-vrouw. Dus de meeste mensen hadden de neiging om niets te zeggen, voor het geval dat. En ook al dacht Nina dat dat wel beter zou worden als de baby er eenmaal was, dat zou niet zo blijken te zijn – een grote teleurstelling.

'The Beeches?'

'O ja,' zei Nina, zich vaag bewust van het huis. 'Ik ken hem denk ik. Lange vent... Stootte zijn hoofd in de bus?'

'Dat klinkt als Ramsay,' beaamde Mrs Murray. Ze zuchtte. 'Het is vreselijk.'

'O? Wat dan?' vroeg Nina, die er alles voor overhad om niet aan de zoete broodjes te denken.

'Zijn vrouw is bij hem weg,' zei Mrs Murray. 'Heeft hem achtergelaten met de kinderen en alles.'

'O god, echt?' zei Nina. 'Wat erg! Hoeveel kinderen?'

'Drie,' zei het Poolse meisje, dat weer was binnengekomen omdat het plotseling pijpenstelen regende; het weer was omgeslagen, wat in Schotland zo gewoon was dat Nina had geleerd zich daar niet meer over te verbazen. Het weer in Schotland was gewoon zoals het weer overal, alleen veranderde het veel sneller.

'En alle drie slecht.'

'Ah, kom nou,' zei Mrs Murray bestraffend. 'Ze hebben geen moeder.'

'Wat is er met haar gebeurd?' vroeg Nina. 'Waar is ze?'

'Ik haar nooit gezien,' zei het Poolse meisje.

'Dat weet niemand,' zei Mrs Murray.

'Echt niet?' vroeg Nina. 'Waarom weet ik hier niks van? Heeft hij haar vermoord? Is ze krankzinnig en opgesloten op een zolderkamertje?'

Niemand zei iets.

'Ze was een aparte,' zei Mrs Murray uiteindelijk. 'Maar nee, ze is er gewoon vandoor.'

'Weet u dat zeker?'

'Ach, het is het grote huis,' zei ze. 'Daar gebeuren vreemde dingen.'

7

Het was een warme dag waarop Surinder de trein nam. Niet het soort vrolijke 'kom, we gaan naar het strand'-warm, maar bloedheet, benauwd en plakkerig. Het was afschuwelijk druk; de reis was een marteling. De trein zat vol oververhitte kinderen die zeurden en jengelden en er hing een bedompte zweetlucht. Toen ze uitstapte was het geen greintje koeler. Het station was afgeladen en iedereen was warm en prikkelbaar; er werden treinen geannuleerd vanwege oververhitte rails en oververhitte passagiers en heel Londen voelde nogal dreigend.

Jaz had haar gesmeekt om niet te komen, maar zij had gedreigd het anders aan hun ouders te vertellen, dus hij kon er weinig tegen doen.

Zoë was heel opgewonden maar ook heel nerveus. Was dit het begin? Nam Jaz Hari en haar eindelijk echt op in zijn leven, ging hij nu bouwen aan iets voor hen samen?

Ze was diep teleurgesteld toen ze Surinder in haar eentje de trein uit zag stappen.

Ze had Hari zijn mooiste kleren willen aantrekken, maar die bleken alweer te klein, dus droeg hij nu het spijkerbroekje dat ze in de tweedehandswinkel had gekocht. Hij had al tegengestribbeld bij het aankleden en was enorm jengelig, wat nog erger werd toen ze had besloten de buggy thuis te laten en het hele eind naar het station met hem te gaan lopen. Halverwege weigerde hij gewoon nog één stap te doen en dus had ze hem het grootste stuk moeten dragen terwijl hij zich hevig bleef verzetten, en nu was ze zweterig en zenuwachtig en voelde ze zich vies terwijl die prachtige, kalme vrouw die uit te trein stapte wel Jaz' zus moest zijn, dat zag ze meteen.

En natuurlijk was hij niet meegekomen...

Zoë stak flauwtjes een hand op.

Surinder nam haar op, niet echt haar schoonzus, maar wel zoiets. Mijn god. Ze was totaal niet zoals ze had verwacht. Slank – of eigenlijk beschreef het woord 'mager' haar beter, omdat ze niet het soort slank was dat je graag wilde zijn – tenger, met een nonchalante bos haar die ze in een slonzig staartje had gebonden en kringen onder haar ogen. Maar Surinders blik op Zoë was maar kort, want haar aandacht ging meteen naar het jongetje dat zich achter Zoës benen verschool.

Surinder lachte breed naar hem. 'Hallo!' zei ze. 'Hallo!' En ze hurkte voor hem neer.

Het joch nam haar op vanachter zijn moeders benen.

'Dus jij bent Hari?'

Het kind zei niets.

'Heeft...' Zoë hoorde dat ze heel onzeker klonk. 'Heeft Jaz het verteld?'

Surinder kwam weer overeind. Ze was zo knap en zelfverzekerd. Zoë wilde meteen bevriend met haar zijn. Surinder zou nooit zomaar per ongeluk zwanger raken, dacht Zoë somber. Veel te verstandig.

'Wat verteld? Hallo, trouwens. Ik ben Surinder. Sorry dat mijn broer een zak is.'

'Eh... het is oké,' zei Zoë. 'Heeft hij het verteld van Hari?'

'Wat verteld?'

'Hij... hij praat nog niet.'

'O!' zei Surinder fronsend. 'Dat klinkt niet als een echte Mehta. Wij kletsen iedereen de oren van het hoofd.'

Ze stonden op het drukke stationsplein.

'Is er een koele plek waar we een kop thee kunnen krijgen?' vroeg Surinder. 'En ik bedoel niet "Londens koel", geen honderd miljoen graden.'

Er was niet veel in Euston, maar uiteindelijk vonden ze een klein parkje met een schommel. Hari keek naar de schommels maar durfde er niet naartoe te gaan en Surinder haalde twee koppen thee bij een stalletje in de buurt.

'Zo,' zei ze toen ze terugkwam. Hari was intussen op Zoës schoot geklommen. Surinder probeerde steeds contact met hem te maken, maar hij verborg zijn gezicht elke keer in de hals van zijn moeder.

'Hij is verlegen,' zei Zoë.

'Ja, dat zie ik,' zei Surinder, en ze vroegen zich allebei heel even af of Jaz zich meer van hem had aangetrokken als Hari een extravert, vertederend, constant babbelend mannetje was geweest.

Maar hij was, dacht Surinder, een prachtig kind: lange donkere wimpers en een perfecte huid.

Zoë zuchtte.

'Hoe gaat het?' vroeg Surinder. 'Is het zwaar?'

Zoë voelde tranen dringen achter haar ogen. 'O, ja, nou, alleenstaande moeder zijn... is... je weet hoe dat is...' zei ze. 'Of nee, dat weet je niet. Het is lastig.'

'Helpt Jaz niet dan?'

'Jawel! Dat deed hij wel!' Zoë kwam meteen voor hem op. 'Toen hij werkte. Maar nu wil hij het dj-en weer oppakken en bovendien verliest hij steeds zijn baan voordat hij het echt heeft geprobeerd...'

'Aardig van je dat je voor hem opkomt,' zei Surinder. 'Luister. We willen helpen.'

'Je ouders?'

Surinder haalde haar schouders op. 'Jaz wil absoluut niet dat ze ervan weten. Sorry. Nee, ík wil je helpen.'

'Komt het omdat ik niet Indiaas ben?'

Surinder maakte een afkeurend geluid. 'Tuurlijk niet. Ze zijn dol op Angela.' Toen besefte ze dat dat niet bepaald tactisch was. 'Het dochtertje van mijn andere broer... Maar, eh, trek je er niks van aan. Mag ik zien waar je woont?'

Zodra ze er waren en Surinder het afbladderende behang en het zielige elektrische kacheltje zag, wist ze het eigenlijk meteen. Ze kende nog iemand die niet op haar plek was geweest in de drukke stad. Iemand die ruimte nodig had om te kunnen ademen en tot bloei te komen.

'Luister, heb je verstand van boeken?'

'Ik lees veel,' zei Zoë. Toen keek ze op. 'En ik wil... Ik bedoel, we hebben een plek nodig om te wonen. Maar als je een baan voor me weet, ik kan hard werken. Echt.'

Surinder keek om zich heen. Het kleine eenkamerappartementje was vreselijk, maar smetteloos schoon, net zoals Hari.

'Ik kan je niets beloven,' zei ze, 'maar ik zal kijken wat ik kan doen.'

Ze bukte. Hari vluchtte weer onmiddellijk weg achter de benen van zijn moeder.

'En de volgende keer dat we elkaar zien, jongeman,' zei ze, 'hoop ik dat je aardiger bent tegen je tante Surinder.'

8

Nina probeerde het uit haar hoofd te zetten. Het is oké, het komt wel goed, er dient zich vanzelf een oplossing aan. Misschien komt Ainslee wel terug van de universiteit of iets dergelijks. Ze kon Surinders dakloze niet in huis nemen, dat was belachelijk.

Zo zat ze te peinzen toen er een vrouw binnenkwam die ze vaag herkende uit het dorp; ze was geen klant van de boekenbus.

'Hallo?'

De vrouw zag er bozig uit, ze was wat ouder, met het begin van een kromme rug, en had een stugge uitdrukking op haar gezicht. 'Aye,' zei ze. 'Kan ik hier een advertentie ophangen?'

'Dat kan, voor één pond per week.'

De vrouw snoof. 'Regelrechte diefstal,' mopperde ze.

'Ik dwing u niet om hier een advertentie op te hangen,' zei Nina.

De vrouw bromde iets en begon in haar tas te rommelen naar haar portemonnee. Het was een personeelsadvertentie: AU PAIR GEZOCHT VOOR AVONDEN EN WEEKENDEN, CONTACT OPNEMEN MET MRS MACGLONE VAN THE BEECHES. Nina fronste en herinnerde zich het Poolse meisje. Ze las de tekst nog een keer.

'Heeft iemand met de naam Surinder u soms gestuurd?' vroeg ze wantrouwend.

'Wat?' vroeg de vrouw.

Nina las de advertentie nog een keer.

'Bent u... bent u van het grote huis?'

'Aye.'

'En u zoekt iemand... Het zijn drie kinderen, toch?'

'Aye,' zei de vrouw.

‘Is het de bedoeling dat die au pair daar in huis komt wonen?’

De vrouw haalde haar schouders op. ‘Ja. Plaats genoeg.’

Nina bleef een hele tijd naar de advertentie zitten staren. ‘Oké,’ zei ze uiteindelijk. ‘Geef maar hier dan. Voor niks.’

Verrast overhandigde de vrouw haar de advertentie.

‘Kan ik u nog helpen met een boek?’ vroeg ze toen de vrouw zich omdraaide om te gaan.

‘Ach, nee. Ik heb meer dan genoeg van die stofnesten in het huis.’

En ze verdween haastig naar buiten.

9

Het was een kille avond en Nina deed de gordijnen dicht – als ze ze openliet, zelfs als het nog niet helemaal donker was, ging Lennox steeds naar buiten zitten kijken, bezorgd om zijn zwarte lammetje – stak het fornuis aan en begon aan een shepherd's pie, Lennox' lievelingsmaal, in de hoop dat het hem in een spraakzame bui zou brengen, of in elk geval iets spraakzamer zou maken dan normaal. Ze bracht hem een kop thee op de bank. Hij keek wantrouwend naar haar op.

'Hoor ik dat niet voor je te doen?' vroeg hij. 'Wat is de bedoeling?'

'Vertel eens over het grote huis,' zei Nina zonder enige inleiding.

'Waarom moet ik omgekocht worden met thee om je te vertellen over het grote huis?' vroeg Lennox goedmoedig. 'Is dat een chocoladekoekje?'

'Ja.'

'Hoeveel zitten er nog in het pakje?'

'Dat moet je me niet vragen.'

Lennox glimlachte.

'Nou, Ramsay is de jonge *laird*... of nee, nu gewoon de laird, neem ik aan...

'Ja, dat had ik al begrepen. Je hoeft me alleen te vertellen of hij zijn vrouw heeft vermoord.'

Lennox glimlachte flauwtjes en een beetje triest.

'O god, dat verhaal heb je dus ook al gehoord?'

'Mannen vermoorden altijd hun vrouwen,' zei Nina terwijl ze op de bank ging zitten.

'Nee,' zei Lennox bedachtzaam. 'Mannen vermoorden zelden iemand.' Hij keek even peinzend voor zich uit. 'Maar als ze dat wel doen, is het vaak hun vrouw, ja.'

'Dus...'

'Ik heb Elspeth Urquart maar één keer ontmoet,' zei hij; zijn stem stierf weg terwijl hij eraan terugdacht. 'Ze was een schoonheid. Een soort fee. Klein, fragiel, met een prachtige wolk goudblond haar. Groene ogen. Fijn gezichtje.'

'Lang gewaad van ragfijn spindraad, zeker?' vulde Nina aan. 'Wat is er met haar gebeurd?'

Lennox schudde zijn hoofd. 'Ze was altijd... afwezig, alsof ze er niet helemaal was. Of ze net wakker was en niet goed begreep wat er was gebeurd in haar leven. Ze was mooi en het ging allemaal nogal snel, denk ik...'

'Wat?'

'Nou, de jonge Urquart, Ramsay, zat op Cambridge toen zijn vader plotseling overleed. De oude laird. Toen moest hij terugkomen en de leiding over het landgoed op zich nemen, dat toen al een puinhoop was... en nog. Hij was nog niet eens drie maanden terug toen zij er opeens was. Daarna kwamen de kinderen en toen... was ze weer weg. Ik had het idee dat ze niet helemaal paste in de moderne wereld. Dat zeiden de mensen hier in elk geval.'

'Dus hij heeft haar vermoord?'

Lennox begon te lachen, wat maar heel zelden gebeurde. Toen stak hij zijn hand op.

'Luister,' zei hij. 'Ik weet dat je nooit moet denken dat iemand niet gewelddadig kan zijn. Ook al zeggen ze "O, hij was gek op zijn vrouw" en zo. Maar ik ken Ramsay van kleins af aan, we hebben samen op school gezeten. En ik heb nooit meegemaakt dat hij boos werd, iemand iets verweet. Ik weet wel dat jij denkt: alles kan. Maar denk je niet dat de politie hem belaagd zou hebben? En er geen zoekacties en foto's op lantaarnpalen en oproepen op de televisie enzovoort zouden zijn geweest? Een schoonheid, moeder van drie kinderen, die zomaar verdwijnt?'

'Mrs Murray denkt dat het in de doofpot is gestopt.'

'Ja, en ze denkt ook dat er hagedissen achter de aanslag op de Twin Towers zitten.'

'Ja, da's waar,' moest Nina toegeven. 'Wat denk jij?'

'Ik denk dat ze het niet aankon. De kinderen kwamen vlak na elkaar. Vrouwen kunnen heel erg van slag raken na een bevalling. Ik vermoed dat ze óf weg is gegaan naar een plaats waar ze het leven wel aankon... ergens ver weg... óf zelfmoord heeft gepleegd.'

'Nou, waarom weet niemand dat dan?'

'Omdat het hun zaken niet zijn,' zei Lennox. 'Wat het ook is, het is in elk geval een groot verdriet voor Ramsay. Zijn hart was compleet gebroken. Je hebt hem waarschijnlijk nooit ontmoet...'

'Jawel,' zei Nina. 'Hij is eens binnengekomen, hij was op zoek naar *Up on the Rooftops*. Grote vent. Formaat vrouwenmoordenaar.'

'Hm,' zei Lennox. 'Nou, ik betwijfel het. De politie is niet gek. Het is gewoon een heel triest verhaal. Normaliter gaan de vaders ervandoor. Maar soms doen moeders dat. Dat is ontzettend verdrietig. Er gebeuren veel trieste dingen, maar de meeste mensen staan elke dag weer op en lopen rond met een glimlach op hun gezicht, terwijl ze iets hebben meegemaakt wat wij ons niet eens kunnen indenken.'

Nina knikte nadenkend.

Lennox trok haar dicht tegen zich aan en sloeg de zachte geruite plaid om hen heen die over de rugleuning van de bank lag. 'Ik wil niet dat er iets akeligs met ons gebeurt.'

'Dat gebeurt niet,' zei Nina terwijl ze tegen hem aan kroop.

Hij legde zijn hoofd op haar schouder. 'Nee, dat gebeurt niet,' mompelde hij.

En zo zaten ze samen in elkaars armen in de flakkerende vlammen van het haardvuur te kijken terwijl Peterselie jankte en zich omdraaide in zijn slaap.

10

Nina had niet de zwangerschap die ze zich had voorgesteld toen ze het blauwe streepje op haar zwangerschapstest had gezien. Ze gaf constant over, vergat alles, sliep lang en was óf in tranen óf als een bezetene aan het poetsen, en weer in tranen.

En ze was zo moe, zo verschrikkelijk moe. Ze had absoluut geen idee gehad. Het was alsof de baby haar van binnenuit opat. Hoewel ze heel gelukkig was en blij en overstroomde van liefde voor haar kindje, werd ze ook overspoeld door misselijkheid, een opgeblazen gevoel, maagzuur en elke vijf minuten aandrang om naar de wc te gaan. Het tillen van de zware boekendozen begon een probleem te worden, ook al deed Lennox zoveel hij kon, en daarbij was er natuurlijk ook doorlopend het risico dat de bus pech kreeg. Ze had zichzelf gedwongen om de auto-onderhoudsboekjes die ze had te lezen, vreselijk oninteressant, maar ze wist dat het verstandig was om te weten hoe je een band moest verwisselen, de olie moest controleren enzovoort, maar of ze daartoe nog in staat was nu haar borsten en haar buik zo groot werden dat ze nauwelijks kon bukken, was de vraag.

Ze bekeek het cv van het meisje uit Londen nog eens. Ze had uitstekende referenties – als crèchemedewerkster, niet als boekverkoper. Aan de andere kant maakte ze een eerlijke, hardwerkende indruk...

Ze slaakte een zucht. Het was een stille ochtend, wat vreemd was, omdat de mist was opgetrokken en het opeens heerlijk weer was. Dat was het bijzondere van de Hooglanden, besefte ze. Het weer kon grijs en somber zijn en je stelde je helemaal in op binnenblijven, en dan plotseling, zo'n twee of drie keer per week, sloeg het weer om, gewoon om je te verwarren en te verrassen, en brak de zon door de natte ochtenddauw boven de paarse bergen. Dan vergaf je Schotland meteen alle natte ochtenden en donkere avonden, omdat het zo'n perfecte dag was.

Misschien had er wel niemand zin om ergens binnen te zijn om een boek uit te zoeken, dacht Nina, omdat de wereld buiten vroeg om fietstochtjes en – voor de echte durfals – zelfs een picknick, als je een beschutte plek kon vinden waar de zon scheen en de wind niet kwam.

In elk geval. Ze had met de vrouw van het grote huis gesproken en gezegd dat ze misschien iemand voor haar had gevonden en de vrouw had gevraagd: 'Heeft ze een crimineel verleden?' En Nina had 'Nee' geantwoord, waarop de vrouw had gezegd 'Ach, da's jammer', en Nina had gevraagd of degene die ze op het oog had eerst nog kennis moest maken met de kinderen, waarop de vrouw had geantwoord: 'Beter van niet.'

Nina pakte de telefoon.

11

Surinder beschouwde zichzelf als een soort goede petemoei omdat ze alles had opgelost, een fantastische reddende engel.

Dat was niet helemaal hoe anderen haar zagen. Die hadden het gevoel dat ze genoegen namen met het beste van twee kwaden.

Op het moment dat ze Nina aan de telefoon had, nerveus en met een half oog op Hari, die een spelletje deed op zijn oude tablet, was Zoë zo nerveus geweest dat haar hoofd, toen Nina had gevraagd wat ze de laatste tijd had gelezen, opeens volkomen leeg was.

De enige titel die in haar opkwam was *De puike postbode*, een boek waar Hari dol op was en dat hij elke keer tevoorschijn haalde als ze in de bibliotheek waren. Toevallig was Nina een enorme fan van *De puike postbode* en verkocht ze er bergen van, zodat het dus een uitstekend antwoord zou zijn geweest, maar dat wist Zoë natuurlijk niet, die radeloos iets had proberen te verzinnen, en op de een of andere vreemde manier was de titel van een softpornotrilogie in haar opgekomen die een paar jaar daarvoor enorm populair was geweest. Ze had bijna gehoord dat er een strak lachje om de lippen van haar mogelijk nieuwe baas aan de andere kant van de lijn verscheen.

Bij het tweede sollicitatiegesprek kreeg ze er nauwelijks een speld tussen. Mrs MacGlone bleek de huishoudster te zijn van het huis waar Zoë zou gaan wonen. Zijzelf was er gedurende de dag, maar 's avonds, 's nachts en 's ochtends vroeg moest Zoë er zijn. In ruil daarvoor kreeg ze kost en inwoning plus een bescheiden loon. 'Maar,' vervolgde Mrs MacGlone haastig, 'we zijn eenvoudige eters hier.' Mrs MacGlone maakte schoon en deed de was, maar niet voor Zoë, maakte ze duidelijk, en had af en toe hulp nodig bij het huishouden.

'En het gezin? Wat kunt u me daarover vertellen?' vroeg Zoë, in haar ogen een volkomen normale vraag. Maar de lange stilte suggereerde dat dat waarschijnlijk niet zo was.

'Nou, Ramsay is de vader,' zei Mrs MacGlone; ze sprak het uit als vaodur. 'Hij werkt dag en nacht. Je moet hem niet storen als je geen ruzie met hem wilt.'

'Oké,' zei Zoë. 'En de moeder?'

'Heeft ze je dat niet verteld?' vroeg Mrs MacGlone, mopperend in zichzelf. 'Ach, die Engelsen ook. Geen idee van dingen.'

Zoë knipperde met haar ogen en vroeg zich af wat ze daar in vredesnaam mee bedoelde.

'Hun moeder is vertrokken. Twee jaar geleden. Daarom hebben we jou nodig. Maar niet over praten, daar raken ze maar van streek van.'

'O mijn god. Waarom...'

'Ik zei: niet over praten. En ook niet tegen meneer, dat wil hij niet.'

'Oké. Begrepen,' loog Zoë, hoewel ze er eigenlijk niks van begreep. 'En de kinderen?'

'Shackleton is twaalf, Mary is negen en Patrick is vijf.'

'O, fijn!' zei Zoë, helemaal blij dat er een speelkameraadje voor Hari bij zat. 'Mijn zoontje is vier.'

'Ja, hm. Patrick is geen normale vijfjarige.'

'Hari is geen normale vierjarige,' zei Zoë zacht, voor het geval hij haar hoorde. Mrs MacGlone snoof alsof ze wilde zeggen: het zal wel.

'Goed dan,' zei ze. 'Zes weken op proef.'

'Moet meneer...' vroeg Zoë verbouwereerd. 'Wil hun vader me niet nog spreken?'

Mrs MacGlone slaakte een diepe zucht. 'Hij vertrouwt op mij.'

'Natuurlijk,' zei Zoë haastig. 'Natuurlijk.'

En daarmee was het geregeld.

Zoë had een hekel aan de huisbaas, die al een tijdlang mopperde over de hoogte van de huur, maar nu hij er was om het appartement te inspecteren voordat ze eruit ging, kon ze hem wel om de hals vliegen: na een blik op de steeds groter wordende vochtplek op de muur gaf hij haar tot haar verbijstering het hele borgbedrag terug.

Het was allemaal zo snel gegaan. Surinder had gewoon... ze had gewoon iets kordaats over zich. Vastberaden had ze al Zoës bezwaren en zorgen weggewuifd met de onweerlegbare logica dat ze niet kon blijven waar ze was, toch? En nu kreeg ze zomaar een vrije kamer in een huis aangeboden, waarvoor ze wat zou moeten oppassen en moest helpen om boeken te verkopen, nou, gewoon her en der wat te doen; ze zou het grootste gedeelte van de tijd vrij zijn, en daarbij was de kinderopvang in Schotland nog gratis ook. Wat kon ze daar in vredesnaam op tegen hebben?

En inderdaad, had ze een keus? Jaz was vertrokken; volgens zijn Instagram zat hij op Ibiza, op zoek naar 'gigs' – Zoë wist niet of die betaald werden of niet, maar ze vermoedde van niet – en was selfies aan het maken met gekke hoeden op of mooie meiden naast zich tegen de achtergrond van een zonsondergang of -opkomst.

De teruggekregen borg van het appartement was voldoende voor hun tickets naar het noorden, een busreis van zeventien uur waar ze nogal tegen opzag, plus een nieuwe jas voor Hari en – wat een geluk: de kleding in de supermarkt was in de uitverkoop – voor zichzelf een paar truien en een goedkoop namaak-Puffa-jack. Iedereen had het er maar over hoe koud het in Schotland was. Nou ja, daarover en over het monster van Loch Ness. Elke keer dat iemand iets zei over het monster, dook Hari met grote, verschrikte ogen achter de slaapbank, dus zei ze tegen iedereen dat ze daar niets over moesten zeggen, maar dat deden ze toch. Ze wilde ook niet echt dat iedereen wist dat ze wegging, voor het geval ze na zes weken weer terug was omdat ze het allemaal helemaal verkeerd had gedaan. Maar zo moest ze niet denken.

Ze kon dit. Ze zou verschrikkelijk goed zijn in alles wat ze moest doen. Haar loon opsparen tot ze weer wat reserves had en haar uiterste best doen. Die arme moederloze kinderen. Hoe blij zouden ze zijn met haar. Natuurlijk kon ze hun moeder niet vervangen, maar ze kon wel goed voor hen zorgen. Het zou allemaal fantastisch gaan. Voor het eerst sinds lang had ze weer wat geluk en voelde Zoë zich optimistisch over dingen. Ze liet haar fantasie met haar op de loop gaan.

Desondanks deed het haar pijn de opluchting in Jaz' stem te horen toen hij begreep dat Surinder alles had geregeld. Het drong tot haar door dat ze ergens in haar achterhoofd, heel diep begraven in haar binnenste, een heel, heel klein sprankje hoop had gehad dat Jaz zou zeggen: 'Hé, ik heb zitten denken, ik geef het dj'en op en heb besloten me aan mijn gezin te wijden. Ik ben echt veranderd. Zullen we een huisje zoeken voor ons drietjes?'

Maar natuurlijk gebeurde dat niet. Hij kon eenvoudigweg niet totaal veranderd zijn. Het moederschap had háár totaal veranderd, maar Jaz had het vaderschap nauwelijks iets gedaan, behalve dan dat een kind lastig was en het internationale playboyleven dat hij in zijn hoofd had in de weg stond.

Maar nee. Hoewel hij het weekend even terug was, bood hij niet eens aan haar een lift naar Schotland te geven in die stomme auto van hem. Hij had iets gemompeld over langskomen om afscheid te nemen, waarop Zoë had geantwoord dat ze niet naar het andere einde van de wereld ging, het was Schotland maar, dus kon hij nog steeds in de weekenden op bezoek komen. Hij had heel twijfelend geklonken en zij heel boos.

In elk geval was het duidelijk dat hij zich er klote onder voelde, omdat hij de laatste avond, toen alles behalve de dekbedden en de waterkoker was ingepakt, langskwam met een afhaalcurry – een zeldzame traktatie – en Hari op zijn schoot had genomen en hem de hele avond met zijn telefoon had laten spelen. Zijn zachtaardige geduld met zijn zoontje en Hari's diepe, zwijgzame devotie voor zijn vader hadden Zoës hart weer helemaal gebroken.

Ze keek voor de laatste keer door het raam naar buiten, door de grijze vitrage die maar niet wit wilde worden, hoeveel bleek ze ook gebruikte, naar de onooglijke straat met zijn lage huizen, het straatvuil dat door de wind alle kanten op werd geblazen, de tieners die, zoals elke warme avond, op de hoek stonden te schreeuwen en te gillen, de lichten van de hoofdstraat aan het einde van haar straatje, dat op dat moment nog een mengeling was van gegrilde-kiptentjes, tweedehandswinkels en onbetrouwbare straatverkopers, maar dat volgens de huisbaas ging veranderen in de hipste wijk sinds Hackney.

Het was niet veel, wist ze. Ze had er zelfs een hekel aan gehad, de armoedige kamer, het versleten tapijt, de bergen post van anderen die zich ophoopten bij de gammele voordeur, de pizzafolders en politieke pamfletten en de zooi en het eindeloze gevecht tussen de fietsen en de buggy voor het kleine stukje ruimte beneden bij de elektriciteitsmeters.

Maar het was thuis, hier was ze thuisgekomen uit het ziekenhuis met Hari en Jaz, die nerveus steeds op zijn telefoon bleef kijken en zijn handen opstak in een ik-weet-het-niet-gebaar en met zijn armen bleef wapperen, maar eigenlijk helemaal niets deed behalve zenuwachtig doen; waar haar vrienden en vriendinnen de eerste weken kwamen kijken en uitriepen wat een schattig baby'tje het was, maar langzaam uit haar leven verdwenen omdat ze niet meer mee kon op hun avondjes uit of naar feestjes zonder een oppas te regelen; en waar Jaz steeds minder vaak was gekomen, totdat hij ophield zijn telefoon op te nemen als ze belde; waar ze verslagen op de slaapbank had gezeten met een pakje droge biscuitjes dat haar moeder, op weg naar iemand anders, had meegebracht toen ze een halfuurtje op bezoek was geweest, zich had afgevraagd hoe je in vredesnaam zoveel was kon hebben van zo'n kleine baby, (Zoë had geen plek om die op te hangen, dus lag de was overal overheen gedrapeerd zodat het een soort bedoeïenenentent leek), en weer was vertrokken.

Maar zelfs deze plek, met zijn rammelende enkelglasramen en de hopen rotzooi achter de voordeur, was thuis. Het enige thuis dat Hari kende. En waar ze nu naartoe ging was totaal onbekend.

Ze probeerde niet misselijk van nervositeit te zijn toen ze de laatste doos in Jaz' auto tilde – hij had uiteindelijk, na veel gebrom en gemopper, beloofd wat dingen voor haar op te slaan – en niet te piekeren hoe het verder moest als het hele plan mislukte.

Haar vriendinnen vonden het allemaal krankzinnig wat ze ging doen. Ze woonden natuurlijk allemaal in een leuke flat die ze deelden met iemand anders, of hadden iets gekocht met hun partner. En ze was er zelf ook voor een deel schuldig aan. Ze bleef maar opgewekt en gezellig doen bij de zeldzame gelegenheden dat ze hen zag; een vrolijk gezicht opzetten, zeggen dat alles prima ging. Ze spaarde van tevoren zodat ze haar deel kon betalen en kon doen alsof ze niet merkte hoeveel het kostte.

Ze dacht terug aan een paar dagen geleden, toen Jaz voor één keer op Hari had gepast en zij met een paar vriendinnen naar de pub was gegaan als afscheid. Ze had eerlijker moeten zijn. Moeten vertellen hoe het écht ging. Hoe moeilijk ze het allemaal vond. Na een paar flessen (goedkope, maar niet heus) prosecco had Tamali bekend dat ze haar man niet aantrekkelijk meer vond na de baby en Yasmin had gezegd hoe zwaar ze het vond om moeder te zijn en Cady had haar ongerustheid geuit over hoe diep ze zich in de schulden hadden gestoken, en om de een of andere reden – misschien omdat ze wegging? – was Zoë helemaal overrompeld geweest door hun bekentenissen, zo face to face als vriendinnen onder elkaar, een heel andere wereld dan die van alle facebookpagina's en Instagramaccounts, waarop alles zo perfect leek. Plotseling had ze zich gerealiseerd wat ze zichzelf had ontnomen de laatste vier jaar, door niet te vertellen hoe eenzaam ze was, dat niemand haar steunde, dat ze alles alleen moest doen en hoeveel moeilijker alles was dan ze ooit had gedacht. Het was nooit in haar opgekomen dat andere moeders, hoe anders hun situatie misschien ook was, zich misschien wel precies hetzelfde voelden.

De avond was geëindigd met een dronken rondje knuffels en uitroepen hoeveel ze allemaal van elkaar hielden en Zoë had zich afgevraagd hoe ze er in godsnaam bij kwam om weg te gaan bij deze superlieve vrouwen en ze had gezworen contact te houden.

En dus was ze kotsmisselijk vanmorgen, en doodsbang. Plotseling voelde het lelijke, smerige Londen veilig en leek het idioot om naar een soort verlaten niemandsland te verhuizen. Alle meiden hadden gezegd dat ze het zo moedig van haar vonden om ergens anders helemaal opnieuw te beginnen, waardoor ze zich totaal niet moedig had gevoeld maar juist nogal idioot. Maar nu was het zover. Jaz wilde snel weg voordat 'de parkeernazi's' hem een bon gaven, iets wat hem meer leek te interesseren dan het feit dat zij zijn zoon meenam naar een ander land.

Hari was gek op Jaz' auto. En zelfs nu stond hij te beven van teleurstelling omdat ze geen ritje gingen maken. Jaz kon Zoë niet aankijken. Ergens wist hij dat ze samen gefaald hadden: in de meest basale dingen – een kind grootbrengen, bij elkaar blijven, Hari een veilig en warm thuis bieden. Ze zeiden geen van tweeën veel, behalve dat ze eerst maar eens zouden afwachten hoe de eerste zes weken verliepen.

Wat Zoë moest als de zes weken níet goed verliepen, daar durfde ze niet aan te denken, niet nu. Voorlopig hield ze het bij één dag tegelijk.

'Goed,' mompelde Jaz. Hij had een bruin suède trainingspak aan dat hem echt afschuwelijk stond, wat betekende dat het vrijwel zeker peperduur was geweest. 'Zie je, bro.'

Hij gaf Hari een tikje tegen zijn arm en glimlachte flauwtjes in Zoës richting. Ze herinnerde zich de eerste avond dat ze hem in die bar had gezien, na een verschrikkelijke date met een andere jongen, hoe hij zijn hoofd achterovergooide als hij lachte, hoe wit zijn tanden waren. Hij had haar gezien terwijl hij met zijn vrienden zat en zij met die andere jongen, gezien dat het misging met haar date (de jongen van wie ze de naam nu niet meer wist, was knalrood van kwaadheid geworden toen ze politiek gezien lichtelijk met hem van mening verschilde terwijl zij met een strakke glimlach op haar gezicht geplakt stiekem op haar horloge keek). Toen de jongen naar de wc ging, was Jaz aan komen slenteren.

'Nou, dat wordt niks, toch?' had hij gezegd, en Zoë was geschrokken en vervolgens in lachen uitgebarsten.

'Daar zit ik dan, helemaal opgetut!' had ze gezegd.

'Ja, dat zie ik,' had hij gezegd. 'Maar hij lijkt op een ouwe plak ham.'

'En hij ruikt ook zo,' had Zoë somber gezegd.

'Zeg gewoon "doei" tegen die engerd,' zei Jaz, 'en kom dan lekker iets drinken met mij en mijn vrienden. We zitten daar in de hoek.'

Het zag er allemaal zoveel gezelliger uit dan haar date dat Zoë, zodra de man terug was van de wc, opgestaan was en met een glimlach 'dank voor het gesprek' en 'tot ziens' had gezegd (alsof het een sollicitatiegesprek was geweest, wat het natuurlijk eigenlijk ook wás), had staan trillen toen hij de rekening naar haar toe draaide en verwachtte dat ze de helft ervan betaalde, en hem de deur uit had gewerkt voordat hij de kans had haar te vertellen over de fantastische theorie die hij had over waarom vrouwen eerlijk verdeeld moesten worden over mannen.

Jaz had al een biertje voor haar klaarstaan. Arrogante klootzak. En zij vond het allemaal fantastisch.

En nu stonden ze hier. Ze was waarschijnlijk beter af geweest met de plak-ham-man.

'Nou, dag,' zei ze. 'Spreek je gauw.'

'Mm,' murmelde hij terwijl hij de straat afzocht naar parkeerwachters. 'Ja, oké. Cool.'

Daarop liep hij naar zijn auto. Op het allerlaatste moment, toen hij op het punt stond het portier te openen, draaide hij zich om, rende terug, tilde – zonder ook maar een blik op Zoë – Hari op en verborg zijn gezichtje tegen zijn hals. Vervolgens zette hij hem weer neer en reed weg in een wolk van uitlaatgassen.

Hari zwaaide hem tevreden na, hij was eraan gewend dat zijn vader altijd weer wegreed.

DEEL TWEE

‘Maar hoe weet ik dat dan?’ vroeg Wallace. ‘Hoe weet ik dan dat ze me goed zullen helpen?’
‘Vraag ze drie dingen,’ zei de duif. ‘Een kop water, een bakje vogelvoer en een grap, en als je die alle drie krijgt, weet je dat je goede hulp zult krijgen.’
‘Ik hou niet van vogelvoer,’ zei Wallace.
‘Ik ook niet,’ zei de duif terwijl hij op zijn wandelstok steunde. ‘Vraag ze om patat. Dat is waarschijnlijk ook goed.’

Uit: *Up on the Rooftops*

1

Twee nieuwe woorden die Zoë nog vaak zou horen: *'gloaming'* en *'haar'*.

'Gloaming' was de avondmist die vanaf de heuvels omlaag kwam rollen. 'Haar' was de ochtendmist die opsteeg vanaf het *loch*, vaak zo dik dat het leek of je hem kon opscheppen met een lepel. Meestal loste de haar niet helemaal op en vermengde die zich aan het einde van de dag met de gloaming en lag er in alle uren dat het licht was een waas over de wereld; eind augustus waren de meeste dagen zo.

Dus het was de gloaming waarin Zoë en Hari aankwamen, al wisten ze toen nog niet dat het zo heette. Ze waren uitgestapt nadat ze allebei het grootste deel van de lange reis hadden geslapen. Zoë had zich niet gerealiseerd hoe zwaar de dagen en weken – shit, de maanden – van zorgen over geld, over Hari, over haar werk en over haar flatje op haar schouders hadden gedrukt.

En ze zou misschien heel veel kwijtraken: ze had niet langer een huis, behalve een kamer bij een vreemde, en ze stond op het punt aan een baan te beginnen op een plek waar ze niets en niemand kende.

Maar op dit moment, na kilometers en kilometers waarin de benzinestations waren voorbijgerold, de weg voor hen hoger en hoger was opgerezen, de steden en dorpen steeds verder uit elkaar hadden gelegen en het landschap was veranderd van keurig bewerkte akkers en lapjes weidegrond in het zuiden naar de ruige heuvels en de wilde natuur van het noorden en zelfs nóg verder noordwaarts, op dit moment kon ze niets doen. Absoluut niets. Aan wat dan ook. En dat voelde bevrijdend, vreemd genoeg.

Even, in elk geval, voor even was het uit haar handen. Het langzame schudden van de bus had haar in slaap gewiegd, met Hari's warme hoofdje tegen haar borst, zij tweeën tegen de rest van de wereld, en toen ze wakker werd, een beetje katterig omdat ze overdag had geslapen, had ze niet meteen geweten waar ze was, alleen dat het mistig was en dat de kou langs de randen van de ramen van de bus naar binnen kwam en dat er zonder dat ze het had gemerkt een andere chauffeur achter het stuur had plaatsgenomen en dat er veel mensen waren uitgestapt en zij nog bijna de enige overgebleven passagiers waren die al vanaf Londen in de bus zaten.

Ze wilde naar buiten kijken, maar het was echt te mistig om veel te kunnen zien; ze kreeg alleen een vage indruk van straatkeitjes en bruggen en kerktorens, laag en rechthoekig.

'Inverness! Inbhernish!' riep de chauffeur. Deze klonk... nou, Schots, waarschijnlijk. Zoë hield zichzelf voor dat ze moest stoppen met zo te denken. Dat was gewoon vanaf nu.

'O ja! Hier moeten we eruit!' riep ze terwijl ze Hari wakker schudde en de bus schokkend en met een diepe zucht tot stilstand kwam.

De chauffeur stapte uit en deed de bagageruimte open en Zoë zette, samen met een nog heel slaperige Hari, nerveus voor het eerst voet op Schotse grond. Het leek ongelofelijk dat ze nog diezelfde ochtend uit het hete en plakkerige Londen waren vertrokken. Er stond een koude wind onder de haar die overal leek te hangen, de lucht voelde vochtig. Ze rook alleen maar busstation terwijl ze hun armoedige nylon roltassen en de buggy uit de diepe bagageruimte van de bus sleurde.

Om haar heen zochten vrolijk kijkende mensen hun bagage bij elkaar, waarna ze zelfverzekerd verdwenen naar god weet waar. Zij kon Hari, die zich steeds uit haar armen wurmde, en de tassen niet tegelijk aan. Twee roltassen, twee jassen, een zwaar kind van vier, een buggy en haar handtas. Ze keek vergeefs om zich heen naar de chauffeur, maar die zat alweer achter het stuur, hij had gedaan wat er in zijn contract stond en toegezien op het uitladen. Alle andere passagiers waren al in de mist verdwenen.

'Kom op, Hari, je moet zelf lopen,' zei ze scherper dan de bedoeling was, en haar toon, plus de kou – Hari droeg alleen een T-shirt – zorgde ervoor dat hij zijn geluidloze huilen begon. Hij bleef stokstijf staan en liet zich toen heel langzaam naast de roltassen langs haar benen op de ontzettend smerige vloer van het busstation zakken. Op grote blauwe borden op de oud uitziende grijze stenen muren stond INVERNESS BUSSTATION te lezen, maar wat er verder stond was onleesbaar door de mist.

'Nee, Hari, nee. Nee, nee, nee, alsjeblieft, Hari, niet doen...'

Soms valt een klein kind niet te stoppen: als het op de grond wil liggen, gáát het op de grond liggen, hoeveel tassen je ook bij je hebt. Eén roltas, propvol, rolde op de weg, waar de bus naar Aberdeen net aan kwam rijden, die snel moest uitwijken om hem niet te verpletteren.

'Hari, Hari, sta op, sta alsjeblieft op,' zei ze zonder een vrije hand om de roltas die op de weg lag te pakken, omdat Hari anders misschien onder de wielen van een andere bus terecht zou komen. Hij rolde over de smerige straattegels en staarde haar, helemaal van streek en koud, met grote ogen aan alsof alles háár schuld was, wat natuurlijk op een bepaalde manier ook zo was. De wind blies dwars door Zoë heen en ze vloekte een paar keer binnensmonds. Maar, hield ze zichzelf voor, niet voor het eerst, zíj was de volwassene hier. Zíj was de verantwoordelijke en ze moest zich gewoon vermannen als ze het moeilijk vond. Er kwam weer een bus aan!

'Alsjeblieft, Hari! Sta op! Alsjeblieft! Je krijgt een... een ijsje van me... een ijsje!'

Hari keek haar verward aan. Dit was heel erg gek. Normaliter kreeg hij ijsjes van zijn vader. En bovendien was het al bijna bedtijd. En koud. Een ijsje was gek.

'IJsje? IJsje? IJsje?' riep Zoë wanhopig, net toen er plotseling een leuk uitziende, hoogzwangere en licht bezorgd kijkende vrouw alarmerend vlakbij uit de mist kwam stappen, en bleef staan.

2

Nina sleurde de goedkope roltas snel van de rijbaan – tot opluchting van de bestuurder van de bus naar Aberdeen, die toch al aan de late kant was – en zette die terug op het trottoir, waar Zoë nu bukte en de inmiddels ontzettend vuile Hari van de grond opraapte. Hij zat onder de dieselvlekken en andere viezigheid, zijn haar plakte tegen zijn voorhoofd en hij sperde zijn mond wijd open. Hij tikte met een smoezelig vingertje op zijn lip, waarmee hij ongetwijfeld wilde zeggen: oké, ja, ik wil een ijsje. Hij wees steeds sneller en ongeduldiger op zijn open mond en legde zijn vieze handje op Zoës wang om haar gezicht te draaien zodat ze naar hem keek.

De vrouw stond een beetje verwezen naar hen te kijken.

Zoë knipperde zenuwachtig met haar ogen. 'Eh... Ben jij...? Eh...' begon ze. Maar ze was de naam van de vrouw compleet vergeten. De lange, diepe slaap, de eindeloos durende reis en tot slot de scène met Hari... alles bij elkaar zorgde het ervoor dat de naam van de vrouw met wie ze had afgesproken haar niet te binnen wilde schieten. Hij stond in haar telefoon, maar die zat in de overvolle tas die naast haar op de stoep stond, wat dus net zo goed op de maan had kunnen zijn.

De vrouw vulde de ongemakkelijke stilte niet door haar naam te zeggen, maar bleef Zoë in plaats daarvan met een soort afschuw in haar blik aanstaren.

Nina had zich tot haar schrik, toen ze getuige was van de scène met Hari, plotseling gerealiseerd dat ze zich had laten meevoeren door de romantiek van kinderen krijgen, terwijl de werkelijkheid heel anders was: ze zag voor haar ogen hoe weinig romantisch en schattig een kind kon zijn. Ze kreeg het er benauwd van en werd overspoeld door angst; ze was even niet in staat om zich te bekommeren om Zoë.

'Eh...' zei Zoë nog een keer.

'Sorry, misschien vergis ik me,' zei Nina, voor het geval dat ze zich echt had vergist en per ongeluk een zwerfster had aangesproken. 'Naar wie ben je op zoek?'

Hari had zijn handje nu op de een of andere manier vastgedraaid in Zoës haar en trok er hard aan, hard en pijnlijk. De tas viel weer op de straat. Zoë keek de bus naar Aberdeen na en was er het liefst weer in gestapt.

'De boeken, de vrouw van de boeken,' wist Zoë eindelijk te bedenken.

Nina deed haar uiterste best om naar haar te glimlachen. 'Hallo!' zei ze. Toen herpakte ze zich. 'Hoi. Ik ben Nina. Jij moet gesloopt zijn.'

De vrouw die naar Nina opkeek, leek een stuk ouder dan achtentwintig. Haar donkere haar zat vreselijk in de war omdat ze erop had geslapen, ze had flinke kringen onder haar ogen en haar kleren zaten onder de vlekken. Het kind trok nog steeds geagiteerd aan haar haren.

Zo ben ik ook straks, dacht Nina vol afgrijzen. Zo word ik ook.

O god, dacht Zoë ontdaan. Dit was nou precies... Ze wilde het liefst gaan huilen. Ze had zo graag een leuke eerste indruk gemaakt, met haar prachtige zoontje dat zich keurig en onberispelijk gedroeg; ze had er kalm en professioneel uit willen zien, klaar om meteen aan de slag te gaan. Helaas had ze zich geen bezoekje aan de kapper kunnen veroorloven en had ze geprobeerd haar haar met de keukenschaar te knippen (nooit doen!). En toen ze wakker werd, had ze ook geen tijd gehad om zichzelf een beetje te fatsoeneren in de wc van de bus, die ook nog walgelijk smerig was geweest en waar ze Hari nergens had kunnen neerzetten terwijl ze had geprobeerd hem een beetje schoon te maken, wat niet meer was geweest dan wat vuil verplaatsen met een tissue. Hij zag er vies en onverzorgd uit, met snot onder zijn neus van het huilen.

En deze vrouw, met haar korte tweedrok over haar dikke buik, in haar paarse trui die prachtig combineerde met haar rode haar... zag er zo goed uit, zo thuis hier, ook al probeerde ze te verbergen hoeveel afschuw de hele situatie in haar opriep.

Zoë kneep haar ogen even dicht. Nou, te laat om het over te doen.

Nina pakte kordaat de handvaten van de roltassen en trok ze achter zich aan.

'Volg mij maar,' zei ze over haar schouder terwijl ze zich een weg zocht over de stoepjes tussen de bushaltes. Zoë vond het rot dat ze haar de tassen liet voortslepen, maar ze had geen keus, ze kon het niet in haar eentje.

Hari voelde meteen dat dit betekende dat hij geen ijsje kreeg en hij drukte zijn gezicht tegen Zoës T-shirt, stak zijn handje in de halsopening ervan – een overblijfsel van de tijd dat ze nog borstvoeding gaf – en begon geluidloos te huilen, zijn tranen doorweekten haar T-shirt.

Nina keek om en staarde even, waarna ze zich weer omdraaide en verder marcheerde, waarbij ze Zoës versleten tassen efficiënt achter zich aan trok terwijl Zoë hijgend probeerde haar bij te houden met haar eigen tas, de buggy en een ontroostbaar en verrassend zwaar kind van vier op haar arm.

'Wil je in de buggy, Hari?' fluisterde ze, maar Hari schudde heftig zijn hoofd. Zoë kon het wel begrijpen: er hing een dichte, dikke mist, wat het moeilijk maakte een goed idee te krijgen van waar ze waren. Door de hoofdingang van het busstation ving ze een vage glimp op van een groot zandstenen gebouw met pilaren en OPENBARE BIBLIOTHEEK erop, terwijl ze Nina volgde die op een heel aparte, blauwe bus afstevende.

'We zijn er,' zei ze opgewekt, waarna haar gezicht zorgelijk betrok. 'O god,' zei ze. 'Ik dacht...' Ze keek Zoë weer aan. 'Sorry. Ik ging ervan uit dat je een autozitje bij je zou hebben.'

'Dat wilde ik ook meenemen,' zei Zoë, 'maar ik had te weinig handen om het nog te kunnen dragen.'

'Ja, tuurlijk! Tuurlijk kon dat niet. Goh, het spijt me. Is het oké als je hem op je schoot neemt?'

'Ja hoor.'

Nina bleef nog een tijdje peinzend voor zich uit staan kijken. 'O... wacht even.'

Ze verdween in de laadruimte van de bus met Zoës bagage en kwam terug met drie dikke boeken.

'Zo zit hij wat hoger en kan hij naast je zitten.'

Zoë keek naar de boeken.

'O, maak je geen zorgen,' zei Nina. 'Het zijn boeken over hoe je groenten kunt verstoppen in kindereten. Ik vind ze niet leuk. Zolang hij er niet over plast is het goed.'

Ze glimlachte nerveus en Zoë glimlachte nerveus terug.

'Oké, mannetje,' zei Zoë, 'ik til je erop.'

'Hij is heel stil, hè?' merkte Nina op.

Surinder had niets gezegd over zijn mutisme, ze had gedacht dat het gewoon uit verlegenheid was dat hij niets zei.

'Hij praat niet,' zei Zoë. 'Nog niet, bedoel ik. Hij gaat het waarschijnlijk wel doen als hij eraan toe is.'

Nina bekeek het jochie voor het eerst goed. Als je het vuil op zijn plakkerige wangen en het snot wegdacht, was het een lief kind om te zien. Ze herkende er iets van Surinder in.

'Huilt hij wel?' vroeg ze nieuwsgierig.

'Zonder geluid,' zei Zoë. Ze deed wat ze altijd deed als ze haar ongerustheid wilde verbergen en probeerde opgewekt te klinken. 'Jij bent een lieve schat, hè, Hari, mijn eigen perfecte lieve schat.'

Hari snoof, veegde zijn neus aan zijn mouw af en leek weer

in tranen uit te gaan barsten. Hij zag er, om eerlijk te zijn, verre van perfect uit, maar ze besloten allebei daar niet verder op door te gaan terwijl Nina, met haar dikke buik tegen het stuur, de bus in zijn achteruit zette en voorzichtig wegreed van het busstation.

3

Surinder kon, zoals veel extraverte mensen, nooit echt begrijpen hoe het is om verlegen te zijn. Nina was haar hele leven een introverte boekenwurm geweest; haar verhuizing naar een klein dorp in Schotland had haar minder ongemakkelijk gemaakt in haar sociale contacten, vooral ook omdat het maar een kleine gemeenschap was, maar als ze iemand voor het eerst ontmoette, was ze nog altijd nerveus.

En Zoë voelde zich zo uitgeput en geslagen door het leven dat alle veerkracht uit haar was verdwenen. Ze had geen idee hoe ze die ooit weer terug moest krijgen.

En dan was het ook nog zulk triest weer. Nina vond het rot om Zoë zomaar af te zetten bij het onbekende grote huis. Ze had haar mee naar huis moeten nemen, te eten moeten geven en een beetje voor haar moeten zorgen. Ze had niet verwacht dat Zoë zo'n zielig vogeltje zou zijn (Surinder had haar flinker gemaakt dan ze in werkelijkheid was, dat was overduidelijk).

'En?' vroeg Nina uiteindelijk om een praatje te beginnen, 'wat heb je onderweg in de bus zitten lezen?'

Deze keer was Zoë er klaar voor.

'*Anna Karenina*!' verkondigde ze luid. Nou ja, ze had het meegenomen. Ze had het uit een tweedehandswinkel en ze ging het ook lezen. Het was niet zo dat ze niet las – dat deed ze wel – maar ze was er een beetje uit geraakt na de geboorte van Hari en merkte dat haar concentratie sindsdien niet meer zo was als hij was geweest.

'Echt?' vroeg Nina. 'Ik vind het altijd lastig om zware literatuur te lezen tijdens het reizen... bijzonder!'

Er viel een stilte.

'Eh...' zei Zoë. 'En dit...' Ze hield een Jack Reacher-boek omhoog dat ze ook in haar handtas had, een verhaal over een avonturier die alleen geld, een opvouwbare tandenborstel en een verlopen paspoort bij zich heeft, zijn kleding slechts twee of drie dagen draagt en dan weer nieuwe koopt.

'O, ja,' zei Nina met een glimlach. 'Ik hoop dat hij een schone onderbroek aanheeft.'

'Het is vandaag de derde dag dat hij hem draagt,' zei Zoë.

'Oef!' zei Nina, en Zoë glimlachte naar haar.

'De Urquarts... Zijn die aardig?' vroeg Zoë.

Nina kneep haar ogen even dicht. Ze had natuurlijk, besefte ze, bij hen op bezoek moeten gaan om te checken hoe ze waren. Maar ze voelde zich elke dag zo slecht. Veel slechter dan ze aan Lennox liet merken, die alleen maar ongerust zou zijn. Het enige wat ze nog voor elkaar kreeg, was zich 's ochtends naar de bus slepen en 's avonds instorten voor het haardvuur.

'O, ik weet zeker dat het prima mensen zijn,' zei Nina. 'Het is alleen... een moeilijke tijd voor hen geweest, denk ik.'

Zoë knikte. De crèche waar ze had gewerkt was duur en chic geweest, en werd bevolkt door kinderen van gescheiden ouders. 'Een moeilijke tijd' betekende in haar ervaring 'zet je maar schrap!'

Hari was in slaap gevallen en lag tegen haar aan, hij liet een lange zucht ontsnappen.

Na een hele tijd kwamen ze bij wat Zoë dacht dat weer een lange kronkelweg was, terwijl Nina op een uitgeprinte kaart keek (de telefoonontvangst, begreep Zoë, was niet erg betrouwbaar hier). Tot haar afschuw drong het tot haar door dat Nina hier dus nog nooit eerder was geweest.

'Ik zet je alleen even af,' zei Nina blozend. 'Hij heeft samen met mijn vriend op school gezeten,' voegde ze eraan toe, alsof dat alles goedmaakte.

'Eh, oké,' zei Zoë terwijl ze Hari dichter tegen zich aan drukte. Buiten riep een uil. Ze passeerden twee stenen pilaren die elk aan een kant van de weg stonden; er moest ooit een toegangspoort tussen hebben gehangen, die nu verdwenen was. Op een nogal gammel bord stond THE BEECHES.

Zoë keek even naar Nina, die haar blik opzettelijk negeerde en in plaats daarvan een beetje geforceerd begon te lachen. 'Haha! Ziet er spookachtig uit!'

'Hm,' zei Zoë terwijl ze haar handen over Hari's oren legde en zichzelf voorhield, terwijl de twee pilaren achter hen in het donker verdwenen en het geroep van de uil weer opklonk, dat ze natuurlijk niet in spoken geloofde. Absoluut niet.

De twee pilaren bleken het begin van een lang pad te zijn, donker en mistig, dat naar het huis leidde; ze waren er nog lang niet. Pas na een hele tijd ging het pad over in een met grind bestrooide oprijlaan, die zijn beste tijd had gehad en geflankeerd werd door ritselende struiken. Ze reden langs donkere heggen en bijgebouwen en toen zagen ze The Beeches eindelijk opdoemen.

Het was verdomme de spookachtigste, engste plek die Zoë ooit had gezien.

Het huis was gebouwd in een stijl die Zoë niet kende maar waarvan ze algauw zou ontdekken dat veel van de buitenplaatsen in de regio er zo uitzagen: de Schotse baroniale stijl, in grijs steen met een veelheid aan torentjes die uit de hoge muren oprezen en een breed bordes naar een enorme houten toegangsdeur. De torentjes waren versierd met windwijzers en puntige metalen dingen en leken op kindertekeningen van Repelsteeltje. Er waren veel ramen, sommige zo smal dat ze bedoeld leken als schietopening, hoewel het gebouw duidelijk stamde uit een tijd waarin er allang geen gevaar meer was voor vijandige pijlen.

Het was adembenemend. En angstaanjagend.

'Ik dacht... ik dacht dat het een huis was,' zei Zoë hoofdschuddend.

'Dat is het ook,' zei Nina. 'Het is alleen heel, heel groot.'

De bus minderde vaart en de kiezels knerpten onder de banden. Voor de voordeur zagen ze het silhouet van een vrouw die bozig met haar armen over elkaar geslagen op het bordes stond te wachten.

Zoë hoefde geen helderziende te zijn om te weten dat dit Mrs MacGlone moest zijn.

4

Zoës eerste indruk van een glorieus kasteel werd een beetje getemperd door de kapotte stenen en het onkruid dat uit sommige spleten onder de kozijnen groeide en ze vroeg zich af of er misschien zoveel kamers waren dat er in sommige al eeuwen niemand meer was geweest.

De grote vrouw die met haar armen over elkaar geslagen voor de voordeur stond, deed een stap in hun richting.

'Ze is niet zo eng als ze eruitziet,' mompelde Nina zacht.

Zoë wierp een blik op haar. 'Mrs MacDanvers,' zei ze binnensmonds, en Nina grinnikte, ze vond het grappig dat Zoë haar vergeleek met de enge huishoudster uit Daphne du Mauriers *Rebecca*.

Zoë stapte uit de bus. Een stevige bries blies haar haren voor haar gezicht. Het moest echt geknipt worden. En gewassen en geföhnd...

Mrs MacGlone nam Zoë van top tot teen op.

'Aye,' zei ze op een toon waaruit bleek dat ze al talloze au pairs zo had opgenomen. 'Zoë, was het toch?'

'En Hari,' zei Zoë terwijl ze zich half omdraaide en haar mannetje, dat tegen haar schouder lag te slapen, liet zien.

'Ja, mij best,' zei Mrs MacGlone ongeïnteresseerd.

Ondanks haar dikke buik tilde Nina de roltassen uit de bus en samen met Zoë liep ze richting Mrs MacGlone.

De enorme houten dubbele voordeur was kaal en bladderde af, zag Zoë.

Mrs MacGlone fronste. 'Wij gebruiken de andere deur,' zei ze, en Zoë kon het begin van een grijns niet onderdrukken. Een aparte ingang voor de bedienden! Dit was Downton Abbey! Ze keek om zich heen en kon, nu de maan even tevoorschijn kwam tussen de zware wolken, het huis net onderscheiden. Het had net zo goed een eeuw geleden kunnen zijn.

Er hing een sterke dennengeur in de lucht en het begon echt heel donker te worden – echt donker, niet de verlichte duisternis van Londen, waar de auto's en vrachtwagens altijd reden en alles dag en nacht doorging. Behalve een zacht gekras en geritsel hoorde Zoë helemaal niets. Plotseling vroeg ze zich af of ze ooit in haar leven op zo'n stille plek was geweest.

Toen, terwijl ze knerpend over het grind naar de zijkant van het huis liepen (Nina, die echt niet meer kón van vermoeidheid en kotsmisselijk was, had zich verontschuldigd en was vertrokken met de afspraak dat ze elkaar de dag erop zouden zien; er stond bij het huis een auto die Zoë mocht gebruiken), hoorde Zoë ergens boven een raam knarsend opengaan en zag ze binnen een licht. Daarna een snelle flits van iets wits en een raar soort eng, kakelend lachen. Ze draaide haar hoofd met een ruk opzij om beter te kijken, maar er was niets meer te zien. Het was weer doodstil en Mrs MacGlone had blijkbaar helemaal niets gehoord.

De achterdeur – veel eenvoudiger, met vier ruitjes erin – knarste niet: blijkbaar ging die vaak open en dicht. Ze gingen een met flagstones betegelde gang in met rechts een grote kamer die blijkbaar alleen bedoeld was voor rubberlaarzen, wandelstokken en waxjassen.

'Hang jullie jassen maar op in de laarzenkamer,' zei Mrs MacGlone.

Zoë knipperde met haar ogen. Ze had nog nooit van een laarzenkamer gehoord. Hari was wakker geworden en keek met grote ogen om zich heen. Zoë voelde zich net zo verwonderd als hij.

Mrs MacGlone haastte zich een grote keuken in, met een laag plafond en een lange bediendentafel in het midden. Het was er koud (er lagen geen kleden op de vloer) en nogal bedompt, met een grote ouderwetse spoelbak. Het enige geluid kwam van een luid brommende ouderwetse ijskast. Maar het rook er totaal niet naar eten, er hing geen kooklucht, viel Zoë op.

'Dit is de keuken,' zei Mrs MacGlone. 'Ik kook niet.'

'Maar... wat eten ze dan?' vroeg Zoë.

'Ach... Het gaat best, hoor.'

'Goed,' zei Zoë, die volkomen op was. 'Misschien kunt u me morgen de rest laten zien? Ik wil Hari nu graag in bed leggen...'

Mrs MacGlone keek naar Hari alsof het belachelijk was dat een kind van vier om elf uur 's avonds al sliep, snoof nog een keer en liep toen een smalle gang in die naar een even smalle stenen wenteltrap leidde. Het was duidelijk een personeelstrap. Zoë sleurde een van haar roltassen met zich mee, die tegen elke tree bonkte. Door een verborgen deur onder het officiële, houten trappenhuis kwamen ze in wat duidelijk de grote entreehal was, met daarin de brede voordeur.

Het rook er naar bijenwas. Zoë zag veel geboend donker hout, zware Schots geruite tapijten, een trapleuning en spijlen die met houtsnijwerk waren versierd en een traploper vastgezet met stevige koperen roedes. Op het tussenbordes stond een grote staande klok, die nog echt tikte ook. Zoë dacht niet dat ze eerder zo'n klok echt had horen tikken.

Weer hoorde ze een vaag lachen, heel veraf.

'Zijn de kinderen opgebleven om me te zien?' vroeg ze hoopvol.

'Naar bed!' schreeuwde Mrs MacGlone naar boven, en daarna hoorden ze niets meer.

'O,' zei Zoë. 'Oké. En Mr Urquart?'

'Die is er niet,' zei Mrs MacGlone.

'Mijn hemel!' zei Zoë oprecht verbaasd. 'Dan is het maar goed dat ik hier ben!'

Mrs MacGlone snoof voor de zoveelste keer, alsof dat nog maar viel te bezien.

5

Zoë sleepte haar tas en Hari achter Mrs MacGlone aan. Er bleek nog een achtertrap te zijn, ook achter een verborgen deur, naast de deur waardoor ze even daarvoor in de grote ontvangsthal terecht waren gekomen. Deze trap draaide drie etages omhoog en kwam op zolder uit in een lange gang met heel veel deuren.

De eerste deur stond open. Erachter lag een klein kamertje dat deed denken aan een cel, met twee eenpersoonsbedden en een wasbak. Achter een raam hoog in het dak was het pikkedonker. Desondanks legde Zoë Hari opgelucht op een van de bedden neer, waar hij zich onmiddellijk omdraaide en in een diepe slaap viel. Er was geen dekbed, alleen een ruwe deken, waar ze hem mee toedekte. Het was kil in het kamertje.

'Waar is...'

'De badkamer is aan het einde van de gang,' zei Mrs MacGlone. 'Ik laat je morgen de rest zien. Ik ga.'

'U gaat... ergens anders naartoe?'

'Ik blijf hier 's nachts sinds de vorige meid het voor gezien hield,' zei Mrs MacGlone. 'En ik heb er schoon genoeg van. Morgenochtend ben ik er weer. Tot dan.'

Zoë keek haar na en besefte tot haar afschuw dat ze niet wist waar de gang ophield; er leken eindeloos veel en eindeloos lange gangen hier, je kon er zeker in verdwalen. Of worden gedood door een spook, kwam er belachelijk genoeg in haar hoofd op, maar die gedachte negeerde ze. Voornamelijk.

Maar daarbij stierf ze echt van de honger. Diep in haar hart had ze gehoopt te belanden in... oké, om eerlijk te zijn: in een heerlijk warm Schots huis met een brandend haardvuur en een traditioneel Schots eten, haggis misschien? Dat had ze nog nooit geproefd. Misschien een flinke kom soep met schattige kinderen die blij waren dat ze er was en een aardige vader die 'godzijdank dat je er bent' zei, en een gezellige kamer en...

De kraan boven de wasbak drupte. Ergens in de diepte van het huis kraakte iets. Zoë zette haar telefoon aan – geen bereik in huis. Maar ze kon wel een muziekje opzetten, en dat deed ze ook, zachtjes, om zich niet zo verschrikkelijk alleen te voelen.

Ze dook in haar handtas en wist er nog een half pak rijstwafels uit op te diepen. Samen met een glas water – verrassend schoon en verfrissend – uit de oude koperen kraan moest dat haar avondeten zijn.

Nou... Ze keek om zich heen naar de kale bedden, de lege, oude kast, het kleine raampje. Bekijk het van de positieve kant. Het was... anders. Ze voelde zich ontzettend ver weg van de hele wereld, van haar hele vroegere leven.

Ze liet zich op het bed neerzakken. De matras was zo dun dat ze de spiraalbodem erdoorheen voelde. Hoe lang zou ze alles van de positieve kant moeten bekijken? Ach...

Morgen was het vast beter. Toch?

6

Eerst, toen ze om halfzes haar ogen opendeed, met zoals gewoonlijk een klein jochie boven op haar dat duidelijk maakte dat hij naar de wc moest, wist ze niet precies waar ze was of wat er was gebeurd.

Toen drong het met volle kracht tot haar door.

Gauw en zonder nadenken haastte ze zich met Hari het kamertje uit, niet zeker waar de wc te vinden was; er waren acht deuren op de gang maar de meeste daarvan zaten op slot, ontdekte ze algauw. Getver, het was sinister hier, en al helemaal als je zowat bevroor en heel erg moest plassen.

De badkamer bleek irritant genoeg helemaal aan het andere einde van de gang te zijn, wat ze ontdekte na een hele koude tocht op blote voeten over het ijzige linoleum. Er was een oud stortbaktoilet met een ketting en een emaillen trekker en verder stond er een enorm oud bad op pootjes, zonder douche. Zoë baalde flink; als ze nu ergens behoefte aan had, was het wel een lekkere hete douche, maar die was er dus niet.

Terwijl Hari op de wc zat, probeerde zij de kranen van het bad.

Er kwam een bruingele straal water uit de mengkraan – die dus duidelijk lang niet was gebruikt – en Zoë pakte gauw de stop van het bad en het kleine hotelzeepje dat bij de wasbak lag. Ze had geen shampoo bij zich omdat ze al zoveel moest meeslepen en had gedacht die hier te kopen zodra ze er eenmaal was, of dat ze hier misschien in eerste instantie iets kon lenen. Maar ze kon zich niet herinneren dat ze de avond ervoor tijdens de rit vanuit Inverness ergens iets had gezien wat op een winkel leek.

Het warme water bleef stromen totdat het ongeveer vijf centimeter hoog stond in het grote bad en werd toen opeens koud. Zoë was verbijsterd. Wat dat alles? Leefden mensen echt op deze manier?

Maar ze moest zich wassen, dat was duidelijk. En op de eerste dag in een nieuwe baan al helemaal.

Met tegenzin, en bibberend op de koude tegels in de onverwarmde badkamer, kleedde ze zichzelf en Hari uit, ook al verzette Hari zich hevig en probeerde hij zich uit haar greep te ontworstelen. Toen ze in het water stonden, zeepte ze hen allebei in met het petieterige zeepje. Zo goed als ze kon tenminste, wat niet echt goed was. Ze durfde het risico niet te nemen om te proberen hun haren te wassen. Dat moest dan maar wachten.

Hari wees naar zijn mond.

'Ja, ik weet het,' zei ze. 'Ik weet dat je honger hebt, schatje. We gaan alle kleren uitpakken en dan gaan we ontbijten, goed?'

Hari was absoluut niet gerustgesteld en trok een gezicht alsof hij problemen ging geven. Ze rukte een oude, versleten handdoek die ontelbare keren gewassen moest zijn van een kleine stapel in de hoek en wikkelde zijn bevende lijfje erin, waarna ze hem stevig tegen zich aan drukte.

'Maak je maar geen zorgen,' fluisterde ze in zijn oor, hoewel ze het eigenlijk meer tegen zichzelf had dan tegen hem. 'Ik weet dat het allemaal nieuw is, en vreemd, en anders. Maar dat is niet erg. Soms is dat gewoon even zo. En het komt goed. Dat beloof ik, schat.'

Het drong met een schok tot haar door dat er in dit vreemde huis met zijn eindeloze gangen, vele trappen, mysterieuze kinderen en mysterieuze vader... dat er, besefte ze met afgrijzen, misschien wel geen televisie was. Dat de kalmerende kracht van *Hoi Duggee* en zijn jongen en het voor Hari fascinerende *Octonauts* hem niet konden afleiden als dat nodig was. Terug in het kamertje pakte ze zijn oude tablet mee voordat ze de trap af gingen naar beneden. Voor de zekerheid, tot hij zich beter voelde en wat beter gewend was. Ze konden hem beneden opladen.

Het was doodstil in huis terwijl ze de trap af liepen. Beneden in de donkere hal ontdekte ze een een deur naar wat waarschijnlijk de eetkamer was, maar die was afgesloten. Ook drong het tot haar door dat de begane grond aan de voorkant de eerste verdieping was aan de achterkant; het huis was op een heuvel gebouwd.

De koude keuken zag er iets aantrekkelijker uit in het ochtendlicht, met grote vuile ramen waar op dat moment even een flauw zonnetje doorheen viel. Er was een deur die op een klein terras uitkwam, dat met onkruid was overwoekerd en overging in een grasveld dat afliep tot aan de muur van een moestuin, waar een smal kiezelpad doorheen liep.

Ze zag nergens een elektrische waterkoker, maar er stond wel een enorme oude ketel op het oude elektrische fornuis en Zoë dacht dat ze daar ook wel mee om kon gaan. Ze vulde hem met water – waarna hij een ton woog – en zette hem op.

Nadat ze Hari had gewaarschuwd dat hij niet dicht bij het fornuis mocht komen – hij omklemde zijn tablet alsof het een religieus relikwie was; ze hadden een stopcontact ontdekt en hij wilde pertinent niet met haar mee – trok ze haar vest strakker om zich heen en stapte naar buiten, de frisse ochtend in.

Het gras was nat van de dauw en de dichte mist van de avond ervoor begon op te trekken, hoewel die nog niet echt verdwenen was; je kon de flarden ervan zien wervelen alsof het levende wezens waren. Zoë had nog nooit zoiets gezien, het leek alsof ze in een wolk stond.

Maar boven zich kon ze de eerst zonnestralen hun best zien doen om door de dikke grijze deken heen te dringen; hier en daar viel het gouden licht er al doorheen en veranderde de vochtdruppels op het gras in flonkerende diamanten.

Zoë ademde heel diep in, ze zoog de frisse lucht tot diep in haar longen. Ze werd er bijna duizelig van, zo rijk en zuiver was de lucht hier. Ze deed haar ogen weer open, keek om en wierp een blik de keuken in om te zien of alles oké was met Hari. Ze kon hem zien zitten door de openstaande deur, in elkaar gedoken, volkomen geboeid door wat hij op het scherm zag, helemaal in zijn eigen wereldje.

'Kom, Hari!' riep ze zachtjes, maar hij keek nauwelijks naar haar op en schudde zijn hoofd.

Het prachtige uitgestrekte grasveld stond vol madeliefjes en wilde bloemen, maar dat droeg alleen maar bij aan de schoonheid ervan. Een met klimop overgroeide muur omzoomde een boomgaard, de kruinen van de fruitbomen staken erboven uit. Het huis lag achter haar; op de windvaantjes en punten van de vele torentjes glansde hier en daar de zon. Links van haar liep het grasveld af en ging het over in mosachtige aarde en eindigde uiteindelijk – tot Zoës grote verbazing, ze had er de dag ervoor niets van gezien – in een kleine baai, waar een oude roeiboot lag (die schreeuwde om een likje verf) met daarachter een enorm uitgestrekt groen water dat hier en daar glinsterde in het zonlicht. Het was het beroemde meer! Loch Ness. Zoë had geweten dat het ergens in de buurt lag, maar niet dat dat zó dichtbij was.

'Hari! Hari, kom eens kijken!' riep Zoë terwijl ze de keuken binnenrende. De ketel stond luid te fluiten en ze schonk het kokende water in een kop met daarin een verfrommeld theezakje dat ze ergens in een verder lege kast had gevonden.

'Nou, je zou weleens gewoon gedag kunnen zeggen, of goedemorgen,' klonk er een stem.

Zoë draaide zich met een ruk om en het kokende water klotste bijna uit de ketel. De stem – een kinderstem – leek uit het niets te komen. Eén belachelijk moment flitste de gedachte door haar hoofd dat het misschien een... Nee. Belachelijk.

In de deuropening van de keuken stond een klein joch met bruin haar dat rechtovereind stond, in een heel oude flanellen pyjama die hem te klein was. Ondanks zijn slonzige uiterlijk klonk hij erg zelfverzekerd.

Zoë was even van haar stuk. Toen begreep ze dat dit een van de kinderen was en glimlachte ze breed. 'Hallo, ben jij...' Ze kon zich niet herinneren welk kind ongeveer van zijn leeftijd was. 'Ben jij Shackleton?'

'Nee,' zei het kind. 'Gadver. Absoluut niet. Ik ben Patrick.'

'O ja! Hallo Patrick. Ik ben Zoë.'

Het joch fronste.

'Nou,' zei hij. 'Dat ga ik absoluut niet onthouden. Jij bent...' Hij keek naar zijn vingers. 'De zevende. Dus noem ik je "Nanny Zeven".'

'Noem me maar liever gewoon Zoë,' zei Zoë.

Patrick kwam aansloffen en klom voorzichtig op een van de keukenkrukken, die net iets te hoog voor hem waren. 'Ik dacht het niet. Absoluut niet. Toast, Nanny Zeven!'

Zoë staarde hem aan. Tot haar verrassing legde Hari zijn tablet neer en slenterde naar hem toe. Dat was helemaal niets voor hem.

'Wie ben jij?' vroeg Patrick.

'Dat is Hari,' zei Zoë. 'Hij woont hier ook.'

Patrick bekeek het jongetje enigszins wantrouwend.

Hari wierp een ongeruste blik op Zoë, maar zij glimlachte naar hem om te zeggen dat het wel oké was.

'Hm,' zei Patrick na een tijd. 'Je praat niet veel. Dat vind ik absoluut oké. Ik praat namelijk heel veel. Hou je van dinosaurussen?'

Hari knikte.

'Oké,' zei Patrick nonchalant. 'Twee geroosterde boterhammen, Nanny Zeven.'

Nou, dan moet je even geduld hebben, wilde Zoë net antwoorden toen er een tweede kind nerveus de keuken binnenliep.

'Goedemorgen,' zei ze opgewekt. Ze wenste dat Mrs MacGlone er was. Het was raar dat ze dit allemaal in haar eentje moest opknappen. Opeens werd ze overvallen door een angstige gedachte, dat Mrs MacGlone nooit meer terugkwam en ze haar nooit meer zou zien en het in haar eentje moest zien te redden, maar die gedachte schoof ze snel terzijde.

Het meisje leek een jaar of tien, ze was lang en dun, zo mager als een rietje en vertoonde nog geen enkel teken van het begin van vrouwelijke vormen. Ze had lang, donker haar dat nodig een wasbeurt nodig had en een heel bleek gezicht met een spitse kin. Ze was niet echt knap als je haar zo voor het eerst zag, maar ze zag er interessant, nieuwsgierig en bijzonder uit. Ze droeg een lichtblauwe nachtjapon die achter haar aan over de vloer sleepte – nogal een onheilspellend gezicht.

'Ik ben Zoë.'

He meisje snoof, keek haar brutaal aan en reageerde niet.

'Dat is Mary,' zei Patrick. 'Ze is absoluut afgrijselijk.'

'Hou je kop, kleuter,' zei het meisje. Ze had een sterke Schotse tongval.

'Ik zei het,' zei Patrick.

Ze opende een kast die Zoë niet was opgevallen en pakte een doos cornflakes. Toen liep ze de deur uit en kwam terug met een pak vieze houdbare melk.

'Ik ben jullie nieuwe au pair,' zei Zoë.

'Ik ben negen,' zei Mary op vlakke toon. 'Ik hoef geen au pair.'

'Die heb je absoluut nodig,' zei Patrick. 'Je bent onverbeterlijk.'

'Je weet niet eens wat dat betekent, kleuter, dus hou je kop.'

'Dat weet ik echt wel. Het betekent absoluut afgrijselijk en absoluut lastig en absoluut gemeen tegen broers.'

'O, nou, dat is juist goed,' zei Mary terwijl ze de helft van de melk over haar cornflakes goot, de kom overstroomde en de melk over de tafel liep, maar ze geen aanstalten maakte daar iets aan te doen.

'Dit is een mooi huis,' zei Zoë vaag. Mary wierp haar een blik toe die Zoë verbaasde: hij paste meer bij een veertienjarige puber die barstte van de hormonen dan bij een kind van negen.

'Je kunt vier keer per jaar een rondleiding krijgen, als je betaalt,' siste ze. 'Waarom doe je dát niet?'

Hari stond op, hij had een rafelig lapje bij zich dat hij in noodgevallen tegen zijn gezicht aan drukte, en zijn duim in zijn mond.

'En dit is mijn zoontje Hari, die hier ook komt wonen.'

Mary negeerde Hari ook volkomen – wat Zoë ongelofelijk kwaad maakte – haalde haar telefoon tevoorschijn en begon daar nadrukkelijk iets op in te typen. Het was een onverwacht modern apparaat in zo'n oud en vervallen huis.

Even later deed Patrick hetzelfde en waren ze allebei volkomen verdiept in hun telefoon, terwijl Zoë op haar tenen om de tafel heen liep en wat cornflakes voor Hari in een kom deed – Mary wierp een felle blik op haar alsof ze aan het stelen was – en de vuile kommen en borden afruimde. Tot haar afschuw bleek er geen vaatwasser te zijn. Hoe kon een gezin in vredesnaam zonder? Ze zuchtte diep. De zon viel nog steeds door de ramen. Ze pakte Hari's hand en legde zijn tablet opzij. 'Kom, ik wil je wat laten zien,' fluisterde ze.

7

Zelfs in de korte tijd dat ze in de keuken was geweest, was het weer al veranderd, de mist was opgelost en er waren steeds meer zonnevlekken te zien op het grasveld. Hari keek verbijsterd om zich heen. Ze had hem een paar keer mee naar Brighton genomen, maar daar was het altijd bomvol mensen en er was alleen een ruw kiezelstrandje waar je niet lekker kon liggen.

Maar dit...

Ze liepen naar het kleine zandbaaitje. Het strand was goudkleurig – een kleur die Zoë zich niet had kunnen voorstellen. Deze mensen hadden gewoon hun eigen strand! Dat was toch echt bijzonder... Ze schudde haar hoofd van verbazing.

Het meer – of het loch – was enorm; het leek zich helemaal tot aan de horizon uit te strekken. Ze kon nergens het einde ervan zien, behalve recht voor haar, waar hoge bergen oprezen uit de mist, maar hoe ver weg die waren kon ze niet inschatten.

Verder was er alleen het gekabbel van golfjes tegen de waterkant, en de verlaten boot. Ze knielde en stak haar hand in het water. Het was verschrikkelijk koud en helder. Je kon het misschien wel drinken, hoewel ze dat nu niet ging doen. Ze nam een teugje van haar koffie. Zelfs zwarte oploskoffie zonder melk in een oude gebarsten mok, besefte ze tot haar verrassing, smaakt verrukkelijk als je aan de rand van het water staat op een prachtige – hoewel kille – ochtend.

Plotseling rukte er een handje aan de onderkant van haar trui.

‘Wat? Wat is er?’ vroeg ze terwijl ze naast Hari neerhurkte. Hari wees heftig naar het midden van het meer. ‘Wat is er, Hari?’

Ze tuurde. Er was niks te zien. Er cirkelden alleen wat vogels boven het water.

'Ja, ik zie het. Vogels. Mooi, hè?'

Plotseling klonk er een luid gekrijs achter hen. Zoë schrok zich een ongeluk. Hari slaakte een kreet van angst.

Toen ze zich met bonkend hart omdraaiden, bleek er een enorme pauw achter hen te staan, zijn veren sleepten plat over de grond, zijn harde zwarte kraaloogjes keken hen strak aan en zijn puntige snavel was wijd opengesperd.

Kaaaaarrrrk!

'O, jezus!' riep Zoë uit. 'Ik schrok, meneertje Pauw. Hier.'

Ze haalde het brood tevoorschijn dat ze op weg naar buiten mee had gegrist uit de keuken. 'Probeer dit maar eens.'

Ze gooide een paar stukjes naar de pauw toe en gaf Hari een boterham om hetzelfde te doen, maar moest het weer uit zijn handje halen omdat hij het wilde vasthouden om de pauw te lokken, en het beest keek of hij het liefst een vingertje zou afbijten.

Kaaaaarrrrk, krijste de pauw weer, alsof hij hen wilde waarschuwen dat hij niet bepaald onder de indruk was van hun armzalige gaven, hoewel hij die wel allemaal opvrat, dus schoven ze voorzichtig langs hem heen, terug naar de veilige keuken.

'Het is prachtig buiten!' zei Zoë toen ze binnenkwam, nog steeds een beetje ontsteld van de schrik.

Patrick snoof. 'Dat zeggen ze absoluut allemaal in het begin,' merkte hij somber op.

Eindelijk kwam er nog een derde figuur de trap af bonken. Hij was fysiek gezien volkomen anders dan de andere twee: dik, lomp en met blond haar. Een beginnende puber, hij zag eruit alsof hij niet wist wat hij met zichzelf aan moest. Hij had enorme handen en voeten en nadat hij zes boterhammen in de broodrooster had gestopt, liet hij zich met een zucht op zijn stoel neerzakken.

'Eh... goedemorgen,' zei Zoë.

De jongen nam haar van top tot teen op.

'Nanny Zeven,' zei Patrick.

'Ik heb geen nanny nodig,' zei de jongen, en Zoë moest toegeven dat daar iets in zat; hij zag eruit alsof hij klaar was om deel te nemen aan een rugbytoernooi.

'Dat komt goed uit, want ik ben geen nanny,' zei Zoë. 'Hallo. Ik ben Zoë. Ik ben jullie nieuwe au pair.'

'Shackleton,' bromde de jongen, en het was zo'n ongewone naam voor zo'n jonge jongen dat Zoë nog een keer moest vragen hoe hij heette.

'Je moet niet naar zijn naam vragen, hij haat zijn naam!' merkte Patrick op. 'Als ik als eerste was geboren, had ík die gekregen. En het landgoed...' zei hij er peinzend achteraan.

'Van mij kun je het krijgen, wurm,' beet Shackleton hem toe.

'Echt wel,' zei Patrick. 'En dan mogen jullie allebei nooit komen. Nooit, nooit, nooit.'

'Ik ga gewoon niet weg,' zei Mary. 'Dus...'

'Je gaat wel! Je gaat wel weg uit mijn huis! Echt wel, stomme trut!' Patrick sprong, plotseling furieus, op haar af.

Zoë stak haar handen automatisch uit om hem tegen te houden.

Patrick verstijfde toen ze hem aanraakte. 'Blijf van me af!' riep hij schril.

'Ja, goed, maar... blijf jij dan van je zus af.'

'Ja, blijf jij dan van míj af,' zei Mary, en ze stak haar tong uit.

Zoë voelde dat het kleine joch beefde van woede.

'Wie wil er nog een geroosterde boterham?' vroeg ze hoopvol met een blik op het rooster, maar Shackleton had alle zes boterhammen al dik besmeerd met boter en het grootste deel van een pot marmelade en zat alles stoïcijns naar binnen te werken.

'Sorry,' zei hij met volle mond waar de kruimels uit vielen. 'Het brood is op.'

8

Zoë had nooit kunnen denken dat ze zo blij zou zijn om Mrs MacGlone te zien, die om stipt halfnegen binnenkwam. Geen van de kinderen keek op toen ze haar huishoudhandschoenen begon aan te trekken.

'Jullie hebben al kennisgemaakt, zie ik,' zei ze.

'Ja!' zei Zoë, die achter haar aan naar de grote hal liep.

Zodra ze buiten gehoorsafstand waren, draaide Mrs MacGlone zich met een diepe zucht om.

'Ja, Mary doet altijd zo. Ja, Patrick heeft een hoog IQ. En nee, je mag ze niet slaan.'

'Dat was ik ook niet van plan...'

'O, geloof mij maar, dat komt nog wel...'

'Waarom zijn ze niet op school?' vroeg Zoë.

Mrs MacGlone snoof. 'Mary is geschorst. Toen heeft Shackleton gevochten met iemand die grappen over zijn zus maakte omdat ze was geschorst, dus werd hij ook geschorst. En Patrick begint pas na Kerstmis.'

Zoë knipperde verbouwereerd met haar ogen. Het was niet in haar opgekomen om dat al eerder te vragen. Wat deden ze in vredesnaam de hele dag?

'Hoelang zijn ze geschorst?'

'Dat beslist het hoofd van de school, denk ik.'

'Maar wat doen ze dan de hele dag?'

'Geen idee,' zei Mrs MacGlone, en ze begon de trapleuning op te wrijven. Het was duidelijk dat ze maar één gedeelte van het huis beschouwde als haar domein, en dat was niet de keuken.

Shackleton begon een heel lawaaierig computerspel. Het

geluid drong vanuit de keuken helemaal tot in de hal door, waarmee tenminste één vraag was beantwoord.

'Dat dus,' zei Mrs MacGlone onheilspellend.

Zoë keek rond in de duistere hal. Ze kon oude olieverfschilderijen onderscheiden aan de wanden, een enorm tapijt en er hing een hertenkop met glimmende ogen. Mrs MacGlone liep langs haar heen en duwde de klink van een grote houten deur omlaag en deed die langzaam open. Hij kraakte gedienstig.

De kamer was ook donker, de luiken waren dicht. Mrs MacGlone klakte met haar tong. 'Ik heb geen tijd om het hier vandaag ook nog te doen,' zei ze. 'Ik moet de westelijke vleugel al doen, de was, de kindervleugel en de twee trappen...'

Ze bewoog zich een beetje stijfjes en Zoë vroeg zich af hoe oud ze zou zijn.

'U hebt een hoop te doen.'

'Dat kun je wel zeggen,' mompelde ze.

'Hij is weer bezig geweest hier,' vervolgde ze terwijl ze naar het raam liep en de luiken openzette. Er stroomde een baan zonlicht waar stofjes in dansten de kamer in. Zoë was even verblind en keek toen langzaam om zich heen om de ruimte in zich op te nemen.

Het was een prachtige kamer die doorliep tot aan een erker aan de voorkant van het huis, maar het was er wel vuil en het was er ook een enorme zooi. Maar het mooiste en bijzonderste was wel dat elk vrij plekje van de wanden was bedekt met op maat gemaakte oude houten boekenplanken. En het plafond was bekleed met houten panelen, wat de kamer heel bruin maakte.

Maar de boeken! Zoë had er gewoon nog nooit zoveel bij elkaar gezien. Honderden en honderden, misschien wel duizenden. Er stonden grote in leer gebonden exemplaren, oude bijbels en encyclopedieën en boeken die eruitzagen als spreukenboeken. Boeken met goudopdruk, oude kwetsbare manuscripten die voorzichtig bij elkaar werden gehouden, enkele perkamentrollen, zorgvuldig bewaard achter glas en – Zoë hapte naar adem toen ze het zag – een handgeschreven boek dat met tekeningen was verluchtigd, een boek uit de middeleeuwen, gewoon, zomaar bij iemand thuis! Ze deed een stap naar voren, gefascineerd en ook vreemd ontroerd door de kleine, zorgvuldig gemaakte figuur van een monnik, een rijkversierde hoofdletter S, omwonden met vijgenranken en fruit en de kleine, minutieuze versieringen in inkt die al eeuwen geleden was opgedroogd.

Er waren planken vol met oranje Penguin-klassiekers en rijen zwarte Penguin-klassiekers, keurige hardbacks in veel verschillende talen, oude James Bond-originelen maar ook antieke, in linnen gebonden boeken van Dickens, die Zoë heel graag even wilde aanraken, maar dat kon ze maar beter niet doen, besloot ze. Er stonden enorme boeken over kunstgeschiedenis, een paar bijzonder uitziende Duitse kinderboeken en nog veel en veel meer.

De kamer had een enorme open haard met twee fauteuils ervoor, er stonden banken met een kist erachter, een piano en een groot houten bureau met een met groen leer ingelegd blad en een erop een oude draaischijftelefoon, twee pennen en wat vloeipapier.

'O, mijn hemel,' verzuchtte Zoë, diep onder de indruk. 'Een bibliotheek.'

'Dit is de bibliotheek niet,' zei Mrs MacGlone fronsend. 'En bovendien komt hier haast nooit iemand. Waarom zou je ook.'

'Echt?' vroeg Zoë, denkend aan de kinderen in de keuken, vastgeketend aan hun apparaten. 'Ik zou denken dat het juist heel fijn is om hier te zitten.'

'O ja?'

De dreunende stem was laag en klonk gek genoeg geamuseerd. Zoë draaide zich met een ruk om.

Er stond een enorm lange man achter hen, die de ruimte leek te vullen. Hij was te lang voor de deuropening, het was bijna komisch, zo lang hij was.

'Ik laat het nieuwe meisje het huis even zien,' zei Mrs MacGlone. 'Maar we lopen u niet langer voor de voeten, sir.'

'Zorg alleen dat ze uit mijn bibliotheek blijft.'

'Natuurlijk!'

Het was even stil en toen klonk er een enthousiast: 'Papa!'

Patrick lanceerde zichzelf als een kogel vanuit de hal de kamer in. Mary kwam achter hem aan slenteren.

'Mary is weer vreselijk vervelend! En van Shackleton mag ik nooit op de computer! En hij heeft alle marmelade opgegeten omdat hij een klootzak is!'

'Papa, Patrick moet ophouden! Hij is stom en vervelend en ik haat hem!'

'We... we haten niemand hier, Mary!' zei de lange man terwijl hij een verzoenend gebaar maakte met zijn handen.

'Jíj misschien niet!' zei Mary. 'Maar ík wel!' Ze keek Zoë recht aan.

'Oké, oké,' zei de man afwezig.

Zoë merkte dat ze ongewoon nerveus was. Dit was de man bij wie de moeder van drie kinderen was weggelopen. Ramsay Urquart. Waarom? Wat was er gebeurd? Was hij wreed?

'En!' zei Patrick. 'Er is een kind in de keuken dat niet eens zijn eigen naam weet!'

'O ja?' zei de man. 'O...'

'Dit is Zoë,' zei Mrs MacGlone op vlakke toon.

Zoë moest de belachelijke aanvechting onderdrukken om een reverence te maken. 'Goedemorgen,' zei ze. 'En dat kind in de keuken is mijn zoontje.'

'O, natuurlijk,' zei hij. 'En jij bent...'

'Nanny Zeven,' zei Patrick behulpzaam.

'Ja. Goed, goed,' zei Ramsay. Zoë fronste haar voorhoofd. 'Nou, welkom, zal ik dan maar zeggen. Probeer wat langer te blijven dan de anderen! Ha!'

'Ik zal mijn best doen, sir,' zei Zoë. 'Als u... als u me vertelt wat ze graag doen, dan zal ik proberen het hier gezellig te maken.'

Hij vertrok zijn gezicht in een grimas.

'Ruziemaken meestal, voor zover ik weet,' zei hij. 'Ik heb... Ik heb gewoon veel werk dat moet gebeuren.'

'Wat voor werk doet u?'

‘Ik ben antiquaar.’

Zoë keek hem niet-begrijpend aan.

‘Ik koop en verkoop oude boeken. Heel oude boeken. Ik reis veel... door het land...’

‘Het is belangrijk dat hij niet wordt gestoord,’ voegde Mrs MacGlone eraan toe.

‘Dat is absoluut belangrijk,’ bevestigde Patrick, hoewel hij nog steeds aan zijn vaders broek hing.

‘Laat hem dan met rust, engerd,’ siste Mary.

‘Hou je kop!’ krijste Patrick.

‘Nou, nou,’ zei de man. Hij keek naar Zoë. ‘Dus, eh... doe je best...’

‘Natuurlijk,’ zei Zoë. Ze kende dit type man wel, hoewel het meestal ‘snellere’ mannen waren, altijd met een telefoon aan hun oor, altijd in een vliegtuig, mannen die hun kinderen als irritante interrupties van hun eigen, enorm belangrijke leven zagen. Ze had weinig met hen op.

‘Zit Shackleton nog altijd op die computer?’ vroeg hij Mrs MacGlone, die knikte. Hij slaakte een zucht. Toen ging hij op zijn hurken zitten en gaf allebei de kinderen een paar onhandige klapjes op hun schouders. Zoë vroeg zich af of hij dat deed omdat zíj er was, en dat vermoeden werd bevestigd toen ze hem tegen hen hoorde fluisteren: ‘Doe alsjeblieft aardig tegen haar. Alsjeblieft. We kunnen zo niet bezig blijven, hè?’

Geen van de kinderen zei iets, maar Mary’s gezicht stond bokkig.

Hij ging weer rechtop staan. ‘Goed! Mooi! Mrs MacGlone zal je het huishoudkistje laten zien en je uitleggen wat wat is. Eén ding...’

Patrick slenterde met een boos gezicht weg. ‘Natuurlijk absoluut weer over die bibliotheek...’ mompelde hij in zichzelf terwijl Zoë hem nakeek.

‘Zorg dat ze niet in mijn bibliotheek komen.’

9

Zoë en Mrs MacGlone gingen weer terug naar de keuken. Daar leek het of er een bom was ontploft. Mrs MacGlone pakte meteen bedrijvig de borden van tafel om ze in de gootsteen te zetten. Hari liep, tot haar verbazing, op Patrick af, die Hari's tablet in beslag had genomen en hem allerlei weetjes over dinosaurussen liet zien.

'Is er geen vaatwasser?' vroeg ze.

Mrs MacGlone keek haar streng aan. 'Ik heb het niet op die nieuwerwetse dingen,' zei ze.

Zoë knipperde met haar ogen.

'Maar zou laird Urquart uw leven niet gemakkelijker willen maken?' vroeg ze.

'Ha,' reageerde Mrs MacGlone. 'Ramsay heeft er geen notie van hoe zijn borden weer schoon worden.'

'En de kinderen? Helpen die u?' vroeg Zoë, waarmee ze weer een afkeurende blik van Mrs MacGlone riskeerde, die ze dan ook prompt kreeg.

'Ik weet niet wat voor luxe-ideeën jij allemaal meebrengt uit Londen,' zei Mrs MacGlone – wat best ironisch was omdat de kinderen in de dure crèche waar Zoë had gewerkt nooit iets achter hun kont opruimden, alleen noemden hun moeders hun personeel 'au pairs' in plaats van 'dienstmeiden' – 'maar wij doen hier alles zoals we het altijd hebben gedaan.'

Zoë wierp een zijdelingse blik op Shackleton, die niet eens een bord had gepakt voor zijn toast met marmelade en een bijna perfecte kring van kruimels om zich heen had gemaakt terwijl hij bezig was met zijn computerspel. Er lag een mes met boter en marmelade eraan op tafel. Zoës moeder zou een toeval hebben gekregen als ze het zag.

In gedachten voegde Zoë het toe aan de lijst met dingen waar ze zich later druk over zou maken – het begon al een lange, lange lijst te worden.

'Dus,' eindigde Patrick, 'zo hebben de dinosaurussen de televisie uitgevonden.'

'Wat ben je toch een zielepiet,' zei Mary snerend vanaf haar stoel.

'En jij bent een smerig stinkvarken.'

'Wat je zegt ben je zelf, stomme stinkerd.'

'Kan ik u helpen?' vroeg Zoë aan Mrs MacGlone terwijl ze de tafel om de kinderen heen begon af te nemen, zelfs om de smerige voeten van Mary heen, die met haar benen op tafel zat. Nou, hier moet snel verandering in komen, dacht ze. 'Daarna moet ik naar Nina toe.'

Het gezicht van Mrs MacGlone verzachtte.

'Nina van de boekenbus, hè? Vraag haar of ze nog nieuwe Barden Towers-boeken binnen heeft gekregen. Híj handelt niet in dat soort boeken. Alleen maar in peperdure.'

'O! Ik ben dol op Barden Towers...' riep Zoë uit, die inderdaad een groot fan was van de negentiende-eeuwse serie over een dienstmeisje in een groot huis dat zich omhoogwerkte en uiteindelijk verliefd werd op de lord en... Ah... Zoë liet de zin wegsterven. 'Ik heb *The Triumph of the Staircase*, die mag u lenen als u wilt,' voegde ze er voorzichtig aan toe.

Mrs MacGlone knipperde met haar ogen. 'Hm.'

Zoë zag dat Mrs MacGlone geen 'ja, graag' wilde zeggen omdat ze het als een teken van zwakte beschouwde om aardig te zijn, dus ging ze er verder niet op door.

'Ik leg het hier beneden wel neer,' zei ze, alsof het wel goed was als ze het Mrs MacGlone niet daadwerkelijk hoefde te overhandigen.

Mrs MacGlone snoof.

Zoë keek om zich heen. 'Nou, oké... Ik ga.'

Patrick en Mary zaten elkaar onder de tafel te schoppen. Shackleton strooide plakkerige ontbijtgranen in een kom, waarbij de helft ernaast terechtkwam. Hari keek verwachtingsvol naar haar op.

'Jij gaat met mij mee,' zei ze tegen hem, blij dat ze hem kon weghalen uit deze omgeving.

Vreemd genoeg keek hij naar Patrick en schudde zijn hoofd.

'Nee, je gaat met mij mee,' zei Zoë.

Hari schudde heftiger met zijn hoofd.

'Volgens mij wil hij absoluut liever bij mij blijven,' zei Patrick hooghartig.

'Nou, dat kan niet,' reageerde Zoë kortaf. Hari trok een boos gezicht en gebaarde wild naar de tablet, waarop ze naar een show over dinosaurussen zaten te kijken. Hij liet zich tegenstribbelend oppakken en terwijl Zoë naar de deur liep, overhandigde Mrs MacGlone haar met een narrig gezicht de sleuteltjes van de 'nannyauto'.

Vlak voordat ze de buitendeur uit ging, draaide ze zich nog een keer om om gedag te zeggen. Shackleton zat over zijn telefoon gebogen. Mrs MacGlone was verdwenen. Maar Mary stond in de deuropening van de keuken.

'We willen je hier niet,' siste ze. 'We hebben helemaal geen nanny nodig! Dus blijf maar gewoon weg.'

10

De nannyauto bleek een klein gedeukt groen Renaultje te zijn dat ouder leek dan Zoë zelf. De binnenkant was er min of meer uit gehaald, zodat je tegen het metaal van het dak aan keek, en de verwarming leek volkomen eigenzinnig, maar hij startte uiteindelijk wel en Zoë nam aan dat ze ook wel zonder stuurbekrachtiging kon nu het moest, hoewel ze natuurlijk liever had gehad dat ze daar niet aan hoefde te wennen.

Mary's opmerking had haar geschokt, hoewel het natuurlijk idioot was om je zo van slag te laten brengen door een klein kind.

Zoë zuchtte en reed om te wennen een paar rondjes om de niet-werkende fontein voor het huis, het grind wegspattend onder de banden.

'Oef,' zei ze met een korte blik op Hari, die achterin op een heel vies kinderzitje zat.

Hij keek op, ongerust.

'Niks aan de hand,' zei Zoë geruststellend terwijl ze nog een paar rondjes probeerde. 'Leuk toch?' Haar stem klonk onecht, zelfs in haar eigen oren.

Het was lang geleden dat ze een auto had gehad; in Londen had je die niet nodig. Ooit, toen ze net haar rijbewijs had, had ze een tweedehandsje gehad, en dat had ze geweldig gevonden. Ze waren naar muziekfestivals gereden en de M25 rond en naar Brighton en ze had allerlei dingen gedaan met vriendinnen, zomaar wat gereden, rokend uit de raampjes gehangen, keiharde muziek gedraaid in de verzengende Londense hitte.

Dat was een leuke periode geweest, dacht ze. In haar herinnering waren het gouden tijden, die maar heel kort hadden geduurd. Kan het zijn, dacht ze angstig, dat ik maar een dag of drie echt gelukkig ben geweest in mijn leven? En dat die nu voor altijd voorbij zijn? De auto was verkocht om babyspullen te kopen. Je had zoveel nodig...

Zoë keek op naar het imposante donkere grijze huis met al zijn torentjes. Op de eerste verdieping was een groot glas-in-loodraam, vreemd en totaal niet passend bij de rest van het huis. Terwijl ze ernaar zat te staren, dacht ze dat ze achter het raam een schim zag, en plotseling besefte ze dat ze al een hele tijd rondjes om de fontein reed en dat ze maar eens moest gaan.

Haar tweede gedachte was, idioot natuurlijk, of dat een persoon was achter dat raam of...

Maar toen ze weer een blik naar boven wierp, was de schim verdwenen.

De groene Renault sloeg links af vanaf de oprijlaan naar The Beeches en hobbelde heel lang over het landweggetje naar Kirrinfief, het plaatsje waar de boekenbus stond.

Ze reed heel lang langs dichte dennenbossen, en toen die abrupt ophielden, zag Zoë tot haar verbijstering een enorme parkeerplaats, vol auto's en enorme bussen die rook uitbraakten, uit- en instappende mensen (meestal in regenjas), picknicktafels en vuilnisbakken en een oud huis met een puntgevel met daarop NESS CENTRUM EN CAFÉ in verbleekte letters. Zoë knipperde met haar ogen. Na de enorme stilte van The Beeches was het alsof ze plotseling langs Piccadilly Circus kwam.

Ze keek op haar horloge. Nina had 'rond tienen' gezegd en het was pas negen uur; Zoë had zich zo niet op haar gemak gevoeld in de keuken en was daarom maar snel vertrokken.

Ze besloot een kijkje te gaan nemen en reed de parkeerplaats op.

Het bord was in het Engels, Frans, Duits, Japans en wat eruitzag als nog niet zo lang geleden toegevoegd Russisch en

Chinees. Het maakte een nogal armoedige indruk.

Het huis was gebouwd uit rood zandsteen, had afbladderende groene gevelspitsen en achter de ramen een nogal tragische selectie van stoffige Nessie-knuffels. Zoë tilde Hari uit de auto en ging naar binnen.

Een aardig uitziende vrouw kwam naar haar toe lopen.

'Hallo,' zei Zoë opgewekt. 'Ik vroeg me af of u ook meeneemkoffie hebt?'

'O! Nee!' zei de vrouw, alsof ze net pas van dat idee hoorde. 'Zouden we die moeten hebben, denk je?'

'Ik weet het niet,' zei Zoë. 'Maar ik zie een hoop mensen buiten die eruitzien alsof ze lang in de bus hebben gezeten.'

'Ja, dat klopt,' zei de vrouw, die Agnieszka bleek te heten. Ze fleurde op. 'Maar we serveren wel broodjes rond lunchtijd! Met kaas of met ham en kaas.'

'Oké,' zei Zoë. 'Bedankt!'

Ze gingen weer naar buiten.

De bergen torenden hoog boven het water uit en weerspiegelden in het loch, dat spiegelglad was, en de zon, in combinatie met het kille briesje, voelde zacht en vriendelijk in het warme herfstlicht.

Zoë had medelijden met de toeristen die op zoek waren naar een of ander stom monster dat niet bestond, ze konden zich beter focussen op wat er wél was: een prachtig uitzicht, een frisse wind, de lekkere geur die in de lucht hing.

Ze kneep haar ogen even dicht terwijl Hari heftig naar de Nessie-knuffels wees achter het raam en hard aan haar arm rukte. Toen wees hij naar het meer en op speelgoed dat een ander kind achter zich aan sleepte over de zanderige oever.

'Je krijgt geen speelgoed van me, Hari; ik ben niet zoals je vader,' zei ze terwijl ze hem een dikke zoen op zijn wang gaf. 'Ik beloof je dat er straks op je nieuwe kinderopvang heel veel speelgoed is.'

Ze voelde hem verstijven in haar armen. Tja. Ze moest het toch een keer zeggen...

'Kom mee, we gaan.'

Het was vreemd om weg te rijden uit de drukte van al die groepen toeristen met hun kleurige regenjacks en -capes, die alle mogelijke verschillende talen spraken, terwijl er bussen aankwamen en auto's ronkten en motorbootjes over het meer voeren en alles druk en bedrijvig was. Al toen ze twintig meter op weg waren, was het weer volledig stil, ze hoorden alleen kwinkelerende vogels of vingen tussen de bomen af en toe een glimp op van waarschijnlijk herten, alsof er nooit een mens kwam.

11

'En nu zijn we op een echte boerderij!' vertelde Zoë enthousiast aan Hari toen ze door het hek reden.

Soms had ze het gevoel dat Hari blind was, dat ze de wereld aan hem vertelde alsof hij die niet kon zien. Maar het was zo lastig om te begrijpen wat hij wel en wat hij niet begreep. Wat hij leuk vond en wat niet, dat was duidelijk. Maar voor de rest vulde zij het allemaal in. Of, zoals mensen soms hadden gezegd met een wreedheid die haar de adem benam: 'O wat heerlijk voor je, zo'n rustige peuter, ik wou dat de mijne zo was!'

'Koeien, schapen, kippen!' vervolgde ze terwijl er inderdaad een kip voor de auto liep, die abrupt ging zitten en hen met haar kleine kraaloogjes aankeek alsof ze een grensbewaker was.

'Hallo, mevrouwtje Kip,' zei ze terwijl ze het portier opendeed, 'mogen we erlangs?'

De kip verroerde zich niet, dus besloot Zoë de auto daar maar te laten staan. Ze tilde Hari eruit en riep: 'Halloooo?'

Lennox zou niet hebben gereageerd als hij er was geweest – wat niet zo was, geen enkele boer is overdag thuis – en Nina was diep in slaap. Om tien voor halfvijf was ze samen met Lennox opgestaan en had ze thee voor hem gezet om mee te nemen als hij ging melken; het was een ijskoude ochtend en hij was altijd zo blij als ze dat deed dat ze het graag voor hem overhad.

Helaas eiste haar dikke buik zijn tol en dus had ze haar thee mee naar bed genomen om nog even te gaan liggen tot Lennox terug was; ze ging even een paar pagina's uit *Emma* lezen en... Maar ze was onmiddellijk weer in slaap gevallen en niet eens wakker geworden toen Lennox weer binnen was gekomen, zich had gedoucht en naar buiten was gegaan om te kijken wat er aan de hand was in de onderste wei en waarom ze daar niet opschoten met het repareren van de stapelmuurtjes.

Hij had even naar haar staan kijken zoals ze daar lag, met roze wangen, heel diep in slaap en idioot dik – elke keer dat hij dacht dat ze nu echt niet dikker meer kon worden, gebeurde dat toch, meteen, leek het – en hij had in zichzelf geglimlacht bij de gedachte hoe fijn het zou zijn om nu ook weer in bed te kruipen en haar in haar nek te zoenen, maar hij had zich vermand en was zijn gereedschap bij elkaar gaan zoeken.

En zo stond Zoë op het modderige erf met een boze kip tegenover zich en Hari die zo verbluft om zich heen keek alsof hij op de maan was.

Na een tijdje wist ze Hari over te halen om op zijn nieuwe gele rubberlaarsjes (een afscheidscadeautje van haar collega's van de crèche) om de kip heen te lopen, die hen wantrouwend volgde met haar kraaloogjes, waarbij ze haar kop idioot ver kon omdraaien terwijl zij met zijn tweeën door de zuigende blubber banjerden. Zoë vroeg zich even af of de kip misschien vastzat in het slijk.

Haar aandacht werd algauw afgeleid door de blauwe bus waarmee ze de dag ervoor was opgehaald. Ik heb niet één baan, dacht ze een beetje spijtig, maar twéé!

In het heldere zonlicht zag hij er eigenlijk heel leuk uit, het was een vintage bus die lichtblauw was geschilderd.

Ze probeerde de achterdeuren. Die bleken niet afgesloten en toen ze ze opentrok, ademde ze verrast in. Het was werkelijk buitengewoon, alleen al hoeveel er in de laadruimte van zo'n bus bleek te kunnen, die aan de buitenkant niet eens zo groot leek; het deed haar denken aan een kleine boekentijdmachine.

In een van de zijwanden zat een deur met een klein uitvouwbaar trapje dat je verwelkomde, hoewel er, als het nodig was, aan de achterkant ook een opgang voor buggy's, rolstoelen of om rolcontainers vol boeken naar binnen te rijden kon worden uitgeklapt.

Aan de ene kant stond fictie, aan de andere non-fictie. De rechter hoek achterin lag vol vrolijk gekleurde kussens en zitzakken en er stond ook een laag tafeltje – de kinderafdeling, leek het.

Voor de lichtblauwe boekenplanken waren koorden gespannen om de boeken op hun plek te houden als de bus een bocht maakte en voorin was een klein, aan de vloer vastgeschroefd kastje voor papieren tasjes, de kassa, een cardreader en een krukje voor degene die erachter zat.

Helemaal achterin waren hoge planken voor voorraad en in het midden hing een prachtig uit hout gesneden kroonluchtertje met hertenkoppen. Op de vloer lag een oude pers die Nina elke dag moest stofzuigen; ze keek uit naar het moment waarop ze van die taak verlost zou zijn.

Vlak onder het dak van de bus zaten kleine raampjes waardoor licht naar binnen viel, net als door de geopende achterdeuren, natuurlijk. Het was een betoverend plekje.

Zoë stapte naar binnen en Hari rende meteen met grote ogen naar de kinderafdeling achterin.

'Nee!' zei Zoë. 'Schatje, je mag de boeken niet aanraken, ze zijn om te verkopen. Ik lees je vanavond uit eentje ervan voor, goed?'

Hij keek naar haar op en hield uitdagend een boek over dinosaurussen omhoog dat hij al meteen had gezien.

'O, goed dan, maar wel voorzichtig doen!'

De voorraad was natuurlijk niet enorm, maar o, het was wel een prachtige collectie. Zorgvuldig gekozen, dus of je nou in de stemming was voor een psychologische thriller, een meeslepende historische roman of een boek over het hedendaagse leven, je vond er de beste boeken in hun genre. Lang niet altijd het allernieuwste, hoewel er een flink aantal recente uitgaves aan beide kanten van de bus te vinden was, maar een perfect samengestelde miniatuurverzameling van de beste boeken die er te vinden waren. Het leek wel of elk boek waar Zoë ooit van had genoten hier op de planken stond.

Ze zag de hele Chalet School-serie in hardbacks die ze altijd van haar moeder had mogen lenen in de bibliotheek, een onberispelijke en complete set Shardlake-romans; alle grote bergbeklimmerstragedies waarmee ze als tiener een korte obsessie had gehad, meer Philip Larkin dan je zou verwachten in een boekenwinkeltje dat kleiner was dan de voorkamer in de meeste huizen en een grote afdeling schoolboeken.

Het feit dat er zoveel van haar favoriete boeken stonden, overtuigde Zoë er meteen van dat de rest van wat er op de planken stond ook het lezen waard was, alsof degene van wie het winkeltje was al in haar hoofd had gekeken en wist waar ze van zou genieten. En ook dacht ze dat iemand die van dit soort boeken hield, hoe intimiderend ze Nina tot dan toe ook had gevonden (Nina zou verbijsterd zijn geweest als ze wist dat iemand haar intimiderend vond), wel een leuk iemand móést zijn. O, kijk! Daar stond *The Hitchhiker's Guide to the Galaxy*! En *Knowledge of Angels*! En Pat Barker en Kate Atkinson en Andrea Levy en Louis de Bernières en allemaal geweldige schrijvers. Oké, het was misschien een vreemde gedachte dat je bevriend met iemand zou kunnen worden omdat alles wat er op haar boekenplanken stond je aansprak, maar Zoë geloofde er heilig in.

Ze pakte een spannende biografie van prinses Margaret en een oud maar een in prachtige staat verkerende Antonia Forster en ging naast Hari op de zitzakken op de vloer zitten.

12

Toen ze wakker werd, besefte Nina meteen dat ze zich had verslapen, de zon stond al hoog aan de hemel en de mok thee naast haar bed was steenkoud. Vloekend stond ze op in het besef dat het nieuwe meisje vandaag zou beginnen. Waar was ze? Waarom had ze haar niet gewekt? Had ze niet binnen kunnen komen om haar te halen? Wat deed ze, zat ze buiten maar gewoon sloom te wachten?

Nina was boos op zichzelf. Toen ze in de spiegel keek, zag ze dat haar haar een absolute puinhoop was. Haar borsten waren altijd al nogal hilarisch geweest, en Lennox was er op zijn eigen stille wijze duidelijk goedkeurend over, maar nu leken ze allebei een eigen leven te leiden en wezen ze elk een eigen kant op. En ze voelde zich echt verschrikkelijk. Ze was allang voorbij de drie maanden, dus had ze verdomme moeten stralen als een godin en verheerlijkt door het leven moeten glijden. Maar in plaats daarvan voelde ze zich doorlopend verschrikkelijk.

'O, verdomme,' mopperde ze terwijl ze zich de douche in haastte en bijna uitgleed. Ze moest rustig aan doen, hield ze zichzelf voor. Als ze viel, was ze niet in staat om op te staan.

Even later stapte ze strontchagrijnig het erf op. Ze had een ongelofelijk rothumeur, en al helemaal toen ze naar Zoës kleine groene Renaultje liep en daar niemand in zag zitten, terwijl de deur van de bus wijd openstond zodat het zo naar binnen kon regenen. Ze beende erheen en bonkte het trappetje op, van plan iets te zeggen als 'ik moet echt geen kippen in mijn bus!' Ze bleef staan toen ze het meisje met een klein joch opgekruld op haar schoot op de zitzakken achterin zag zitten, allebei volkomen verdiept in een boek.

Nina kuchte.

Zoë sprong op met het gevoel alsof ze iets had gedaan wat verboden was. 'O, hallo,' zei ze terwijl ze het boek zorgvuldig gladstreek en weer terug op zijn plek zette. 'Eh... sorry... ik was... ik wist niet waar...'

'Waarom heb je niet gewoon aangebeld?' vroeg Nina, nog steeds boos op zichzelf. Ze wist dat ze haar rothumeur afreageerde op Zoë vanwege het simpele feit dat zij haar eigen tenen nog wél kon zien.

'Ik wilde niet... ik bedoel... is dat niet privé... je huis?' stamelde Zoë met een ongelukkig gezicht.

'Ja, daar woon ik, dat lijkt me voor de hand liggen.'

'Ik wist niet... ik wist niet goed wat ik moest doen.'

'Je kon me anders toch gewoon bellen?'

Zoë stak haar goedkope prepaidtelefoon op. 'Ik heb geen bereik hier. Het spijt me, het spijt me enorm, echt. Ik wist niet...'

Nina haalde haar schouders op. 'Nou, het is nu eenmaal gebeurd. Laten we maar beginnen. Ben je al bij de kinderopvang geweest?'

'Nee, ik dacht...'

Zoë vond het stiekem doodeng om naar de kinderopvang te gaan. Dan moest ze alles uitleggen, een briefje bij de dokter halen. Ze was bang dat Hari helemaal ongelukkig zou zijn en ze niets zou kunnen doen om hem te helpen of te troosten.

Ze staarde uit over de velden en de laaghangende regenwolken en voelde zich ongelofelijk alleen. 'Ik dacht dat we beter nog een dagje konden wachten zodat hij een beetje kan wennen... Is dat goed?'

Nina snoof en keek naar het kleine joch.

'O, oké. Maar niet eten in de bus, graag.'

'O, nee, natuurlijk niet,' zei Zoë snel. 'Echt, hij is heel zoet. Ik zorg wel dat hij niet in de weg loopt.'

'Oké,' zei Nina. 'Ik zal zelf ook een oplossing moeten vinden binnenkort. Maar ik ben van plan gewoon de kinderwagen mee te nemen en in een hoek te zetten.'

Zoë kon er niets aan doen, voor ze het wist liet ze een lachje ontsnappen, dat ze probeerde te verbergen in een kuchje.

'Wat?' vroeg Nina wantrouwend.

'Niks!' zei Zoë. 'Het is gewoon... Dat kan soms best lastig zijn.'

'Nou, ze liggen alleen maar, toch?' vroeg Nina.

'Ja, sommige wel.'

Nina was geïrriteerd. Ze probeerde Zoë tegemoet te komen, ze zat echt niet te wachten op een superieure houding van haar omdat zij al moeder wás.

'Oké,' zei Zoë na een ongemakkelijke stilte. 'Zullen we beginnen?'

Nina reed hen naar het postkantoor, waar een aantal nieuwe dozen waren aangekomen. Ze glimlachte breed toen ze ze zag staan.

'O ja!' zei ze. 'Een huisontruiming. Heel veel nieuwe boeken die nog nooit zijn gelezen.' Ze zuchtte. 'Eigenlijk triest.'

'Jij geeft ze een tweede leven,' zei Zoë, 'dat is toch mooi?' Ze probeerde iets positiefs te zeggen, omdat ze het gevoel had dat ze niet helemaal goed waren begonnen.

'Ik hoop het,' zei Nina. 'Maar het blijft triest... Boeken moet je toch gewoon lezen?'

'Nou... straks, met een handenbindertje...' zei Zoë opgewekt. Nog voordat ze haar zin uit haar mond had, kon ze haar tong wel afbijten, omdat Nina's gezicht weer betrok. Ze had gewoon een grapje gemaakt; maar Nina leek te denken dat ze haar elke twee seconden moederlijk advies gaf.

'Maar,' voegde Zoë er snel aan toe, 'je kunt heel goed lezen terwijl je borstvoeding geeft.'

Nina knipperde met haar ogen. 'Echt?'

'Ja hoor! Je hebt een kussen nodig, dat is de truc.'

'Je kunt het boek niet gewoon op het hoofdje van de baby zetten?'

'Nee!' zei Zoë. 'Of misschien wel in een bepaalde hoek op het hoofdje laten rusten. Ze zijn tenslotte aan het eten, dus vinden ze dat niet erg, denk ik.'

Nina fronste haar voorhoofd en ze gingen zwijgend door met uitpakken.

Hari klom in een van de dozen en speelde dat het een boot was. Hij was heel teleurgesteld dat ze vlak bij het water waren geweest en niet in een boot waren gegaan. Dat was zijn droom. Hij had nog nooit in een boot gezeten. Alleen maar in de bus en als ze af en toe Londen van noord naar zuid of andersom doorkruisten, keek hij altijd geboeid naar de drukke rivier.

Zoë had daar helemaal niets van in de gaten. Zijn tekeningen van boten leken lange strepen. Ze dacht dat hij slangen tekende en wormen en had hem naar een gratis dag in de vlindertuin meegenomen, waar hij was omhangen met slangen en ermee was gefotografeerd. Hij had er op die foto's niet heel blij, maar ook niet heel ongelukkig uitgezien.

Nina fleurde op toen ze meer schatten in de doos ontdekte: hagelnieuwe hardbacks en een prachtig geïllustreerde Peter Pan.

'Ik krijg mijn halve voorraad zo aangeleverd,' vertelde ze terwijl ze de boeken die ze niet wilde geroutineerd opnieuw inpakte om naar een tweedehandszaak te sturen. 'En de rest zijn nieuwe boeken van groothandelaren. Die moet je uitpakken en afkruisen op het leveringsformulier. Het is een beetje lastig voor hen omdat we zulke kleine orders plaatsen, maar tot nu toe gaat het goed. Denk je dat dat lukt?'

Zoë knikte en toen ze de afgekeurde doos wilde optillen om hem uit de weg te zetten, fronste ze haar voorhoofd en viste er iets uit. Het was een kleine roman met een nogal eenvoudige zachtroze linnen kaft, in prachtige conditie. Op de voorkant stond geen titel, maar slechts een afbeelding van een paar balletschoentjes. Ze opende het boekje voorzichtig.

En zoals ze al had gehoopt, bleek het inderdaad een heel

vroege editie van de klassieker van Noel Streatfeild te zijn! Compleet met pentekeningen en kleurenillustraties. Het boekje rook heel flauwtjes naar oude boenwas en donker hout, maar het was in een onberispelijke staat. Er stond zelfs geen naam op het schutblad gekrabbeld, maar een prachtig gouden ex libris-stempel met daarbij 'Voor Lady Violet Greene, hartelijke groet, Mary'.

Het boek was werkelijk prachtig.

'Eh... Nina,' zei Zoë aarzelend. 'Ik bedoel... Om zeker te weten dat ik het goed begrijp en zo... Ik snap het niet helemaal... Sorry, maar waarom wil je dit niet?'

Nina keek op, klaar om een paar dingen aan Zoë uit te leggen over het boekenvak.

Nina was absoluut geen ijdel iemand, maar ze had wel verstand van boeken, dat wist ze zeker. Boeken waar ze van hield, die haar veranderden, die misschien niet geweldig geschreven waren maar haar wel bijbleven. Boeken waarbij mensen het koud kregen van angst, of die hun bloed juist verwarmden, of die verdrietige mensen aan het lachen maakten zodat ze hun zorgen even konden vergeten. Ze wist een hoop over boeken. Dus nu ging ze Zoë uitleggen dat het een gevoel was, diep vanbinnen, een antenne misschien, voor welke boeken er op een dag in je leven kwamen en voor eeuwig een vriend van je werden.

'Nou,' begon ze, 'wat je moet begrijpen is...'

Toen zag ze wat Zoë in haar handen had.

'O!' zei ze. Ze pakte het eerbiedig van Zoë aan. 'O, kijk nou toch eens!' Ze was woedend op zichzelf. 'Ik geloof... Je weet dat Noel Streatfeilds echte naam Mary was?' vroeg ze. Ze pakte haar telefoon en googelde de schrijver. En inderdaad, het handschrift klopte. 'Het is gesigneerd door de schrijver!' zei ze ademloos. Ze keek op naar Zoë, beschaamd. 'Goed van je!' zei ze.

'Ik vond dat zo'n prachtig boek,' verzuchtte Zoë.

'Ik ook,' zei Nina, en ze wenste dat ze naar huis kon, op haar bed kon gaan liggen om nog langer te slapen en dan de dag overnieuw kon beginnen.

13

Ze reden naar het centrum van Kirrinfief, omdat ze daar werden verwacht op woensdagochtend en het een kans voor Zoë was om de klanten te ontmoeten en misschien ook even langs de kinderopvang te gaan. Zoë maakte een ronde met de plumeau – ze had op de boerderij het kleed al gestofzuigd – en Nina besefte nu al hoe fijn het was om hulp te hebben, vooral toen Zoë op haar tenen ging staan om ook de bovenste planken af te stoffen, omdat dat haar steeds meer moeite kostte. Het leek wel of ze elke keer dat ze dat deed duizelig werd.

Zoë voelde zich opeens verschrikkelijk nerveus. Hoewel het al jaren geleden was dat ze een baby had gekregen, kon ze haar oude kleren niet meer aan. Ze woog nog wel hetzelfde, dat was het gekke. Maar haar gewicht leek volkomen anders verdeeld over haar lichaam. En wat het extra lastig maakte, was natuurlijk dat ze geen werk had en ook geen geld. Ze was naar de Primark gegaan en had daar een eenvoudig zwart truitje met een zwarte broek gekocht en probeerde die wat op te fleuren met een fladderige sjaal van haar moeder, maar wist eigenlijk zeker dat ze geen mens voor fladderige sjaals was, en als je dat niet bent, irriteert zo'n ding je alleen maar en zit het in de weg, plakt het zelfs tegen je lipgloss. Dus deed ze het ding maar weer af, waarop Hari de sjaal weggriste om als vlag op zijn boot te gebruiken.

'O, kijk!' zei Zoë. 'Hij doet net of het een slang is! Hij is gek op slangen.'

Nina glimlachte beleefd.

'Zie ik er zo goed uit?' vroeg Zoë onzeker.

Nina keek op. Ze had haar manier van kleden flink moeten

veranderen sinds ze in Schotland woonde. Ze droeg nu voornamelijk verschillende dunne lagen over elkaar, waarvan er snel een aantal konden worden uitgetrokken als de zon tevoorschijn kwam, en een knalgeel regenjack eroverheen, waar zijzelf dol op was en wat Lennox idioot vond. Hoewel hij het wel fijn vond dat hij haar dan al van kilometers ver kon zien lopen over de heuvels. Nu droeg ze de T-shirts die flink mee konden rekken en paste haar regenjack nog nét.

Ze keek op.

'Ja hoor, goed,' zei ze automatisch. Maar toen zag ze Zoës gezicht en vervolgde: 'Prima. Het is prima. Maak je niet druk, iedereen hier is heel aardig.'

Zoë glimlachte dapper.

'Goed!' zei ze, en Nina opende de achterdeur van de bus.

Buiten joegen de wolken langs de hemel en Zoë bleef even stilstaan om ernaar te kijken. In Londen keek ze eigenlijk nooit naar de lucht. Als je daar omhoogkeek, zag je alleen maar kranen, en torens die opeens als uit het niets oprezen, en grote lege glazen dozen in de lucht, die wachtten op wie daar in vredesnaam wilde wonen.

Hier leek het of de hemel zichzelf doorlopend schoonveegde, alsof hij compleet veranderde, net als zo'n magnetisch tekenbord. Elke keer dat ze opkeek, zag ze weer een heel andere lucht. Haar vingertoppen tintelden. Ze keek om. Hari zat achterin op de zitzakken lekker in een boek te kijken dat waarschijnlijk zou worden aangeschaft van haar eerste loon. Nou, daar ging ze dan. Ze ademde diep in terwijl Nina de blokken tegen de wielen schoof en het bord op de deur veranderde van GESLOTEN in OPEN. Ze wierp haar een blik toe in de hoop op een bemoedigend lachje, maar Nina keek de straat al af, op zoek naar klanten.

De eerste kwam inderdaad al langzaam maar doelgericht naar de bus toe lopen. Het was een oudere vrouw met een klein leesbrilletje aan een lange ketting om haar hals en een licht misprijzend gezicht.

'Eh, goedemorgen,' begroette Zoë haar toen ze de trap op kwam.

De vrouw keek haar aan en wierp toen een blik op Nina. 'Wie is dit?' vroeg ze scherp.

Nina slaakte een zucht. Natuurlijk is de eerste klant de lastigste. Natuurlijk, flitste het door haar hoofd. Mrs Wren, de gevreesde bazin van de Wren-melkerij, die het bedrijf met ijzeren hand leidde en niks ophad met supermarkten, melkdrinkers, mensen met lactose-intolerantie, de lokale winkels, sapdrinkers en eigenlijk bijna iedereen in de wereld die geen koe was. Ze deed net of ze alleen maar boeken over koeien wilde lezen, maar Nina had ooit ontdekt dat ze zich gemakkelijk tevreden liet stellen met de meest banale boeken waarin de kleren van iemands lijf werden gerukt – die ze sindsdien speciaal voor Mrs Wren op voorraad had en onder de toonbank bewaarde, voor het geval iemand erin wilde kijken.

'Goedemorgen, Mrs Wren,' zei Nina. 'Dit is Zoë, zij gaat me een handje helpen in verband met de baby.'

Mrs Wren snoof luidruchtig.

'Koeien poepen ze gewoon uit,' zei ze. 'Ze poepen ze uit en gaan verder met wat ze aan het doen waren.'

Gezien het feit dat de twee dingen die koeien te doen hadden gras eten en melk geven waren en Nina wel honderd dingen moest doen, ging Nina er maar niet op in en glimlachte ze vriendelijk. 'Ach ja...' zei ze op neutrale toon.

'Hallo,' zei Zoë. 'Leuk u te ontmoeten. Zoekt u iets speciaals?'

Er volgde een ijzige stilte.

Zoë knipperde met haar ogen. Ze wist niet precies wat er fout was gegaan.

'Heb je,' begon Mrs Wren eindelijk, 'nog nieuwe boeken binnen? Over koeien?'

Zoë wierp een blik op Nina. Ze had er geen op de planken zien staan. Maar in een impuls pakte ze een boek dat *Totaal door het dolle heen* heette van de plank.

'Misschien is dit iets voor u,' zei ze. Zijzelf had er enorm van genoten. 'Het gaat niet over koeien, maar over een meisje dat een aapje als zus heeft.'

Mrs Wren keek haar strak aan. 'Een meisje. Met een aap. Als zus,' herhaalde ze op een toon alsof Zoë haar een boek over het verdrinken van jonge katjes had aangeraden.

'Het is heel grappig,' mompelde Zoë. 'En zielig. Het is gewoon... gewoon heel goed.'

Mrs Wren richtte zich tot Nina. 'Een meisje met een aap als zus.'

Nina hief haar handen in de lucht. 'Of...' zei ze, en ze bukte om puffend een boek onder de toonbank vandaan te halen. Op de voorkant stond een schokkend rondborstige vrouw in een korset, met een waterval aan donkere krullen en een zwierige roze rok die met wrede blik werd bekeken door een man in een ouderwets soldatenkostuum. 'Ik heb... *The Billionaire Earl's Impossible Passion*.'

Zoë vertrok verward haar gezicht.

'Komen er koeien in voor?' vroeg Mrs Wren terwijl ze haar portemonnee tevoorschijn haalde.

'Hij is stinkend rijk, die graaf,' zei Nina. 'Die heeft natuurlijk alles.'

'Zijn ze allemaal zo?' vroeg Zoë toen Mrs Wren was vertrokken.

'Neeee,' zei Nina iets te snel omdat ze kolonel Gregor de straat in zag komen marcheren. Hij was een slimme, fitte man die graag dure boeken over militaire geschiedenis kocht – ideaal voor Nina; op hardbacks verdiende ze goed – en daarna langskwam om uit te leggen waarom de strijd was verlopen zoals hij was verlopen, soms met behulp van pen en papier die op de toonbank lagen. Nina wilde hem graag houden als klant, maar wist niet goed hoe ze dat aan Zoë moest uitleggen.

Dus bleef ze staan toekijken terwijl de kolonel de Spaanse

Onafhankelijkheidsoorlog uitlegde (met paperclips als Franse soldaten), terwijl Zoë er een beetje ongemakkelijk bij stond, wat Nina weer ongemakkelijk maakte, totdat de Crombie-tweeling Bethan en Ethan binnenkwam en er onmiddellijk een puinhoop van maakte, en helemaal door het dolle raakte toen ze achterin een klein jongetje zagen zitten.

'Mogen we hem hebben?' schreeuwde Ethan toen Hari geen antwoord gaf op hun vragen.

'Ik denk niet dat ze hier jongetjes verkopen,' zei Kirsty Crombie, een aardige maar vermoeide vrouw die op de plaatselijke lagere school werkte. 'Hallo! Ben je nieuw hier? Is dat jouw zoontje?'

Zoë grijnsde. 'Ja, die is van mij.'

'O, leuk! Altijd goed om een nieuw gezicht te zien!' Ze boog zich over naar Hari. 'Hallo, jongeman. Hoe heet je?'

Hari knipperde goedkeurend met zijn ogen.

'Hij is laat met praten,' zei Zoë snel, zoals gewoonlijk. 'Hij heet Hari.'

'O, oké... Gaat hij hier naar school?'

'Dat weet ik nog niet... Het is allemaal nog een beetje nieuw.'

'Oké! En waar woon je?'

'Op The Beeches.'

Er viel een doodse stilte.

Kirsty keek naar Nina, die deed alsof ze druk bezig was boeken voor haar te zoeken; Kirsty's belangstelling ging vooral uit naar onderwerpen als de vraag of onderwijs wel nut had, verhalen over mensen die uit het onderwijs waren gestapt, het leven nadat iemand het roer drastisch had omgegooid. Maar als je haar vroeg of ze het leuk vond om voor de klas te staan, zei ze altijd dat ze het heerlijk vond, behalve dan de kinderen, alle administratie, het nakijken, de andere onderwijzers, de vele uren en het magere salaris.

'O? Hoe kom je dáár nou bij?'

Zoë wierp een snelle blik op Hari, maar die leek niet van slag doordat de tweeling zo naar hem stond te kijken in zijn doos.

'O, Nina heeft het voor me geregeld.'

'Echt?' vroeg Kirsty terwijl Nina knalrood werd. 'En hoe bevalt het?'

'Nou, ik ben er net...'

'Kirsty is het hoofd van de lagere school hier,' zei Nina om de aandacht af te leiden.

'O!' zei Zoë. 'Waarom mogen ze niet naar school, de kinderen van The Beeches? Wanneer kunnen ze weer terugkomen?'

Kirsty zuchtte diep.

'Ze zijn geschorst. Tot de herfstvakantie, vrees ik. De dochter werd... tja. Daar kan ik natuurlijk niet verder op ingaan.'

'Mary Urquart heeft Stephanie Gillies gebeten en geschopt!' schreeuwde Bethan vanuit het kinderhoekje. 'Ze moest gehecht worden!'

'En Shackleton ook!' riep Ethan.

'Ze is zó gemeen!' zei Bethan met een gezicht als een oud vrouwtje dat over de heg staat te roddelen. Ze schudde droevig haar hoofd. 'Heel, heel, gemeen.'

'Het is... We begrijpen allemaal dat het niet gemakkelijk is voor de kinderen Urquart,' zei Kirsty. 'Maar ik heb hun een hoop werk gestuurd. Nou, eh, veel succes!'

'Dank je,' zei Zoë niet op haar gemak, terwijl Kirsty *Topsy and Tim Go to Hospital* afrekende.

'Stephanie Gillies moest naar het ziekenhuis!' herhaalde Bethan nog eens luid. 'Ze moest gehecht worden.'

Ze waren er nog druk over aan het praten terwijl ze wegliepen.

Zoë keerde zich naar Nina. 'Jij wist hiervan?'

'Nee! Echt niet!' zei Nina. 'Het spijt me... Ik wist dat ze lastig zijn, maar...'

'Hari is pas vier,' zei Zoë. 'Stel dat ze hém bijt?'

Nina kromp in elkaar.

'Het is een groot huis,' zei ze. 'Misschien kun je ze uit elkaar houden?'

'O, goed idee,' zei Zoë. 'Misschien moet ik hem maar gewoon opsluiten in een andere vleugel.'

14

Er hing daarna een haast tastbare kilte tussen hen. Zoë was blij dat ze naar de kinderopvang kon ontsnappen. Intussen maalden de gedachten door haar hoofd. Er zijn veel kinderen die bijten, hield ze zichzelf voor. Misschien weinig kinderen van negen, maar... Ze dacht even terug aan de blik van totale minachting op Mary's gezicht. Nou. Hari blijft in elk geval altijd graag in mijn buurt, dus dat was al iets. En misschien is die kinderopvang wel geweldig...

Ze volgde Nina's aanwijzingen op. Het is moeilijk om te verdwalen in Kirrinfief. Er is een centraal pleintje met ouderwetse klinkers, een oorlogsmonument, een pub, een bushalte waar de bus op onregelmatige tijden stopt en een klein parkje met wilde bloemen dat is aangelegd door de gemeente voor het behoud van de bijen. (Elk jaar wordt er wel een kind gestoken en laait de discussie weer op over het beleid, maar tot nu toe winnen de bijen en bovendien zien de wilde bloemen er prachtig uit.)

Op het pleintje komen vier straten uit, twee ervan leiden omhoog en twee omlaag. Zuidwaarts liggen het loch en de meeste huizen, wat voornamelijk lage eengezinswoningen zijn, gebouwd met het traditionele Schotse grijze steen, hoewel de ouderwetse rieten daken allang zijn verdwenen en veel huizen tegenwoordig een dakkapel hebben. Ze zijn verspringend aan elkaar geschakeld, omhoog de heuvel op, hoger en hoger, zodat bijna iedereen uitzicht heeft over het meer en de steeds veranderende vallei met de lange, glimmende spoorlijn die erdoorheen loopt. Het betekent dat je moet klimmen als je terugkomt van de winkels, maar daar valt niets aan te doen en waarschijnlijk is het juist goed voor de gezondheid.

De kinderopvang is de andere kant op, omlaag, de heuvel af, en ligt naast de school. Het is een klein gebouwtje dat oorspronkelijk diende als gemeenschapshuis. Nu brengt het zijn dagen door als het middelpunt van een kleine kinderwervelstorm en wordt het 's avonds voor heel verschillende activiteiten gebruikt, bijvoorbeeld puppytrainingen. Het gebeurt regelmatig dat ouders die te laat zijn om hun kind op te halen, zich afvragen of hun kroost niet ook op een puppytraining kan.

De kinderopvang wordt geleid door Tara, een type vrouw dat Zoë goed kent uit haar eigen crèchedagen: bazige stem, akelig neerbuigend tegen kleine kinderen en met geen enkel overwicht. Ze droeg een paarse schort, en een felroze sjaal waar zilveren dingetjes aan bungelden in haar haar.

En zoals ze al had verwacht, was het binnen in de kinderopvang een puinhoop, een mierenhoop van kleine mensjes die door elkaar renden.

'Ah! Jij bent Engels!' riep Tara. 'Welkom! Ik klink Engels, maar mijn hart en mijn passie liggen hier, in de prachtige Hooglanden van mijn geboorteland.' Ze klonk, dacht Zoë, precies alsof ze uit Surrey kwam. 'Nou, wat ik het belangrijkste hier vind, is dat we onze kinderen de vrijheid gunnen om zichzelf te uiten.'

Vanuit haar ooghoek zag Zoë een jongetje van een jaar of drie – maar groot en sterk voor zijn leeftijd – zichzelf uiten door een ander kind met een speelgoedautootje op zijn kop te timmeren.

Tara wierp een medelijdende blik op Zoë en hurkte neer zodat ze op ooghoogte was met het kind.

'Rory,' zei ze, op wat ze zelf duidelijk een ontzettend tolerante toon vond terwijl ze het autootje afpakte. 'Voel je je niet fijn vandaag? Is het daarom dat je niet zo aardig doet met dat autootje?'

Rory gromde gewoon iets als antwoord en griste het autootje weer uit haar hand.

'Wil je je autootje niet aan mij geven zodat ik het voor je kan bewaren?'

Maar dat wilde Rory niet.

Intussen stond het kind dat op z'n kop was geramd stilletjes te huilen, volkomen genegeerd door Tara, die bezig was met zijn beul.

Zoë deed haar ogen even dicht en vroeg zich af of er nog een kinderopvang zou zijn in een dorpje zo klein als Kirrinfief en wist dat dat niet zo was.

Hari omklemde haar hand op een manier waarvan ze wist dat die betekende: alsjeblieft, haal me hier weg, nú!

'Nou, dan mag je voor deze éne keer je autootje houden, schat,' zei Tara tegen de weerspannige Rory. 'Als je belooft dat je er lief mee bent!'

Rory beloofde helemaal niets en Tara kwam overeind en ging verder met haar verkooppraatje.

'We doen aan schilderen hier,' zei ze terwijl ze naar een hoekje liep waar alles onder de verfspetters zat.

Een gekwelde jonge vrouw met kringen onder haar ogen keek op. 'Ah! Tara, heb je even?'

'Ik ben even bezig met een rondleiding voor een nieuwe ouder!' zei Tara opgewekt, 'en laat haar onze geweldige saamhorigheid zien, en wat een supergelukkige omgeving het is!'

Zoë hoorde een waarschuwende ondertoon in haar stem en de jonge vrouw ging door met het uit elkaar halen van twee meisjes die elkaars haren met verf bespatten.

Zoë wilde het liefst zo snel mogelijk weg. Maar toen wierp ze een blik door het enorme raam aan de achterkant van het gebouw. Het keek uit over de tuin.

Achter de crèche in Londen hadden ze ook iets wat ze een 'tuin' noemden, maar dat kwam neer op een klein terrasje met een paar driewielers en een stukje gras waar je als het sneeuwde – wat nooit zo was – één sneeuwballetje kon rollen. Soms zetten ze de kinderen in driepersoonsbuggy's om naar het verwaarloosde parkje aan de overkant te gaan, waar ze doorlopend bang waren dat een van de kinderen, allemaal in kleine fluorescerende jackjes, de straat op zou rennen en werd aangereden, of door iemand werd ontvoerd. En dat was een heel dure, exclusieve crèche geweest.

Hier was een enorm grasveld dat zich uitstrekte tot een hoge stenen muur aan het einde. Het was geen echt warme dag, maar er speelde een groep kleine kinderen buiten, die oppervlakkig in de gaten werden gehouden door een jong meisje dat voornamelijk op haar telefoon keek. De kinderen hadden veel plezier en sprongen om de beurt in een enorme berg zand in de zandbak. Twee meisjes zaten op het gras en probeerden een kransje te vlechten van madeliefjes. Een jongetje was in een kleine boom geklommen en stond, keihard lachend, te wankelen op zijn beentjes.

Zoë bevroor toen ze hem zo zag staan en keek toen naar Hari, die zich doodsbang verschool achter haar benen. Het voelde verschrikkelijk, bijna wreed. Maar het was voor zijn eigen bestwil. Hij had dit nodig.

Tara nam Zoë mee naar een groot kantoor aan het einde van de gang en deed de deur achter hen dicht.

'Hier kom ik voor een beetje rust en stilte!' zei ze met een kirrend lachje. 'Niet dat ik niet dol ben op die kleintjes! Op allemaal, stuk voor stuk. Goed. Heb je de papieren bij je?'

Plotseling was ze een en al zakelijkheid. Zoë had haar van tevoren gemaild en alle relevante informatie over de diagnose van Hari gekopieerd en geplakt en naar Tara gestuurd.

'Je moet de formulieren invullen zodat we recht hebben op extra vergoeding. We vinden het zó spannend dat hij gehandicapt is. Heb je een verklaring dat hij selectief mutisme heeft?

'Nee,' zei Zoë. 'Hij heeft electief mutisme.'

Tara zette haar helrode bril af en hield haar hoofd schuin. 'Zo noemen we dat tegenwoordig niet meer.'

'Dat weet ik,' zei Zoë ijzig. 'Maar het is geen selectief mutisme. Hij praat helemaal niet, ook niet tegen mij.'

'Tja, maar op het formulier zullen we toch selectief mutisme moeten invullen.'

Zoë kneep haar handen hard in elkaar en probeerde een neutraal gezicht te trekken.

Hari staarde haar aan. Zoë voelde een steek in haar hart als ze eraan dacht dat ze hem moest overlaten aan de genade van alle andere kinderen hier. Maar, dacht ze, dat hebben alle ouders als ze hun kind achterlaten op een opvang, toch? Dat kan niet anders...

'En,' fluisterde Tara vertrouwelijk, 'ik geloof dat ik je adres al weet. Je woont op The Beeches, toch? Klopt dat?'

Zoë knikte.

Tara's gezicht lichtte op. 'Vertel!' zei ze. 'Hoe is het daar? Hoe is *híj*? Heb je Ramsay ontmoet? Hoe gaat het met hem? Die arme man. Zo'n ramp dat ze ervandoor is gegaan. Alles achtergelaten. Dat grote huis. Die schatten van kinderen. Ik bedoel. Hoe *kún* je? Als moeder?'

'Ik heb hem maar heel even gezien,' zei Zoë.

'Zo'n tragedie. Of tenminste, dat zeggen ze. Niemand weet precies hoe het zit. Ik bedoel, zijn haar kleren daar nog wel, bijvoorbeeld?' Ze hield haar hoofd nog steeds schuin. 'En hoe is het met die kleintjes? Ze hebben nooit hier op de opvang gezeten, onbegrijpelijk! Ze zouden toch veel beter af zijn in zo'n heerlijke creatieve omgeving als wij hier bieden! *Wíj* zouden van hen hebben gehouden alsof het onze eigen kinderen waren. Ik hou van alle kinderen hier alsof het de mijne zijn!'

Zoë glimlachte. 'Tja,' zei ze, en ze besloot dat ze maar het beste een leugentje kon vertellen. 'Alles gaat prima daar. Wanneer kan Hari hier komen?'

'Morgenochtend,' zei ze. 'Gek genoeg zijn er een paar kinderen afgehaakt. Maar ja, die dingen gebeuren nu eenmaal.'

Even later liepen ze weer door de chaos van de kinderopvang naar buiten. Hari omklemde haar hand zo stevig dat het pijn deed en Zoë zag ertegen op om terug te gaan naar het grote huis en zijn blijkbaar gewelddadige bewoners, waar ze ook nog een maaltijd in elkaar moest flansen.

Het was nu al een heel lange dag geweest.

15

Zoë kon haar ogen niet geloven toen ze de keuken binnenkwam. Het was alsof de hele dag niemand een stap had verzet. Het was een enorme rotzooi. Shackleton zat in de microfoon van een headset te grommen en speelde een spel op vol volume op een oude Xbox die onder de etensspetters zat. Wat hij zei was... kleurrijk. Mary krijste over iets in haar telefoon en Patrick las zogenaamd hardop voor van zijn tablet, op een toon die bedoeld leek om de rest te overstemmen. De radio stond ook nog keihard aan en Mrs MacGlone viel nergens te bekennen. Toen zag ze iemand in de bijkeuken staan die een vreemd en zwaar wasrek ophees waar kleren aan hingen te drogen.

'Eh, ik ben terug,' kondigde Zoë aan.

Mrs MacGlone liet de handel van het wasrek met een klap uit haar handen vallen. 'Godzijdank,' zei ze, en ze trok meteen haar jas aan en wond een sjaal om haar hals. Geen 'fijn je te zien' of 'hoe was je eerste dag?'

'Hoe is het met de kinderen?' vroeg Zoë.

Mrs MacGlone haalde haar schouders op.

'Daar ga ik niet over,' zei ze, en ze was de achterdeur al uit voordat Zoë haar eigen jas uit had.

'Opgeruimd staat netjes, ouwe heks,' riep Mary haar na, en de andere twee begonnen hard te lachen.

Zoë slaakte een diepe zucht. Ze had er veel voor overgehad om nu terug te zijn in haar verschrikkelijke flatje in Londen, hoe onprettig het daar ook was, en met Hari op haar schoot een pizza voor de televisie te eten.

Ze kon koken; haar eigen moeder kon lekker koken met

weinig, goedkope ingrediënten en had Zoë op het hart gedrukt dat ook te leren, tot haar dochter natuurlijk naar de universiteit zou gaan en een mooie carrière maakte en een geweldig rijke man aan de haak sloeg. Sadie, Zoës moeder, had haar best gedaan nooit te laten merken hoe teleurgesteld ze was in haar dochter. Maar Zoë wist dat natuurlijk toch, ze kenden elkaar van haver tot gort.

En nu naar bed gaan, wist Zoë, was niet hoe Sadie het zou aanpakken. Ze zou de koekenpan hebben gepakt en hebben gezegd 'Kom op, meissie, laten we eens kijken wat we hier kunnen vinden', net zoals ze nu deed voor vakantiegangers in Spanje die een uitgebreid Engels ontbijt wilden en blij waren dat van iemand met een Cockney-accent te krijgen.

Ze marcheerde de keuken weer in en begon de kastjes open te maken.

Maar er was helemaal niets te vinden. Niet dat de kasten leeg waren, verre van dat. Ze zaten juist propvol, maar niet met iets wat je avondeten zou kunnen noemen. Er stonden potten jam, allerlei soorten ontbijtgranen, zakken chips, rijstkoeken, en er lag fruit in de fruitschaal. De kinderen kwamen echt niet om van de honger.

Maar. Er waren geen bouillonblokjes, geen tomaten in blik, geen uien, geen gehakt, geen pasta. Niets waar ze een avondmaaltijd van kon maken. Misschien was er nóg een keuken? Het huis was er groot genoeg voor.

'Eh, Shackleton?' begon ze, maar Shackleton gromde alleen iets en Zoë besefte dat ze het beter aan Patrick kon vragen. 'Patrick, waar is al het eten?'

Patrick keek haar aan.

'Gewoon, daar! Voor je neus! Dat is al het eten dat er in huis is, Nanny Zeven!' zei hij.

'Maar wat eten jullie dan?' vroeg Zoë verbouwereerd.

Patrick fronste zijn voorhoofd. 'Toast,' begon hij, en hij telde af op zijn vingers: 'Jam. Appels. Bananen. Worstjes. Pindakaas. Tomaten. Gemberkoekjes. Ontbijtgranen. Chips.'

'Dat kán niet waar zijn!' Zoë keek hem vol ongeloof aan.

Patrick fronste zijn wenkbrauwen. 'Eh...' zei hij, 'en...'

Mary rolde met haar ogen. 'Je vergeet de smeerkaas,' siste ze.

'Smeerkaas!' zei Patrick triomfantelijk. 'Dat is alles. Absoluut!'

Zoë schudde verbijsterd haar hoofd. 'Maar Mrs MacGlone...'

De kinderen maakten alle drie kokhalsgeluiden.

'Nooit iets eten wat Mrs MacGlone maakt,' zei Patrick op doodernstige toon. 'Het is vergif, Nanny Zeven, puur vergif!'

'En wat deden de andere nanny's dan die jullie hebben gehad?'

'Die zaten meestal te janken.'

'En ze lieten ons gewoon eten wat we wilden, toast en jam en zo, het maakte hun niks uit,' zei Shackleton doodleuk. 'En dat is prima. We eten gewoon wat we altijd eten.'

Zoë knipperde met haar ogen. Hun dieet voorkwam nog net dat ze scheurbuik kregen, maar verder... Hoe kon hun vader dat in vredesnaam goedvinden?

'Nou,' zei ze. 'Zullen we daar dan vanaf vandaag verandering in brengen?'

'Maar toast en pindakaas is toch absoluut heerlijk, Nanny Zeven!'

Zoë had bijna gevraagd wat hun moeder voor hen kookte, maar ze hield zichzelf nog net op tijd in. Vlak voordat ze terug was gegaan naar The Beeches had ze de Urquarts gegoogeld en alleen een stukje over een muziekuitvoering gevonden die tien jaar geleden had plaatsgevonden op het terrein. Ze had lang naar de kleine fotootjes in lage resolutie zitten turen en dacht dat ze ergens een vrouw met een baby in haar armen had ontdekt, maar het was echt onmogelijk om dat zeker te weten.

'Nou,' zei ze terwijl ze haar mouwen oprolde. 'Laten we beginnen. Hebben jullie ook nog andere kaas dan smeerkaas?'

Uiteindelijk vond ze wat vis in de vriezer, die 'Wilby ons van de zomer heeft gebracht', die dan maar moest volstaan, met wat heel oud brood dat ze achter in een voorraadkastje vond, een paar zacht geworden aardappels die ze knapperig zou bakken in de olie, en het allerlaatste restje bevroren doperwtjes in een zak die ze helemaal op de bodem van de vriezer vond.

Toen probeerde ze uit te vinden hoe de oven aan moest. Hij werkte deels op elektriciteit en deels op gas, en moest met een beangstigende plof met een lucifer worden aangestoken.

'Ik ga dat echt niet eten,' zei Mary met haar armen over elkaar geslagen.

'Je weet nog niet eens hoe het smaakt,' zei Zoë geduldig.

'Nou, jij hebt het gemaakt, dus...'

'Ik maak gewoon wat toast voor mezelf,' zei Shackleton.

'Nee, doe dat nou niet,' zei Zoë. Ze voelde dat ze rood werd. 'Volgens mij hebben jullie veel te veel...'

'Wat maakt het uit wat jij ervan vindt?'

'Ik neem ook toast, absoluut,' zei Patrick vastbesloten, en Zoë besefte radeloos dat Hari naast hem heftig stond te knikken en op zijn mond wees.

'Er eet verdorie niemand toast!' zei Zoë, zich ervan bewust dat de vis aan één kant aan het verbranden was terwijl de andere kant nog bevroren was. Het rook niet bepaald lekker.

'O, dus je laat ons gewoon verhongeren?'

'Jullie verhongeren echt niet zomaar,' siste Zoë terwijl ze zich op de vis probeerde te concentreren.

'Au!'

Ze keken allemaal om. Ramsays lange gestalte stond in de deuropening. Hij had zijn hoofd aan de deurpost gestoten. Zoë kneep haar ogen tot spleetjes. Hij kwam blijkbaar weinig in de keuken, als hij zijn hoofd nog stootte. In gedachten ging ze haastig na wat ze net had gezegd. Heb ik gedreigd de kinderen te laten verhongeren? Geen goede beurt... Hij stond te kijken, niet op zijn gemak. En hij was idioot lang, hij zou zijn hoofd wel vaker stoten. Opeens kreeg ze het benauwd. Ze was helemaal alleen in dit huis met een man die ze niet kende, wiens vrouw was verdwenen, over wie Nina niets leek te weten...

'Papa!' schreeuwde Patrick, en hij sloeg zijn armen om de knieën van zijn vader. Hij was geen klein kind, maar kwam maar net boven zijn vaders knieën uit.

'Hallo, mannetje,' zei Ramsay. Hij bukte en wreef Patrick over zijn hoofd. 'Wat is het leukste wat je vandaag over dinosaurussen te weten bent gekomen?'

'Dinosaurussen konden wel zo lang worden als zeven Londense bussen,' zei Patrick prompt. 'Wat is een Londense bus?'

'Da's een lang verhaal,' zei Ramsay terwijl hij hem optilde. 'Ha, Mary,' zei hij terwijl hij naar haar toe liep en zijn enorme hand voorzichtig op haar hoofd legde. Ze verstijfde onmiddellijk en keerde haar hoofd af.

Zoë keek toe.

'Waar is Mrs MacGlone?'

'Ze is naar huis,' zei Mary chagrijnig. 'En heeft ons alleen met háár achtergelaten.'

'Je moet haar geen "haar" noemen,' reageerde Ramsay automatisch. 'Ze heet gewoon...' Maar blijkbaar was hij haar naam al vergeten.

'Zeg gewoon "Nanny Zeven"!' zei Patrick.

'Nee, dat ook niet,' zei Ramsay.

'Sorry, ik moet wat vragen...' zei Zoë, het gesprek onderbrekend. 'Wat eet u?'

'Wat? Ik? Persoonlijk?' vroeg Ramsay, alsof ze hem had gevraagd of hij gras at.

'Nou, jullie allemaal.'

'O,' zei Ramsay ongemakkelijk. 'Gaat dit over de pindakaas?'

'Ze gaat proberen de boel te veranderen hier,' zei Mary. 'Dit is altijd grappig, als ze dat proberen.'

'Stil, Mary,' zei haar vader. Hij streek met een hand door zijn haar. 'Mrs MacGlone vindt dat niet alle strijd de moeite waard is om gestreden te worden.'

Zoë was al van mening dat Ramsay geen enkele strijd aanging, maar ze was absoluut niet van plan daar nu over te beginnen.

'Er ruikt hier iets absoluut heel erg smerig,' klonk er een klein stemmetje, en Zoë rende naar het fornuis.

De vis in de pan was volkomen oneetbaar.

'O nee! Sorry, nou heb ik geen avondeten!' Zoë kleurde. 'Dit fornuis is ook verschrikkelijk lastig te bedienen!'

Nu was het Ramsays beurt om beschaamd te kijken. 'O! Eh... echt?'

Shackleton stond zwijgend op en liep naar de broodrooster. Patrick slaakte een juichkreet en Hari sprong blij op en neer.

Ramsay was niet lang gebleven. Hij leek, dacht Zoë, vreemd afstandelijk met zijn kinderen. Alsof hij ze per ongeluk was tegengekomen in het huis. Hij had wat fruit op een bord gelegd en was weer verdwenen, de lange stille gangen van het huis in; ze vroeg zich af waar hij was gebleven. Ergens aan de voorkant, vermoedde ze, terwijl zíj natuurlijk was veroordeeld tot de personeelsvertrekken.

Ze ruimde alles zo goed mogelijk op en tilde toen een vermoeide Hari op.

'Hebben jullie bepaalde bedtijden?' vroeg ze, hoewel ze het antwoord al wist.

Mary snoof alleen maar, en Patrick zei: 'Nee! Absoluut niet. Welterusten, Nanny Zeven.'

Zoë had even genoeg van dit vreemde huishouden meegemaakt om er tegenin te gaan en dus zwaaide ze vaag in hun richting en ging de trap op naar haar slaapkamer. Daar legde ze Hari in bed, verlangend naar een heet bad en daarna een heerlijke nachtrust. Voor de zekerheid liet ze zowel de deur van haar slaapkamer als die van de badkamer open. Hoewel het haar zou verbazen als Mary in dit deel van het huis kwam, deed ze het toch maar, ook al was het een beetje eng om zich uit te kleden terwijl de gang buiten pikdonker was en de buizen een gorgelend geluid maakten.

Zoë was arm geweest en dat was ze nog steeds. Ze had zuinig met de elektriciteit gedaan en over elk keteltje water dat ze kookte nagedacht. Maar ze had altijd een warm bad kunnen nemen als ze wilde. Dus toen er een koud mager waterstraaltje uit de kraan kwam, was dat de laatste druppel. Ze zakte naast het bad neer, drukte een handdoek tegen haar mond en barstte in snikken uit.

16

Je kunt niet eeuwig blijven huilen, hoewel Zoë het lang volhield. Na een tijd was ze simpelweg te uitgeput. Ze stortte op het bed naast Hari neer en sukkelde op het ritme van Hari's regelmatige ademhaling in slaap, helemaal óp.

Toen ze ontwaakte, wist ze eerst niet waar ze was. Het was zo stil. Ze hoorde helemaal niets, het leek wel of ze diep onder de grond zat. Hari was ook wakker. Ze pakte hem op en ging met hem naar de wc. Hij moest, net zoals zij, enorme honger hebben.

De oude gordijnen in haar kamer waren zwaar van het stof; er moet hier eens goed schoongemaakt worden, dacht ze, hier wordt een mens somber van. Ze glimlachte wrang. Alles voelde verschrikkelijk, nee, alles wás verschrikkelijk, corrigeerde ze zichzelf. Ze was in een vreemd land met vreemde mensen en kon er helemaal niets aan veranderen en niemand mocht haar en sommige haatten haar zelfs en ze had twee banen en ze was in geen van beide erg succesvol. En dan was het ook nog vreemd hoe het was gegaan met Nina, ze deed zo ongemakkelijk, wat in tegenspraak was met Surinders verhaal dat Nina radeloos op zoek was naar hulp. En o mijn god! Vandaag moest ze Hari bij de kinderopvang achterlaten. Zoë voelde zich doodongelukkig.

Maar toen ze de gordijnen openschoof en door het raam – het moest nodig gezeemd worden, maar desondanks – naar buiten keek, was het uitzicht gewoonweg betoverend, dat moest ze toegeven.

De haar op het loch maakte de zonsopkomst onwerkelijk en vaag, aan de horizon vermengden roze en goud zich met elkaar, en even flitste het door haar hoofd dat ze wilde dat ze kon schilderen. Ze tilde Hari op – hij had zijn brandweerpyjama aan, die hem veel te klein was geworden – zodat hij uit het raam kon kijken. Zijn mond vormde een o van verrassing en hij wees naar het water.

'Prachtig, hè?' zei ze met haar wang tegen zijn donkere krullen. Ook al was alles vreselijk, dit had ze óók. 'Prachtig, hè?'

Nina zat aan haar tweede ontbijt en voelde zich vreselijk.

'Nee, ze is aardig,' zei ze terwijl Lennox verstoord leek door haar slechte humeur.

'Dus?' zei hij.

'Dus... O, ik weet het niet. Ze is gewoon zo Londens. Ik weet niet of ze de mensen hier wel zal begrijpen.'

'Nou, je zou kunnen zeggen dat jij heel Birminghams was,' zei Lennox met een klein glimlachje.

'Hm,' zei Nina peinzend. 'Maar ik denk niet dat wíj het probleem zijn. Ik ben bang dat dat andere baantje een nachtmerrie blijkt te zijn en dat ze ons in de steek laat en het dus niet uitmaakt of ze de mensen hier begrijpt of niet, en dan zit ik nog dieper in de problemen dan eerst.'

Ze zuchtte diep. Ze voelde zich echt vreselijk vanochtend, maar Lennox had veel werk te doen en ze ging hem niet ongerust maken.

Lennox nam haar in zijn armen en keek glimlachend op haar neer.

'Nou, dan bedenken we wel weer iets,' zei hij op zijn kalme, betrouwbare manier, die ze normaliter heerlijk vond maar vandaag niet omdat ze geïrriteerd was en zich niet zomaar liet geruststellen.

Nina verborg haar gezicht tegen zijn borstkas. 'Waarom moet alles altijd veranderen?'

Lennox gebaarde naar buiten. 'Omdat dat nu eenmaal zo ís. Het leven verandert. De seizoenen. Oude dingen vernieuwen zich...'

Hij streelde haar buik. 'Nieuwe dingen... goede dingen.'

'Ja, dat weet ik wel,' zei Nina boos. 'Dat weet ik allemaal wel. Ik voel me alleen zo... lomp.'

'Je ziet er juist schattig uit,' zei Lennox oprecht. 'Maar alles verandert nu eenmaal.'

'Behalve jij,' zei Nina ietwat minder chagrijnig.

'Aye,' zei Lennox terwijl hij haar nog steeds vasthield, zo stevig als een rots. 'Behalve ik.'

17

Als je maar vroeg genoeg wakker was, ontdekte Zoë al snel, had je wel heet water. Absoluut niet in de stemming om gul voor anderen te zijn, liet ze het bad zo vol mogelijk lopen en zat er een minuut of tien in haar eentje in, ademde de hete stoom in en genoot ervan totdat het water genoeg was afgekoeld voor Hari om erin te komen.

Na haar bad voelde ze zich ietsje beter. En daarna slecht omdat ze zoveel heet water had verbruikt. Misschien kon Patrick na haar in bad (dat stelde ze hem voor, maar hij bleek het liefste helemaal geen bad te nemen).

Mrs MacGlone was terug, godzijdank, en keek verbaasd toen bleek dat het huis die nacht niet was afgebrand. 'Je moet dat fornuis niet gebruiken,' zei ze, 'het is niet veilig.'

'Maar hoe moet ik dan eten koken voor de kinderen?'

'O, daar geven ze niks om. Die vinden bananen prima.' Ze deed haar jas uit. 'Nou, ik kan maar beter opschieten. Het is kroonluchterdag en ik moet de haard in de balzaal schoonmaken.'

Zoë keek haar na terwijl ze wegliep. Ze vermoedde – terecht – dat Mrs MacGlone al heel lang op The Beeches werkte (maar dat ze er al vanaf haar veertiende schoonmaakte, had ze nooit kunnen bedenken) en dat ze net zo goed het weer kon proberen te veranderen. Het huishoudgeld zat in een oude koektrommel; Zoë moest eruit halen wat ze nodig had voor de boodschappen en kreeg aan het eind van de maand een cheque met haar loon. Zoë had al jaren geen cheque meer gezien. Ze had geopperd dat het ook gewoon gestort kon worden en Mrs MacGlone had haar aangekeken alsof ze vroeg om in bitcoins betaald te worden, dus had ze maar gezegd dat een cheque prima was, ook al zat ze waarschijnlijk een enorm eind van een bank vandaan.

De kinderen zaten nog steeds in de keuken, nog steeds in vuile, armoedige kleren, nog steeds vastgeplakt aan hun apparaten. Zoë vroeg zich af of ze wel naar bed waren geweest.

Ze pakte net de zware waterketel op, toen ze bijna omver werd gelopen door iets enorms en ruigs en harigs dat uit het niets leek te komen. Ze schrok zich een ongeluk en slaakte een kreet, waarop Mary haar minachtend aankeek.

'Porteous!' riep Patrick. Hij sprong van zijn stoel en rende op het Hairy Maclary-achtige beest af. De hond had zoveel wollige krullen dat je niet goed wist wat zijn voor- en wat zijn achterkant was. Hij had een enorme kop en voor zijn ogen hingen prachtige dreadlocks. Zoë knipperde met haar ogen. Het kon niet, maar het beest zag eruit alsof hij rondsprong in een permanente zwarte wolk van stof en insecten, net zoals Pig-Pen van de Peanuts. Mrs MacGlone leek het allemaal volkomen normaal te vinden.

Hari kwam naar Zoë toe rennen en omklemde angstig haar knieën.

'Dank je wel dat je terug bent gekomen, Porteous,' zei Patrick opgewekt terwijl hij de hond omhelsde en zijn redelijk witte T-shirt een stuk minder wit werd.

'Is dat jullie hond?' vroeg Zoë. 'Ik wist niet dat jullie een hond hadden.'

Ze was niet gewend aan honden en deed een stap naar achteren. Haar onderburen hadden een grote, kwaadaardig uitziende staffie gehad en ze was altijd een beetje bang geweest dat hij de trap op zou komen rennen om Hari te verscheuren, hoewel zijn baasjes volhielden dat Sabre een schat was en alleen een beetje wilde stoeien met de baby.

Zoë had geprobeerd ze te geloven en ze wist eigenlijk ook zeker dat het waar was; ze had veel goede dingen over staffies gehoord, dat het fantastische honden waren, en normaliter hield ze ook van honden, maar ze kon niet ontkennen dat ze ondanks alles vooral de krachtige kaken van zo'n beest zag en hoorde hoe hij gromde als ze door de gang liepen, en ze kon er niks aan doen dat ze onbewust haar angst aan haar zoontje had laten blijken. Hari was daarom verschrikkelijk bang van honden, hoe Zoë hem ook probeerde aan te sporen goedaardige honden in het park te aaien; de lieve windhonden die aan het einde van de straat woonden, de poedel van haar vriendin Mindy. Maar niets werkte. Hari begon al te beven als hij een kwispelende staart zag. Dat was, dacht Zoë vaak, nog iets wat ze niet goed had gedaan met Hari.

'Tuurlijk!' zei Patrick. 'Het is míjn hond!' Hij sloeg zijn armen weer om de nek van de hond, die blij zat te hijgen. Zoë zag dat er toastkruimels rond zijn bek zaten. Belachelijk. Het hele huishouden was verslaafd aan gluten.

'Hij is helemaal niet van jou!'

Mary zag er vanmorgen theatraal uit met wapperende lange donkere haren en alleen een witte nachtpon aan. Zoë vond dat kleine meisjes die in kasten van huizen woonden nooit een witte nachtpon moesten dragen. Het stond gewoon spookachtig, vooral als die meisjes ook nog donkere kringen onder hun ogen hadden.

'Morgen, Mary!' zei Zoë opgewekt, in een poging met een schone lei te beginnen. 'Heb je een beetje geslapen?'

Mary keek dwars door haar heen en kwam geruisloos op blote voeten de keuken binnen, waardoor ze nog meer op een spook leek. Ze bleef staan bij de deur naar het terras en liep zonder een woord de mistige ochtend in, het te lange bedauwde gras op, waar ze natte voetstappen in achterliet.

Zoë keek haar triest na. 'Nou,' mompelde Zoë. 'Gaat ze naar een vriendin of zo?'

'Wij hebben geen vrienden,' zei Patrick, en het leek of hij daar totaal niet ongelukkig mee was. Hij bukte. 'Behalve Porteous dan. Die houdt absoluut van me.'

'Weg hier met dat beest,' zei Mrs MacGlone. 'Hij is vies.'

'Dus hij is niet van hier?'

'Hij is van Wilby, de tuinman. Patrick heeft het verkeerd begrepen en nu...'

'Ik hou zoveel van je, hondje van me,' zei Patrick keihard.

Hari zette voorzichtig een stap naar hem toe.

'Vind jij mijn hondje niet lief?' Patrick had een stuk toast van de tafel gepakt, dat Porteous naar binnen slobberde.

Hari deed nog een stap naar voren.

Zoë keek toe, gefascineerd en een beetje verbouwereerd. Hij hield haar spijkerbroek nog steeds met één handje vast, maar hij strekte het andere naar Patrick uit.

'Hij is het allerliefste hondje dat er is,' zei Patrick.

Hari knipperde met zijn ogen toen Patrick hem een stuk toast gaf om aan de hond te geven. Iedereen in de keuken was stil toen Hari het brood heel langzaam, met een trillend handje, naar de hond uitstak.

Zoë hield haar adem in toen Porteous zijn enorme krullenkop naar hem toe draaide en met één lik van zijn tong en een smakkend geluid het stuk brood wegwerkte. Er ging een schok van verrassing door Hari heen en hij maakte een gek geluidje dat alleen Zoë herkende als een lach. Ze hapte naar adem en tilde hem op om hem een zoen op zijn hoofd te geven, ook al probeerde hij zich meteen uit haar armen te wurmen.

18

Zoë was nog steeds helemaal blij toen ze zich klaarmaakte om te vertrekken. 'Ik zou best eens kunnen vragen of Patrick ook naar de kinderopvang kan. Ik weet bijna zeker dat er plaats is,' opperde ze. Het leek haar leuk voor Hari als hij daar iemand had die hij al kende.

Mrs MacGlone haalde haar schouders op.

'Dat wil meneer vast niet,' zei ze. 'Te veel...'

Zoë keek haar vragend aan. Ze begreep niet wat Mrs MacGlone bedoelde.

'Te veel... geroddel.' Mrs MacGlone zei het laatste woord heel zachtjes, met een waarschuwende blik op Patrick. 'We hebben al genoeg problemen gehad op school.'

'Maar ze zullen toch wel terug naar school moeten,' zei Zoë. 'Zal ik het vragen?' opperde ze nog een keer terwijl ze besloot het gewoon te doen. Patrick en Hari renden allebei om de tafel achter Porteous aan en maakten een enorme herrie, terwijl Shackleton af en toe een been uitstak in een poging Patrick te laten struikelen, die hem dat dan weer betaald zette met een harde schop.

'Nee, je vraagt het niet,' zei Mrs MacGlone terwijl ze haar lippen op elkaar kneep. 'Ik moedig roddels en speculatie niet aan, Miss O'Connell. We hebben hier in huis al genoeg kletskousen gehad.' Ze beende langs Zoë heen met een potje koperpoets en een stapeltje oude kranten in haar handen. 'Het brengt ze van slag,' zei ze. 'Snap je dat niet? Iedereen zou erdoor van streek raken. De master zal het zeker niet waarderen. Totaal niet. Als je hier wilt blijven, bemoei je dan met je eigen zaken.'

Maar toch was Zoë in een betere stemming dan de dag ervoor terwijl ze de weg afhobbelde met Hari, zelfs nadat ze langs Mary was gereden, die in haar eentje door het lange gras naar het water liep. Zoë keek haar na. Het zou nooit in Mary opkomen, wist ze, dat zo'n verschrikkelijke volwassene als zij precies kon begrijpen wat ze voelde: eenzaamheid en verlies. Ze zag het meisje een steentje oppakken en het door de mist naar het meer gooien, waar het met een plons (die ze niet kon horen vanwege het geratel van de auto) het spiegelgladde wateroppervlak van het meer doorbrak.

Toen ze even later langs de bussen reed die op de parkeerplaats bij Loch Ness stonden, bedacht ze dat het monster, als er echt een in dat loch zat en al honderden jaren had overleefd, toch zeker zou hebben geleerd een parkeerplaats vol lawaaierige mensen te mijden.

Om zichzelf af te leiden verzon ze gekke liedjes over honden voor Hari op de muziek van de radio. Vandaag ging ze alert, netjes, behulpzaam en open tegen Nina zijn om haar ervan te overtuigen dat het geen vergissing uit misplaatste liefdadigheid was geweest haar aan te nemen.

Ze wierp een korte blik op Hari.

'Je gaat het heerlijk krijgen op de opvang,' zei ze enthousiast, hoewel dat niet echt was wat ze voelde. 'Echt! Iedereen is heel aardig en ik zal ervoor zorgen dat die grote jongen je niks doet.'

Hari keek haar aan. Ze kon absoluut niets van zijn gezicht aflezen.

'Aha!' gilde Tara terwijl ze op hen afsnelde. 'Daar is ons mooie knulletje dat zo lief en rustig is!'

Zoë moest een grimas onderdrukken.

'Ik heb de papieren doorgestuurd,' zei Tara. 'We krijgen die extra hulp vast heel snel! Kom binnen, kom binnen, ik heb een haakje voor je om je jas op te hangen...' Ze blikte om zich heen. 'O nee! Toch niet, geloof ik. Maakt niet uit!'

Hari bleef stokstijf staan. Zoë knielde voor hem neer.

'Lieve schat,' zei ze, haar goede humeur al bijna verdwenen. Dit is belachelijk. Ouders laten elke dag hun kinderen bij een opvang achter.

Maar toch. Sinds zijn geboorte was hij alleen met haar geweest. Zíj had hem vertroeteld, met hem gespeeld en hem met niemand hoeven delen, alleen af en toe met Jaz, als hij de moeite nam om langs te komen. De rest van de tijd was hij van haar geweest, in de goede en de slechte tijden – meer slechte, om eerlijk te zijn. Maar nu kon ze zich alleen de goede tijden herinneren; 's avonds lekker warm in bed als ze hem voorlas uit *Each Peach Pear Plum*; zijn luie lachje op koude winterochtenden, in zijn kinderstoeltje terwijl hij zijn handjes uitstak omdat hij meer gepureerde pruimen wilde, of zijn stijf dichtgeknepen mond als hij broccoli kreeg voorgeschoteld, de manier waarop hij enthousiast heen en weer huppelde in de ondergrondse, zijn blije gezichtje wanneer ze over zijn neusje wreef als hij in de buggy zat, zijn kleine snowboots die haar moeder in de koudste winter had opgestuurd, waar hij zo dol op was dat hij ze nog steeds aan wilde toen ze al te klein waren, de wantjes die hij vaak met zijn tanden had uitgetrokken, waardoor ze onder de wielen van de wagen terechtkwamen en het elastiek waarmee ze aan zijn jas vastzaten helemaal was uitgerekt.

Die hele vermoeiende, fijne periode van zijn baby- en peutertijd die nu achter hen lag, net zoals het potje en het tweedehandse babyzitje dat ze nooit hadden gebruikt en de wafeldoeken en de grote metalen blikken opvolgmelk en de kleine plastic lepeltjes en de zachte katoenen mutsjes en de neusdruppels en de billendoekjes en het steriliseren van de flesjes, de lakentjes met egeltjes erop en de handdoek met capuchon waar ze hem als een babybeertje in kon wikkelen en kiekeboe mee kon spelen, hoe hij op het goedkope kleed voor het elektrische kacheltje lag en ze hem overal klapzoentjes gaf en hij gierde van de lach en nog geen idee had dat de wereld buiten hun warme cocon kil en koud was.

Tara had in de gaten dat ze op het punt stond in tranen uit te barsten en zei keihard en irritant 'Huilen mag, hoor!', hoewel het eigenlijk een beetje hielp omdat Zoë meteen haar tranen inslikte. Hij was gewoon... zo klein. Zo weerloos.

Terwijl ze dat dacht, kwam Rory het rotkind op Hari aflopen. Hij had een speelgoedbootje in zijn hand. Hari stak zijn hand uit om het te pakken, waarop Rory hem er een klap mee verkocht.

'Rory!' zei Tara. 'Zo doen we dat hier niet! Je mag niet slaan. We práten hier over wat we voelen.'

'Weet je wat?' zei Zoë. 'Ik geloof dat we het toch maar een andere keer gaan proberen...'

'Maar we hebben vandaag meditatieles!' protesteerde Tara.

Zoë voelde zich afschuwelijk en ontzettend verscheurd. Toen keek ze weer uit het raam naar de grote tuin. Ik moet dit doen. Dit is de juiste keus. Ze wist het. Ze kon hem niet achterlaten bij die ongelukkige kinderen op The Beeches en ze kon hem ook niet elke dag mee naar haar werk slepen. Hoe graag ze het ook wilde, hij kon niet zo verbonden met haar blijven als hij nu was.

'Ga maar naar buiten, liefje,' zei ze. 'Ga maar lekker spelen.'

Zonder hem nog aan te kijken draaide ze zich om, liep weg en huilde de hele weg naar de boerderij.

Nina voelde zich helemaal niet lekker en wachtte met smart op Zoë, vooral omdat ze zich niet in staat voelde om te stofzuigen. Toen ze arriveerde vroeg ze meteen: 'Hoe was het op de opvang?'

Zoë vertrok haar gezicht in een grimas. Ze liep met een boogje om de kip heen, die nog op precies dezelfde plek leek te zitten als de dag ervoor en haar veren nogal agressief naar haar opschudde. Met de rug van haar hand veegde ze haastig haar tranen weg. Ze zag een lange man fluitend de heuvel op lopen, er draafde een hond achter hem aan. Dat moest Nina's wederhelft zijn. Geluksvogel.

'Drukke dag voor de boeg?' vroeg ze terwijl ze de gedachte van zich afschudde.

'Ik hoop het.' Nina fronste, ze had even uitslapen heel goed kunnen gebruiken. 'Eigenlijk zouden we nu naar Farr gaan, maar het seizoen is nog niet echt begonnen; over een maand is er een bergwandelaarsconventie; we verkopen de gidsjes goed.' Ze wees op een stapeltje dat op een plank lag. Zoë pakte het ervan af en haalde er even een stofdoekje overheen.

'Hoe komen we aan thee?' vroeg Zoë.

'Tja, ze doen een beetje moeilijk over kokend water in een rijdende bus,' zei Nina.

'Ja, daar kan ik me wel iets bij voorstellen,' beaamde Zoë.

'Gelukkig mogen we de waterkoker van de pub gebruiken. Maar ik heb een hekel aan kruidenthee. Nu ik geen alcohol meer drink en geen rauwmelkse kazen meer eet, vind ik dat ik wel een gewoon kopje thee mag.'

'En sushi, dat mag ook,' zei Zoë.

'Ja,' zei Nina. 'Maar daar is hier niet veel aanbod in.'

'Oké,' zei Zoë. 'Ik kon het me destijds toch niet veroorloven. O, trouwens, heb je dat boek gelezen?'

'Ja,' zei Nina.

'Maar ik heb nog niet gezegd hoe het heet!'

'Ja, maar ik weet wel welk boek je bedoelt.'

Zoë glimlachte ongelovig. 'Dat kan toch niet!'

'*Sushi for Beginners*?'

'O! Ja! Klopt!'

Nina hees zich de bus in en ging achter het stuur zitten. Met haar dikke buik moest ze tegenwoordig haar armen helemaal strekken om het vast te kunnen pakken. Toen bedacht ze zich: het regende niet en de tractor stond niet op het erf. Ze schreeuwde naar Flossie, maar de kip was zoals gewoonlijk te stom om in beweging te komen, dus stapte ze uit en tilde haar op, zette haar modderige klauwen op wat er nog restte van haar schoot en klom vervolgens aan de passagierskant de bus weer in.

'Oké,' zei ze. 'Je moet leren in dit ding te rijden, dus kunnen we daar maar beter meteen mee beginnen.'

Zoë ademde verschrikt in. 'Echt?' zei ze.

'Nou, je bent net toch ook hierheen gereden? Ik bedoel, je kúnt rijden, dat is duidelijk.'

'Ik heb mijn rijbewijs,' zei Zoë haperend. 'Ik bedoel, dat is niet gemakkelijk in Londen. Nou ja, ik heb het eigenlijk ook niet echt in Londen gehaald. Uiteindelijk ben ik naar een vriendin in Kent gegaan, omdat het verkeer daar niet zo afschrikwekkend is en ik me niet zo zenuwachtig hoefde te maken en, oké, ik heb er een paar keer over gedaan, en natuurlijk kon ik me uiteindelijk ook geen auto meer veroorloven in Londen, dat is ook niet nodig, omdat het openbaar vervoer er prima is en...'

Nina knipperde met haar ogen. 'Alsjeblieft, je gaat me toch niet vertellen dat je niet in deze bus kunt rijden, hè?'

'Ik kan het denk ik wel,' zei Zoë, 'maar moet jij dan echt naast me zitten?'

'Ja,' zei Nina een beetje stijfjes. 'Voor het geval je achteruit mijn huis binnenrijdt.'

'En die kip zit me ook al op de vingers te kijken,' zei Zoë onzeker.

'Welnee, die kijkt niet,' zei Nina, hoewel de kip haar kraaloogjes strak op Zoë gericht hield. 'Oké,' gaf ze toe, 'ze kijkt, maar ze heeft geen idee wat je hoort te doen.'

'Dan zijn we met z'n tweeën,' zei Zoë terwijl ze op de bestuurdersplaats ging zitten. Dat was wel heel hoog boven de weg... Ze wierp een blik in de achteruitkijkspiehel – die er niet was...

'Er zit een hele laadruimte met boeken tussen ons en de weg,' legde Nina uit. 'Je moet je zijspiegels gebruiken.'

Zoë keek naar de versnellingspook. Het was een enorm ding met een witte knop erop.

'Dat is de versnellingspook,' zei Nina, en Zoë probeerde haar stekels niet op te zetten.

'Oké, oké, geef me even de tijd... spiegel, richtingaanwijzer, rijden.' Zoë wierp weer een blik in de niet-bestaande achteruitkijkspiegel en vloekte binnensmonds.

'Ik ben echt nerveus,' zei ze.

'Het spijt me,' zei Nina, 'maar ik moet toch echt naast je zitten om je te laten zien waar de lichten zitten en zo.'

'Het is die kip, eigenlijk!'

'Negeer dat beest gewoon.'

Tok, beaamde de kip.

Met een knalrood hoofd probeerde Zoë de zware versnellingspook in de achteruit te zetten. Ze wist niet precies wat er gebeurde, maar hij pakte niet en de bus schokte naar voren. Uit de laadruimte klonk een onheilspellend geluid van iets wat omviel.

Nina probeerde haar best te doen om haar ogen niet dicht te knijpen.

Toen Zoë het nog een keer probeerde, schokte de bus weer naar voren, dieper in het modderige erf, de achterwielen verloren hun grip en begonnen te slippen.

Nina probeerde zich voor de geest te halen hoe moeilijk ze het zelf had gevonden toen ze voor het eerst in de bus reed en zich begrijpender op te stellen. Het schoot haar – een beetje laat – te binnen dat ze het eerst had geprobeerd zonder de kostbare voorraad boeken in de laadruimte.

Toen Zoë nog meer gas gaf en ze een flauwe brandlucht rook, knipperde ze hevig met haar ogen. 'Laat mij hem maar snel even keren,' zei ze terwijl ze haar veiligheidsgordel losmaakte en het portier al een klein stukje opende.

'Nee, nee, het is goed, het is goed, het lukt me wel!' zei Zoë lichtelijk in paniek. Eindelijk kreeg ze de versnellingspook in z'n achteruit, gaf flink veel gas en omklemde het stuur terwijl de bus naar achteren schokte en plotseling slipte en een halve slag draaide, waarop de kip schrok en wegfladderde door het halfopen raampje, Zoë 'Shit, de kip!' riep en een ruk aan het stuur gaf, en de bus zichzelf diep in de modder groef, waarbij de natte smurrie alle kanten op vloog.

Gelukkig had de kip niks.

19

De kip voelde zich kiplekker, maar Nina niet. Zodra Zoë de motor van het verdomde ding had uitgezet, sprong ze de bus uit en rende naar de andere kant. Nina zag krijtwit.

'O mijn god, gaat het? Het spijt me! O, het spijt me!' zei Zoë.

'Ik ben...' Nina trok een benauwd gezicht. 'Sorry, ik moet... ik moet...'

Toen deed ze het portier verder open en gaf over, vlak naast Zoës schoenen – wat een opluchting was, omdat het het enige nette paar was dat ze had.

Zoë pakte haar hand. 'Je ziet er... je ziet er echt niet goed uit,' zei ze.

Nina was lijkbleek en het klamme zweet stond op haar voorhoofd.

Zoë voelde haar pols, die veel en veel te snel was. 'Kun je... Zal ik je naar de dokter brengen?' vroeg ze.

'De bus zit vast.'

'Ik heb de auto,' zei Zoë.

'O, het is niks. Nee, dat hoeft... dat hoeft...' Nina gaf weer over. 'Ik voel me gewoon... helemaal niet goed,' mompelde ze terwijl Zoë haar een flesje water aangaf uit haar tas. 'Ik heb alleen meer slaap nodig, dat is alles.'

'Misschien is het gewoon een virusje,' zei Zoë praktisch. 'Maar je kunt het beter even laten checken.'

'Ik heb het ontzettend warm,' zei Nina. Ze keken allebei even naar de kip, die in het braaksel begon te pikken, en Nina kreunde. 'Geen dokter, alsjeblieft.'

Zoë was al aan het googelen, er bleek even bereik te zijn.

'Hoelang voel je je al niet lekker?'
Nina zuchtte. 'Een tijdje.'
'Waarom heb je dat tegen niemand gezegd?'
'Omdat...'
Nina wilde het eigenlijk niet weten. Omdat ze er nog niet aan toe was om de bus al op te geven. Omdat ze Zoë diep in haar hart kwalijk nam dat ze er was, met haar schattige perfect opgevoede kind, omdat ze haar werk overnam en alles zonder problemen kon pakken en sjouwen en duidelijk een gemakkelijke zwangerschap had gehad, terwijl Nina daar zo overduidelijk in faalde. Omdat ze jaloers was en omdat alles met Lennox zo perfect was geweest en ze het niet kon verdragen als dat niet meer zo was. Om allerlei stomme redenen.
Ze zei niets.
'Nou, ik ben hier nou,' zei Zoë. 'Zal ik je vriend bellen?'
Nina schudde haar hoofd. 'Nee... nee, ik wil niet dat hij zich ongerust maakt.'
'Als je je niet goed voelt tijdens je zwangerschap moet je aan de bel trekken! Echt! Dan moet iedereen zich zorgen maken!' zei Zoë terwijl ze probeerde geruststellend te glimlachen.
Zoë hielp Nina uit de bus te stappen en het verraste haar hoe wankel en trillend ze op haar benen stond.
'Ik heb vast iets verkeerds gegeten,' zei Nina, die zich misselijk en paniekerig en afschuwelijk voelde en wanhopig graag wilde gaan liggen. 'Kan ik niet gewoon naar bed? Mijn eigen bed?'
'Doet de dokter visites aan huis?' vroeg Zoë, die dacht dat dat waarschijnlijk het beste was om te regelen.
'Ja,' zei Nina zwakjes.
Zoë ondersteunde haar terwijl ze naar de boerderij liepen. Net zoals iedereen die er binnenkwam, was ze verbaasd hoe modern en clean het was ingericht. Nina had nooit veel reden om vriendelijk over Kate, Lennox' artistieke ex, na te denken, maar waardeerde haar goede smaak wel.
Zich wat ongemakkelijk voelend – maar aan de andere kant, een vreemd huis binnengaan en zich ongemakkelijk voelen leek

min of meer het enige te zijn wat ze tegenwoordig deed – hielp ze Nina in bed, haalde een kom waarin ze kon overgeven, wat ze onmiddellijk deed, maakte een kop thee voor haar, die ze niet binnen kon houden, en belde de huisartsenpost. Ze werd doorverbonden met de dokter, gaf de hoorn aan Nina en vanaf dat moment ging alles alarmerend snel.

De huisarts, Joan, was een uiterst praktische vrouw op klompen, met kort haar, een besliste, vastberaden houding tegenover haar patiënten en een zwak voor dieren. Ze kwam aan in een vuile SUV vol haren, met een hond achterin – wat zeker tegen de richtlijnen van de huisartsenvereniging was – waste haar handen, wierp één blik op Nina en belde het alarmnummer.

Daar schrokken ze allebei van. Nina greep Zoës hand vast – ze vergat helemaal dat ze eigenlijk helemaal niet zo close waren – en vroeg of ze Lennox kon halen, hij was in het bovenste veld, daar had hij geen bereik.

'Tuurlijk,' zei Zoë, zonder een moment aan haar schoenen te denken. Ze holde naar de deur en bleef toen staan. 'Hoe ziet hij eruit?'

'Hij is de knappe,' zei Nina bleek en transpirerend.

'O, oké,' zei Zoë.

'Lange slungel met blond haar,' zei dokter Joan.

Zoë holde naar buiten.

Er stond veel wind, de wolken schoven steeds voor de zon terwijl ze rende, zodat ze het gevoel had dat de wereld bewoog onder haar voeten: zon, schaduw, zon, schaduw. Het duizelde haar een beetje en haar ogen begonnen te prikken terwijl haar voeten diep wegzonken in de pas omgeploegde akkers. Ze herinnerde zich – van het toegewijde lezen van *Het onbewoonde eiland*, niet vanwege enige ervaring op een boerderij – dat ze alle hekken achter zich moest sluiten. Ze rende door velden met schapen, waar ze onder andere omstandigheden graag was blijven stilstaan om ze te bekijken, maar nu holde ze verder onder het roepen van 'Lennox! Lennox!' tot er iemand op haar af kwam lopen.

'Lennox?' vroeg ze. De man schudde zijn hoofd en wees op

een schuur zo ver weg dat het slechts een stip was op de heuvel. Zoë zat intussen al tot over haar enkels onder de modder. Ze dacht aan de enorme rij rubberlaarzen in The Beeches, veel meer paren dan het aantal personen dat daar woonde, en begreep nu waarom. Maar het was toch al te laat; haar schoenen waren naar de maan, maar hoorden toch bij een leven van lang geleden.

Toen ze weer op adem was, zette ze de pas er weer in, tot ze eindelijk, eindelijk bij de schuur aankwam. Zo ver had ze in geen jaren gerend, besefte ze. Als het allemaal niet zo akelig was, had het iets bevrijdends om een zonnige heuvel op te rennen en daarna totaal buiten adem en kapot te zijn. Heel anders dan ze gewend was.

'Tjezus! Waar kom jij opeens vandaan?' hoorde ze een niet-onplezierige stem zeggen.

'Ben jij Lennox?' vroeg ze naar adem happend.

'Aye.'

Hij keek haar afwezig aan, bezig met het verzorgen van een zieke ooi, zoals gewoonlijk totaal geconcentreerd op het werk waarmee hij bezig was en met zijn hoofd totaal niet bij andere dingen. Dus ook niet bij Nina en wat zij op dat moment aan het doen was. (Nina werd helemaal gestoord van die uitzonderlijke concentratie van hem, maar vond het tegelijkertijd ook heel aantrekkelijk.)

'Het is Nina,' zei Zoë schor, haar keel was rauw van het hijgen. 'Je moet komen.'

Zijn gezicht veranderde meteen en hij sprong ongerust overeind. 'Wat is er met haar?' vroeg hij terwijl hij de schuur uit rende naar een quad – Zoë had er nog nooit een van dichtbij gezien, laat staan erop gezeten – en even later denderden ze (zonder helm) de heuvel af, bonkend over de kuilen en bijna glijdend over de stukken gras. Zoë had niet eens de tijd om op adem te komen. En opnieuw, als het niet om zoiets ernstigs was gegaan… had ze het waarschijnlijk geweldig gevonden.

Joan stond hen op te wachten, de ambulance was er nog lang niet.

'Wat is er aan de hand, Joan?' riep Lennox terwijl hij van de quad sprong – Zoë moest maar zien hoe ze eraf kwam – en naar het huis rende.

'Je weet wat zwangerschapsvergiftiging is?' vroeg Joan.

Lennox bleef stokstijf in de deuropening staan. Zijn handen begonnen te trillen. Hij deed een stap naar voren.

'Aye!' zei hij. 'Jezus! Daar gaan schapen dood aan. Ze raken vergiftigd en ze gaan eraan dood.'

'Nee, nee, zo erg is het niet. Echt niet. Bij mensen is het niet dodelijk,' zei Joan. 'Als je er op tijd bij bent, en dat zijn we. We krijgen het wel onder controle.'

Ze keek op haar horloge.

'Hoelang voel je je al niet goed?' vroeg Lennox toen hij de slaapkamer binnenkwam aan Nina, die lijkbleek op bed lag. Waarom had hij niets aan haar gemerkt? Kloteoogsttijd. 'Waarom heb je niks tegen me gezegd?'

Nina's gezicht betrok. 'Omdat je het druk had en ik het druk had en ik dacht dat het wel over zou gaan...'

Ze barstte in snikken uit en Lennox was met één stap bij haar. Hij liet zich op het bed neerzakken en streelde haar haar.

'Stil maar, meidje,' zei hij troostend, exact zoals hij tegen een schaap zei dat zich niet lekker voelde, en hoewel Nina dat wel besefte, leunde ze gerustgesteld tegen zijn gespierde borstkas aan en voelde zich veilig.

20

Er werden geen boeken verkocht die dag. Lennox en Zoë reden in Lennox' Land Rover achter de ambulance aan naar het ziekenhuis. Door alle dramatische toestanden vergaten ze allebei volkomen iets over de vastgelopen bus tegen Lennox te zeggen, wat betekende dat de bus die avond toen het regende wegzakte in een enorme plas, die uiteindelijk in drijfzand veranderde, waardoor het een enorm karwei was om hem er weer uit te krijgen – er waren vijf man plus een graafmachine voor nodig. (Lennox was zo aardig om alle kosten op rekening van de boerderij te boeken en repte er met geen woord over tegen Nina.)

Nina voelde zich alleen maar opgelucht. Er werd inderdaad zwangerschapsvergiftiging geconstateerd, snel en zonder gedoe, op een manier waaruit bleek dat de verpleging dat duizend keer eerder had meegemaakt. Wel zette de dokter haar bril af en vertelde ze Nina met een ernstig gezicht dat ze in het ziekenhuis moest blijven, misschien zelfs de hele periode tot de uitgerekende datum, en dat ze zich rustig moest houden en zo weinig mogelijk mocht bewegen.

Nina had met haar ogen geknipperd. 'Echt?'

'Het spijt me heel erg voor je,' had de arts gezegd. 'Je zult het wel vreselijk saai gaan vinden hier.'

Nina fronste. 'Maar ik mag wel lezen, toch?'

'Ja, natuurlijk!'

'Dat is niet slecht voor de baby?'

'Absoluut niet.'

Nina zonk terug in de kussens.

'Dan denk ik,' zei ze, 'dat ik de tijd hier wel doorkom.'

Op de terugweg naar de boerderij zat Zoë naast Lennox voor zich uit te staren.

Dit was totaal niet hoe ze had gedacht dat het zou zijn. Ze had gehoopt dat ze met een aardig iemand in een leuk boekenwinkeltje zou werken. Ze had een gezellige kamer in een prachtig huis voor zich gezien, geen dienstbodekamertje met ijzeren bedden en een bad met koud water.

Zoë glimlachte met spottend zelfmedelijden bij het beeld dat ze had gehad van zichzelf, rustig alle nieuwe boeken lezend, licht brengend in het leven van een paar schattige moederloze kinderen, mensen helpend die in de problemen zaten, als een kruising tussen Julie Andrews en supernanny. Kippen die kots opaten hoorden daar niet bij.Veel van de dromen die ze over het leven had gehad, waren niet uitgekomen, peinsde ze.

Ze reden intussen door Kirrinfief en aan de andere kant van de straat kwam hun een auto tegemoet die luid begon te toeteren. Zoë draaide haar hoofd opzij. Iedereen op straat keek, net zoals zij benieuwd wat er aan de hand was.

Het bleek Joan te zijn, de dokter.

'Goed gedaan vandaag!' schreeuwde ze uit het raampje naar Zoë. Achter in haar auto begonnen een paar honden luid te blaffen. 'Heel goed dat je het ernstig nam! Goed gedaan! Top!'

Toen draaide ze het raampje weer omhoog en scheurde weg met krijsende banden en een regen aan modderspatten. Haar auto was verschrikkelijk smerig. Zoë hoopte dat ze niet vaak hoefde te opereren.

Lennox keerde zijn gezicht naar haar toe, alsof het nu pas tot hem doordrong dat ze naast hem zat.

'Aye,' zei hij nors. 'Aye. Bedankt. God zij dank dat jij er was.'

Even later waren ze terug op de boerderij. Zoë stapte uit. De kip zat weer op zijn gewone plekje en keek haar gemeen aan.

'Ja, God zij dank dat ik er was,' wilde ze het beest vertellen.

Toen ze in het Renaultje stapte om te vertrekken, ontdekte ze dat iemand een mandje verse eieren – sommige zelfs nog warm of met wat veertjes eraan geplakt – op de voorstoel had gezet.

21

Zoë was natuurlijk bezorgd om Nina; ze had een vriendin die ook zwangerschapsvergiftiging had gehad en ze wist hoe angstig het kon zijn, en hoe saai en nogal eenzaam het was om alleen maar in het ziekenhuis te liggen en niets van de leuke dingen van de laatste paar maanden zwanger zijn te kunnen meemaken, wat eigenlijk, herinnerde ze zich, voornamelijk andere mensen waren die ongevraagd aan je buik zaten en zich afvroegen of je misschien een tweeling kreeg, en hoe je in vredesnaam nog rechtop kon staan zonder om te vallen en andere weinig behulpzame acties. In feite kwam het voornamelijk neer op in bad zitten en je voelen als een verlaten eiland; ze had zich nog nooit zo alleen gevoeld als toen ze niemand had om haar te helpen haar sokken aan te trekken.

In elk geval was ze bezorgd, maar ook blij dat Nina veilig in het ziekenhuis lag. Ze reed in haar stotterende groene karretje langs de grote uitlaatgassen uitbrakende bussen die aan het eind van de dag, in de lengende schaduwen van de bergen, wegreden bij Loch Ness en zag de witte flits van een hertenstaartje verdwijnen in de bossen.

Toen ze een tijdje later bij de bocht was van waaruit ze The Beeches al kon zien liggen, voelde ze iets kriebelen in haar binnenste. Eerst wist ze niet goed was het was, maar het leek op een heel klein sprankje... hoop. Als een piepkleine zaailing die, na heel lang in het donker te hebben geleefd, boven de aarde begon te komen.

Het had op een ramp kunnen uitdraaien, die dag. Maar dat was niet gebeurd. En dan had ze ook nog haar lieve Hari, die er ongelukkig had uitgezien toen ze hem kwam ophalen bij de kinderopvang en helemaal blij op haar was afgerend. Ze wierp een snelle blik opzij; hij staarde uit het raampje naar het huis en leek opgelucht dat hij bijna 'thuis' was. Ze had Tara gevraagd hoe de eerste dag was gegaan en Tara had nogal ongemakkelijk een andere kant op gekeken, maar gelukkig zat Hari nu weer naast haar, en dat was genoeg.

Zoës goede bui duurde totdat ze bij het huis aankwam en het gegil en gekrijs hoorde. Keihard, uit volle borst.

Het was een afschuwelijk geluid, alsof er iemand werd vermoord. De zon verdween achter een wolk en het huis lag plotseling in een donkere schaduw. Zoë zette de motor af, zei tegen Hari dat hij in zijn stoeltje moest blijven zitten en er niet uit mocht en keek om zich heen, op zoek naar iets waarmee ze de moordenaar een klap kon geven. Gelukkig lag er een hardcover van *De Hobbit* op de achterbank, die ze vastberaden oppakte, waarna ze met haar hart in haar keel kloppend zachtjes naar de achterdeur toe sloop. Ze deed hem voorzichtig open en stak haar hoofd om het hoekje. Het gekrijs werd oorverdovend.

'Hallo?' riep ze. Het was de bedoeling dat haar stem laag en dreigend klonk, maar het was eerder hoog en angstig. 'Wie is daar?'

Het gekrijs hield abrupt op en Zoë voelde haar huid prikken.

'Wie is daar?' schreeuwde ze, en ze rende met het boek boven haar hoofd, klaar om toe te slaan, de keuken binnen.

Toen ze haar in het oog kregen, lijkbleek en bevend, met *De Hobbit* in de aanslag, barstten alle drie de kinderen op de vloer onmiddellijk in honend gegil en gelach uit. Zelfs Mrs MacGlone, die voor de gootsteen stond, draaide zich om. Zoë zag haar mond vertrekken.

Mary lag plat op de grond met haar lange haar in een krans om zich heen, fanatiek bezig Shackleton tegen zijn kin te trappen. 'Wat ben je van plan?' vroeg ze. 'Ons doodslaan?'

'Ons doodvervelen, eerder,' zei Shackleton. 'Had je ten minste *De wachters* niet kunnen gebruiken? Dat ligt in de wc beneden.'

Patrick keek ernstig naar haar op. 'We waren gewoon aan het spelen,' zei hij.

Zoës angst sloeg om in woede, zoals het vaak gaat in zo'n situatie.

'Dat is toch geen spelen!' riep ze uit. 'Kijk eens hoe jullie eruitzien!'

Shackleton had een enorme plek op zijn kin omdat Mary hem daar geraakt had en Patrick had krabsporen op zijn gezicht.

'Mogen ze dit zomaar?' vroeg ze boos aan Mrs MacGlone.

'Ik ben de huishoudster hier, meer niet,' zei ze met een stalen gezicht.' Ze keek veelzeggend op haar horloge.

'Het is Shackletons schuld!' gilde Mary boos. 'Hij begon!'

'Hou je kop, feeks! Echt niet, alsof het mij wat kan schelen wat jullie aan het doen zijn, verdomme!'

'Vuile leugenaar en hou zelf je kop!' gilde Mary. Ze werd steeds kwader.

'Jullie zijn allebei absoluut de allerallerstomsten van de wereld,' schreeuwde Patrick, die ook een duit in het zakje moest doen.

Ze scholden elkaar de huid vol en gilden allemaal door elkaar.

Zoë, nog steeds woedend, ging op de dichtstbijzijnde stoel staan en liet het zware boek op de tegelvloer vallen.

Het gaf een enorme klap.

Van de weeromstuit waren ze alle drie even stil.

'Klaar!' zei Zoë op een toon die geen tegenspraak duldde. 'Ophouden, het is klaar nu!'

'Maar...' begon Mary.

'Mond dicht!' zei Zoë. 'Nu!'

'Of wat?' vroeg Mary. 'Ga je anders weg? Dat vinden we helemaal niet erg, hoor.'

'Dacht het niet,' zei Zoë. 'Integendeel. Ik ben er vandaag achter gekomen dat ik hier heel lang moet blijven, of jullie dat nou leuk vinden of niet.'

Dat vonden ze niet leuk en dat maakten ze ook meteen duidelijk.

'Luister,' zei ze. 'Er liggen een cake en wat worstjes in mijn auto.' Dat was waar. De vrouw van het dorpswinkeltje had haar zwijgend, met open mond en nogal onbeschoft aangestaard. Zó lang dat Zoë zich afvroeg of er iets raars aan haar te zien was. Ze praatte verder: 'Ik heb ze meegebracht voor het avondeten. Dat ga ik straks klaarmaken. Maar eerst wil ik dat er iets anders gebeurt.'

'Je koopt ons om met worstjes?' vroeg Mary op een toon die droop van minachting.

'Worstjes!' zei Patrick blij.

'Ik koop jullie niet om. Ik geef jullie gewoon te eten,' zei Zoë. 'Zodra jullie allemaal opstaan.'

Shackleton kwam, met een chagrijnig gezicht, als eerste overeind.

Mary probeerde een flinke schop tegen zijn knieschijf te geven terwijl hij dat deed.

'Oef!' zei Zoë. Maar ze had ze in elk geval zover dat ze niet meer op de grond lagen. Toen stapte ze van de stoel af en ging naar buiten om Hari uit de auto te halen, die verlegen met haar mee naar binnen ging.

Ze wees op Patrick. 'Jij helpt Mrs MacGlone met het opruimen van de afwas. En jij' – ze wees op Shackleton – 'veegt de keuken aan, dat is hard nodig. Jij' – tegen Mary – 'brengt de schone was naar de slaapkamers.'

'Nee,' zei Mary, 'dat hoeven wij helemaal niet te doen.'

'Vanaf vandaag moeten jullie dat wél,' hield Zoë vol. 'Vanaf vandaag zijn alle klusjes voor iedereen. Want als jullie maar een beetje rondhangen, krijgen jullie problemen met mij! Ik zorg er wel voor dat jullie altijd iets te doen hebben! Reken daar maar op!'

Patrick slenterde naar de gootsteen en pakte gehoorzaam één kopje op.

'Trut,' zei Mary.

'Je hóéft geen worstjes of cake,' zei Zoë kalmpjes.

'Goed. Die zijn toch smerig.'

'Maar je moet wél de was opruimen!'

'Echt niet.'

Zoë pakte het stapeltje wasgoed van Mary dat had liggen drogen bij het vuur. De keuken moest echt opgeruimd en schoongemaakt worden, het was er een enorme puinhoop.

'Als je het niet opruimt, gooi ik het weg.'

'Dat meen je toch niet.' Mary keek naar Mrs MacGlone. 'Mrs MacGlone, ze is hartstikke gek.'

Mrs MacGlone reageerde niet. Ze hield van de arme, moederloze kinderen en deed haar best, maar ze waren totaal onhandelbaar en zij was niet degene die hen onder de duim moest houden. Als het deze – de zevende – oppas wel lukte, des te beter. Ramsay was bang van zijn eigen kinderen en zij was al niet veel beter: te bevreesd voor Mary's scherpe tong en zich te bewust van haar plaats, ze was de huishoudster maar.

Mrs MacGlone zag er misschien angstwekkend uit, maar was dat niet.

En Zoë leek zo zacht als boter, maar was dat ook niet. Zoë gooide een sok van Mary op het vuur. Mary keek toe, furieus en vol afschuw en stiekem ook onder de indruk.

'Ik heb toch een hekel aan die sokken,' zei ze. 'Ik kan best zonder.'

'Ruim de was op!'

'Echt niet!'

Het was doodstil in de keuken nu, iedereen keek gespannen toe hoe dit zou eindigen.

Zoë wenste dat ze dat zelf wist. Maar ze was er nu aan begonnen. Nu ging het erom. Als ze nu toegaf, kon ze net zo goed haar biezen pakken. En dat kon ze zich absoluut niet veroorloven.

Hoe moest het ook alweer? Consequent zijn! Streng. En volhouden. Is dit té? Sokken verbranden? In elk geval niet iets om trots op te zijn...

Mary stond met haar armen over elkaar en een hooghartig

gezicht naar haar te kijken, alsof ze haar uitdaagde. 'Er gaat vanavond nog een bus naar Inverness, die kun je nog halen,' zei ze bijtend. 'Wíj zullen je niet missen!'

Dat was de druppel. Zoë kon er niet omheen. Op deze manier redde ze het nooit hier, dan mocht ze na zes weken (of eerder) vertrekken. En dat kon niet... Ze zocht in de stapel schone was en haalde er een vestje uit – het was veel te klein voor Mary, ze was er toch uit gegroeid. Er stonden kleine vosjes op geborduurd. Zoë liep ermee naar het vuur.

Mary slaakte een ijzige kreet; haar eerdere gekrijs was er niks bij.

22

Mary sprong als een dolle hond op Zoë af. Zoë had het gevoel dat ze achter het vest aan in het vuur zou zijn gesprongen als ze dat erin had gegooid, zo erg was het kind over haar toeren. Ze rukte het vestje uit Zoës handen, klemde het tegen zich aan en stopte het onder haar kin zoals een veel jonger kind zou doen. De tranen stroomden over haar wangen.

'Dat vestje heeft haar moeder voor haar gemaakt,' zei Mrs MacGlone stilletjes vanaf de gootsteen.

Zoë slikte. O god! Wat afschuwelijk! Wat vreselijk! Ze voelde zich een monster. Ze keek naar Mary op. Al haar woede jegens het arme kind was verdwenen en ze werd overspoeld door een golf van medelijden. 'Waarom laat je iets wat je zo dierbaar is zomaar rondslingeren?' vroeg ze zacht. 'Wil je het niet liever veilig ergens opbergen?'

Het was doodstil in de keuken. Het getraumatiseerde kind verstijfde even en knikte toen heftig.

Zoë deed voorzichtig een stap naar haar toe, alsof ze een wild beest benaderde, wat misschien ook een beetje zo was.

Mary deed een stap naar achteren.

'Kom,' zei Zoë vriendelijk, 'dan ruimen we alles samen op.' Ze probeerde zo zacht en geruststellend mogelijk te klinken, bijna zangerig.

Mary's innerlijke strijd tekende zich duidelijk af op haar gezicht: haar woede, haar radeloosheid, haar koppigheid, de wil om haar te blijven tarten, haar te dwingen weg te gaan. Maar ook haar uitputting; het moest zo vermoeiend zijn om constant te vechten, tegen alles en iedereen, tegen de hele wereld, elke minuut van de dag.

Zoë raakte Mary niet aan, maar pakte de stapel wasgoed eenvoudigweg op en hield de helft naar Mary uit. Mary zei niets en gaf zich niet gewonnen.

Maar ze pakte het stapeltje wel aan.

Nog steeds voorzichtig, alsof Mary elk moment kon aanvallen of gaan bijten, duwde Zoë de deur open van de kamer waarvan ze had begrepen dat die van Mary moest zijn. Het was er halfdonker, de gordijnen waren dicht en zagen eruit alsof ze lang niet open waren geweest.

Het was een ruime kamer, maar er was geen enkele concessie gedaan aan het feit dat het een kinderkamer was. De muren hadden een houten lambrisering en er hingen oude olieverfschilderijen. De gordijnen en de sprei waren gemaakt van een zware, bordeauxkleurige Schotse ruitstof en op de donkerhouten vloer lagen een paar perzen.

Er was weinig speelgoed, en wat er was, was voor een veel jonger meisje dan Mary nu. Een poppenhuis – prachtig gemaakt – waar de voorkant vanaf was gesloopt; alle meubeltjes waren er blijkbaar uit, de vloer lag ermee bezaaid. Hier en daar lagen stapeltjes boeken, ongelezen, de ruggen nog ongevouwen. Het bed was opgemaakt, maar voor de rest leek er niets aangeraakt te worden, waarschijnlijk omdat Mary dat niet wilde. Overal lagen kleren.

'Kon ik nou dat...' begon Zoë luchtig, 'kon ik nou dat Mary Poppins-dingetje maar; je weet wel, met mijn vingers knippen en dat alles dan opeens opgeruimd was. Als ik superkrachten had, dan zou ik dát willen. Jij?'

Mary keek om zich heen en fronste haar voorhoofd. Maar ze reageerde. 'Dat is de stomste superkracht die ik ooit heb gehoord.'

'Wat zou jij dan willen?'

'Dematerialiseren, natuurlijk!'

Zoë knipperde met haar ogen. 'Je bedoelt naar een andere tijd reizen?'

'Ja.'

Nou, ze reageert. Dat is vooruitgang... geloof ik, dacht Zoë.

'Oké,' zei ze. 'Heb je een bepaalde plek voor dingen of zullen we die bedenken?'

Mary haalde haar schouders op.

Zoë opende een antieke houten kast. 'Wat vind je van... eh... broeken en kousen hier?'

De kast lag tot haar verbazing vol met peuterkleertjes. Prachtige met de hand gesmokte jurkjes, bloesjes van Liberty-stofjes. Het leek de kledingkast van een klein meisje van honderd jaar geleden. En alles was zo klein.

Zoë nam het meisje in haar smoezelige nachtjapon nog eens op.

'Mary,' zei ze zacht. 'Heb je nieuwe kleren nodig?'

Het kind schudde haar hoofd. 'Ik hoef geen andere.'

Zoë keek nog eens naar het vestje. De vosjes waren prachtig geborduurd. 'Ze zijn prachtig,' zei ze. 'Allemaal prachtig. Maar heb je niet liever iets wat je beter past?'

Mary schudde vastberaden haar hoofd.

Zoë liep naar het raam toe en trok de gordijnen open. Het gouden avondlicht viel plotseling de kamer in en maakte duidelijk hoe stoffig het er was. Zoë zette het raam open. De kamer stonk niet, het was er alleen een beetje muf. Triest. De frisse herfstlucht, die kouder was dan het door de zon leek, stroomde naar binnen.

'Dat is beter,' zei Zoë. 'Altijd lekker, frisse lucht.' Ze keek om zich heen. 'Oké,' zei ze. 'Laten we je kleren uitzoeken en netjes opbergen, zodat ze goed bewaard blijven, goed?'

Mary leek naar iets te zoeken om zich tegen te verzetten, maar kon blijkbaar niets bedenken, dus haalde ze haar schouders op.

'Straks bak ik de worstjes voor ons,' zei Zoë toen ze de deur beneden hoorde dichtslaan en begreep dat Mrs MacGlone was vertrokken. 'Ik moet Shackleton leren koken,' zei ze, eigenlijk meer tegen zichzelf dan tegen Mary.

Mary glimlachte flauwtjes. 'Shackleton kan helemaal niet koken. Hij is superdom!'

'Voor koken hoef je niet slim te zijn,' zei Zoë, niet van plan haar tegen te spreken. 'Zelfs een aap kan koken!'

'Echt niet!'

'Ja hoor! Maar snijden niet, dat wordt bijten. Getver!'

En dat is hoe Ramsay hen zag zitten toen hij door de gang liep om een kop thee te gaan halen, in de hoop dat hij niet al te veel chaos zou aantreffen in de keuken: de kleine meid en de nieuwe nanny, twee donkerharige hoofden gebogen over een stapel kleren, bezig ze op te vouwen en in de kast te leggen. Hij bleef even staan kijken in de deuropening, tot Mary omkeek en hem zag. Hij was verrast dat ze nu eens níét tegen iemand stond te krijsen of zich aan zijn benen vastklampte.

'Hallo, liefje,' zei hij zacht. 'Mag ik binnenkomen?'

Mary knikte.

Zoë stond op toen hij binnenkwam en met zijn lange, onhandige lijf bij Mary op de grond ging zitten. Het deed haar denken aan het opzetten van een tuinstoel zoals hij dat deed. Houterig. Zijn benen strekten zich uit over het tapijt. Toen viel zijn oog op het vestje dat Mary nog steeds boos onder een arm klemde. 'O,' zei hij zacht, 'het vestje met de vosjes.'

Mary werd knalrood.

'Het is prachtig,' zei hij. 'Past het je nog?'

Mary antwoordde niet.

'Misschien kunnen we het Patrick laten dragen.'

Zoë kneep haar ogen even dicht. Precies het verkeerde om te zeggen.

En inderdaad trok Mary een boos gezicht en zei heftig: 'O jezus, echt niet! Hij mag er niet aankomen, hij maakt het alleen maar kapot. Patrick maakt altijd alles kapot!'

'O, oké, oké,' zei Ramsay haastig terwijl hij verschoof op het kleed. Hij zag er gewoon te groot uit voor de kamer, hoewel het een flinke ruimte was. 'Tja.'

'Kijk eens,' zei Zoë snel, 'wat ik achter de kast heb gevonden. Ik wed dat het je nog past.'

Het was een kleurig gestreept T-shirt met een grote leeuwenkop erop.

'Voor als je zin hebt om te brullen,' zei Zoë.

Mary's gezicht lichtte op. 'Ik dacht dat het kwijt was. Dat Patrick het had gejat!'

Ze keek een beetje beteuterd. Waarschijnlijk had ze Patrick flink gestraft voor zijn wandaad.

'Als ik de zoom wat uitleg,' zei Zoë, 'past het je nog uitstekend, wed ik.'

Mary trok het aan over haar nachthemd – het T-shirt zat onder het stof – en inderdaad paste het redelijk.

Zoë zag dat ze bijna glimlachte.

'Goed gedaan,' zei Ramsay tegen Zoë, die hem aankeek.

'Zeg dat nog maar niet,' zei ze met een blik op haar horloge. Het was al lang na Hari's bedtijd en ze wist nog steeds niet hoe het fornuis werkte, en de ooit heerlijke maar tegenwoordig onheilspellende geur van geroosterd brood kwam via het trappenhuis omhoog. 'Het eten is nog niet klaar.'

'Ik hoef niks,' zei Mary meteen.

'Dat is oké,' zei Zoë vermoeid terwijl ze opstond. 'Dat is oké.'

Zoë had geen idee hoe laat het was toen ze wakker werd. Hari bewoog niet en het was doodstil in huis. Maar... maar... Ze was wakker geworden van iets...

Ze luisterde en toen was het er weer. Het klonk alsof er iemand voor haar deur zat te jammeren. Verward en met angstig kloppend hart checkte ze Hari nog een keer. Toen stapte ze voorzichtig uit bed.

'Hallo?' riep ze. Het jammeren ging door. 'Mary?'

Geen antwoord. Op haar tenen liep ze over het linoleum naar de deur. Buiten huilde de wind door de bomen. Zoë besefte dat ze verschrikkelijk bang was en probeerde zichzelf te vermannen. Doe niet zo belachelijk!

'Patrick?' riep ze. 'Het is goed, Patrick. Het is goed. Ik kom eraan.'

Ze zette zich schrap en gooide de deur open.

Het gejammer stopte meteen. En er was niets te zien. Ze keek de verlaten gang naar beide kanten af, maar er was niemand.

'Hallo? Hallo?'

Maar het huis gaf geen antwoord.

23

De ochtend erop had Zoë zichzelf ervan overtuigd dat ze het gejammer van die nacht had gedroomd. Het was een frisse, droge dag. 'Dank je wel,' zei ze voor de zoveelste keer. Het bleek een verschrikkelijke klus om de bus uit de modder te krijgen.

'Hm,' zei Lennox.

Zoë begon erachter te komen dat hij inderdaad een man van weinig woorden was. Ze had Hari meegenomen; later zou ze wel nadenken over de opvang. Het kon tenslotte geen kwaad als hij een volwassene ontmoette die ook heel weinig zei.

Maar ze kon het niet helemaal ontkennen: heel diep in haar hart had ze gehoopt dat de andere omgeving, de kinderopvang, alle nieuwe dingen in zijn leventje, iets in hem zouden losmaken. Dat er opeens een geluidje uit haar kleine ventje kwam. Daar piekerde ze over als ze over de lange wegen reed. Nu ze de omgeving steeds beter leerde kennen, leek het wel of ze elke dag weer iets nieuws ontdekte. Een specht in de bossen. Een vis die opsprong uit het meer. Had ze maar wat meer tijd om eropuit te gaan, er was zoveel moois...

'Hoe gaat het met Nina?' vroeg ze.

Lennox rimpelde zijn voorhoofd. 'Ze heeft het zwaar. Ze vroeg me een boek voor haar uit te zoeken, maar ik ben bang dat ik dat niet goed kan. Er is een nieuwe voorraad binnengekomen. Zou jij er iets uit kunnen halen?'

'Ik ben bang dat ze alles al heeft gelezen,' zei Zoë.

'Ja,' was het enige wat Lennox daarop zei.

'Maar ik zoek wel iets uit. Misschien is het tijd om een klassieker te herlezen.'

Lennox had de bus helemaal gewassen. Hij glom.

'Weet je zeker dat je hem kunt besturen?'

'Ik moet alleen wat oefenen... zonder dat er iemand op mijn vingers kijkt,' zei Zoë vastberaden.

Lennox grinnikte een beetje spottend.

'Ah, niet doen! Lach me niet uit, dan word ik nog nerveuzer!'

'Aye, oké.' Hij hief zijn handen verontschuldigend op.

Hari was gefascineerd door de kip, hij hurkte steeds neer om haar te aaien, maar het beest waggelde elke keer weg als hij te dichtbij kwam. Ze keek glimlachend toe terwijl hij achter het beest aan joeg.

Behalve dat ze wakker was geworden van het gejammer, had ze die nacht heerlijk geslapen. Het had iets te maken met de temperatuur, dacht ze. Londen hield de warmte vast in al die stenen, 's nachts bleef het daar veel warmer dan hier, waar altijd een fris briesje stond. En de stilte... Als ze in bed lag met het raam op een kiertje, was het heerlijk om zich niet druk te hoeven maken dat ze wakker zou schrikken van inbrekers, drugdealers, sirenes, helikopters, schreeuwende taxichauffeurs of vechtpartijen.

Ook al was haar leven hier nog heel onzeker en wist ze nog steeds niet honderd procent zeker of er geen krankzinnige vrouw ergens op de zolder van het huis opgesloten zat, het voelde allemaal vreemd veilig. De koele nachtlucht, Hari in slaap, af en toe de roep van een uil of een kreet van iets anders dat op de vlucht was voor iets, de geur van bessen die buiten overal hing.

Die nacht was ze, nadat ze wakker was geschrokken, terug naar bed gegaan in de verwachting dat ze nog uren zou liggen woelen en piekeren. Maar toen ze eenmaal lag, merkte ze dat de nachthemel die ze door de geopende gordijnen kon zien en de heldere sterren die niet werden vervaagd door lichtvervuiling haar geruststelden en had ze zich toen ze zich omdraaide om haar boek te pakken toch zo slaperig gevoeld dat ze algauw in de armen van Morpheus was. Vanochtend was ze helemaal uitgerust wakker geworden, in een ijskoude kamer waar een baan kil zonlicht door het raam naar binnen viel en met, zoals altijd, een klein jongetje in het bed naast zich.

Zoë reed heel voorzichtig en pijnlijk langzaam weg van de boerderij. Ze bleef in de tweede versnelling rijden, dat leek haar goed totdat ze beter wist hoe alles werkte.

Lennox keek haar bezorgd na. De bus was Nina's grote trots, haar leven. Hij hoopte met heel zijn hart dat Zoë het niet zou verpesten door de auto in elkaar te rijden, de voorraad te beschadigen of het hele bedrijfje te gronde te richten. Nina mocht van de artsen absoluut geen stress hebben. Hij zuchtte diep. Hoewel hij het zich niet echt kon veroorloven, ging hij een herder zoeken voor de komende maanden; hij moest naar het ziekenhuis kunnen. Ze praatten misschien niet veel als hij op bezoek was – hij las het vakblad of ze speelden scrabble, waarbij ze hem altijd versloeg – maar dat maakte niet uit. Hij was bij haar en dat was het enige wat belangrijk was.

Zoë besloot niet rechts af te slaan naar het dorpsplein en alle nieuwsgierige ogen daar, maar helemaal om het dorp heen te rijden en op die manier naar haar plekje te gaan. Misschien kon ze dat altijd wel doen, bedacht ze.

Het dorp zag er prachtig uit in het ochtendlicht. De keitjes glommen van de pas gevallen regen, uit de schoorstenen van de kleine huisjes kringelde rook. Er speelden kinderen buiten omdat het vakantie was en voor Mrs Murrays witgekalkte winkel stond een vrolijk gekleurde uitstalling van emmertjes, schepjes en handdoeken voor degenen die naar het loch wilden.

Nerveus parkeerde Zoë op haar plekje, waar ze eerst de nieuw aangekomen boeken inruimde, het bordje van DICHT naar OPEN draaide en de achterdeuren met een hoopvolle glimlach openzette.

Het was een drukke ochtend, maar niet met verkopen. Iedereen kwam binnen om te vragen hoe het met Nina ging. Zoë werd overladen met presentjes voor haar, die ze op het laatst niet meer kwijt kon in de bus en op de voorbank moest opstapelen: huisgemaakte marmelades, jams en chutneys, zelfgestookte gin ('Zeg dat ze er niet te veel van moet drinken,' zei de oude Mr Dennis erbij, die niet dacht dat het zijn moeder kwaad had gedaan om die gin tijdens haar zwangerschap te drinken en het ook geen probleem vond dat hij slechts één meter zestig was).

Zoë bekeek de fles weifelend en vroeg zich af of het heel slecht zou zijn om die te verdonkeremanen en hem zelf soldaat te maken, 's avonds, als alles haar te veel was. Ja, concludeerde ze spijtig, dat zou heel, heel slecht zijn.

Het was heel aardig dat iedereen haar cadeautjes voor Nina kwam geven. Maar helaas kwam er geen geld binnen. Ze verkocht niets.

'Nina zei dat ze dat boek voor me zou regelen,' was een veelgehoorde zin, gevolgd door een diepe stilte als Zoë vroeg welk boek het was.

'Ik zoek dat boek met die rode voorkant,' kreeg ze dan te horen. Of: 'Je weet wel, dat boek met die dokter erin, die slechte dokter.'

Het ergste is nog, dacht ze terwijl ze haar uiterste best deed iets aan te raden, dat Nina precies weet wat ze bedoelen. Maar ze probeerde Lennox' instructies op te volgen en haar niet elk moment te bellen; de enige keer dat ze dat had geprobeerd (voor iemand die zeker wist dat Nina wel zou weten of het beloofde boek over walrussen was binnengekomen en nadat Zoë de hele boel op z'n kop had gezet om het te vinden, had gezegd dat het misschien niet over walrussen maar over zeehonden ging), was Nina in gesprek en concludeerde Zoë (terecht) dat ze met haar moeder aan de lijn zat.

Toen ze aan het eind van de dag de bus op het erf parkeerde, haar best doend om die stomme kip niet te overrijden en weg te blijven uit de modder, was ze doodmoe. Ze tilde Hari zittend in zijn autostoeltje uit de bus, hoewel hij dan ongeveer een ton woog – waarom, vroeg ze zich vaak af, heb ik geen perfect getrainde Thandie Newton-armen door al dat tillen? – en wilde hem in het kleine groene autootje zetten. Pas op het laatste moment zag ze dat er weer een mandje verse eieren stond. Haastig zette ze Hari op de grond neer. 'O! Kijk nou!' riep ze. 'Dat had goed fout kunnen gaan, hè?'

Hari knipperde met zijn ogen.

'Nou, dan weten we meteen wat we gaan eten vanavond,' zei ze, en ze keek om zich heen of ze Lennox of iemand anders zag om te bedanken, maar er was niemand. Dus bedankte ze de gemeen kijkende kip maar voordat ze met een grote bocht om het beest heen reed.

24

Mrs MacGlone trok haar jas aan.

'Ik moet naar de bingo,' zei ze. Ze klonk voor één keer bijna opgewekt. 'Met Thea Newton. Die speelt altijd vals. Altijd. En ik heb vandaag de vleugel een goede beurt gegeven.'

'Hoe kun je nou valsspelen met bingo?' vroeg Zoë verbaasd, maar Mrs MacGlone was al weg.

In de keuken was het zoals gewoonlijk een zooitje. Overal lagen weer kruimels en Shackleton zat met zijn ogen strak op het scherm gericht kalmpjes een pot marmelade leeg te lepelen.

'O, in hemelsnaam,' zei Zoë geërgerd. 'Ik ben er klaar mee! Schiet op! Opstaan! Jij gaat me helpen met koken.' Ik moet eens flink gaan inslaan, nam ze zich voor. Zodra ik weet waar hier een grote supermarkt is.

Shackleton wierp een zijdelingse blik op haar. 'Echt niet.'

Zoë fronste haar voorhoofd. Toen liep ze naar het stopcontact achter het fornuis – het was er walgelijk smerig – ademde diep in, kneep haar ogen dicht en trok de oude internetadapter eruit.

Shackleton sprong op uit zijn stoel en Zoë besefte opeens hoe groot hij eigenlijk was.

'Shit!' zei hij. 'Doe dat ding terug!'

Zoë sloeg haar armen over elkaar. 'Nee,' zei ze.

Mary keek op; ze leek blij dat vandaag iemand anders het zwaar te verduren kreeg met Zoë.

'Nanny Zeven, je bent absoluut heel erg akelig!' klonk er een klein stemmetje vanaf de vloer.

'Je kunt me wat! Geef terug!' In zijn smerige oude trainingsbroek, te dik, met zijn ongewassen haren en een wit nors gezicht, was Shackleton geen aantrekkelijk iemand om tegen je te hebben.

'Je gaat leren koken,' hield Zoë vol. 'Je gaat iets doen hier. Helpen.'

'Nee!'

'Oké,' zei Zoë terwijl ze de adapter in haar hand bekeek en er dreigend mee naar de gootsteen liep. 'Goed.'

Shackleton stak zijn onderlip naar voren. 'Ik zeg het tegen mijn vader!'

'Die is er niet,' antwoordde Zoë. 'Weet iemand van jullie waar hij is, trouwens?'

De kinderen haalden sloom hun schouders op en Zoë voelde haar boosheid op Ramsay weer opvlammen.

'Dus als jij me helpt met koken, heb je straks weer internet.'

'Dat is in strijd met mijn grondrechten,' zei Shackleton.

'En ik snap niet dat je hem gaat leren koken, hij is al walgelijk dik,' zei Mary.

'Zo praten we niet over anderen,' zei Zoë. 'Niet over je broer. En niet over anderen.'

Mary rolde met haar ogen. 'Jaja, in dromenland.'

'Nee, in het echte wereld-land,' zei Zoë een beetje onhandig. 'Misschien moeten jullie minder thuiszitten, dan ben je beter op de hoogte van wat er in de wereld gebeurt.'

'Waarom?' vroeg Mary. 'Daar is het alleen maar afschuwelijk.'

Zoë deed haar mond open maar ook weer dicht, omdat ze niet goed wist wat ze daarop moest zeggen. Toen hield ze het mandje met eieren omhoog en vroeg aan Shackleton: 'Goed. We hebben verse eieren. Kun je een omelet bakken?'

Shackleton keek haar aan en maakte een geërgerd geluid.

'Betekent dat "ja" of "nee"?'

'Dat betekent dat hij absoluut niet weet wat een omelet is,' piepte Patrick.

'Hou je kop!' bromde Shackleton.

'Dit kan niet waar zijn,' mompelde Zoë.

De kinderen keken haar onnozel aan.

'Mijn god! Is er kaas in huis?'

'We hebben absoluut smeerkaas,' zei Patrick.

'Ja, oké, ik bedoel kaas die je níét kunt smeren?'

De kinderen keken twijfelachtig.

Zoë doorzocht de koelkast zorgvuldig en wist een oud stuk blauwschimmelkaas op te diepen. Tja, ik zal er maar van uitgaan dat het altijd schimmelig is geweest. En anders... Nou ja, er gaat niemand dood aan. Toch? Ik kan het googelen. O nee, ik heb het internet er net uit getrokken. Daarbij wist ze niet zeker of het wel weer gewoon zou opstarten als ze het weer aansloot, en dan zou ze Shackleton zeker niet aan het koken krijgen.

'Oké,' zei ze. 'Wat is er nog meer in huis?'

'Pindakaas,' zei Patrick.

'Hm.'

Ze haalde de boter uit de koelkast en vette daar een zware zwarte pan mee in, doorzocht de laden totdat ze een garde vond die ouder leek dan zijzelf en begon de eieren met zout en peper te kloppen. Kruiden vielen nergens te bekennen. Ze kon zich niet voorstellen hoe Mrs MacGlone het zover had laten komen. Maar toen dacht ze aan al die eindeloze kilometers oude kleden die gestofzuigd moesten worden, de ontelbare planken die moesten worden afgestoft, het huis dat ooit een hele huishoudelijke staf had gehad die schoonmaakte en boende en nu nog maar één trouwe ziel met slechte knieën, en ze begon het beter te begrijpen.

Maar waarom zorgt hun vader niet dat zijn kinderen goed eten? Misschien at hij zelf ook niks.

'Oké,' zei ze terwijl ze de kom en de garde aan Shackleton gaf, die ernaar keek alsof ze hem net een drol in zijn handen had gedrukt. 'Schiet op, kloppen. Rondjes maken met je hand.'

Hij bewoog de garde lusteloos wat heen en weer.

'Volgende keer maken we roerei, daar moet melk in, bij een omelet niet,' zei ze, maar de kinderen namen het niet in zich op, ze waren nog te verrast door de manier waarop ze de eieren had opengetikt.

'Goed doorkloppen, Shackleton, zorg dat het schuimig wordt!'

Patrick stond op van de vloer en kwam naar het fornuis toe lopen. Hij keek in het mandje. 'Nog meer eieren!' zei hij vol verwondering. 'Mag ik er ook een paar breken, Nanny Zeven?'

Zoë keek hoeveel eieren er nog over waren. 'Jullie mogen allemaal proberen een ei op de rand van de kom te breken. Ieder één!'

Natuurlijk werd het bij Patrick een ramp en belandden er stukken schaal in de kom en zowat de helft van het ei ernaast. Maar zijn geschrokken gezicht fleurde helemaal op toen Porteous uit het niets de keuken in kwam rennen en al de eierstruif inclusief de stukken eierschaal opslobberde. Het gebeurde zo snel en onverwacht dat ze allemaal in lachen uitbarstten, zelfs Mary, heel even, die zodra ze merkte dat Zoë het zag onmiddellijk ophield en haar gewone chagrijnige gezicht weer opzette.

Hari, zag Zoë tot haar plezier, liep met een uitgestrekt handje op de hond af, alsof hij het enorme beest wilde gaan aaien. Porteous keerde zich naar hem toe en veegde hem daarbij meteen omver met zijn staart.

Het was even stil, het moment dat een kind valt en iedereen – inclusief het kind zelf – moet afwachten hoe dramatisch de gevolgen zijn.

Toen maakte Hari een gorgelend geluid dat bijna op lachen leek en rende Patrick naar hem toe.

'Zo grappig!' riep hij. 'Hij gooide je omver! Hahahaha!'

Hari knipperde een paar keer met zijn ogen om zijn dreigende tranen te onderdrukken, liet zich omhooghelpen door Patrick en wilde meteen zijn eigen ei breken, wat hij samen met Patrick deed – met hetzelfde resultaat.

'O jee!' zei Zoë met een blik opzij. 'En nu is het Mary's beurt!'

Mary zat op de tafel, ze werd heen en weer geslingerd tussen absoluut niet mee willen doen met iets van Zoë en grote interesse in wat er gebeurde.

De boter siste in de pan en verspreidde een heerlijke geur; Zoë besefte plotseling dat ze de lunch had overgeslagen en dat ze verging van de honger. Zoë stak de kom voorzichtig naar Mary uit, nog steeds alsof ze een nerveus wild dier was dat elk moment kon aanvallen. Het meisje keek en schudde toen heel licht haar hoofd.

Zoë vond het niet erg dat ze niet mee wilde doen, het was belangrijker dat Mary niet agressief tegen haar deed.

'Oké, Patrick, jouw beurt om te kloppen,' zei ze.

Ze tilde hem op en zette hem op het aanrecht. Hari keek meteen zo teleurgesteld dat ze hem ernaast zette. Ze pakten allebei de garde vast en klopten samen terwijl Zoë Porteous de deur uit dirigeerde, die goedmoedig wegstiefelde.

'Oké,' zei Zoë toen de eieren schuimig waren geklopt. 'Achteruit, allemaal...'

Ze goot de eerste portie in de pan terwijl iedereen met veel meer belangstelling dan ze had verwacht toekeek. Toen het mengsel siste en poffende geluidjes maakte, zei Patrick zelfs 'O!'

'Goed,' zei ze terwijl ze het mengsel over de pan verspreidde met een oude, zwartgeblakerde spatel. 'Nu de kaas!' Ze verbrokkelde de schimmelkaas erover.

'Dat stinkt, bah, bah, bah,' mompelde Patrick met dichtgeknepen neus, en Hari kneep meteen zijn eigen neus dicht. Ze begonnen allebei te lachen en Zoë lachte mee. Even, heel even, voelde alles heel normaal. En boven, hoewel hij zoals gewoonlijk Wagner keihard had opstaan, hield Ramsay even op met wat hij deed, één seconde maar, omdat hij een vreemd geluid hoorde. Hij zette de muziek zachter en luisterde naar het klaterende lachen ver weg in het huis, iets wat hij heel lang niet had gehoord.

25

Het weer begon echt slecht te worden. Zoë was er eigenlijk van uitgegaan dat het elke dag rotweer zou zijn. Het enige wat ze van Schotland wist, was dat het er ijskoud was en het er stikte van de drugsverslaafden, die alleen maar bevroren Mars-repen aten. Dat vertelde ze aan Lennox terwijl hij zo attent was om de zware boekendozen voor haar de bus in te tillen. Ze bekeek de inhoud snel en sorteerde alles razendsnel. Lennox keek beduusd toe; hij had gedacht dat Nina de enige was die daar zo handig in was. Zijn ex had dat met schoenen gekund.

'Hoe kun je dat zo snel?' vroeg hij.

'O, dat is niet moeilijk,' zei Zoë. Ze pakte een boek op en legde dat meteen op de stapel 'afgekeurd'. 'Kijk! Dit is duidelijk een rotboek. Met zo'n eng meisje op de voorkant.'

'Wat is er mis met boeken met een eng meisje op de voorkant?'

'Die zijn allemaal verschrikkelijk. Behalve *Bloemen op zolder*, maar dat mogen we niet meer verkopen.'

Lennox fronste zijn wenkbrauwen. 'Hoezo?'

'Ach, dat wil je niet weten,' zei Zoë. Er ging een huivering door haar heen. 'Laten we het erop houden dat het niet altijd slecht is als een kind niet leest.'

Efficiënt haalde ze de laatste boeken uit de doos en zocht eruit wat ze wilde. 'Alleen de beste zijn goed genoeg,' zei ze terwijl ze steeds een stukje las op de plaats waar de boeken vanzelf openvielen.

'Wat doe je nu?' vroeg Lennox.

'Checken of er seksscènes in zitten,' zei ze.

'O! En die wil je, of juist niet?'

'Daarvoor moet je je klanten kennen.' Zoë zuchtte. 'En dat is voor mij natuurlijk een probleem. Ik ken niemand. Hier,' zei ze, en ze gaf Lennox een boek aan.

'*Anne of Green Gables*?' vroeg hij met een niet-begrijpend gezicht.

'Voor Nina,' zei ze. Ze voegde er een Agatha Christie aan toe, *Hotel New Hampshire*, korte verhalen van Saki, een zeldzame *Peanuts* en een collectie essays van David Sedaris. 'Leesvoer. Doe haar de groeten.'

Lennox knikte, pakte de boeken en liep terug naar het huis.

'O, en vraag haar of ze een lijst kan maken van alle voorkeuren en eigenaardigheden van alle klanten,' riep ze hem na, maar Lennox was, na een ernstig knikje naar Hari – die hij heel graag mocht – al in het huis verdwenen.

In de bus werden weinig boeken verkocht, de meeste mensen kwamen uit nieuwsgierigheid – vermomd als medeleven – binnen. Als Zoë voorzichtig een onderwerp opperde en probeerde de mensen op de nieuwe aanwinsten te attenderen, reageerden de meesten met een opmerking in de trant van 'Tja, Nina weet precies wat ik graag wil', alsof Nina magische krachten had en zij, Zoë, absoluut niet. En daarbij kwam nog dat het weinig zin had om de klanten te vragen wat ze graag lazen, omdat ze daar soms over logen of het gewoon niet wisten.

Kortom, ze verkocht weinig. Heel weinig. Er werd wel gevraagd of ze van plan was het voorleesuurtje voort te zetten en ze nam aan dat ze dat maar moest proberen, maar wanneer? Ze kon het zo al nauwelijks bolwerken, ze had haast geen tijd om plannen te maken. Iets nieuws toevoegen op dit moment was gewoon een stapje te ver. Zoë wist niet – en Nina had een hoop aan haar hoofd, dus viel het haar ook niet kwalijk te nemen dat ze het er niet over had gehad – dat het voorleesuurtje op dinsdagochtend heel belangrijk was, dat bijna alle moeders de boeken kochten nadat ze er een stukje uit had voorgelezen en ze dan samen met hun kinderen verder lazen. Eén rustig halfuurtje op de zitzakken, een paar goedkope koppen koffie en een gevulde koektrommel betekenden echt een impuls voor de omzet.

In plaats daarvan hield Zoë alles keurig schoon, ruimde alles net zo keurig op en stalde de nieuwe hardcovers extra aantrekkelijk uit, maar tevergeefs. Het sloeg niet aan. Het feit dat ze niet bleef kletsen op de kinderopvang hielp waarschijnlijk ook niet; de moeders bleven buiten altijd staan babbelen, maar daar kon ze niet aan meedoen omdat ze altijd zo'n haast had. En er ook moed voor moest verzamelen. Als ze op de opvang arriveerde of een winkel binnenkwam, viel iedereen altijd stil en voelde ze zich echt een buitenstaander. Het was gek: toen ze weer ging werken, had ze gedacht dat ze dan minder eenzaam zou zijn, niet meer alleen thuis zou zitten met Hari, andere mensen zou ontmoeten. Maar buiten Lennox, die haar net zo rustig en beleefd behandelde als hij iedereen behandelde, was het heel lastig om mensen te leren kennen.

'Hoe leer je hier mensen kennen?' had ze uiteindelijk nogal ongemakkelijk aan Lennox gevraagd. Lennox had niet geweten wat hij met haar vraag aan moest, mensen die een sociaal leven nodig hadden waren een mysterie voor hem.

Ze had het zelfs aan Mrs MacGlone gevraagd, die haar neus had opgehaald en had gezegd dat iedereen in de buurt vreselijk was en dat ze hen maar beter niet kon kennen en níét over The Beeches mocht praten, want dat was het enige waar ze op uit waren, ze wilden niets liever dan hun neus in andermans zaken steken. Zoë had geantwoord dat het dan maar goed was dat ze niets wist van andermans zaken, waarop Mrs MacGlone weer haar neus had opgehaald, had gezegd dat dat precies was wat ze altijd zei, en wegliep omdat ze mottenballen in de kasten moest gaan leggen. Zoë had op het punt gestaan te zeggen dat ze weleens vreemde geluiden hoorde in het huis, dat ze steeds het gevoel had dat ze niet alleen was op zolder, dat ze het zo vreemd vond, maar dat deed ze niet. Het was te raar om dat te zeggen.

Maar ze had wel, toen ze eindelijk durfde, gezegd: 'Eh... Er zijn hier honderden enorme slaapkamers en de mijne is heel erg klein...'

Mrs MacGlone had haar strak aangekeken.

'Jouw kamer,' had ze gezegd, 'is een personeelskamer. Je bent geen gast!'

En toen ze met een vernietigende blik wegbeende, kon Zoë de woorden niet vinden om te zeggen dat ze heus wel wist dat ze geen gast was, maar dat ze zich een beetje ongerust maakte omdat ze het gevoel had dat er een ongenode gast in huis was.

26

Die zondag werd Zoë vroeg wakker. Ze vroeg zich af wat ze in hemelsnaam eens zou gaan doen. Mrs MacGlone kwam niet en Ramsay was ook weg, ze was de hele dag alleen met Hari en de kinderen.

Ze had heel weinig geld en zat in een vreemde omgeving. Eigenlijk moest ze bij Nina op bezoek, maar ze nam aan dat Nina op een zondag veel bezoek zou krijgen (wat klopte), dus besloot ze op een rustiger dag te gaan.

Buiten scheen de zon en was het fris, maar geen van de kinderen was nog wakker. Beneden in de lange gang stond ze een beetje besluiteloos om zich heen te kijken naar de grote ontvangsthal en de kristallen kroonluchter vol spinnenwebben, toen ze werd overvallen door het verlangen haar handen eens flink uit de mouwen te steken en de boel eens goed aan te pakken.

Mrs MacGlone was elke dag bezig met de was in de ouderwetse wasmachine, stofzuigen met de oude stofzuiger en de afwas met de hand doen, waarna ze verdween voor allerlei werkjes ver weg in het huis. Ze werkte hard, dat was het niet. Er was gewoon veel te veel te doen voor één persoon. Het huishouden draaide, maar maar net.

Zoë liep naar de enorme dubbele voordeur. Het dikke oude hout torende hoog boven haar uit en ze bekeek de twee grendels en het slot, waarin een enorme, roestige sleutel zat. Met veel moeite wist ze de twee grendels – die in geen jaren waren geolied – weg te schuiven. Toen probeerde ze de sleutel om te draaien; ze had haar hele gewicht ervoor nodig en het ding knarste protesterend, maar gaf uiteindelijk mee. Zoë was even bang dat ze hem had afgebroken en dat het misschien wel de sleutel van een belangrijk clanhoofd was en ze iets verschrikkelijks had gedaan.

Plotseling stond Hari achter haar. Ze was eraan gewend dat hij altijd stilletjes rondsloop; ze wist dat andere mensen ervan schrokken. Hij was nog in zijn brandweerpyjama met voetjes aan de pijpen die hem te klein aan het worden was; normaliter zou ze de voetjes er gewoon af knippen, maar ze had gehoopt dat ze beter bij kas zou komen te zitten en het niet nodig zou zijn. Hij kon niet gegroeid zijn in de korte tijd dat ze hier waren. Dat kon gewoon niet.

Hari had een speelgoedbeer bij zich die ouder leek dan Zoë zelf. 'Waar heb je die vandaan?' vroeg ze toen ze zich naar hem overboog om hem een knuffel te geven. De beer voelde hard aan, antiek, en rook naar houten dozen en zaagsel en op de een of andere manier naar paarden. De ogen waren van glas en hij had een verschoten geruit lint om zijn hals.

Hari wees naar boven, wat niet veel verduidelijkte.

'Ik ben bang dat die niet van jou is,' zei ze zachtjes. 'Ik denk dat we beter aan Patricks papa kunnen vragen of het goed is dat je ermee speelt.'

Hari keek haar strak aan, schudde zijn hoofd en klemde de beer dicht tegen zich aan om haar te laten zien hoe oneens hij het was met haar woorden.

'Hij is niet van ons,' zei Zoë met een zucht. 'Niets hier is van ons, schatje.' Hari knipperde met zijn ogen en draaide zich om, de beer voor haar verbergend. Zoë beet op haar lip.

'Nou, je mag hem zolang wel hebben,' zei ze, 'zolang we hier in huis wonen. Maar je moet alleen niet vergeten dat het niet jouw beer is. Goed?'

Het was vast een kostbaar familie-erfstuk, dat zou Mrs MacGlone natuurlijk meteen zeggen. Tot die tijd zou ze ze allebei in de gaten moeten houden. Maar Hari zag er wel heel schattig uit zo, als een kleine Janneman Robinson met een originele Winnie de Poeh-beer.

Zoë trok met twee handen de grote deur open, hij knarste en piepte in de scharnieren.

Het was een openbaring. Het koude heldere licht stroomde naar binnen. Ze hoorde vogels zingen en kwetteren. De bomen aan de andere kant van de oprijlaan ruisten in de stevige bries. Het was duizelingwekkend.

Het licht benadrukte niet alleen hoe verwaarloosd de oude ontvangsthal was, maar ook hoe mooi, met zijn antieke houten lambrisering, het kunstige houtsnijwerk van de trapleuning, de donkere, waarschijnlijk eeuwenoude schilderijen en natuurlijk de enorme hertenkop – die Hari niet eerder was opgevallen en waarvan hij nu schrok.

Nieuwsgierig naar de rest van het huis opende Zoë de deur van de kamer met de overvolle boekenplanken en de oude piano waarvan ze de eerste dag een glimp had opgevangen, en deed de zware gordijnen en de oude luiken daar ook open. Er viel meer en meer licht naar binnen, dat overal dikke mappen en stapels papier onthulde, en boeken natuurlijk, stof dat in de lucht ronddwarrelde en oude schalen en vazen die geen echte plek leken te hebben.

'Goed,' zei Zoë opgewekt. Er was niemand in de buurt om haar te veroordelen of iets te verbieden. De kinderen waren nog steeds niet op. Ze ging naar de keuken en vond een oude, met bloem bespatte radio en liep ermee door het huis totdat ze ontvangst had. Ze had iets vrolijks en stimulerends nodig en vond een popzender die het soort muziek speelde dat ze zocht. Onder de enorme ouderwetse spoelbak stonden rijen schoonmaakspullen, en nadat ze Mrs MacGlones schort voor had gebonden, nam ze alles mee naar de overvolle kamer, waar ze alle papieren begon uit te zoeken. Wat overduidelijk weg kon – oude enveloppen, reclamefolders van jaren geleden, gebroken plastic lepeltjes en oude lappen – ging in een vuilniszak. Ze ontdekte een lege lade en legde daar de dingen in die misschien nog bruikbaar waren en bewaard moesten worden. Toen begon ze de andere laden open te trekken en op te ruimen.

Ze was druk aan het werk en Zoë had niet in de gaten met hoeveel herrie en plezier ze ermee bezig was: weggooien, opruimen, poetsen en boenen, terwijl de zon naar binnen scheen, de muziek keihard stond en Hari om haar heen danste en 'hielp', tot ze ogen in haar rug voelde prikken en ze zich omdraaide. Alle drie de kinderen stonden halverwege de trap naar haar te staren. Mary droeg haar T-shirt met de leeuw.

'Kijk maar!' zei Patrick.'Ze is absoluut helemaal gek geworden.'

Zoë stond op, geïrriteerd omdat ze zich schuldig en betrapt voelde. Zíj was degene die hier maar gewoon in het diepe was gegooid en het moest zien te redden. Welk recht hadden de kinderen om haar kwalijk te nemen dat ze probeerde hun omgeving prettiger te maken?

De radio stond nog steeds te blèren.

Shackleton kwam naar beneden en zette hem uit.

Mary deed een stap naar voren. Ze zag krijtwit en beefde van woede.

'Wat dóé je?' vroeg ze.

Zoë keek om zich heen. Het zag er allemaal al zoveel beter uit: het rook fris met de wind die erdoorheen blies, de ramen en de boekenplanken glansden. De paraplustandaard in de hal stond nu vol paraplu's in plaats van dat die overal rondslingerden. Ze had de laarzenkamer links van de voordeur opgeruimd en de schoenen en laarzen stonden nu in een keurige rij en alle hoeden, mutsen en petten – sommige met veertjes, sommige heel ouderwets van de vorige eeuw, veel ervan volkomen idioot – aan de haakjes gehangen en op de planken gelegd waar ze hoorden. De spiegel die er hing was schoon, de gordijnen geopend zodat je ook kon zien wat je aantrok.

'Schoonmaken,' zei ze.'Mrs MacGlone heeft de tijd niet voor een flinke voorjaarsschoonmaak. Of najaarsschoonmaak eigenlijk.' Ze deed een stap naar de kinderen toe.'Helpen jullie mee?'

Mary keek haar boos aan.'Waarom heb je dingen verplaatst?'

'Omdat,' zei Zoë kalm, 'iedereen hier moet wonen. Het is

toch veel fijner als het schoon en opgeruimd is?'

Mary staarde haar aan, haar ogen stonden vol haat.

'Zo hóórt het hier!' zei ze. 'Zo móét het! Jij verpest het helemaal! Je verpest álles!'

Ze rende de voordeur uit en verdween de tuin in.

'Dat doet ze wel erg vaak,' mompelde Zoë met een zucht.

Patrick kwam naar haar toe. 'Nou,' zei hij op een toon die te verstandig leek voor zijn leeftijd. 'Dat komt... dat komt omdat je dingen verschuift die mammie zo heeft neergezet. En dat vindt Mary absoluut heel vervelend.'

Het was de eerste keer dat Zoë een van de kinderen iets over hun moeder hoorde zeggen. Ze knielde voor Patrick neer en begon zo aardig als ze kon. 'Denk je niet dat je moeder het misschien fijn had gevonden als het huis er mooi uitzag? En schoon en gezellig? Voor jullie allemaal?'

Patrick haalde zijn schouders op.

'Ik herinner me haar niet,' zei hij met een heel klein stemmetje, en Zoë boog zich naar hem toe om haar armen om hem heen te slaan. Het was een volkomen natuurlijk gebaar, maar het jongetje schrok meteen terug en struikelde half in zijn haast om van haar weg te komen. Zoë vervloekte zichzelf omdat ze zo impulsief had gereageerd.

Ze keek om. 'Hari,' riep ze zacht. Hari kwam naar haar toe. 'Denk je dat je je beer misschien even aan Patrick kunt uitlenen?'

Zonder morren liep Hari met de door motten aangevreten beer naar Patrick en stak die naar hem uit, waarop Patrick hem met gebogen hoofd aanpakte en zijn gezicht tegen de beer verborg.

Zoë kondigde op haar opgewekte alles-is-oké-toon aan dat ze pannenkoeken ging bakken voor het ontbijt, in de hoop dat Patrick, al was het maar uit nieuwsgierigheid, mee naar de keuken zou gaan, wat hij deed. Ze vertrouwde erop dat Patrick tegen de tijd dat de pannenkoeken klaar waren genoeg was bijgekomen om er zin in te hebben.

Maar Shackleton bleek de nieuwsgierigste van het stelletje.

Hij stond op en kwam naast haar staan bij het fornuis. Toen schraapte hij zijn keel – hij had de leeftijd waarop zijn stem in één zin van hoog naar laag kon gaan en weer terug – en vroeg voorzichtig: 'Zal ik helpen?'

Zoë draaide zich met een ruk om. Dit had ze niet verwacht.

'Echt?'

Shackleton haalde zijn schouders op en zei: 'Ik kan net zo goed iets doen. Of heb je het internet alweer aangesloten?'

'Eh,' zei Zoë, die niet wist hoe ze het internet weer aan de gang moest krijgen. Ze had het geprobeerd, maar zonder succes. 'Binnenkort,' zei ze. 'Als jullie me helpen het huis schoon te maken, beloof ik dat er straks weer wifi is.'

27

En zo besteedden ze de rest van de lange, winderige zondag aan dingen leeghalen, afstoffen, soppen en – wat Patrick en Hari betrof – het wegjagen van spinnen. Mary kwam af en toe binnen om te checken of ze niets verplaatsten en Zoë liet haar de grote la zien waarin ze alles bewaarde wat haar nog te gebruiken en belangrijk leek – sleutels, kapotte horloges, eenzame oorbellen, sjaaltjes – en ook de vuilniszak en de inhoud ervan: losse sokken, oude penselen, tennisballen, reclamefolders, kerstkaarten, gebroken kleurpotloden en niet-opgespannen rackets.

Mary zei niets maar hield alles nauwlettend in het oog. Terwijl ze weer naar buiten liep, vroeg Zoë zich af of het geholpen zou hebben als Hari een meisje was geweest, iemand met wie ze had kunnen spelen, of die ze had kunnen verwennen of in wie ze in elk geval geïnteresseerd was. Het arme kind, met haar haar in een verwarde ongekamde kluwen op haar rug, kon niet eens interesse in zichzelf opbrengen. Nogal streng zette Zoë haar aan het lappen van de ramen, zodat ze niet naar binnen hoefde als ze dat niet wilde, en nadat ze eerst op het punt stond te weigeren, begon Mary er uiteindelijk aan, mopperend en halfslachtig zoals ze alles altijd deed, maar dat was toch iets, vond Zoë.

Patrick viel enthousiast aan op een enorme donkere kist met oud speelgoed die achter een van de banken in de zitkamer was beland – waarom komen ze hier nooit? – en binnen twee minuten liepen Hari en hij rond in cowboykleren en beschoten ze elkaar met speelgoedpistooltjes. Patrick zei elke keer als hij schoot 'Pauw, pauw!' en Zoë spitste haar oren of Hari iets zei, maar nee. Ze hadden ook oude paardenhoofden op stokken met wieltjes eronder gevonden en galoppeerden de kamer door, waardoor ze iedereen in de weg liepen. Zoë verzamelde alle kussenhoezen en stopte die in de wasmachine. Het was overal flink vuil en stoffig en langzamerhand werd iedereen zwarter en zwarter, met vegen over hun gezicht. Shackleton was verrassend genoeg ongelofelijk behulpzaam, hij klom ladders op en gebruikte het ene doekje na het andere met een onstuitbare energie en goede zin. Zoë glimlachte, ze had niet gedacht dat hij dit in zich had.

'Volgens mij doet het je goed, geen internet hebben,' zei ze plagend, en hij schudde zogenaamd dreigend met zijn plumeau naar haar.

Maar de kamers beneden zagen er absoluut beter uit.

Ramsay kwam terug uit Londen, na een paar dagen hard werken voelde hij zich ontzettend moedeloos en afgemat. De nieuwe catalogus van Sotheby's die hij bij zich had, stond vol met boeken die hij zich niet kon veroorloven, maar hij hoopte er toch iets in te ontdekken wat interessant genoeg was om te verkopen en niet al te pijnlijk om van te scheiden.

Natuurlijk zou dat niet genoeg zijn. Het was nooit genoeg. Niet met alles wat er moest gebeuren aan het huis. Alles wat de kinderen nodig hadden.

De oude notaris van zijn vader had geopperd te overwegen een deel van het huis te verkopen, hij had iemand die er interesse voor had, blijkbaar om er een luxueus hotel van te maken. Maar dat kon hij niet over zijn hart verkrijgen. Nee, echt niet. Ze vonden wel een manier om door te gaan.

Waarom was hij de enige die geen fatsoenlijke baan had genomen van al die idioten op de universiteit die nu allemaal een fortuin verdienden in Londen? Omdat hij zo van boeken hield, dat was alles. Hij had eigenlijk niet echt over geld nagedacht, wat, wist hij, helemaal zijn eigen fout was omdat hij zo geprivilegieerd was opgegroeid. Niet dat ze in goeden doen waren; zijn vader had ook nooit geld gehad. Maar een jeugd in een huis als The Beeches was al een beloning op zich. En een enorme last: alleen de lichten laten branden kostte al een fortuin.

Ooit had hij gehoopt er een gelukkige plek van te maken, alle donkere hoeken en versleten inrichting te veranderen en er een geweldig huis van te maken voor een gezin met kinderen, waar ze konden ravotten en de vrijheid hadden, net zoals hij vroeger deed met zijn vrienden: vissen, elke dag uren ronddwalen door de natuur, varen over het meer of boomhutten bouwen. Daarom had hij ermee ingestemd het huis en alle verplichtingen die erbij hoorden aan te houden. Maar toen was zijn vader overleden en zat hij er eigenlijk mee in zijn maag. En met de dood van zijn vader was ook de droom van een veilige haven voor zijn gezin in rook opgegaan.

Dat, overpeinsde hij met een diepe zucht, was het moment waarop het ontspoorde.

Toen hij de oprijlaan op reed in de oude Land Rover en het huis in het oog kreeg, had hij de indruk dat er iets anders was dan anders. Even kon hij niet bedenken wát, maar toen zag hij het: de voordeur stond open. Bezorgd vroeg hij zich af of er iets was gebeurd. Was er iemand binnengedrongen?

Toen merkte hij op dat ook de luiken van de zitkamer beneden open waren en dat hij de kamer in kon kijken, voor het eerst sinds... heel lang geleden. Stond Shackleton daar nou op een ladder? O, mijn hemel, stond Mary buiten met een spons in haar hand?

Ramsay wreef zijn ogen uit en deed zijn best om te begrijpen wat hij zag. Hij parkeerde de auto en stapte langzaam uit. Hij hoorde... muziek, en was dat Patrick die lachte? Die stomme hond van Wilby was weer ontsnapt en rende als een idioot rond.

'Papa!' gilde Mary, en ze holde op hem af, verborg haar hoofd tegen zijn buik zoals ze altijd deed, en klom toen omhoog op die lichtelijk wanhopige manier van haar die hij zo goed kende.

'Hallo, schat,' zei hij terwijl hij haar optilde, hoewel ze al –

werd ze nou zwaarder? Hij was eraan gewend dat ze zo licht als een veertje was. Nou, dat was in elk geval een goed teken. Hij hield haar in zijn armen en ze klemde zich tegen hem aan als een babyaapje.

'Wat ben je aan het doen?'

Zoës hart klopte in haar keel sinds ze de auto boven het geluid van de radio uit had horen aankomen. Zou hij boos zijn? Woedend? Onverschillig? Het was zo moeilijk. Ze was gewend aan ouders die heel veel heel uitgesproken meningen hadden over hoe ze hun kinderen wilden opvoeden. Dit was zo anders. Zo nieuw. Ze had absoluut geen idee wat er zich in zijn hoofd afspeelde.

Ze moest met hem praten. Ze wist dat ze dat moest. Dit was geen goedaardige verwaarlozing. Kinderen de hele dag toast laten eten... niet naar school laten gaan... kleren laten dragen die veel te klein waren. Dit zat gevaarlijk dicht bij echte verwaarlozing. Ze móést er met hem over praten!

Haar eerste gedachte was dat hij er doodmoe uitzag. Dat ergerde haar om de een of andere reden, ze kon er niet precies de vinger op leggen waarom; het was niet eerlijk wist ze, hij had net een enorm eind gereden. Maar hoe zwaar kon het nou zijn, een beetje aanrommelen met oude boeken. Hij had niet eens, zoals zij, een winkel om ze te verkopen. En hij deed ook al niets aan de kinderen.

Ze had er geen seconde bij stilgestaan hoe verschrikkelijk vuil ze was, tot ze zijn vreemde blik zag; ze moest er idioot uitzien! Ze wreef een beetje nerveus over haar gezicht, dat vol zwarte vegen zat, en vroeg zich af of het daarmee beter werd (het werd er erger van) en twijfelde even of ze de sjaal moest afdoen die ze om haar hoofd had gebonden om haar haren uit haar gezicht te houden, of dat dat ook raar zou staan.

'Eh...' zei Ramsay.

'Papa! Kom eens kijken!' riep Patrick enthousiast. Hij was in cowboykleren maar had daaroverheen een prinsessenjurk aangetrokken – een prachtige, waarschijnlijk zelfgemaakte jurk, die niets weg had van het goedkope supermarktnylon – die lang geleden van Mary moest zijn geweest. Mary zag dat ze ernaar keek en verborg haar gezicht tegen haar vaders schouders.

'We hebben schoongemaakt!' schreeuwde Patrick.

Ramsay keek naar het joch en glimlachte. Voor het eerst. Het veranderde zijn gezicht totaal, vond Zoë, en ze haalde opgelucht adem. Hij had net zo goed woedend kunnen zijn omdat ze zijn spullen had aangeraakt. Ze had geen idee wie deze man was en waarom zijn vrouw bij hem was weggegaan. Maar om eerlijk te zijn was ze aan het schoonmaken begonnen omdat ze het anders niet kon verdragen, ze kon niet in zo'n grimmige omgeving wonen. Dus.

Ze merkte dat ze haar armen over elkaar had geslagen en eruit moest zien als een boze Mrs MacGlone, alleen wat jaren jonger, en veranderde meteen van houding.

'Dat zie ik,' zei hij, en hij liep de ontvangsthal in, waar de vloer schoon was geschrobd en glom als een spiegel, de schilderijen waren afgestoft en recht gehangen en de ramen glinsterden (nadat Zoë alles wat Mary had gedaan nog een keer had gezeemd).

'Mijn god!' mompelde Ramsay.

Toen namen ze hem mee naar de zitkamer.

Met een pijnlijke steek in zijn hart herinnerde hij zich de dag dat hij haar voor het eerst mee naar huis had genomen... Het was ook een winderige dag geweest, de belofte van de zomer hing in de lucht, en alles had toen geglommen en geglinsterd, het had allemaal nieuw en sprankelend gevoeld, vol hoop en mogelijkheden...

'Vind je het niet absoluut geweldig, papa?' vroeg Patrick met een verwarde blik.

Hari was achter de bank gedoken en verschool zich daar. Hij was bang voor grote mannen.

Ramsay knipperde met zijn ogen en staarde in het niets. 'Ja... ja...' zei hij. 'Het is... het is geweldig.'

Hij keek naar Zoë. 'Dank je wel...'

'Nanny Zeven,' vulde Patrick behulpzaam aan.

'Eh...' Ramsay zocht naar haar naam. God, ze was echt vuil. Besefte ze niet hoe ze eruitzag? Hoe heette ze ook alweer? '... Zoë.'

'Graag gedaan,' reageerde Zoë. Ze keek om zich heen. Ze waren bijna klaar. Ramsay en Shackleton konden de meubels terugzetten terwijl zij de kussenhoezen weer over de kussens deed. Ze wierp een blik op de gordijnen, die waren gestofzuigd maar nu nog armoediger leken ten opzichte van de rest van de kamer. 'Deze kunnen ook wel een wasbeurt gebruiken,' zei ze terwijl ze de stof vastpakte.

Ramsay stapte naar voren om ze te bekijken, toen zijn enorme voet uitgleed over de natte, gladde vloer en hij tot zijn verrassing languit achteroverviel op de bank met de net door Zoë opgeschudde kussens.

Zoë bekeek hem voorzichtig. Dit was iets – verlies van waardigheid – wat de meeste mannen boos maakte en ze snel wilden verbloemen. Starre, egocentrische mannen, mannen die niet tolerant waren en alleen aan zichzelf dachten, konden zo'n afgang niet verdragen.

Maar Ramsay barstte in lachen uit. Toen kneep hij zijn ogen tot spleetjes.

'Hebben jullie... de kroonluchter schoongemaakt?' vroeg hij verbouwereerd. Toen Zoë op Shackleton wees, werd zijn verbazing nog groter. Hij grijnsde breed. 'Nou, dan ben ik blij dat ik op die grote voeten van me ben uitgegleden, want anders had ik misschien niet omhooggekeken. Ik moet zeggen dat alles er veel en veel beter uitziet. Vooral vanuit deze hoek.'

Patrick sprong op zijn vaders borst. 'Blijf je hier om paardje te spelen?' gilde hij. Zoë keek naar Ramsay, ze zag dat hij bekaf was, hoe zijn krullen naar achteren vielen en het gezicht eronder verzachtte terwijl hij zijn ogen even dichtkneep voor hij antwoordde: 'Tuurlijk.'

Toen ze de kamer uit liep omdat het tijd was om het eten klaar te gaan maken, zag ze tot haar verrassing dat Hari vanachter het gordijn stond te kijken naar alle gezelligheid; hij deed niet mee, maar keek wel.

'Weet u,' zei ze op een toon waarvan ze hoopte dat hij niet bazig klonk. 'Het is heel goed als u tijd doorbrengt met de kinderen. Dat zou u echt vaker moeten doen.'

Iedereen bevroor. Ramsay kwam heel langzaam van de bank overeind.

'Dank je,' zei hij, nu op ijzige toon. 'Dank je voor je advies. Ik ben blij dat we iemand hebben ingehuurd die precies weet hoe het moet met mijn gezin.' Toen draaide hij zich om en liep weg.

Zoë kon zichzelf wel slaan: ze had gehoopt dat Ramsay mee zou eten, zodat ze hem kon vragen een vaatwasser aan te schaffen, die hadden ze echt hard nodig. Maar ze zagen hem de hele avond niet meer.

28

Natuurlijk was Mrs MacGlone woedend.

Tot dan toe waren er geen grote conflicten geweest, voornamelijk omdat Mrs MacGlone niet verwachtte dat Zoë lang zou blijven, ze verwachtte dat niemand tegen Shackletons luiheid, Mary's onbeschoftheid en Patricks onophoudelijke geklets kon (ze wist niet dat dat Zoë extra pijnlijk in de oren klonk en ze enorm blij zou zijn als haar eigen zoontje dat zou doen). Maar dit was een regelrechte oorlogsverklaring, en op háár terrein nog wel! Die meid had Shackleton zelfs met zijn grote handen aan de kroonluchter laten zitten!

Natuurlijk wist ze wel dat ze niet in staat was het huis naar behoren schoon te houden, niet zoals vroeger in de tijd van de oude laird Urquart, maar toen waren er drie dienstbodes, een kok, een wasvrouw, een huishoudster en een tuinman geweest. Zoveel personeel was er nodig om alles op orde te houden, wat deze stadsmeid ook dacht. Ze zou zichzelf wel heel wat vinden, hoe durfde ze te doen alsof zij, Mrs MacGlone, lui en slonzig was! Dat was absoluut niet zo: ze deed haar uiterste best om de keuken, badkamers en slaapkamers min of meer gestofzuigd en opgeruimd te houden, en de kleren schoon en fris. Precies zoals ze altijd had gedaan, al sinds ze niet veel ouder was dan Mary nu. Als ze dan ook de boodschappen nog had gedaan, had ze gewoon geen tijd meer over.

Ze had al een boze speech voorbereid voor als ze Ramsay de volgende dag zou zien, dus was het dubbel irritant dat hij zich, zoals gewoonlijk, de hele dag opsloot in de bibliotheek en onzichtbaar bleef.

En als die jonge meid dacht dat ze die kinderen kon paaien met pannenkoeken en andere lekkere dingen, kwam ze nog wel van een koude kermis thuis. Ze lieten zich niet lang omkopen, ze had het al eerder meegemaakt. Maria-Teresa had het geprobeerd met allerlei zoetigheid, waardoor Patrick uiteindelijk een tand was kwijtgeraakt omdat ze er niet op had toegezien dat hij zijn tanden poetste, en Mary weigerde ook maar iets te eten, wat in een enorme ruzie tussen iedereen was geëindigd, met als onvermijdelijke resultaat dat Maria-Teresa met haar tas aan het einde van de oprijlaan stond. De meeste nanny's liftten om weg te komen, maar Maria-Teresa was, nogal luxueus, in de groene Renault naar het station van Inverness gereden en had die daar geparkeerd met de sleuteltjes er nog in. Toen Ramsay Lennox eindelijk zover had hem erheen te rijden om de auto op te halen, bleek hij nog steeds niet gestolen.

Voordat Zoë die ochtend de keuken binnen kon gaan, werd ze in de hal al aangesproken door Mrs MacGlone. 'Wat is hier gebeurd?' vroeg ze snuivend.

'O,' zei Zoë met een nerveuze glimlach, 'ik dacht dat we u misschien wat konden helpen bij het huishouden.'

'Dus je vindt dat ik het niet aankan?' Mrs MacGlones mond was een harde streep.

'Nee, dat denk ik helemaal niet. Ik vind dat u fantastisch werk doet!' zei Zoë. 'Ik dacht gewoon dat het goed voor de kinderen is om... te helpen.'

'Je bent hier vijf minuten en je denkt nu al te weten wat goed voor ze is?' vroeg Mrs MacGlone.

Zoë beet op haar tong om niet te zeggen dat er niets slechter kon zijn dan het groepje ontredderde kinderen dat ze had aangetroffen, als een reddingboot met overlevenden na een schipbreuk, aangespoeld en zich vastklemmend aan de keukentegels.

Mrs MacGlone deed een stap naar haar toe en ging vlak voor haar staan. 'In het leven van de kinderen komen en gaan de mensen,' zei ze dreigend en zo zacht dat verder niemand haar kon horen. 'Ze komen, gooien de boel overhoop, waardoor er helemaal niets verbetert, en dan vertrekken ze weer. Hoe minder je doet of verandert, jongedame, hoe beter.'

'Misschien gaat het bij mij anders,' zei Zoë met trillende stem.

'Och jee, jíj bent anders,' zei Mrs MacGlone minachtend. 'Je komt hierheen, op zoek naar gratis kost en inwoning, omdat je weg wilt uit Londen, en sleept dat kleine joch met je mee. Zodra je genoeg geld hebt om op eigen benen te kunnen staan, ben je hier weer weg, terug naar Engeland.' Ze zei 'Engeland' alsof het een vloek was.

De kinderen slenterden langs, op weg naar de keuken, en namen niet eens de moeite om goedemorgen te zeggen.

Het was alsof er helemaal niets was veranderd.

29

Zoë was zo kwaad toen ze wegreed van The Beeches dat ze de donkere wolken die zich boven de bergtoppen verzamelden niet opmerkte. Als Londense was ze gewend aan weer dat slechts weinig verschilde van dat van de dag ervoor en niet opeens omsloeg; ze luisterde er niet eens naar het weerbericht.

Ze zette de autoradio aan omdat die haar hielp het lokale accent beter te verstaan en Hari graag een muziekje op had, maar luisterde maar half. Het ging over stormwaarschuwingen en elektriciteitsstoringen en dat voorzichtigheid was geboden, maar ze nam het niet in zich op, ze was te diep in gedachten verzonken. Ze vervloekte zichzelf omdat ze zo'n idioot was en had gedacht dat ze verschil kon maken.

Mrs MacGlone wist precies wat Zoë had moeten doen: zich bescheiden opstellen, dankbaar zijn voor het dak boven haar hoofd, het eten en het geld, tot ze weer weg zou gaan bij de kinderen en alles voor hen weer zou worden zoals het was geweest, met hun te kleine kleren en hun dieet van alleen maar toast, alle drie afgesneden en geïsoleerd van de wereld.

Maar Mrs MacGlone vergiste zich.

Al rijdend werd haar woede op Ramsay steeds groter. Waarom zag hij niks? Wat was dat toch met vaders? Hari kende de zijne nauwelijks. Maar Ramsay was erbij, hij zat er met zijn neus bovenop: drie getraumatiseerde kinderen die hem ongelofelijk hard nodig hadden. Hoe kon hij toch zo ongeïnteresseerd zijn? Omdat hij chic was? Of was hij de een of andere gestoorde sociopaat? Was zijn ex daarachter gekomen, ten koste van zichzelf?

Nou, misschien kon ze de dingen niet veranderen, zoals Mrs

MacGlone zei, maar ze kon niet zomaar vanaf de zijlijn blijven toekijken en niets doen. Iemand moest voor die kinderen opkomen. Ook al waren het vervelende kinderen. Hoewel ze inmiddels een zwak plekje voor Patrick had. Iedereen die aardig tegen haar eigen kind was, kon rekenen op haar eeuwige trouw.

Ze wierp een blik op Hari achterin.

'Oké!' zei ze opgewekt. 'Vandaag gaan we naar de kinderopvang!'

Hari keek haar strak en vol afkeer aan.

'Aha!' riep Tara uit toen ze binnenkwamen in de opvang. 'Goed dat je er bent, Hari! We wilden net een lied gaan zingen over hoeveel we van onszelf houden. Je houdt van zingen, toch?'

'Eh...' zei Zoë.

'O ja!' had Tara gezegd toen Hari's gezicht betrok. 'Geeft niks! Dan zetten we je achteraan, achter de kring, en kun je klappen!'

'Ik ben maar een paar uurtjes weg,' zei Zoë ongelukkig. 'Het is niet lang, Hari. Niet lang. Ga maar lekker buiten spelen.'

En het lukte haar: op de een of andere manier wist ze haar hart te verharden, zich om te draaien en weg te lopen van haar kleine jongetje. Het is voor zijn eigen bestwil, hield ze zichzelf voor. Maar dat hielp niet om het echt te geloven.

In tranen reed ze naar de boerderij om de boekenbus op te halen. Ze zag wel dat het hoge gras in de velden zo ver doorboog van de wind dat de halmen helemaal plat lagen, maar stond er verder niet bij stil. Dat alle koeien en schapen in de weiden lagen en er geen eentje stond, viel haar niet op, maar dat had voor haar ook niets betekend. Ze stofzuigde de bus, ruimde op en reed, iets handiger dan de vorige keer, in een grote boog om de koppige kip heen die niet van zijn plaats te krijgen was en sukkelde de heuvel af.

Lennox was bezig te controleren of zijn hooibalen goed vastlagen. Toen hij haar hoorde wegrijden, kwam hij de schuur uit en rende met zwaaiende armen achter de verdwijnende bus aan. Maar tevergeefs. De voorspellingen waren verschrikkelijk en het was geen weer om met een hoge bus de weg op te gaan. Hij snapte niet wat ze zich in haar hoofd haalde; Nina zou er nog in geen duizend jaar op uit zijn gegaan. Misschien was het maar beter om niet tegen haar te zeggen dat Zoë bij code oranje met de bus op pad was gegaan. Als ze alleen naar het dorp ging en gewoon weer terugkwam, kon hij het misschien voor haar verborgen houden. Hij probeerde Zoës nummer. Niets, natuurlijk. Er waren een heleboel punten op de weg waar geen bereik was en de zware bewolking hielp ook niet mee.

Zoë had besloten om wat verder weg te gaan vandaag. Voor haar gevoel was de nieuwsgierigheid van de mensen in Kirrinfief onderhand wel uitgeput, omdat ze nu wisten dat het a) prima met Nina ging; niet beter maar ook niet slechter b) ze hun breisels bij haar hadden afgegeven – Zoë vermoedde dat het de wolligste baby ooit zou worden – en c) ze niet precies wisten wat voor boek ze wilden: 'Ik wacht wel tot Nina er weer is, dank je wel.' Nina wist het altijd.

Een boekwinkeltje runnen klonk zo eenvoudig, zo beschaafd. Niet als: niet-begrijpend naar een aardige oude dame staren die haar luid en meerdere keren had gevraagd om een boek dat ze zeker niet had gelezen en dat haar zou bevallen, en elke keer dat Zoë iets opperde haar hoofd schudde en zei: 'Nee, absoluut niet zo'n soort boek.'

Nina had wat notities over kleine dorpjes in de omgeving achtergelaten en waar ze daar kon parkeren, vooral op dinsdag en donderdag, omdat het dan ook boerenmarkt was. Er lag ook een kaart in de bus – omdat het een hopeloze zaak was een 4G-netwerk in de Hooglanden te vinden – en Zoë probeerde onder het rijden op de kaart te kijken waar ze naartoe moest.

Het donderde niet, zo'n soort storm was het niet, maar het

begon plotseling te regenen, een hevige stortbui die in vlagen tegen de voorruit kletterde. De bomen bogen ver door en de bladeren vlogen in het rond. Zoë fronste haar voorhoofd. Moest ze zich ongerust maken? Iedereen zei altijd dat het weer hier slecht was, dat was bijna altijd het eerste wat je hoorde over Schotland. Zoiets kon je verwachten, toch? Waarschijnlijk ging iedereen zonder met zijn ogen te knipperen gewoon door met wat hij of zij aan het doen was. De bus slipte af en toe even en dan moest ze het enorme zware stuur steeds iets bijdraaien om bij de witte lijn op het midden van de weg te blijven. Ze kreeg het er een beetje benauwd van.

Ze besefte dat ze zich sinds de geboorte van Hari bewuster was van de waarde van haar leven. Voor die tijd was ze daar bijna nonchalant mee omgegaan, en veel van haar vrienden deden dat nog steeds. Te hard rijden, laat opblijven, rare roekeloze dingen doen. Omdat het alleen om jezelf ging.

Maar nu waren ze met z'n tweeën en dat veranderde alles. Plotseling was het van levensbelang dat ze er wás, geen ongeluk kreeg, geen idiote dingen deed als ze wat te veel had gedronken of iets dergelijks. Het idee om een klein kind moederloos achter te laten, of ze nou een goede moeder was of niet, was te afschuwelijk. Alleen al de gedachte dat iemand dat moest uitleggen aan haar kleine ventje kon haar aan het huilen maken, hoe zijn gezichtje zou vertrekken van verwarring, hoe de agent die het hem vertelde het zo vriendelijk mogelijk probeerde te doen... Hoe afgrijselijk moest het leven voor de moeder van de kinderen Urquart zijn geweest. Wat kon haar zo hebben geknakt dat ze haar kinderen in de steek kon laten? Wat? Of wie?

In elk geval minderde ze vaart voor de bocht waarna de weg langs het meer liep, checkte ze haar spiegels constant en deed ze alles helemaal correct, wat prima zou zijn geweest als er op dat moment geen toeristenbus vanaf de parkeerplaats bij het loch de weg op draaide (iets te hard) en door een windvlaag op haar weghelft terechtkwam, zodat ze moest uitwijken en tegen een dikke overhangende tak aan reed die de voorruit verbrijzelde.

30

Het was een oorverdovend lawaai. De voorruit ging aan diggelen, de tak brak met veel herrie af en de huilende wind sloeg als een kwaadaardige kracht in haar gezicht.

Zoë hapte naar adem en begon te gillen toen de tak op de bus belandde en er een scherpe brandgeur in haar neus drong omdat ze boven op de rem stond. De wielen draaiden door en slipten, waardoor ze de boekenbus niet meer onder controle had terwijl de grote toeristenbus op haar af bleef komen.

Paniekerig stak ze haar arm uit om Hari, die naast haar zat, vast te pakken, toen het tot haar doordrong dat ze hem net naar de opvang had gebracht.

In een fractie van een seconde die eindeloos leek te duren flitste het door haar hoofd dat dit misschien haar einde was en dat dat echt niet kón, ze zag Hari's gezichtje voor zich en op de een of andere manier, voordat de hysterie echt toesloeg en alles zwart werd, haalde ze haar voet van de rem en begon als een razende met twee handen aan het stuur te draaien tot de bus weer grip had en ze, uit een soort instinct diep in haar binnenste, precies het goede deed en een dot gas gaf. De bus schoot naar voren, bonkte over het afgebroken hout op de grond, waarbij allebei de voorbanden werden doorboord, maar reed desondanks op de goede kant van de weg, waar ze probeerde het vijf ton wegende vehikel in bedwang te houden terwijl de afslag naar het bezoekerscentrum voor haar opdoemde.

Met haar kleren en haren vol glasscherven en houtsplinters en haar gezicht en handen vol verwondingen reed ze, biddend dat er geen tegenligger aankwam, langs de toeristenbus en schoot ze de afrit naar de parkeerplaats op, waar ze eindelijk tot stilstand kwam.

Intussen raakte de toeristenbus van de weg en belandde met een misselijkmakende klap in een greppel.

Zoë zat als verdoofd in de boekenbus; ze had de motor afgezet, die nu afkoelde met veel getik en andere ongelukkige geluiden. Ze staarde verwezen voor zich uit, ondanks de striemende wind in haar gezicht, trilde over haar hele lijf en was zich niet bewust van het bloed dat van haar gezicht op haar jas drupte.

Na een kort moment van totale stilte – dat uren leek te duren – kwamen er mensen uit het bezoekerscentrum naar haar toe rennen, bezorgde uitroepen slakend, en daarachter volgde nog een hele stoet toeristen die hetzelfde deden, ieder in hun eigen taal. Zoë zat nog steeds als een zombie voor zich uit te staren.

'Gaat het?' Het was een schorre stem die het zachtjes vroeg en door Zoës verstarring heen probeerde te dringen.

'Hé! Gaat het? Hoor je me!' zei de stem harder en dringender. 'Hoor je me? Luister! Je moet de bus uit.'

Zoë tilde haar handen op en keek ernaar alsof het niet de hare waren. 'Bloed,' zei ze.

'Je voorruit is kapot,' zei de stem. 'Je moet uit de bus komen zodat we kunnen kijken of alles goed met je is.'

Zoë kon de stem horen en ze begreep ook wat die zei, maar op de een of andere manier leek hij niets met haar te maken te hebben. Ze voelde helemaal geen noodzaak om iets te doen. Ze had haar veiligheidsgordel om. Ze bleef gewoon zitten.

De seconden erna – of de minuut of het uur, ze had geen idee – tilden sterke armen haar uit de cabine. Ze zetten haar op de grond neer en bleven haar ondersteunen. Er vielen glassplinters op het asfalt. De wind huilde door de boomtakken, die wild heen en weer zwiepten.

'Kom, we gaan gauw naar binnen, voordat er een tak naar beneden komt,' zei een stem.

'De boeken!' riep Zoë geschrokken uit, plotseling in paniek. 'Hoe moet het met de boeken? Als de bus ontploft... Iemand moet de boeken redden.'

De zachte stem van eerder lachte.

'Nou, ik geloof niet dat die ouwe roestbak het nog in zich heeft om te ontploffen. Maar geloof me, ik stuur daar echt niemand naar binnen voor een paar boekjes.'

De handen leidden haar half duwend en half steunend naar het gebouw dat voor hen lag. De aardig uitziende vrouw die Zoë al eerder had gezien, Agnieszka (die geen meeneemkoffie had), stond naast het grote vuur in de open haard en sloeg haar handen voor haar mond toen ze haar zag. Ze riep onmiddellijk iets naar iemand ergens in een kamertje achter zich, die aan kwam zetten met een grote rol pakpapier.

'Sorry,' zei ze. 'Wil je alsjeblieft hierop gaan staan?' vroeg ze terwijl ze het papier uitrolde op de grond.

Zoë deed wat ze vroeg, ze was danig van slag.

'En een eerstehulpdoos!' riep de receptioniste met licht bevende stem naar het kamertje. 'Ach jee, gaat het een beetje?' vroeg ze aan Zoë.

Zoë had geen idee en liet zich eerst door Agnieszka afkloppen zodat de scherven en de houtsplinters op het papier onder haar voeten vielen en daarna meenemen naar de toiletten.

Zoë staarde in de spiegel naar haar bloedende gezicht – het was bijna onherkenbaar – en wierp toen een snelle blik op haar met bloed bedekte handen. Ze stond te trillen op haar benen.

'Rustig maar,' zei Agnieszka terwijl ze haar bekeek. 'Je hebt een ongelukje gehad, maar ik denk, ik dénk, dat het wel meevalt. Heb je ergens pijn?'

Zoë bekeek zichzelf nog een keer goed in de spiegel en slikte moeizaam. 'Ik geloof van niet.'

'Wacht even,' zei de vrouw, en ze verdween. Even later was ze terug met een glaasje met iets bruins erin.

‘Ga maar zitten en drink dit,’ zei ze.

Zoë deed wat haar werd gezegd en nam een slok, waarna ze meteen begon te proesten en kuchen.

‘Goed zo,’ zei Agnieszka terwijl ze goedkeurend knikte. ‘Daar knap je van op.’

De tranen sprongen in Zoës ogen.

‘Het is een blend,’ zei Agnieszka.

Wat dat ook betekende en wat het ook voor een drankje was, Zoë voelde dat ze bijkwam.

‘O mijn god,’ zei ze terwijl ze wankelend opstond. ‘O mijn god.’

‘Ja, ik weet het,’ zei de vrouw. ‘Wat een schrik, hè? Het is verschrikkelijk buiten. Godzijdank ben je niet ernstig gewond.’

Zoë begon haar armen en handen te wassen.

‘Toch? Het gaat toch wel?’ informeerde de vrouw bezorgd.

‘Ik geloof van wel,’ zei Zoë nog steeds van slag. ‘O god. Een boom! Die tak kwam recht op me af! O mijn hemel! Ik moet... ik moet het Hari laten weten. Nee... Nee... Beter van niet! O god... Ik laat hem één dagje alleen en dan ben ik bijna dood! Eén dag!’

‘Moet ik iemand voor je bellen?’ vroeg de vrouw.

Zoë staarde zichzelf aan in de spiegel. Er gleed een traan over haar wang. Ze besefte dat er, akelig genoeg, niemand was die gebeld moest worden. Haar moeder was te ver weg en zou zich alleen maar ongerust maken. Jaz kon het niet schelen. Nina zou zich vooral druk maken over haar dierbare bus. Plotseling voelde ze zich heel alleen en heel erg van streek. Ze gooide water in haar gezicht en begon het bloed weg te wassen.

‘Jawel,’ zei ze uiteindelijk, ‘het gaat wel, hoor. Het gaat goed.’

‘Zo zie je er niet uit,’ zei Agnieszka. ‘Je ziet zo wit als een doek. Kom met me mee, dan krijg je nog een whisky. Hoewel ik die waarschijnlijk wel moet berekenen.’

Ze liepen samen terug naar de lobby, die nu gevuld was met toeristen, die net zo geschrokken maar niet zo beurs en geschramd waren als Zoë en vroegen om thee en whisky.

Agnieszka glimlachte verontschuldigend naar haar, wees op een onbezette bank en glipte haastig achter de bar.

Zoë liep er een beetje onvast naartoe, toen er een lange man naast haar opdook. 'Gaat het?' vroeg hij.

Zoë keek hem verward aan.

'Eh... ik... ik heb je net hier naar binnen gedragen?'

Hij zwom een beetje voor haar ogen. Breed. Stevig gebouwd. Donker krullend haar. Dikke trui.

Hij stak zijn hand uit. 'Murdo. Hallo. Gaat het? Je ziet er nogal ontdaan uit.'

'Het... het gaat wel,' zei Zoë terwijl ze in alle herrie om zich heen keek naar al die mensen die ze niet kende. Ze viel flauw voordat ze nog een stap kon zetten.

Dokter Joan hield een nogal grote splinter glas tegen het licht. Zoë keek ernaar maar had geen idee waar ze was.

'Moet je zien,' zei Joan snuivend. 'Dat doet me denken aan die keer dat ik een hele rol prikkeldraad uit de maag van een paard haalde.'

'Huh? Is dat een grap?' vroeg iemand, en Joan ging er nadrukkelijk niet op in.

Zoë knipperde met haar ogen en wierp een blik op haar arm.

'Tjezus!' zei ze.

'Ja, zeg dat wel,' zei Joan. 'Je was helaas bewusteloos, dus kon ik je niet vragen om toestemming voor verdoving. Maar ik heb hem eruit!'

'Auuu,' kreunde Zoë terwijl de pijn door haar heen trok.

Er stond een hele groep mensen om haar heen.

'Nina heeft ook altijd moeite met die bus,' hoorde ze iemand zeggen.

'Ik had helemaal geen moeite met die bus!' zei Zoë, plotseling heel alert. 'Die toeristenbus had problemen. Hij reed recht op me af!'

'Het is een veel te grote bus voor zo'n klein meidje,' zei iemand anders.

Zoë keek om. 'Ik ben uitgeweken voor die bus!' zei ze. 'Iedereen mag blij zijn dat ik dat heb gedaan en niet tegen die toeristenbus op ben geknald! Het was juist heel moedig!'

Alle hoofden keerden zich naar een korte, gezette man in een shirt met korte mouwen, met een stropdas om en een getinte bril op zijn neus – de buschauffeur, dat was duidelijk. Hij stak zijn handen op.

'Het stormt verschrikkelijk buiten, hè? Ach, meiske toch, ik ben blij dat je jezelf niets hebt aangedaan.'

'U had míj bijna iets aangedaan,' diende Zoë hem woedend van repliek.

Agnieszka probeerde haar te sussen. 'Toe, rustig maar. Je bent van streek! Je hebt een flinke schok gehad vandaag!'

'Twee!' zei Zoë kwaad. 'Eerst werd ik gedwongen mijn bus in de prak te rijden en nu vertelt die chauffeur dikke leugens!'

'Ik ben gewoon blij dat je niet gewond bent,' mompelde de chauffeur. 'Je reed opeens de berm in met die bus van je.'

'Ik bén gewond,' protesteerde Zoë terwijl ze op haar arm wees.

'Weet je,' ging de buschauffeur onverstoorbaar verder. Iemand had hem ook een glas whisky gebracht en hij leek hard op weg de held van de dag te worden. 'Dat vorige meisje dat in die bus reed... je ziet dat ding overal, het is echt een gevaar op de weg...' (om eerlijk te zijn wás die bus inderdaad soms een gevaar op de weg) '... dat andere meisje is bijna onder de trein gekomen met dat ding, ze viel stil op de overweg.'

Hij glimlachte Zoë goedmoedig toe. 'Ik ben zo blij dat het me is gelukt niet tegen je op te rijden.'

'Ja, goed gedaan,' zeiden een paar mensen die om hem heen stonden.

'Het is moeilijk voor die Engelsen,' zei een stem, 'ze kennen de weg niet, hè?'

Er werd instemmend gemompeld, Engelsen konden gewoon de wegen niet kennen hier.

Zoë overwoog nog even te dreigen de buschauffeur een proces aan te doen, maar het leek heel waarschijnlijk dat hij wel honderd mensen zou kunnen vinden die allemaal vonden dat ze ooggetuigen waren en in zijn voordeel zouden spreken. Ze wierp nog een blik op haar gewonde arm.

'O, in vredesnaam...' zei ze. 'Ik wil gewoon naar huis.'

'Goed,' zei de man die Murdo heette. 'Je klinkt al een stuk helderder.'

'Dat ben ik ook,' zei Zoë, fronsend naar de kleine buschauffeur, die nu werd omringd door bewonderend klappende passagiers alsof hij een heldendaad had verricht. 'Dit is gewoon allemaal kletspraat.'

Buiten bleek het een puinhoop te zijn in de bus, er lagen overal boeken, en de voorruit was compleet verdwenen, zodat er ook boeken buiten op het asfalt waren beland. Gelukkig was er al wel iemand zo aardig geweest al het glas weg te halen en op te ruimen. Maar wat moest ze nu?

Iemand bellen was waarschijnlijk het beste. Maar Nina lag in het ziekenhuis en mocht zich niet opwinden. Dit zou een schok voor haar zijn. En op The Beeches was niemand die ze kon bellen – wat kon Mrs MacGlone nou doen, tenslotte. Ze zuchtte diep en staarde naar haar telefoon.

Achter haar zette de man die haar had geholpen koers naar de oever van het meer, waar zijn boot blijkbaar lag. 'Red je het wel?' hoorde ze hem vragen.

'Ik weet niet wat ik moet doen,' zei Zoë trillend.

'Nou, iemand bellen, lijkt me,' zei hij met een blik op de bus.

'Weet jij misschien iemand?'

Dat wist hij.

De monteurs zaten vast achter een paar omgewaaide bomen die over de weg lagen, maar als ze geduld had, kwamen ze zodra het kon. De toeristenbus kreeg dezelfde boodschap. Binnen liep

Agnieszka rood aan van opwinding over het aantal lunches dat ze moest maken. Er was keuze uit broodjes kaas en broodjes ham-kaas, dus kreeg ze het druk.

Intussen liep Zoë naar de weg toe en begon daar de boeken op te rapen die uit de bus waren gevallen toen de boekenbus heen en weer zwenkte en slipte. Sommige waren vies en een beetje klam, andere waren vrijwel onbeschadigd. Misschien, dacht ze, kon ze een uitverkoop houden.

Murdo kwam haar helpen en raapte een boek op met *The Terror* als titel.

'Wat is dit voor boek?' vroeg hij terwijl hij naar het schip op de omslag keek.

'O, *The Erebus* en *The Terror*,' zei Zoë. 'Dat zijn twee schepen die probeerden de Noordwestelijke Doorvaart te vinden, maar er is nooit meer iets van ze gehoord.'

'En dit gaat over wat ermee is gebeurd?'

'Over wat er mogelijk is gebeurd,' zei Zoë. 'Het gaat over een afgrijselijke, ongelofelijk donkere reis die afschuwelijk lang duurt.' Peinzend vervolgde ze: 'Een bijna perfect boek, eigenlijk. Hoe warmer je het hebt als je het leest, hoe meer je geniet van hoe vreselijk zij het hebben.'

Murdo bleef ernaar staan kijken. 'Ik denk dat ik het neem.'

'Als het beschadigd is, krijg je het goedkoper,' zei Zoë.

Murdo dacht – hij had haar letterlijk uit de auto geplukt en haar gered van een mogelijke dood als de auto in brand zou zijn gevlogen, en later had hij ook nog de garage voor haar gebeld – dat hij het eigenlijk wel had verdiend om het gratis te krijgen, maar dat zei hij niet.

'Oké, ik neem het,' zei hij. 'Ik heb zelf ook een boot.'

'O ja?' vroeg Zoë terwijl ze naar hem opkeek. Hij was een stevig gebouwde, misschien iets te stevige man, maar meer op een goedmoedige dan een onaantrekkelijke manier. Hij had een vriendelijk gezicht en een gezonde kleur op zijn wangen. En ogen die vrolijk twinkelden, viel haar op. Daarop herinnerde ze zich wat er de laatste keer was gebeurd toen haar een paar twinkelende donkere ogen waren opgevallen. 'Waar vaar je?'

Murdo wees op het meer dat voor hen lag. 'Ik vaar op de rondvaartboten,' zei hij. Hij tikte op het boek. 'Niet bepaald de Noordwestelijke Doorvaart,' zei hij glimlachend, 'maar af en toe best spannend.'

Ze keken allebei naar het woelige water. 'Een beetje te ruw vandaag,' zei hij. 'Niet voor mij,' voegde hij er haastig aan toe, 'voor de toeristen, bedoel ik.'

'Dus jij neemt toeristen mee het meer op, op zoek naar het monster?' vroeg Zoë op een toon vol ongeloof.

'Ja! En jij rijdt busjes vol boeken tegen toeristenbussen op?'

'Zo gíng het helemaal niet!'

'Oké,' zei Murdo. 'Maar iedereen moet geld verdienen.'

'Heb je ooit...'

'Misschien.'

'Je weet niet eens wat ik ging vragen!'

'Je ging vragen of ik het monster ooit heb gezien. Want dat vragen negenennegentig van de honderd mensen en die ene die dat niet doet is er te dronken voor.'

Zoë glimlachte.

'Nou ik ben blij te horen dat ik een heel doorsnee iemand ben, dan hebben we dat vast vastgesteld. Wat bedoel je met "misschien"? Móét je dat zeggen omdat er anders niemand meer meegaat op zo'n rondvaart van je?'

'Misschien,' antwoordde Murdo irritant.

'Ik dacht dat het sowieso was bewezen dat er helemaal geen monster in zit. Wetenschappelijk en zo.'

'Wetenschappelijk en zo,' mompelde Murdo peinzend. Hij haalde een hand door zijn dikke haardos. 'Hm-mm.'

'O ja, dat doe je goed,' zei Zoë. 'Mysterieus "hm-mm" zeggen zodat je geen antwoord geeft op de vraag. Heel goed.'

Ze draaiden om om terug naar het bezoekerscentrum te gaan. Er zwierven veel toeristen uit de bus over de parkeerplaats rond, omdat de passagiersbus ook moest wachten tot hij getakeld of gerepareerd kon worden, die nieuwsgierige blikken op de boekenbus wierpen.

'Heb je ook boeken over Loch Ness?' vroeg een vrouw in een plastic regenjas.

Zoë bleek er twee te hebben, een voor volwassenen en een voor kinderen, en ze verkocht ze allebei in een oogwenk.

'Je zou denken,' zei Murdo, die eigenlijk reparaties en onderhoud aan zijn boot moest verrichten als hij niet kon uitvaren, maar het veel leuker vond om wat te kletsen met dit donkerharige meisje. 'Je zou denken dat iemand die een boekwinkeltje in de buurt van Loch Ness heeft, daar wat meer boeken over zou hebben.'

'Ja, ik weet het,' zei Zoë, die dezelfde conclusie al had getrokken. 'Ik denk dat ik er maar wat moet bestellen.'

Agnieszka kwam met een theedoek over haar schouder en een blij gezicht op hen aflopen. 'Zo druk heb ik het in maanden niet gehad,' zei ze opgewekt.

'Je moet gewoon zorgen dat er meer toeristenbussen in greppels terechtkomen! Lok ze in de val!' zei Murdo.

Agnieszka sloeg naar hem met de theedoek. 'Mond houden jij!'

Ze keek Zoë aan en vertelde: 'Het is lastig. Het officiële bezoekerscentrum ligt aan de andere kant van het meer. Daar is het veel drukker, ze hebben een leuk museum en alles. Wij hier moeten het met de restjes doen.'

'Maar dat lijkt nog steeds veel...' zei Zoë terwijl ze terugdacht aan het aantal bussen van die ochtend.

Agnieszka zuchtte. 'O, ze komen wel, maken foto's, maken gebruik van de wc, kopen af en toe een broodje en dan gaan ze weer. Al dat toiletpapier kost me gewoon geld!'

'Kun je ze niet laten betalen als ze gebruikmaken van de toiletten?' vroeg Zoë.

Agnieszka vertrok haar gezicht. 'Dat lijkt een beetje...'

'Stappen ze hier niet op zo'n boot, dan?'

Agnieszka wierp een boze blik op Murdo. 'O nee, er zijn

mensen die hier in de buurt wonen, maar liever aan de overkant aanleggen om mensen op te pikken. Niet hier!'

Zoë keek Murdo aan. 'Je woont hier en gaat elke ochtend naar de andere kant?'

Hij keek haar aan. 'Jij moet nog niet erg lang je kostje bij elkaar scharrelen hier in de Hooglanden, hè?'

Zoë moest zich omdraaien om een paar klanten te helpen, die alles wat maar enigszins Schots was wilden kopen. Ze verkocht zelfs een in nieuwstaat verkerende Waverley-serie. (Nina trok haar wenkbrauwen op van verbazing toen ze het hoorde, wat degene achter de incheckbalie op het vliegveld ook deed toen ze het gewicht van de koffer zag. En ook de Canadese kleinkinderen van de vrouw die de serie kocht, deden dat, maar een ervan verslond de hele reeks in één ruk en groeide uit tot Newfoundlands internationaal meest gerespecteerde historicus op het gebied van boeken van Sir Walter Scott, maakte een succesvolle wetenschappelijke carrière en was regelmatig op de tv te zien.)

'Misschien,' zei ze peinzend, 'misschien moet ik hier vaker komen. Vooral op regenachtige dagen.'

'Wist je dat er bussen bij zijn die helemaal uit Edinburgh of Londen komen?' vroeg Agnieszka. 'Ik denk dat er een hoop passagiers zijn die wat te lezen willen hebben op de terugweg. En ik zou ook wat groteletterboeken meebrengen.'

'En wat buitenlandse boeken?' opperde Murdo. '*Per favore seduti*.'

'Jee, indrukwekkend!' zei Zoë.

'ボートに座ってください', zei Murdo.

'Mijn god! Daar versta ik echt geen hout van!' zei Zoë.

'Hij spreekt zes talen,' zei Agnieszka terwijl ze een liefdevolle blik op hem wierp.

'Klopt,' bevestigde Murdo. 'Dat was: "Alstublieft niet opstaan in de boot."'

'Nou, ik ben echt heel erg onder de indruk.'

'*Et vous pouvez manger bien au centre après notre retour,*' zei hij.

'Dat is wanneer ik hun vertel dat ze in het bezoekerscentrum kunnen eten, Agnieszka,' zei hij.

'Het is daar verschrikkelijk,' zei Agnieszka.

'Ja,' zei Murdo geduldig, 'maar ze kunnen er meer krijgen dan een broodje kaas of een broodje met ham en kaas.'

'Iedereen houdt van ham en kaas,' zei Agnieszka.

De storm begon langzaam te luwen terwijl ze zo stonden te kletsen in de bus en er piepte soms zelfs een waterig straaltje zon achter een wolk vandaan, alsof de zon zich verlegen verontschuldigde voor de woeste windvlagen van even daarvoor. Zoë kon er niet aan wennen: er was waarschijnlijk geen plek op de wereld waar het weer zo snel en totaal omsloeg. Het asfalt op de parkeerplaats begon alweer te drogen.

Ze stapten uit de bus en stonden alle drie even naar het huis te kijken. De goten moesten schoongemaakt worden en de raamkozijnen gerepareerd en geverfd. Agnieszka zuchtte diep.

'Je kunt er echt meer van maken als je wilt,' merkte Murdo op.

'Als ik dat deed, zou jij dan met je boot vanaf hier vertrekken?'

'Misschien.'

Hij keek Zoë aan. 'Zou jij hier dan met je boekenbus komen staan?'

'Ik weet het niet,' zei Zoë. 'Zolang er geen slechte buschauffeur opeens de weg op schiet zodat ik eraf word gedrukt?'

'Als iets niet helemaal is gegaan zoals je wilt, kun je dat ook gewoon toegeven,' zei Murdo.

Zoë keek hem boos aan.

Toen kwam de langverwachte pechhulpauto eindelijk aanrijden over de weg.

31

Zoë was bang dat het die dag op de kinderopvang helemaal niet goed was gegaan. Helemaal niet goed. Hari had een rode plek op zijn arm, waar Tara over zei dat het gewoon een ongelukje was geweest.

Maar ze durfde er niet aan te denken hoe het met Hari zou zijn als hij naast haar in de bus had gezeten. Stel dat er een glassplinter diep in hem was gedrongen? In zijn oog bijvoorbeeld? Dat was nog veel, veel erger geweest.

Tot haar verrassing begon Hari toen ze de oprijlaan op reden – Zoë had de hele terugweg maar dertig kilometer per uur gereden – van opwinding op en neer te wippen op zijn kinderzitje en zodra ze de motor uitzette en Hari losmaakte, sprong hij blij uit de auto en rende meteen naar de achterkant van het huis, op zoek naar Patrick.

Het idee dat Hari vrolijk iets in zijn eentje deed, was volkomen nieuw voor Zoë. Ze keek hem na en stapte toen zelf uit. Ze was doodmoe, het was een zware dag geweest en ze had nog geen zin om de keuken binnen te gaan. Mrs MacGlone kwam naar buiten en verdween zonder zelfs haar hand naar haar op te steken.

Het was een zonovergoten middag, slechts de afgebroken takken en de gevallen bladeren herinnerden nog aan de storm. Ze nam de tijd en keek om zich heen. Haar oog werd getrokken door de letters boven de voordeur, die haar niet eerder waren opgevallen. Ze waren zo rijkversierd dat ze eerst dacht dat het een Latijnse tekst was, iets gewichtigs wat ze toch niet kon lezen. Maar toen ze beter keek, zag ze dat het kleine voorwerpen waren – een vis, een korenschoof – boven hoekige letters die in het grijze zandsteen waren uitgebeiteld: SPEURAN TALAMH GAINMHEACH LOCHA.

Ze stond ernaar te turen toen ze het geknerp van voetstappen op het grind achter zich hoorde. Ze draaide zich om en zag dat het Ramsay was. Hij trok een verontschuldigend gezicht.

'Ik... ik wil mijn excuses maken.'

'Dat is niet nodig,' zei Zoë. 'Ik heb te horen gekregen dat ik mijn neus niet in jullie zaken moet steken.'

Hij wreef met zijn hand over zijn nek. 'Ik begrijp dat het geen traditionele situatie is hier.'

Zoë knipperde met haar ogen. 'Dat kun je wel zeggen, ja.'

Hij slaakte een zucht en gaf een schopje tegen de drempel van de voordeur. 'Ik moet... ik moet keihard werken om de boel hier draaiende te houden.'

Zoë knikte.

'Het... tja. Het kan... In elk geval... Sorry.'

'Ik moet me verontschuldigen. Ik had er niets over moeten zeggen.'

'Nee, nee, ik snap wat je bedoelde... Ik hoop dat ze niet té afgrijselijk tegen je doen?'

Zoë besloot dat het verstandig was om maar niet te zeggen dat ze zeker wist dat er dingen werden verplaatst in haar kamer, dat Shackleton die morgen een heel pak meel op de grond had laten vallen en had staan toekijken terwijl zij het opruimde, terwijl Mary haar in haar gezicht uitlachte. Ze veranderde van onderwerp. 'Ik had deze letters nog nooit goed gezien. Wat staat er?'

'Ik kijk er zelf ook nooit naar,' zei Ramsay, 'maar ik weet het wel: lucht, zand, loch, land.'

'... loch en land,' herhaalde Zoë peinzend.

'Je spreekt het uit als locchhhhh,' zei Ramsay. Het klonk alsof hij rochelde.

'Ja, ik weet het,' zei Zoë. 'Maar daar waag ik me niet aan. Dan klink ik als een idioot. Ik kom maar gewoon uit Bethnal Green.'

‘Dan klink je als iemand die haar best doet.’

‘Ik doe mijn best! Kijk!’

Ze hield een druipende plastic zak omhoog. Lennox had hertenbiefstuk voor haar achtergelaten.

‘Wat is dat?’

‘Hert,’ zei ze. ‘Die ik ga bakken met wat bosbramen.’

‘Waar heb je die vandaan?’

Zoë keek op. ‘Hoezo, mist u een hert hier? Denkt u dat ik een stroper ben of zo?’

Ramsay streek met zijn hand door zijn haar. ‘O, ik vroeg het zomaar. Je weet in elk geval hoe je eraan moet komen. Kun je echt hert klaarmaken?’

Zoë haalde haar schouders op. ‘Nou, er is vast wel iemand op YouTube die het kan, dus ik kijk het gewoon af.’

Het bleef even stil. Toen zei Ramsay: ‘Oké, ja, ik snap het.’ Op een manier die Zoë duidelijk maakte dat hij geen flauw idee had waar ze het over had.

Hij vertrok zijn gezicht in een grimas. ‘Eh, ik doe... Ik bedoel, er is genoeg contant geld in het kistje, toch? Je hoeft toch niet te stropen om de kinderen te eten te geven, hè?’

‘O nee, het is prima,’ antwoordde Zoë. ‘Maar als u nog wat overhebt?’

Hij trok een bezorgd gezicht en Zoë richtte haar blik weer op de inscriptie rondom de deur. ‘Lucht, zand, loch, land. Is dat om de bewoners van dit huis eraan te herinneren dat alles hieromheen hun bezit is? Dat zij heer en meester zijn hier?’ Haar toon was een beetje plagerig.

Ramsay trok zijn wenkbrauwen verrast op. De vier woorden stonden in zijn hart gegrift; hij had ze zo vaak gehoord, ze herhaald als een gebed en in het Latijn vertaald waren ze het motto van hun familiewapen. *Caelum lacus harena terra.*

‘Nee, meer het tegenovergestelde,’ antwoordde hij een beetje geïrriteerd. ‘Het is om je eraan te herinneren dat alles om je heen er al eeuwen is, dat je niet meer dan een voorbijganger bent in deze wereld, waarin alles er altijd al was en er altijd zal zijn. Het is een reminder om er zuinig op te zijn en er goed voor te zorgen en dat wereldse bezittingen – huizen, juwelen, al dat soort dingen – niet blijvend zijn en er niet toe doen.' Hij begon warm te lopen voor zijn onderwerp. 'En het is méér. Het gaat niet over vergankelijkheid zoals afbeeldingen van een schedel, een roemer en rottend fruit. Het is hoopvol. Het zegt: je komt en je gaat, maar je bent te midden van dingen die er altijd waren en zullen zijn; kijk hoe prachtig en wonderlijk ze zijn! Korenschoven van het land, vissen uit het loch, licht van de hemel en glas van het zand. Elke dag.'

Zoë nam hem op. Hij was heel anders nu. Ze kende hem als verstrooid en afwezig, er nooit echt helemaal 'bij' in het dagelijkse leven met een van de kinderen of het huis of haar.

Hij merkte dat ze hem bekeek en zijn grote handen begonnen onhandig aan een knoop te draaien.

'O, op die manier, ik snap het.' Ze keek langs hem heen naar de tuin. De avondzon stond laag aan de hemel en er vielen lange schaduwen van de struiken op het gras.

'Vroeger hadden we hier vormbomen,' merkte Ramsay op, die dezelfde kant op keek. 'Dat zijn struiken die in vormen worden gesnoeid.'

'Dat weet ik, ja,' zei Zoë een beetje snibbig.

'O, natuurlijk, sorry.'

'Dit is geen toeristische rondleiding of zo.'

Hij zweeg na die opmerking en stak zijn handen diep in zijn zakken.

'O, het was maar een grapje,' zei Zoë terwijl ze zichzelf vervloekte omdat ze het zo ontwend was om te kletsen met volwassenen die ze net kende. 'Wat hadden ze voor vorm? Een Nessie-monster?

Hij keek haar wat verstoord aan. 'Nee, geen monster. We hebben wel een jaar hanen gehad.'

'O, ik heb een bloedhekel aan kippen,' zei Zoë zonder nadenken.

Ramsay keek haar bevreemd aan.

‘Nou, ik heb meer een hekel aan één bepaalde kip,’ zei Zoë. ‘Die is er gewoon op uit om me te pesten.’

‘Ik geloof niet dat kippen mensen kunnen pesten,’ merkte Ramsay op.

‘Nou, leg dan maar eens uit waarom hij steeds in mijn rubberlaarzen poept.’

Ramsay fronste zijn voorhoofd. ‘Misschien moet je je laarzen ergens anders zetten?’

‘Dat heb ik gedaan!’ zei Zoë. ‘Maar het rotbeest heeft ze weer gevonden. Omdat het een pestkop is!’

‘We hebben ook vissen gehad,’ veranderde Ramsay haastig van onderwerp. ‘Die waren echt prachtig. Heel kunstig gesnoeid.’

‘Kunt u die niet weer terughalen? Dat zou er leuk uitzien, zeker in dit licht.’ De zon hing als een enorme gouden bal boven de heuvels.

‘Ja, ik weet het,’ zei Ramsay met spijt in zijn stem. ‘Bezuinigingen, vrees ik. Alweer.’

‘U zou de kinderen moeten leren hoe het moet.’

Ramsay keek haar scherp aan. ‘Dat zal ik toevoegen aan het lijstje van alles wat ik fout doe. Dank je wel.’

Het was ongemakkelijk stil.

‘Goed. Ik kan maar beter aan de slag gaan. Misschien laat ik Shackleton wel los op het hert.’

‘Dat,’ zei Ramsay, ‘is een zin waarvan ik nooit had gedacht die te zullen horen.’

Hij volgde haar het huis in, waar korte tijd later een heerlijke braadgeur hing, heel even gevolgd door een minder prettige stank van iets wat verbrandde, wat algauw weer wegtrok. Er was zoveel vlees dat het niet erg was dat sommige randjes waren weggesneden, en Porteous kwam op precies het juiste moment binnen om er als een onzichtbare geest met de restjes vandoor te gaan, en Ramsay hield zijn woord en kwam een halfuurtje bij hen zitten. Patrick begon een gesprek over dinosaurussen en dat het zo oneerlijk was dat ze geen films over dino’s meer op de tv konden zien omdat die kapot was.

Ramsay keek verbaasd. 'Ik wist helemaal niet dat we een televisie hádden.'

'Het lijkt hier wel de jaren twintig van de vorige eeuw!' zei Zoë. Ramsay vond daar weinig mis mee, maar Zoë vervolgde: 'En daarom zal Patrick wel snel een brilletje moeten, want nu probeert hij *Jurassic Park* te kijken op mijn telefoon. Televisies zijn trouwens reuzegoedkoop tegenwoordig, ze geven ze zowat gratis weg.'

'Nou, dat lijkt me terecht. Die dingen horen thuis op de vuilnisbelt,' zei Ramsay.

'Nou, ik woon hier nou zes weken en ik weet niet of u wel in staat bent om te bepalen wat op een vuilnisbelt thuishoort en wat niet,' diende Zoë hem van repliek, waarop de kinderen, alle drie de kinderen, in de lach schoten.

En Ramsay ook. 'Zeg alsjeblieft voortaan geen "u" meer tegen me. Dan voel ik me zo oud!' zei hij en plotseling leek het hem een goed idee om een flesje wijn uit de kelder te halen, een van die heerlijke rode wijnen die zijn ouders en grootouders daar hadden opgeslagen – waarom niet, eigenlijk? – nu het voor het eerst in lange tijd gezellig was en er druk werd gekletst in de keuken. Hij voelde een steek van schuld en besloot dat hij die waarschijnlijk ook kon verzachten met wijn, toen er plotseling vastberaden op de achterdeur werd geklopt.

32

Iedereen keek op. Shackletons mond viel zelfs open.

'Hallooooo,' kirde een luide, heldere, zelfverzekerde stem in de gang.

Zoë trok haar wenkbrauwen verbaasd op. Er kwam nooit iemand op bezoek hier. Dat was een soort afspraak, had ze begrepen. De enigen waren zij, Mrs MacGlone en Wilby de tuinman en soms een verdwaalde toerist die net deed of hij de weg kwam vragen maar eigenlijk het huis vanbinnen wilde zien. Zoë was verbijsterd geweest hoe brutaal die soms waren. Maar ze belden altijd aan bij de voordeur. De vrouw die bij deze stem hoorde, moest hier al eerder zijn geweest.

Er kwam een lange, slanke blondine de keuken binnen. Ze was zwaar opgemaakt, wat het lastig maakte om haar leeftijd te schatten – ze kon een meisje van achter in de twintig of een goed geconserveerde vrouw van veertig zijn – droeg een dure jas die het op Lennox' erf nog geen twee minuten zou hebben uitgehouden en was gehuld in een zware parfumwolk. Ze deed Zoë onmiddellijk denken aan de Londense vrouwen die hun kroost bij de crèche waar ze had gewerkt dropten, vrouwen voor wie zij volkomen onzichtbaar was.

Haar eerste gedachte was dat het misschien de moeder van de kinderen was; haar magere trekken deden haar enigszins denken aan Mary's ontevreden gezicht. Maar dat kon niet. Toch? Dan zouden de kinderen opspringen in plaats van stil te blijven zitten en somber naar hun eten te staren.

'Ramsay!' gilde de vrouw.

Ramsay fronste zijn voorhoofd, maar toen ontspande zijn gezicht ietwat.

'Rissie,' zei hij eindelijk.

Ze rende op hem af. 'Schat,' zei ze terwijl ze hem omhelsde. De rest van de aanwezigen negeerde ze. 'Ik ben terug! Ja! Ik weet het! Eeuwen! Je weet hoe dat gaat.'

'Ja.'

'O god!' mompelde Mary.

Zoë wierp haar een meelevende blik toe, die Mary niet beantwoordde; ze had blijkbaar geen behoefte aan een medestander. In plaats daarvan stond ze op.

'Hallo, lieverds,' zei de vrouw terwijl ze rondkeek. 'O, kijk jullie nou toch eens, net zo prachtig en mooi als altijd! Wat zijn jullie toch fantastische kinderen!'

Alle drie de kinderen keken haar ijzig aan.

'Hier, ik heb cadeautjes meegebracht!' Met een lichtelijk nerveuze glimlach haalde ze drie doosjes Turks fruit uit haar tas. 'Ik was in Istanboel, dus ik dacht...'

De kinderen pakten ze nors aan, rukten de doosjes onmiddellijk open en begonnen zonder te bedanken het snoepgoed dat erin zat in hun mond te proppen; het eten op hun bord werd weggeschoven.

Zoë was geschokt door hun onbeschoftheid. 'Dank u wel,' zei ze luid. 'Ik denk dat we dat allemaal wilden zeggen.'

Mary wierp haar een boze blik toe.

'Ah, graag gedaan,' zei de vrouw. Ze glimlachte hoopvol naar Ramsay. 'Het zijn zulke schatjes.'

Zoë kon geen woord bedenken dat minder bij Shackleton paste, die zowat knorde terwijl hij het snoep naar binnen schrokte, met suiker om zijn mond en spuug op zijn kin.

Ze keek Ramsay met opgetrokken wenkbrauwen strak aan en hij zei: 'Kinderen, zeg "dank je wel" tegen Larissa.'

'Dank je wel, Larissa,' zei Mary op de meest sarcastische toon denkbaar.

'Graag gedaan!' zei de vrouw. 'Ben jij de nieuwe nanny?'

'Ja,' zei Zoë, en ze stak haar hand naar haar uit.

Larissa keek er verbouwereerd naar, alsof het al heel wat was dat ze Zoë had opgemerkt, maar ze gaf haar toch maar een hand. Met een glimlachje zei ze: 'Geweldige kinderen zijn het, hè?'

Mary snoof minachtend.

Hari stond achter Zoës stoel en ze gaf hem een paar geruststellende aaitjes over zijn hoofd.

'Ik ga naar boven,' kondigde Mary aan. Ze schoof haar stoel luidruchtig naar achteren, stond op en beende weg, waarbij ze haar bord gewoon liet staan.

Onder andere omstandigheden zou Zoë haar hebben teruggeroepen, maar ze was niet in de stemming voor een scheldpartij van Mary voor de ogen van de chique vrouw, dus liet ze het erbij.

'Heb je zin om ergens iets te gaan drinken, lieverd?' vroeg Larissa aan Ramsay. 'Je ziet eruit als een man die wel iets gezelligs kan gebruiken.' En dat was inderdaad zo; Zoë baalde ervan dat het waar was wat Larissa zei.

Ramsay en Larissa gingen samen de deur uit, glazig nagestaard door Shackleton en Patrick, terwijl Larissa nog een keer herhaalde dat hij zulke prachtige kinderen had en dat ze het zo fijn vond ze weer te hebben gezien.

'Nou,' zei Zoë. 'Dat was nou niet bepaald aardig.' Ze trok Hari op haar schoot.

'Nee, ze is echt absoluut niet aardig,' beaamde Patrick.

'Ik bedoel háár niet, ik bedoel júllie!'

Shackleton ging stug door met het naar binnen werken van het Turks fruit en vermaalde het zonder veel enthousiasme tussen zijn kaken. Hij haalde zijn schouders op.

'Ze is papa's speciaaaaale vriendin,' zei Patrick. 'Dat heeft ze tegen ons gezegd.'

'Maar dat is ze niet,' zei Shackleton neerbuigend. 'Dat zou ze wel willen.'

'Wel waar! Ze zei dat ze heel, heel speciaaaaaal is.'

'Heel, heel irritant, zul je bedoelen,' zei Shackleton. 'Slijm, slijm, slijm.'

'Ze probeert gewoon aardig te zijn!' reageerde Zoë. 'Daar is toch niks mis mee?'

'En ze komt ook...' vervolgde Patrick boos, 'met die zures!'

'Huh? Waar heb je het over?'

'Geen "zures", stommerd,' zei Shackleton. 'Brochures! Ze heeft brochures meegebracht. Die wij niet hadden mogen zien!'

'Wat voor brochures?'

'Gevangenis, absoluut!' zei Patrick.

'Gevangenis?'

'Internaat,' zei Shackleton. 'Ze denkt dat het beter is als we naar een internaat gaan.'

'O!' zei Zoë. 'En jullie willen zeker niet naar een internaat?'

Shackleton wierp haar een veelzeggende blik toe. 'Ze wil van ons af zodat ze met papa kan trouwen en...'

'Gadsie,' zei Patrick.

'Ze lijkt aardig,' zei Zoë mild. Hari zat met grote ogen te luisteren op haar schoot.

'Ze doet alsof,' zei Patrick, 'ze meent er absoluut niks van.'

'Soms doen mensen alsof iets leuk is tot het echt leuk is,' zei Zoë. 'En dat werkt.'

Patrick leek niet overtuigd.

'Nee,' zei Shackleton. 'Soms doen mensen aardig tot ze het voor elkaar hebben dat andere mensen naar een internaat gaan en ze ze nooit meer hoeven te zien.'

'Gevangenis,' zei Patrick knikkend, en zijn gezicht stond zo verdrietig dat Zoë hem wel een knuffel had willen geven.

Doorgaans ging ze 's avonds, dood- en doodmoe, eerder naar bed dan de kinderen, maar Patrick was duidelijk van slag. 'Luister, jullie mogen niet zo onbeleefd doen tegen anderen. Dat was echt onbeschoft. Maar als jullie helpen opruimen... Zal ik dan een verhaaltje voorlezen?'

'Jaaaa!' riep Patrick. Zoë was verbijsterd door zijn enthousiasme. 'Jaaaa, ik wil absoluut een verhaaltje!' Hari knikte heftig.

'Alsjeblieft, alsjeblieft, alsjeblieft! Er leest nooit iemand voor!'

'Papa ook niet?'

'Hij moet altijd werken. Of hij zit in de... bibliotheek.'

Hij zei het op een toon alsof het een onderaardse kerker was.

'En je andere nanny's ook niet?'

'"We lezen echt geen Engels, Patrick",' imiteerde Patrick hen, '"Mary is zo stout geweest dat niemand een verhaaltje verdient", "Ga weg, Patrick, ik heb het veel te druk met huilen op dit moment"'.

'Nou,' zei Zoë terwijl haar mond een beetje vertrok. 'Ga je pyjama dan maar aandoen en tandenpoetsen, dan kom ik zo boven en kijken we wat ik kan doen.'

'Moet je echt élke dag tandenpoetsen, Nanny Zeven?'

'Ja,' zei Zoë met een zucht terwijl ze de borden afruimde. 'Ik vrees van wel.'

Maar ze was verrast toen ze bovenkwam en ze de twee jongetjes in identieke flanellen pyjama's (waarvan de scheuren keurig waren gerepareerd) voor de wasbak in de slaapkamer aantrof.

'Kijk nou toch eens!' zei ze. 'Hebben jullie je helemaal zelf uitgekleed?'

Hari knikte ernstig.

'Ik heb een beetje geholpen,' zei Patrick.

'Oké dan,' zei Zoë, en ze haalde haar oude e-reader tevoorschijn, waar *Up on the Rooftops* op stond. Als kind was dat haar lievelingsboek geweest.

'Wat gaat er nu gebeuren?' vroeg Patrick nerveus.

Zoës hart ging naar hem uit omdat er nooit iemand was die hem een verhaaltje voorlas. 'Nou, eerst nestelen we ons lekker op het bed,' zei Zoë.

Hari zat al klaar. Hij was te jong voor het verhaal, maar het ging meer om de geruststellende toon van haar stem, wist ze terwijl ze op het bed ging zitten en de twee jongetjes ieder aan een kant tegen zich aan trok.

'Mag Hari hier slapen?' vroeg Patrick opeens.

De kamer was enorm, net als die van Mary, en een beetje

eng, de boomtakken zwaaiden spookachtig heen en weer achter de grote ramen.

'Zou je dat leuk vinden, Hari?' Ze was er een beetje bezorgd over. Ze waren nog nooit één nacht van elkaar gescheiden geweest, nooit. Ze had niet eens een babyfoon, daar was haar appartement niet groot genoeg voor geweest. Plus... Het spook... Hari knikte echter blij. 'Weet je het zeker?'

Ze sliepen dan wel in hetzelfde huis, maar haar kamertje lag helemaal boven in de westelijke vleugel waar de dienstbodenkamertjes waren, wat betekende dat je de enorme slaapkamer uit moest, de lange gang af en de personeelstrap op. En dat ze hem dus nooit zou horen, al schreeuwde hij de longen uit zijn lijf. Niet dat Hari een geluid zou maken... Mary kon zijn been eraf bijten en dat zou ze pas de volgende dag ontdekken.

'Ik pas wel op hem,' zei Patrick, wat haar niet helemaal geruststelde.

'Weet je de weg naar mijn kamer?'

Patrick trok een nadenkend gezicht. 'Misschien?'

Hoe was dat altijd gegaan, dacht Zoë terwijl ze woede in zich voelde oplaaien. Wie liet kinderen nou zo ver van hun verzorger vandaan slapen, zodat niemand hen hoorde als ze bang waren 's nachts? Wat dachten ze in godsnaam? Lieten ze hen maar gewoon in hun eentje liggen huilen?

'Nou, vannacht nog maar niet, geloof ik,' zei ze.

'Ik kan altijd naar papa,' zei Patrick. 'Zijn slaapkamer is vlakbij. En hij vindt het leuk als we bij hem komen.'

'O,' zei Zoë. 'Tja.'

Daar had ze niet aan gedacht. Dat hij hen dichtbij wilde hebben. Maar aan de andere kant was hij zo vaak van huis...

Ze begon voor te lezen terwijl ze probeerde te bedenken wat ze moest doen.

Dus begonnen ze aan de hachelijke (dat betekent 'gevaarlijke') reis, bang en radeloos toen ze hun bestemming (dat betekent 'doel', Hari), Galleon's Reach, voor zich zagen liggen. De

wind trok weer aan en Wallace zag de weerhaantjes op de daken om hen heen, schepen onder vol zeil, draaien en draaien.
'Het wordt slechter,' mompelde hij tegen Francis. 'We zullen een veilige plek moeten vinden terwijl de storm overtrekt.'
'Vissen!' riep Francis uit en Wallace rolde met zijn ogen.
'Hou nou eens op over vissen,' zei hij. 'De duif had het erover maar dat is alles. Duiven eten vis. Denk ik.'
'Ik zie vissen!' schreeuwde Francis en hij waggelde heen en weer op een manier die Wallace niet prettig vond. Eén keer uitglijden was alles wat er nodig was...
Hij volgde Francis' bevende, vuile vinger die naar de rivier in het zuidoosten wees. En toen zag hij het...
'Nee,' zei hij, zijn gezicht krijtwit. 'Nee...'

Patrick greep haar arm beet. 'Wat gaat er gebeuren?' vroeg hij. 'Waarom wijst die jongen naar vissen?'

'Nou, daar komen we vanzelf wel achter,' zei Zoë. 'Zo gaat dat met verhaaltjes. Ze beginnen en dan gebeuren er dingen...'

'Erge dingen?'

'Ja, meestal wel. Als er alleen maar goede dingen gebeuren, wordt het geen spannend verhaal.'

Patrick dacht er even over na. 'En daarom hou ik alleen van verhalen over dinosaurussen.'

Zoë vond het niet het moment om hem te vertellen dat de dinosaurussen waren uitgestorven.

'Hou je helemaal niet van andere verhaaltjes, dan?'

Patrick haalde zijn schouders op.

Ze sloeg een arm om hem heen, die hij onmiddellijk van zich afschudde. 'Tja,' zei ze. 'Erge dingen gebeuren.'

'Maar dit is iets heel ergs wat er gebeurt,' zei Patrick, en hij wees op de illustratie. 'Kijk! Bij Belin's Gate. Wie is Belin?'

'Een oude krijgsheer,' zei Zoë, 'die de vissen moet beschermen.'

'Maar het zijn nog maar kinderen!' jammerde Patrick. 'Die kunnen nooit tegen hem op!'

'Misschien,' zei Zoë geduldig. 'Maar maak je niet ongerust. Het verhaal is pas net begonnen. Het komt waarschijnlijk allemaal goed... Nee, ik weet zeker dat het allemaal goed komt.'

Patrick leek niet overtuigd. 'Komt het echt allemaal goed?' vroeg hij met een klein stemmetje.

Zoë had opeens een brok in haar keel en wist niet goed wat ze moest zeggen. Ze wierp een blik op Hari, die al in diepe slaap was.

Hoe kun je een kind zonder moeder vertellen dat dingen goed komen? Komt het wel goed als je een kind zonder moeder was? Moet ik liegen?

Zoë wilde Patrick het liefst een dikke knuffel geven. Maar dat kon niet.

'Het duurt nog heel lang voordat het verhaal uit is,' zei ze.

Ze tilde de slapende Hari op.

'Mag hij niet hier blijven?' vroeg Patrick, die heel klein leek in het grote bed.

'Een ander keertje misschien,' zei Zoë, en ze stond op.

Ze keken elkaar aan. 'Wil je een nachtzoen?' vroeg Zoë luchtig alsof het haar niet uitmaakte.

Het was even stil en toen hoorde ze een klein stemmetje: 'Ja, absoluut.'

Ze boog zich, met Hari tegen haar schouder, naar hem toe en gaf Patrick een vederlicht kusje op zijn voorhoofd.

Hij liet haar zonder zijn hoofd terug te trekken begaan.

33

Zoë deed het. Ze bestelde bijna alle boeken over Loch Ness die ze in de catalogus kon vinden en ging regelmatig met de bus op de parkeerplaats bij het loch staan. Ook bracht ze de bus niet meer elke avond terug naar Lennox, deels omdat het verder was, deels omdat ze niet wilde dat hij wantrouwende vragen ging stellen over haar nieuwe voorruit, en deels om de kip.

Bij het huis op de parkeerplaats was een klein, een beetje verwaarloosd speeltuintje en zolang het fris en zonnig herfstweer bleef, kon ze Hari daar mee naartoe nemen en zichzelf wijsmaken dat het prima voor hem was om buiten te zijn en niet op de opvang, en algauw leek het volkomen logisch om Patrick ook mee te nemen. De jongetjes schopten samen tegen de bladeren en klommen samen op het klimrek en waren samen dol op de broodjes met kaas of met kaas en ham.

Murdo kwam regelmatig met zijn boot langs en Agnieszka kwam vaak naar buiten om even te kletsen en het was heerlijk om eens in het gezelschap van volwassenen te zijn, vooral volwassenen die niet allerlei geheimen hadden en die zich niet overal aan ergerden. Tussen het arriveren van de toeristenbussen in kon Zoë lekker op een van de bankjes gaan zitten en over het meer uitkijken, de bladeren horen knisperen onder de voeten van de kinderen en de zon zien sprankelen op het water, onder het genot van een beker thee – ze had Agnieszka ervan weten te overtuigen papieren bekertjes aan te schaffen en meeneemkoffie en -thee te gaan verkopen, wat meteen een succes was geweest. Zo kon ze even pauzeren en een blik in de geldtrommel werpen en zich heel even best tevreden over zichzelf voelen.

De zondag erna nam Zoë Hari mee naar het ziekenhuis om bij Nina op bezoek te gaan. Nina zag er moe uit, maar het ging verder goed met haar, haar buik was enorm en bolde op onder haar wijde pyjama.

'Hoe gaat het?' vroeg Zoë.

'Dank je wel voor alle boeken,' zei Nina, wijzend op een rij van ongeveer vierhonderd Agatha Christies die Zoë haar in een razend tempo had laten bezorgen.

'Maar nu hou ik ermee op,' zei Zoë. 'Anders ga je iedereen van moorden verdenken.'

'Het zijn altijd de mensen van wie je het het minst verwacht,' zei Nina. 'Ben je er trouwens al achter wat er met Ramsays vrouw is gebeurd? Volgens Agatha Christie is ze zeker dood, vermoord door iemand van wie je het niet verwacht,' zei Nina.

Zoë haalde haar schouders op. 'Oké, de tuinman.'

'O nee, het is altijd de tuinman,' zei Nina.

Zoë laadde een volgende stapel boeken uit. 'Oké, begin maar aan Rebus. De moorden zijn een stuk enger.'

'Ik weet niet of dat beter of slechter is.'

Nina zuchtte en verschoof een beetje ongemakkelijk.

'Oké, laten we eens kijken naar de omzet.'

Ze had geen hoge verwachtingen, ze vreesde zelfs wat ze te zien zou krijgen en hield zichzelf voor dat zolang het voldoende was voor de benzine, Zoës loon en de voorraad, haar bedrijfje in elk geval bleef bestaan. Dus was ze even later aangenaam verrast, aangenaam verrast en een tikje jaloers.

Nina was er trots op dat ze altijd het juiste boek voor de juiste persoon wist te vinden, dat ze intuïtief aanvoelde wat bij haar klanten paste, waar ze troost, plezier of ontspanning in zouden vinden. En daarbij kwam nog dat iemands stemming doorlopend veranderde; de ene keer wilde je iets waarin je jezelf kon verliezen in een heel andere wereld, soms wilde je iets grappigs, en soms had je zin in een verhaal waarin iets verschrikkelijks gebeurde waardoor je blij was dat het jou niet overkwam. Het hoorde bij lezen dat boeken niet alleen bij jou maar ook bij je stemming moesten passen, en dat maakte het zo ingewikkeld. Nina had het talent om dat allemaal aan elkaar te koppelen, zoals een sommelier een passende wijn bij het eten kan aanraden.

'Ik kan haast niet geloven dat je voor zoveel mensen een passend boek hebt kunnen vinden.'

'Eh... Ja. Geluk, denk ik,' zei Zoë. Ze voelde zich vreemd schuldig over het feit dat zo'n groot deel van de omzet kwam uit kleurboeken en sterke verhalen over het monster van Loch Ness – 'geruit gelul', noemde Nina dat – en ze voelde ook wel ergens aan dat Nina gelijk had. Maar aan de andere kant, dacht Zoë een beetje opstandig, brengt het wel geld in het laatje. Nina was waarschijnlijk nooit arm geweest, niet écht arm. Maar voor Zoë was het klip en klaar: als er geld te verdienen viel, was het absurd om die kans voorbij te laten gaan. Dat was hoe ze het voor zichzelf rechtvaardigde. En bovendien had ze moeten dokken voor de voorruit.

'Ik heb je de orders gestuurd,' zei Zoë haastig. Nina had die echter niet echt bekeken, omdat ze helemaal verdiept was geweest in de nieuwe Robert Galbraith.

'Prima,' zei ze.

'En ik ga regelmatig naar het bezoekerscentrum...'

'Bij het loch?'

'Ja, niet het grote, dat andere.'

Nina fronste haar voorhoofd. 'Wat verkoop je daar dan?' Ze was meteen wantrouwig. 'Je hebt er toch geen ordinaire geruite toeristenkermis van gemaakt?'

'Nee!' zei Zoë. 'Ik koop gewoon dingen in die mensen blijkbaar willen.'

'Ja, er zijn ook mensen die geraffineerde suiker en heroïne willen,' zei Nina. 'Verkoop je die ook?'

Zoë beet een beetje ongemakkelijk op haar onderlip. Ze had oprecht gedacht dat ze iets goeds en lucratiefs had gedaan. De toeristen vonden de blauwe bus schattig en kochten er aandenkens om mee naar huis te nemen en iedereen was gelukkig. Ze overwoog zelfs om snoep te gaan verkopen, wat natuurlijk geraffineerde suikers waren.

'Dus als jij de hele tijd op die toeristenplek staat, hoe is het dan met mijn vaste klanten?' vroeg Nina. 'Ik ben twee jaar bezig geweest om mijn klantenkring op te bouwen in dit gebied. Ze rekenen op me. Als de boekenbus niet meer komt, gaan ze hun boeken weer op de manier kopen die ze gewend waren... of gewoon helemaal niet meer lezen!'

'Dat weet ik,' zei Zoë. 'Want ze komen steeds binnen en zeggen dan bijvoorbeeld: "Ik wil dat nieuwe rode boek... Nina weet wel welk boek ik bedoel." Ik kan er niks mee, maar heb je dat soort dingen misschien ergens opgeschreven?'

'Ja,' zei Nina op sarcastische toon. 'Natuurlijk. Ik heb natuurlijk alles opgeschreven voor het geval ik onverwacht drie maanden in een ziekenhuis zestig kilometer van de plek waar ik woon kwam te liggen.' De tranen sprongen haar in de ogen.

Zoë ging naast haar op het bed zitten. Ze wist hoe het was om je eenzaam te voelen als je zwanger was.

'Sorry,' zei ze terwijl ze haar tas opendeed en er twee boeken – *Dagboek van een nanny* en *Rosemary's baby* – uit haalde. 'Hier, ik heb deze voor je meegebracht...'

Nina keek haar een beetje bevreemd aan.

'Wat is er?' vroeg Zoë. 'Als het niet zo goed met je gaat, helpt het te weten dat iemand anders nog veel slechter af is. Ik heb *We moeten het even over Kevin hebben* ook nog meegenomen.'

'O, die heb ik al gelezen.'

'Ja, nou, lees het nog maar een keer. Ik weet zeker dat je het nu met heel andere ogen bekijkt.'

Nina nam ze met een glimlach van haar aan. 'Dank je wel. Maarre... ik maak me een beetje ongerust over hoe je het aanpakt.'

'Waarom? Omdat ik voor je inval en geld verdien?' vroeg Zoë vlak.

'Het is gewoon... Ik heb liever dat het blijft zoals het was.'

Zoë knipperde met haar ogen. 'Goed. Begrepen.'

Maar toen ze het ziekenhuis uit liep, voelde ze zich opstandig. Ze deed goede zaken. Waarom kon Nina dat niet inzien?

34

Het was een schitterende herfstdag. Alles was heldergeel en oranje, de bomen begonnen langzaam te verkleuren. Zoë had een kop koffie voor zichzelf ingeschonken en liep, met een enorme trui over haar nachtpon, naar buiten. Ze genoot van een paar kostbare minuten voor zichzelf terwijl Hari en Patrick binnen aan hun cornflakes zaten en Patrick aan één stuk door tegen Hari aan kletste. Shackleton luisterde half en zat te lezen en Mary was nog niet beneden.

Er krulden mistflarden boven het gras, maar de zon beloofde warm te worden en er hingen maar een paar wolkjes in de lucht. De bomen ritselden en ruisten verlokkelijk en ze zag, tot haar verbazing, een enorme vogel – wist ik maar meer van vogels – op het gras landen, die driftig aan een worm begon te trekken terwijl de pauw krijsend wegrende.

Het rook naar brem en er hing een sfeer die Zoë zich zelfs in Londen voor de geest had kunnen halen uit haar jeugd: van vreugdevuren, vuurwerk, met Halloween in aantocht en daarna alle andere feesten en herfstactiviteiten, met Kerstmis als laatste. Zo'n heerlijke tijd van het jaar.

Ze had een goede ochtend achter de rug. Ze was vroeg opgestaan en had Shackleton in de keuken aangetroffen, waar hij al troosteloos naar zijn computerspel zat te staren, dat zonder internet niet werkte.

'Kom op,' had ze gezegd. 'Er is nog niemand op. Help me muffins maken.'

'Wát maken?'

'Doe het maar gewoon,' zei ze. 'Kom op.'

En ze had hem de bloem af laten wegen, terwijl zij de onbetrouwbare oven onder controle probeerde te krijgen en boter en zout en uien en hamblokjes en wat restjes kaas door het deeg laten mengen en Shackleton had gemerkt dat de muffins goudgeel oprezen in de oven en het heerlijk begon te ruiken, terwijl zij genoot van het plezier dat Shackleton erin had.

'Volgens mij heb jij een talent voor bakken,' had ze gezegd, en hij leek dat leuk te vinden. 'Je zou het vaker moeten doen.'

'Mag ik er al een?'

'Absoluut niet, je...'

'Au!'

'Nou, daar heb je het al. Ik wilde je nog waarschuwen.'

Hij glimlachte.

Zoë liep naar de gootsteen om de ketel te vullen terwijl hij bezig was de te hete muffins uit hun vormpjes te halen.

'Mam zou dit leuk hebben gevonden,' zei hij plotseling.

Zoë moest zich inhouden om zich niet meteen om te draaien; ze bleef strak naar de ketel staren. 'O ja?' vroeg ze op zo luchtig mogelijke toon. Haar hartslag versnelde.

'Nou, ze zou ze niet hebben gegeten, maar ze had de geur wel lekker gevonden,' zei hij.

'Hoe was je moeder?' vroeg Zoë, maar toen ze zich omdraaide, was Shackleton zo geconcentreerd bezig de muffins op het rooster te leggen om af te koelen dat ze er niet verder op doorging.

'Goed gedaan,' zei Zoë later tegen hem toen ze allemaal aan het ontbijt zaten. Mary trok een spottend gezicht, maar Shackleton straalde en zijn grote, onhandige gezicht leek bijna knap.

Terwijl Zoë naar hem zat te kijken, bedacht ze dat de kinderen echt terug naar school moesten; september was bijna voorbij en er was helemaal niets over gezegd. Ze moest het met het hoofd van de school, Kirsty, bespreken. O, en met de kinderen natuurlijk, en hun vader.

Maar dit was gewoon een prachtige dag en waarschijnlijk een van de laatste mooie dagen die ze hadden. Ze was vastberaden om eropuit te gaan met z'n allen en ervan te genieten. Het was toch absurd dat ze hun eigen terrein nooit helemaal hadden gezien. Stel je toch voor dat je een tuin had die zo groot was dat je nog niet eens tot de grens ervan was gelopen. Het was idioot, echt.

Ze was weer naar binnen gegaan, helemaal verfrist, klaar om hen allemaal bij elkaar te verzamelen. Ze ging iets leuks doen! Ze zette de radio aan, zocht iets vrolijks op en zette hem hard.

'Wat is er?' vroeg Patrick wantrouwend.

'We gaan op avontuur!' zei Zoë.

'O, leuk!' zei Patrick. 'Waar dan?'

'In jullie tuin. Bramen plukken!'

Toen Ramsay, die die ochtend nogal vermoeid van Larissa vandaan kwam, het groepje aan het einde van de tuin zag, ging er een steek door hem heen. Hij sprong de auto uit en haastte zich naar hen toe. 'Gaan jullie wandelen? Kan ik mee?'

Zoë had hem eigenlijk op z'n kop willen geven dat hij nooit op het idee was gekomen om zoiets met de kinderen te doen, maar de moeite die het haar had gekost om Mary en Shackleton – die allebei hevig hadden geprotesteerd – mee te krijgen maakte het begrijpelijker en zelfs vergeeflijk. Nu ze allemaal buiten waren, ging ze dat niet verpesten.

De kinderen holden al tussen de gouden bomen, allemaal met stokken en manden. Porteous rende voor hen uit, hij nam hen mee op eekhoorn- of dinosaurusjacht, afhankelijk van hun leeftijd.

'Ja, ga maar mee,' zei Zoë. 'Maar op één voorwaarde: dat je een vaatwasser voor ons koopt; daar zit niet genoeg voor in de huishoudpot.'

Ramsay kwam naast haar lopen. Hij stootte zijn hoofd tegen een laaghangende boomtak en veegde met een hand over zijn hoofd. Hij leek altijd, wat hij ook deed, ergens tegenaan te botsen. 'Vertel je me nou dat de zes nanny's vóór jou er niet vandoor waren gegaan als er een vaatwasser in huis was geweest?'

'Plus een goede internetverbinding en een magnetron en een fatsoenlijk koffieapparaat. Maar buiten dat, ja, waarschijnlijk.'

Ramsay fronste zijn voorhoofd. 'Waarom hebben ze dat dan geen van allen gezegd?'

'Ze waren waarschijnlijk te verbijsterd,' zei Zoë. 'Of misschien dachten ze dat ze gerepareerd werden en wachtten ze tot ze terug werden gebracht.'

'Het is gewoon nooit in me opgekomen om dat soort dingen aan te schaffen,' zei Ramsay terwijl hij het haar uit zijn ogen streek.

Zoë rolde met haar ogen.

'Waarom rol je nou met je ogen?'

'Omdat je je niet bezighoudt met dat soort dingen. Dat is iets voor de bedienden,' zei Zoë. 'Absurd! Je bent niet de een of andere edwardiaanse hertog!'

'Om eerlijk te zijn ben ik dat wel,' zei Ramsay. 'Volgens Debretts adelsboek, tenminste.'

Zoë staarde hem aan.

'Maar wij zijn degenen,' zei ze, 'wij zijn degenen die de meeste tijd met je kinderen doorbrengen. Je kinderen, de belangrijkste mensen in de wereld. Dan lijkt het me toch dat wij het waard zijn om rekening mee te houden...'

Ramsay kleurde. 'Ja,' mompelde hij. 'Sorry. Ik ben zo met andere dingen bezig. Het is allemaal zo'n...'

Zoë wachtte op zijn uitleg, maar hij maakte zijn zin niet af.

'Het spijt me,' zei ze. 'Ik heb het gevoel dat ik je altijd de les lees.'

'Nee, het spijt *míj*,' zei Ramsay weer. Hij krabde op zijn hoofd. 'Ik heb het gevoel dat ik dat ook nodig heb.'

Ze liepen door, het zonlicht viel door de bomen en maakte vlekjes op de grond, het enige geluid kwam van de kinderen, ver weg, rennend en lachend; zelfs Mary's lach klonk op een gegeven moment op, als zachte muziek ergens ver weg, en ze bleven allebei stilstaan om ernaar te luisteren.

Zoë wilde ontzettend graag dat hij het verder uitlegde. Vraag het dan gewoon, hield ze zichzelf voor terwijl ze haar vingernagels in haar handpalm begroef. Vraag het. Ze wilde... ze wilde hem wanhopig graag aardig vinden. Niet dat dat ertoe deed. Ze wilde dat hij... Ze deed zelfs haar mond al open om het te vragen, om iets te zeggen. Het was belachelijk. Vandaag de dag waren er geen geheimen meer. Geen taboes. Alles was bespreekbaar. Mensen praatten. Mensen stelden vragen.

'Ramsay...' begon ze, maar hij had het woord al genomen.

'Je zoontje,' zei hij. 'Is hij altijd zo geweest?'

Zoë werd verrast door de vraag en keek naar hem op. Zijn gezicht stond nerveus.

'Hij heeft nooit gepraat, nee,' zei Zoë. Ze vroeg zich af of ze elkaar nu in vertrouwen namen, ook al waren de rollen omgedraaid. Ze wandelden verder, voor het oog van de wereld hadden ze het net zo goed over bloemen kunnen hebben, of fietsen, of iets volkomen onbelangrijks. 'Toen hij jonger was, huilde hij wel, en lachte hij ook... maar het wordt steeds minder.'

'En wat zeggen de deskundigen ervan?'

'Volgens de deskundigen gaat hij praten als hij eraan toe is,' zei Zoë met een zucht. 'Dat het een soort angst is en dat hij eroverheen groeit. Ik wou maar dat het zover was. Dat zou ik echt heel graag willen. Vooral om het niet elke keer te hoeven uitleggen.' Ze glimlachte om aan te geven dat haar ergernis niet hém gold, maar de situatie.

Ramsay glimlachte terug. 'Ik ken het,' zei hij, en hij keek meteen verschrikt, alsof hem dat onwillekeurig was ontsnapt.

'O... Was je zelf ook zo?' vroeg Zoë benieuwd.

'Nee, nee,' zei Ramsay, in verlegenheid gebracht. 'Dat bedoelde... dat bedoelde ik niet. Ik... ik...'

Zoë zweeg zodat hij zijn zin kon afmaken.

'Ik weet hoe...' Maar hij leek het nog steeds niet te kunnen zeggen. Hij ademde diep in en begon iets harder te lopen. 'Nou. In elk geval,' zei hij uiteindelijk. 'Het is een leuk mannetje. Je mag trots op hem zijn.'

'Patrick is echt heel erg aardig voor hem,' zei Zoë. 'Jij zou ook trots op hém moeten zijn.'

Ramsay vertrok zijn gezicht in een grimas. 'O, dat heeft niets met mij te maken,' zei hij met gebogen hoofd.

Zoë wilde net vragen wat hij daarmee bedoelde, toen de kinderen kwamen aanhollen, met paarsrode vegen op hun plakkerige gezichten, beladen met kastanjes en enorme manden vol bramen.

Toen Zoë het hele stelletje bij elkaar zag, ging er een steek van blijdschap door haar heen.

Die middag maakten ze jam. De oudste twee kinderen roerden om beurten in de pan en de radio stond aan. Ramsay zat bij de haard te lezen, hij had zich voor één keer niet in de bibliotheek opgesloten. Zoë had gekeken wat hij las: een prachtige hydrografische studie van het loch uit 1854, met paginavullende illustraties.

'Dat zou ik wel kunnen verkopen,' zei Zoë zonder haar ogen ook maar één moment van de kinderen af te wenden. Ze beseften niet goed hoe heet de jam was en Zoë had daar niets over gezegd omdat de kans bestond dat Mary haar niet geloofde en dan zou testen of dat wel klopte.

'Wat? Dit?' vroeg Ramsay met een blik op het boek. 'Ik ben bang van niet. Sommige dingen die erin staan zijn apert onjuist. Het is vreselijk ouderwets en achterhaald.'

Zoë kon er niets aan doen, maar haar mondhoeken trilden. 'Zo ken ik er meer...' mompelde ze zacht.

'Wat? Wat is er?' vroeg hij.

'Niks.'

Hij keek haar aan. Shackleton begon te lachen.

‘Ze heeft het over jou, pap!’

‘Absoluut niet!’ zei Zoë. ‘Kleine potjes hebben grote oren. Echt niet, Shackleton.’

Ramsay keek eerst een beetje vreemd, alsof hij niet had beseft dat ze een grapje maakte. Toen glimlachte hij flauwtjes terwijl Shackleton begon te schateren.

‘Maar ik geloof echt niet dat je het kunt verkopen,’ zei hij nog een keer.

‘Ik wed van wel,’ zei Zoë. ‘Wat trekt je erin aan?’

‘Het is prachtig,’ zei Ramsay.

Patrick slenterde naar zijn vader om mee te kijken over zijn schouder en Ramsay trok hem op zijn schoot zodat hij het beter kon zien. ‘Het gaat over een vorige eeuw waarin mensen alleen roeiend of zeilend het loch op konden, en wat ze zagen als ze op het meer waren. Wat ze dachten dat ze zagen. En hoe ze leefden. Kijk maar.’

Zoë wierp een snelle blik op de pagina die hij aanwees; het was een illustratie van een rij vervallen gebouwen.

‘Kijk hier maar eens. De boerderijtjes die langs de kant stonden. Het waren meest pachters die in hun levensonderhoud voorzagen door gewassen te verbouwen, naar oesters te vissen en zeewier te verzamelen. Dat gebruikten ze bijvoorbeeld als isolatie. Dat was het gewone leven hier, tot de Clearances – de ontruiming van de Hooglanden – van een jaar of twintig later. Toen zijn de meesten hier vertrokken, omdat ze werden verdreven door grote landeigenaren die schapen hielden en het land nodig hadden voor de begrazing, of doordat ze niet meer in hun levensonderhoud konden voorzien. Alles wat ze hadden, het leven dat ze kenden, zou weggevaagd worden. Als je morgen langs de kust gaat lopen, vind je als je geluk hebt diep in de grond nog wat stenen waar hun huizen hebben gestaan, boerderijtjes waar families generaties lang hebben gewoond. En plotseling was alles weg, verdwenen. Zo’n boek als dit getuigt daarvan, het laat onbedoeld zien hoe het leven toen was. Dit is een herinnering aan hen. Een plek waar mensen kunnen zien hoe het toen was. En daarom vind ik het zo'n bijzonder boek.'

Het was even stil in de keuken na zijn verhaal. Toen riep Mary dat de jam begon te borrelen en bijna overkookte en brak er even paniek uit, terwijl Zoë flink in de pan roerde en de kinderen instrueerde de lege potjes af te drogen die ze hadden uitgekookt.

Tien minuten later stonden er negen verschillende potjes, allemaal anders van vorm en grootte, met de donkerpaarse vloeistof gevuld, afgesloten en verzegeld op de tafel. Zoë instrueerde Mary, Patrick en Hari dat ze er etiketten op moesten plakken waar de datum op moest komen te staan. Ze wierp een vertederde blik op hun ijverig gebogen hoofden en richtte zich toen weer tot Ramsay.

'Ik kan het verkopen,' zei ze nogmaals. 'En als ik dat doe, koop je dan een vaatwasser voor ons?'

Ramsay keek naar haar en toen terug naar zijn geliefde boek. 'Ik haat het om dingen op te geven,' zei hij.

'Nou, misschien heb je gelijk en lukt het me niet om het te verkopen,' zei Zoë met pretlichtjes in haar ogen.

Met een diepe zucht overhandigde Ramsay haar het boek. 'We zullen zien,' zei hij. 'En zorg dat er geen jamvlekken op komen.'

Zoë rolde met haar ogen, legde het boek voorzichtig neer en wikkelde er bruin pakpapier omheen. 'Ja, dank je wel, dat begrijp ik. Wil je thee? Met een boterham met jam?'

Ramsay bedacht dat er niets was waar hij meer trek in had dan een grote mok thee met vers brood en jam, toen Larissa opeens in de deuropening stond.

'Jij was snel weg vanmorgen!' zei ze terwijl ze een oud uitziende, absurd grote jas ophield die duidelijk van hem was. 'Hij is prachtig. Een klassieker. O, wat ziet de keuken er fantastisch uit! Joehoe, iedereen! Geweldig om jullie weer te zien!'

Mary snoof.

'Hallo, Larissa,' zei Zoë.

Larissa keek haar een ogenblik koud aan – de huiselijke sfeer in de keuken stond haar helemaal niet aan – en plakte meteen weer een glimlach op haar gezicht. 'O, hoi! Je hebt uitstekend werk verricht hier! En wat zit je haar leuk!'

Zoës haar zat zo in de war door de wind dat er zelfs een takje in was blijven hangen.

'Ramsay, schat, ik haat het om je weg te halen bij die schatten van kinderen van je, maar je weet dat het zaterdag is? Het jachtbal? We zouden het er nog over hebben?'

Ramsay slaakte een zucht.

'Nou, eerlijk gezegd zie ik de noodzaak er niet van in en was ik niet van plan om te gaan. Er wordt alleen maar geroddeld en...'

'Nee, echt niet! Iedereen is reuzeaardig! Ze zijn allemaal benieuwd hoe het met je werk gaat en zo...'

Ramsay lachte hol. 'Nou, dat wordt dan een heel kort gesprek.'

'Ach, schat, je kunt jezelf niet eeuwig blijven opsluiten! Toch, Zoë?'

Zoë knipperde met haar ogen. 'Eh... Nee. Inderdaad niet,' antwoordde ze een beetje verbouwereerd, hoewel ze eigenlijk het omgekeerde vond: dat hij de tijd die hij had met zijn kinderen moest doorbrengen.

'Echt?' Ramsay keek Zoë aan, omdat hij precies hetzelfde dacht, en hij voelde zich gekwetst dat het haar niet was opgevallen dat hij probeerde zijn leven te beteren.

'Kom op,' zei Larissa. En ze herhaalde: 'Je verdient eens een keer iets leuks, schat!'

De kinderen Urquart keken alle drie tegelijk op bij die opmerking, met gezichten alsof ze bang waren dat hun vader de dag in het bos met hén helemaal niet leuk had gevonden.

Zoë liep naar de gootsteen zodat haar gezicht niet zou verraden wat ze dacht.

Ramsay wierp een blik haar kant op en zag dat ze met haar rug naar hen toe stond.

Larissa was niet blij met zijn aandacht voor Zoë en probeerde haar meest verleidelijke glimlach. ' Alsjeblie-ie-ie-ft?'

'Jaja, goed dan,' zei Ramsay. Hij stond op. 'Ik ga wel mee.'

‘Alsjeblie-ie-ie-ft?’ imiteerde Mary Larissa gemeen zodra ze de deur uit waren. ‘Alsjeblie-ie-ie-ft, trouw met me en doe die kinderen op een internaat. Alsjeblie-ie-ie-ft!’

‘Mary!’ gaf Zoë haar op haar kop. ‘Hou daarmee op! Ik meen het!’

‘Jij bent net zo goed blij als je van ons af bent,’ zei Mary. ‘Dat is iedereen altijd!’

‘Nou, ik vrees dat jullie met me zitten opgescheept,’ zei Zoë. ‘Zeker nu het spook is verdwenen!’

Plotseling was het doodstil. De drie kinderen keken elkaar en Zoë aan, die het risico had aangedurfd om het woord ‘spook’ te noemen en zich plotseling vreemd opgelucht voelde.

‘Eh... een spook?’ vroeg Mary onschuldig.

‘Je zou ermee stoppen,’ zei Shackleton kwaad. ‘Doe dat dan!’

‘Hou toch op met dat spook spelen van je!’ schreeuwde Patrick. ‘Ik wil absoluut niet dat Hari weggaat hier!’

‘Ik heb geen idee waarover jullie het hebben!’ zei Mary. Ze liep de keuken uit en smeet de deur achter zich dicht.

‘Is ze er echt mee opgehouden?’ vroeg Shackleton. ‘Dat is een goed teken als dat zo is, ze deed het bij alle andere nanny’s.’

‘Niet helemaal,’ zei Zoë, omdat ze ’s nachts af en toe nog geschuifel op de gang hoorde. Het was idioot hoe opgelucht ze was, ook al had ze zichzelf steeds voorgehouden dat het belachelijk was dat ze dacht dat het spookte. ‘Maar hopelijk doet ze dat nu.’

Zoë keek naar Shackleton, die er na Larissa’s vertrek nog steeds nadenkend uitzag. ‘Weet je,’ zei ze. ‘Op een gegeven moment zullen jullie denk ik toch weer terug naar school moeten. Waarom gaan jullie niet gewoon naar de school in Kirrinfief? Of Inverness?’

‘Oooo, waar is je moeder, Shackleton? Waarom heb je zo’n rare naam? Spookt het bij jullie in huis? Blablabla. De hele dag.’ zei hij heftig. ‘Echt niet!’

'Ze zijn altijd gemeen,' beaamde Patrick, die aan tafel zat en een heel ingewikkeld symbool voor dinosaurusjam op het etiket tekende.

'Waarom moet je altijd de slimste zijn, Patrick. Waarom doe je zo je best? Slijmbal.'

Zoë glimlachte. 'Ik vind het leuk als je je best doet,' zei ze terwijl ze zijn haren in de war maakte.

'Ik hóéf mijn best helemaal niet te doen,' zei Patrick boos. 'Ik bén gewoon slim. Superslim.'

'Nou, zo slim ben je nou ook weer niet,' zei Zoë. 'Mary heeft wéér al het warme water opgebruikt.'

'O jee,' zei Patrick blij. 'Kan ik weer niet in bad.'

35

Het vreemdste was dat Zoë oprecht had gedacht dat het beter ging.

Ze was vergeten dat het vaak zo gaat als je denkt dat het goed gaat en je niet alert meer bent: dat je aandacht verslapt en je de signalen dat het níét goed gaat niet oppikt.

Het was volop herfst, de ene dag nog zonniger dan de andere. September was een prachtige maand geweest en Zoë zag voor het eerst in haar leven écht hoe het seizoen veranderde, hoe de bladeren bijna onder je ogen verkleurden naar geel en oranje en rood. Ze wees Hari op al het moois en begon zelfs blij te worden met haar kleine zolderkamertje van waaruit ze over de toppen van de bomen uitkeek. Het was bijna alsof ze in hun eigen nestje zaten terwijl ze naar het geritsel van de vallende bladeren luisterden en de vogels nakeken die overvlogen op hun grote reis naar het zuiden. Zoë wist natuurlijk wel dat vogels tegen de winter naar warmere oorden migreerden, dat had ze ergens vagelijk in een klaslokaal opgevangen, maar ze had het nooit gezien, de enorme groepen kwetterende vogels die als één zwerm opvlogen, allemaal met een verborgen collectief instinct dat ze vertelde dat ze naar Marokko moesten vliegen. Ze keken er met verwondering naar, deels omdat het een fantastisch gezicht was en deels omdat Zoë tot haar verbazing een vogelaar aan het worden was. Tijdens haar schoonmaakacties was ze meerdere verrekijkers tegengekomen en ze had er zonder enig schuldgevoel eentje van geconfisqueerd – tenslotte kon het geen diefstal zijn als ze het ding niet mee het huis uit nam. Hari kon er – nadat ze hem had geleerd niet aan de knoppen te draaien

– uren mee zitten kijken hoe een arend steeds terugkwam om wormen uit het gras te pikken en rondparadeerde als een stoere vent in een café om de andere vogels te waarschuwen dat ze beter weg konden blijven.

Ze vond een paar prachtig geïllustreerde vogelspotgidsen op het internet en bestelde ze. Ze waren niet populair bij de vaste klanten uit de buurt, omdat die er waren opgegroeid en niemand hun het verschil tussen een kraai en een spreeuw hoefde uit te leggen. Maar bij het beZoekerscentrum deden ze het fantastisch. Als je stil was, kon je ze zien: de roerloze reigers die glorieus en oplettend op de oever stonden en elk ander dier dat hun pracht en elegantie durfde te evenaren minachtend bekeken, waarna ze hun vleugels uitvouwden en als een sierlijke ballerina wegvlogen over het loch.

Bij de toeristen die een rit van vier uur naar Glasgow of Edinburgh voor de boeg hadden, waren de gidsjes een enorme hit, en Zoë bestelde er meer zonder precies aan Nina te vertellen wat ze deed. Ze wist dat ze weer recht tegen haar instructies inging en niet deed wat haar baas van haar verlangde. Maar dat was iets voor later, omdat ze negentig miljoen andere problemen had. En buiten dat, ze vond het zo geweldig dat ze winst maakte en de boekenbus onder haar leiding succesvol was dat ze er verder niet te veel over wilde piekeren.

En ook op The Beeches liep het goed, al was het geen oord van louter rust en vrede. Er was een ritme, een routine. De kinderen moesten verplicht naar buiten, dat was een nieuwe regel, en dus hingen ze niet meer rond en maakten ze het Mrs MacGlone niet langer moeilijk. Ze moesten ook hun eigen kamer schoonmaken en hun vuile was mee naar beneden nemen en de schone weer mee naar boven.

Er was tegen geprotesteerd en over gevloekt, maar Zoë had volgehouden en geen duimbreed toegegeven. Ze mocht dan zes voorgangers hebben, er hadden er maar weinig met zoveel onverzettelijkheid te maken gehad als zij op de chique crèche in Londen. Ze liet zich niet van de wijs brengen en ging ervan uit dat het gezin met elke dag dat ze langer bleef steeds minder behoefte zou hebben op zoek te gaan naar een andere nanny, hoe groot Mrs MacGlones hekel aan haar ook was.

En eigenlijk maakte het ook niet uit dat Mrs MacGlone haar niet kon mocht, want het feit dat de effecten van Zoës aanwezigheid zichtbaar waren, viel niet te ontkennen. Nu de kinderen niet langer rondhingen in de keuken, waar ze de heleboel onder kruimelden, had ze meer tijd om de andere kamers schoon te maken. Alle luiken stonden open, waardoor het stof lastiger te negeren viel. Bovendien was het veel gemakkelijker om schoon te maken, omdat alle rotzooi was verdwenen. Het hele huis zag er beter uit en voelde vrolijker; er werd weer in geleefd.

En het mooiste was nog dat Zoë haar vaatwasser had gewonnen. Ze had het bonnetje samen met Ramsays – niet onaanzienlijke – deel van de opbrengst van het verkochte boek mee naar huis genomen, en hem triomfantelijk aangekeken toen ze hem tegenkwam in de gang.

In eerste instantie was hij blij geweest en daarna bedrukt.

'Wat is er?' vroeg Zoë. 'Weet je soms niet wat een vaatwasser is? Ben je bang dat je een wasmachine aanwijst in de winkel? In een wasmachine stop je je vuile kleren en in een vaatwasser...'

'Jaja, ik snap het,' zei Ramsay. 'Nee, het is... ik was gek op dat boek. Ik hoop dat het naar iemand is gegaan die het echt waardeert.'

Zoë vertelde maar niet dat het verkocht was aan een meisje uit een Koreaans-Amerikaanse groep studenten, die het aan haar grootmoeder in Seoul wilde geven. De oma sprak geen woord Engels maar hield van 'oude dingen'.

'Zeker,' loog ze met een stalen gezicht. 'Aan iemand die had ontdekt dat zijn voorouders op een van die *crofts*, die oude boerderijtjes, hadden gewoond en het heel graag wilde hebben als aandenken.'

'Echt?' vroeg Ramsay blij. 'Hoe heette hij?'

'Mac-nog-iets,' antwoordde Zoë haastig. 'Krijgen we nu een vaatwasser?'

En zoals hij had beloofd, zorgde Ramsay dat er iemand kwam die een vaatwasser installeerde, en dat maakte zo'n verschil voor iedereen – Patrick vond het een wonderding en bleef proberen het apparaat aan te zetten voor slechts één kopje – dat Zoë nu peinsde over hoe ze het ging aanpakken om een magnetron te krijgen, ook al wilde ze eigenlijk het liefst een espressoapparaat.

Maar voor haar gevoel ging het niet slecht.

Wat waarschijnlijk de reden was waarom het zo misging met Mary.

DEEL DRIE

'Wat gebeurt er als ik naar beneden kijk en val, Wallace? Als ik niet in de lucht kan blijven?'
'Nou, kijk dan niet naar beneden, Francis. Wees positief!'
'Dus je kunt vliegen als je dénkt dat je kunt vliegen?'
'Je bent echt de domste persoon die ik ooit ben tegengekomen. Maar misschien. Een beetje.'

Uit: *Up on the Rooftops*

1

Zoë was een vrolijk kind geweest dat graag las en niet te diep over zichzelf nadacht. Als ze een rotdag had gehad op school las ze *De Vijf*, waarin vriendschap vanzelfsprekend was en nooit werd betwijfeld. Als ze een leuke dag had, las ze *Charlie en de chocoladefabriek*, waarin aardige, niet-verwende kinderen allerlei traktaties kregen. Als ze zich zielig voelde, las ze *Wat Katy deed* en stelde ze zich voor hoe afgrijselijk het moest zijn om aan bed gekluisterd te zijn. En als ze opgewekt was, las ze *The Magic Faraway Tree* en verzon ze haar eigen landen.

Om kort te gaan: ze gebruikte boeken als medicijn.

(Overigens: als de schrijver van dit boek, iemand die ook altijd boeken heeft gebruikt als medicijn, ben ik niet in staat te beoordelen of dat een betere manier is om het echte leven aan te kunnen dan andere. Eigenlijk weet ik niet zeker of ik wel geloof in dat 'echte leven'. Ik weet dat het een vreselijk verraad is om dat te zeggen, maar zeg nou zelf (fluister het), zijn boeken niet veel leuker dan het echte leven? In boeken worden de slechteriken opgeblazen, in mootjes gehakt of naar de gevangenis gestuurd. In het echte leven zijn ze je baas, of zelfs je president. In boeken kom je te weten wat er is gebeurd. In het echte leven kom je daar soms nooit achter. Ze weten niet eens zeker of ze Amelia Earhart, de in 1934 op mysterieuze wijze verdwenen piloot, hebben gevonden. Dus. Naar mijn mening zijn boeken je van het. Of zoals ze zeggen: beter wordt het niet.)

Dus. Zoë had niet veel ervaring met echt problematische kinderen, kinderen die om allerlei redenen een stoornis hebben, omdat ze bijvoorbeeld een moeder hadden verloren of een vader hadden die bijna wreed afstandelijk was (in Zoës ogen). Alle kinderen die zij kende, waren gekoesterd, zelfs verafgood af en toe, wat hen lastig kon maken, maar niet gestoord.

Ze zag de waarschuwingssignalen niet en zou ze ook niet als zodanig hebben herkend. Mary die onbeschoft en neerbuigend deed, was niet bepaald nieuw, dus die milde herfstdag was net zo begonnen als anders. Zoë had Shackleton aan het bakken gekregen en hij werd er steeds beter in. Zijn apathische gezicht zag er met de dag opgewekter en minder humeurig uit terwijl hij nauwkeurig rozijnen afwoog en recepten opzocht op zijn telefoon. Zoë had tegen hem gezegd dat hij zo goed aan het worden was dat ze overwoog om Agnieszka van het bezoekerscentrum te vragen of ze niet wat van zijn baksels wilde verkopen, of misschien kon regelen dat hij een paar keer daar een dienst in de keuken draaide. Hij had er zoveel zin in dat ze er allebei verbaasd van waren.

'Het lijkt bijna of er een wereld zonder toast bestaat,' had Zoë die ochtend tegen hem opgemerkt terwijl ze langs hem liep om de twee kleintjes kniekousen aan te trekken – ze hielden allebei koppig vol dat ze een korte broek aan wilden (ze wilden allebei hetzelfde aan) – voordat ze naar de bomen renden via een kortere route, waarbij ze over een pad vol brandnetels moesten, wat ze, ondanks Zoës waarschuwingen, toch deden, waarna ze elke dag weer verbaasd binnenkwamen omdat dovenetels de pijn niet onmiddellijk verzachtten.

Zoë had de hele dag in Kirrenfief gestaan en geen boeken verkocht, maar het was haar wel gelukt om Kirsty, het hoofd van de school, te spreken. Niet dat dat ingewikkeld was geweest: zodra ze de boekenbus had zien staan, was Kirsty ernaartoe komen rennen.

'Ik heb je maar weinig gezien hier,' zei Kirsty buiten adem.

'Echt?' vroeg Zoë. 'Ik ben hier vaak geweest, je moet me gemist hebben!'

Kirsty keek om zich heen. 'Boeken over het monster van Loch Ness?' vroeg ze fronsend. 'Ik neem aan dat je toch wel weet dat Schotland heel veel meer is dan dát.'

'Ja. Ik wel!'

'Maar in elk geval: heb je de brief gezien?'

Zoë schudde haar hoofd. 'Welke brief?'

Kirsty zuchtte diep. 'Verdorie. Die Ramsay is echt een ramp. Er is een datum waarop ze weer kunnen beginnen op school. Na de herfstvakantie. Eerst krijgen ze een vrijwillige sessie woedebeheersing en dan kunnen ze terugkomen.'

De brief was vrijwel zeker meegenomen naar de geheimzinnige 'bibliotheek' en daar verdwenen, vermoedde Zoë.

'Nou,' zei ze, 'dat lijkt me goed nieuws.'

Kirsty keek bezorgd. 'Ik weet dat het hem niks interesseert. Maar kun jij... kun jij misschien helpen, Zoë? Volgens mij heb jij wel een goede invloed.'

'Je probeert me te paaien...' zei Zoë.

'Ja, dat is waar,' zei Kirsty. 'Maar als ze niet naar school komen, wordt dat echt een ramp, van welke kant je het ook bekijkt.'

'Ik had gedacht dat ze onderhand wel bestormd zouden zijn door een hulpverlenersleger,' merkte Zoë verwonderd op.

'Als ze in een huurflatje hadden gewoond, was dat vast gebeurd...' zei Kirsty peinzend, en ze vroegen zich allebei af of dat waar zou zijn. 'Maar in elk geval!' zei Kirsty. '2 november begint de school weer. En dat is je deadline.'

'Jings!' antwoordde Zoë naar Schotse gewoonte.

Kirsty schoot in de lach. 'Ik geloof niet dat dat bij je past, je klinkt als een Schot in *EastEnders*!'

'Ja, ik weet het. Het was maar een probeersel.'

'Nou, dan weet je het nu!'

'Wil je nog een boek kopen voor je gaat?'

'Dat zou ik graag willen!' zei Kirsty. 'Maar helaas heb ik een tweeling, een man die zijn snor drukt en twee geschorste leerlingen om me ongerust over te maken.'

'Dan zou het stukken beter worden als je een boek leest, bijvoorbeeld...'

Maar Kirsty was al weg. 'Zorg dat ze er zijn!' riep ze nog. 'Ik zal aardig tegen ze zijn, zolang er niet wordt gebeten!'

Alles leek relatief rustig in de keuken en toen Mary binnenkwam, dacht Zoë dat ze de koe maar meteen bij de horens moest vatten.

'Hallo, lieverd,' zei ze. 'Hé. Luister eens...' Ze dacht aan die avond dat Larissa langskwam. 'Shackleton en ik hebben het laatst over school gehad.'

Shackleton snoof. 'Ja, hm, wat je wilt.'

'Ik vroeg me af of je volgende week met me mee wilt om even te praten met Kirsty. Ik bedoel Mrs Crombie. Het hoofd van de school.'

'Ik weet wie het is,' zei Mary, die verstijfde en wantrouwig keek. Haar stem klonk monotoon.

'Ik bedoel, het is bijna herfstvakantie en daarna, in november...'

'Ik ga niet,' onderbrak Mary haar.

'Nou,' zei Zoë. 'Dat is verplicht. Anders moet je vader naar de gevangenis.'

Ze had het als grapje bedoeld, maar zo kwam het helemaal niet uit haar mond. Het klonk helemaal verkeerd.

'Nietes!' zei Mary angstig.

'Nee, natuurlijk niet. Het was een grapje... Maar schat, volgens de wet moet je echt naar school. Alle kinderen moeten naar school.'

'Kunnen we niet thuis les krijgen?' vroeg Shackleton.

'Van wie? Mrs MacGlone?'

'Van jou misschien.'

'Ten eerste kan ik geen staartdelingen,' zei Zoë. 'En ten tweede heb ik al twee baantjes. Dus: nee, dank je wel.'

'En ten derde: je zou er niks van kunnen!' barstte Mary plotseling uit. 'Helemaal niks. En je bent vreselijk en afgrijselijk en ik haat je!' Ze vluchtte in tranen de keuken uit en smeet de deur achter zich dicht.

Zoë keek haar na. 'Ja,' zei ze tegen Shackleton. 'En ook daarom.'

Shackleton leek opgelucht, alsof hij zich zorgen had gemaakt dat ze van streek zou zijn.

'Ik geloof,' zei Zoë afgemeten, 'dat we misschien voor één keer... Heb je zin in toast?'

Ze constateerde in stilte dat Mary's uitbarstingen haar tegenwoordig een stuk minder deden.

'Ik ben brood aan het bakken!' reageerde Shackleton verrassend.

'Echt?'

Shackleton liet haar zien waar het deeg lag te rijzen. 'Ik heb een tutorial opgezocht op YouTube.'

'Shackleton, ik kan je wel kussen!'

Zijn gezicht betrok ongerust.

'Maar dat zal ik niet doen,' voegde ze er geruststellend aan toe. 'Wat goed van je!'

Hij grijnsde.

Zoë stak de oven voor hem aan en besloot een stapel schone was van Mary naar boven te brengen. Mary deed het meestal zelf tegenwoordig, maar door het gesprek over school was ze dat blijkbaar vergeten.

Zoë klopte wel aan – later ging ze dat herhaaldelijk na in haar hoofd om te weten of ze wel juist had gehandeld – maar de kamers waren natuurlijk groot en de deuren dik en ze had een grote stapel schone was in haar handen en...

Met haar kin op de stapel en nog met een glimlach op haar gezicht vanwege Shackleton duwde ze met haar schouder de zware witte deur open. Ze stapte de kamer in, die baadde in het vlekkerige groene en gele licht van de herfstbomen, waar Mary, kleine Mary, het meisje met haar bleke gezicht en lange donkere haar, voor haar bed stond.

Over de achterkant van haar been kronkelde een rode lijn. Bloed. Het stroomde over haar witte huid, als in een horrorfilm.

2

Heel even schoot de gedachte door Zoës hoofd of Mary misschien menstrueerde – kon dat al? Of was ze te jong? Maar bij de meisjes van tegenwoordig begon het vaak al vroeger, toch?

Toen zag ze het scheermesje in Mary's hand en drong het tot haar door dat dat niet de reden was van het bloed op Mary's been. De adem stokte haar in de keel, maar Zoë voelde dat ze niet moest laten blijken hoe geschokt ze was.

Mary zag nog witter dan anders en er klopte een paarse ader in haar hals, maar ze keek haar uitdagend aan. 'Zie je,' zei ze zacht, 'wat er nu gebeurt?'

Zoë draaide zich om in de deuropening en riep zo hard ze kon: 'Ramsay!' Ze probeerde zakelijk en niet paniekerig te klinken. 'Ramsay. Kun je even komen? Alsjeblieft?'

Niemand hoorde het. Stom, idioot groot klotehuis. Ze liet de was uit haar handen vallen, rende de trap af, bonkte woedend op de enorme deur van de verboden bibliotheek en gilde: 'Kom naar Mary's kamer. Nu!' Toen rende ze terug de trap op, haalde onderweg haar telefoon tevoorschijn en probeerde of ze bereik had om het alarmnummer te bellen.

Toen ze terug in Mary's kamer was, griste ze het eerste wat ze tegenkwam van de vloer – een oud truitje van Mary – maar het kind begon onmiddellijk te krijsen, dus liet ze dat weer vallen en pakte ze een oude handdoek. 'Kom. Liefje. Alsjeblieft,' zei Zoë zacht. 'Geef mij dat mesje. Alsjeblieft.'

Mary staarde naar het bloed op de vloer. Verbaasd en met afschuw, alsof ze zoiets nooit eerder had gezien.

Alsjeblieft, dacht Zoë, alsjeblieft, laat dit de eerste keer zijn.

'Geef het aan mij. Nu!' zei ze nogal bits terwijl ze haar hand uitstak.

Tot haar verrassing legde Mary het mesje bijna automatisch in haar hand, ze bewoog robotachtig en leek in shock.

Zoë deed nog een voorzichtige stap naar het kind toe, drukte de handdoek tegen haar been en trok het meisje zachtjes tegen zich aan; dat haar spijkerbroek daarbij onder het bloed kwam te zitten, kon haar niets schelen.

Opeens stond Patrick in de deuropening en Zoë siste hem zo kalm mogelijk toe: 'Patrick, haal je vader! Mary is gevallen.'

Toen ze dat hoorde, leek Mary wakker te schrikken. Ze keek met enorme ogen naar Zoë op.

Zoë wreef geruststellend over haar rug. 'Sst,' zei ze, 'we gaan voor je zorgen.'

Mary's mond ging open en ze begon met grote, hartverscheurende uithalen te huilen, terwijl het bloed op de vloer drupte.

3

Ramsay stond eindelijk in de deuropening. Hij verbleekte en verdween onmiddellijk weer.

Eén afschuwelijk moment dacht Zoë dat hij zich gewoon omdraaide en wegging, alsof hij er niets mee te maken wilde hebben. Maar dat kon toch niet waar zijn?

En inderdaad kwam hij even later terug met een vooroorlogse houten EHBO-doos.

'Mary,' zei hij terwijl hij Mary overnam van Zoë zodat ze haar handen kon gaan wassen bij de wasbak in de kamer. Hij streelde over haar haar. 'Mary toch, Mary, Mary...'

'Ik kan niet... Ik ben zo... Ik wilde...' snikte het kind.

Zoë waste intussen het bloed weg van Mary's been en bekeek de snijwond. Het grootste deel ervan was oppervlakkig, maar op haar bovenbeen was hij een stuk dieper. 'Dit moet gehecht worden,' constateerde ze. 'Sorry, maar anders blijft het bloeden. Schatje toch, je hebt jezelf flink te pakken gehad.'

'Ik bel Joan,' zei Ramsay.

Zoë kwam overeind. 'Nee,' zei ze vastberaden. 'Ze moet naar het ziekenhuis.'

'Maar Joan kan het toch wel hechten...'

Zoë schudde gedecideerd haar hoofd, ook al begon Mary nog harder te snikken.

'Ze heeft méér nodig dan alleen hechtingen, Ramsay. Dat is duidelijk. Het spijt me. Ik heb medelijden met haar, al sinds ik hier ben. Ze heeft hulp nodig. Denk je ook niet?'

'Het ligt niet aan haar,' zei Ramsay.

'Nee, dat zeg ik ook niet! Natuurlijk niet! Het ligt niet aan haar, daarom heeft ze juist hulp nodig!' Ze knielde naast Mary neer. 'Het bloeden stopt niet. Wie weet, misschien heeft ze een belangrijke ader geraakt. We moeten snel zijn. Ik vind dat je een ambulance moet laten komen.'

Ramsay haalde met trillende handen zijn telefoon uit zijn zak en deed wat ze vroeg.

Dankzij de EHBO-cursus die Zoë had moeten volgen voor haar baan op de crèche lukte het haar om een redelijke tourniquet aan te leggen om het bloeden te stoppen, maar toen ze Mary's been begon schoon te maken, ontdekte ze iets wat nog veel onrustbarender was: onder de helderrode nieuwe snee liep een vervaagde witte streep, een oud litteken van een eerdere wond. Ze keek op naar Ramsay, maar toen hij haar ogen ontweek drong het tot haar door: hij wist ervan! Hij wíst het! Er laaide een withete woede in haar op.

Terwijl ze op de ambulance wachtten, Mary met haar gezicht verborgen tegen de schouder van haar vader, tuimelden de gedachten door Zoës hoofd. Hoelang verwondt het arme kind zichzelf al?

Ramsay had dat litteken eerder gezien, dat was overduidelijk! Wat had hij zichzelf wijsgemaakt? Dat het vanzelf wel overging? Wat was hij verdomme voor een soort vader? Hoe haalde hij het in zijn hoofd?

Mrs MacGlone werd opgeroepen om op te passen en ze hielden het bij Zoës verhaal dat Mary was gevallen, een lelijke snijwond had en de ambulance onderweg was.

'Ga jij mee naar het ziekenhuis?' vroeg Mrs MacGlone sceptisch.

Zoë had al besloten dat ze achter de ambulance aan zou rijden. Ze moest erbij zijn, horen wat Ramsay hun daar vertelde. Ze had tenslotte de plicht op zich genomen om voor de kinderen te zorgen.

'Ja. Ik ga mee,' zei ze kort. 'Als u een oogje op Hari wilt houden, zou dat fijn zijn.'

Het klonk niet als een suggestie.

In het ziekenhuis wachtten ze nerveus tot Mary nagekeken was en daarna werd gehecht. Terwijl de verpleegkundige behendig en snel haar werk deed, greep Zoë zonder nadenken Ramsays hand vast. Zoals ze al had verwacht, vroeg de verpleegkundige daarna of het goed was dat Mary even alleen praatte met iemand over wat er precies was gebeurd.

In de wachtruimte zaten Ramsay en Zoë op een afstandje van elkaar te wachten. Het leek allemaal heel lang te duren. Zoë haalde twee afgrijselijk smakende bekertjes thee uit een automaat, maar ze was te boos om een gesprek te beginnen.

Uiteindelijk kwam er een verpleegkundige naar hen toe. 'Bent u allebei directe familie van haar?' vroeg ze terwijl ze hen om de beurt aankeek. Zoë vroeg zich af wat ze dachten. Dat ze een van elkaar vervreemd stel waren? Ruzie hadden? Gescheiden waren?

Ramsay stond op en leek zoals altijd idioot lang onder het lage plafond van de Spoedeisende Hulp. Hij stootte zijn hoofd bijna tegen de lamp.

De verpleegkundige keek met haar pen in de aanslag naar hem op.

4

Zoë keek Ramsay strak aan. Zijn gezicht was knalrood. Ze trok haar wenkbrauwen naar hem op, maar hij keek snel weg.

Op dat moment kwam de jonge arts het onderzoekshokje uit. Hij wenkte.

'Kan ik mee?' vroeg Zoë, nog steeds brandend van woede en absoluut niet van plan dit gesprek te laten plaatsvinden zonder dat zij erbij was. Ramsay haalde zijn schouders op en ze liep achter hem aan. Mary was intussen overgebracht naar een andere afdeling, dus konden ze vrijuit praten.

De arts keek hen allebei aan. 'Zonder uw expliciete toestemming mag ik verder niets doen. U bent haar wettelijke voogd?' vroeg hij.

'Ik ben haar wettelijke voogd, ja,' beaamde Ramsay.

De arts fronste zijn voorhoofd. 'Haar enige voogd?'

Ramsay knikte nog een keer, een beetje ongeduldig, alsof hij absoluut geen behoefte had aan een gesprek over zo'n bespottelijk onderwerp.

Zijn autoritaire, bekakte houding maakte de jonge dokter nog nerveuzer dan hij al was. Hij wierp een blik op zijn aantekeningen en schraapte zijn keel. 'We hebben de wond gehecht, maar er was een slagader geraakt. Potentieel een heel gevaarlijke verwonding.' Hij keek op, zijn ogen leken groot achter zijn brillenglazen. 'Dodelijk zelfs als ze niet op tijd was gevonden.'

'Jezus!' Het ontsnapte uit Zoës mond, ze kon het niet inhouden.

Ramsay sloot zijn ogen.

'We hebben haar opgelapt,' zei de arts, 'maar ik ben bang dat we wettelijk verplicht zijn haar hier een paar dagen ter observatie te houden. Voor het geval dat dit een…'

'Zelfmoordpoging was,' vulde Ramsay hem aan, en de dokter bloosde, opgelucht dat hij dat niet had hoeven zeggen.

Ramsay knipperde met zijn ogen. Hij had zijn vuisten strak gebald. 'Waar dan? Hier?' vroeg hij.

'Nee,' zei de dokter. 'Op een afdeling die gelieerd is aan het ziekenhuis.'

Ramsay klemde zijn kaken op elkaar. 'Dat wil ik niet. Ze gaat niet naar de... psychiatrische afdeling.'

'Dat is het beste voor haar... Zij hebben de kennis en de faciliteiten... Wij kunnen hier niet...'

Ramsays gezicht leek uit steen gehouwen; zijn gewone, enigszins onzekere blik was volkomen verdwenen. 'Nee,' zei hij vastberaden. 'Daar gaat ze niet heen.' Hij stond op. 'Ik ga naar haar toe.'

Ze kwamen alle drie tegelijk het kamertje binnen waar Mary lag. Het was stil in het ziekenhuis op dat moment van de dag, heel anders dan de lawaaierige drukke plekken waar Zoë met Hari was geweest. Het voelde bijna rustgevend.

Mary zat met een ontevreden gezicht rechtop in haar bed.

'Lieverdje,' zei Ramsay. Hij ging naar haar toe en sloeg zijn arm om haar heen. 'Mijn lieverdje toch. Wat akelig allemaal voor je.' Hij keek Mary aan en legde zijn grote handen om haar gezichtje. 'Je hebt toch niet geprobeerd...'

Mary's grote ogen vulden zich met tranen. Ze schudde haar hoofd. 'Nee, ik probeerde... ik probeerde geen zelfmoord te plegen. Echt niet! Echt niet!'

Ramsay sloot haar in zijn armen. 'Het is goed, schatje, het is goed.'

'Zorg dat ze me niet in het gekkenhuis stoppen! Alsjeblieft! Zorg dat ik niet naar het gekkenhuis moet!'

'Zo... zo moet je het niet noemen,' zei Ramsay. 'Het enige wat we willen, is dat je niet zo ongelukkig bent, schat.'

'Maar het was... het was maar een klein sneetje.'

'Maar waarom heb je dat gedaan?' Ramsay klonk zo triest, zo teder, alsof hij al wist dat er geen antwoord was. Zoë zag zijn vertwijfeling.

'Om te proberen... Ik dacht dat het misschien hielp.' De volgende woorden kwamen zo zacht uit haar mond dat ze bijna onverstaanbaar waren. 'Waar het litteken zit.'

Ramsay draaide zijn gezicht weg en kon even niet praten.

Mary fluisterde in zijn oor 'Ik mis haar', en hij trok haar dichter tegen zich aan.

'Dat weet ik, lieverd,' zei hij. 'Ik weet dat je haar mist. Ik weet het. Ik doe mijn best, lieverd.' Mary boog haar hoofd. 'Ik doe mijn best... Zoë... en ik...'

'O, jij en Zoë,' Mary's stem droop opeens van sarcasme. 'O ja, ik vergat "fantastische Zoë".'

'Zoë heeft je gevonden,' berispte Ramsay haar vriendelijk. 'Ze heeft je gered. Je verloor heel veel bloed.' Mary trok een pruillip. 'Ik ben haar heel dankbaar. En dat moet jij ook zijn.'

'Waarom?' vroeg Mary.

'Omdat...' – Ramsay verhief plotseling zijn stem – 'omdat ik niet nóg iemand kan kwijtraken! Ik wil je niet verliezen, Mary. Ik kan je niet verliezen! Ik ben je vader!'

Opnieuw sprongen de tranen Mary in de ogen en ze knikte. 'Ja,' zei ze met een klein stemmetje, 'je bent mijn vader.'

'Ik ben je vader!' herhaalde Ramsay. 'Ik ben je vader! En ik hou van je! Ik zal proberen alles zo goed mogelijk te maken voor jullie, Mary. Maar je moet wel bij me blijven. Echt. Je moet bij me blijven. Je moet het proberen, ook al wil je niet, ook al is het heel erg moeilijk. Ook al denk je dat het allemaal míjn schuld is...'

Mary keek met een ruk op en Zoë begreep dat zijn opmerking klopte, dat Mary alles zíjn schuld vond.

'Ik weet dat je dat denkt,' zei hij. 'Ik weet het. Ik kan er niets...

Er is niets wat ik kan zeggen of doen wat dat kan veranderen. Maar alsjeblieft, je moet me geloven. Ik doe mijn best.'

Mary trilde in zijn armen en haar tranen doorweekten zijn overhemd. 'Ik probeerde echt geen...'

'Stil maar,' zei Ramsay. 'Ik blijf hier,' zei hij beslist. 'Dokter, ik kan hier blijven overnachten, toch?'

'Hm. Ja. Maar het is echt beter voor haar als ze naar de...'

'Nee! Dat heeft ze duidelijk gezegd! Het was een klein sneetje op de verkeerde plaats. Het was een ongelukje. We blijven hier.'

Zoë stond op. Haar boosheid was weggeëbt. Het enige wat ze nog voelde, was een diep medelijden. Mrs MacGlone had misschien gelijk: ze bemoeide zich met iets wat veel dieper zat dan ze begreep, met dingen die haar niet aangingen.

'Ik ga naar huis om de anderen gerust te stellen,' zei ze. 'En iets te eten voor ze te maken.'

Ze liep naar het bed toe. 'Ik hoop dat alles goed komt.'

Mary knipperde de tranen uit haar ogen en keek naar haar op. Voor het eerst zei ze iets wat Zoë niet had verwacht.

'Dank je wel.'

5

Terug op The Beeches werd Zoë, zodra ze het huis binnenstapte, overstelpt met vragen. 'Wat is er met Mary aan de hand?' vroeg Shackleton ongerust. 'Is het aandachttrekkerij?' vroeg hij gespannen. 'Of... wilde ze?' Zijn stem klonk ongewoon zachtaardig.

'Hij vraagt,' zei Patrick, 'of Mary absoluut dood wilde.'

Zoë keek hem aan. 'Mary wilde absoluut níét dood,' zei ze zo luchtig mogelijk. 'Het was een ongelukje en ze is nogal geschrokken. Maar morgen komt ze thuis en dan gaan we allemaal heel erg lief voor haar zijn.'

Toen ze de keuken in ging, waar het gouden herfstlicht door de grote ramen naar binnen viel, had ze het vreemde gevoel dat ze dagen weg was geweest, alsof ze wel honderd uur in touw was geweest. En er was nóg iets... Een beetje verward keek ze om zich heen.

Overal hingen en lagen prachtige slingers van herfstbladeren en dennenappels; de jongens hadden de keuken versierd. En op het fornuis stond een stoofpotje te sudderen, met rode bessen en wilde paddenstoelen die de tuinman had gebracht. Het rook goddelijk.

'Heb jij dat gemaakt?' vroeg ze aan Shackleton, die verlegen lachte. 'Fantastisch! Het ruikt heerlijk!'

'Dus ze komt vanavond niet thuis?' vroeg hij nog steeds bezorgd. 'En papa?'

'Nee,' zei Zoë. 'Ik ga morgen niet weg met de boekenbus, dan kan ik ze hopelijk gaan ophalen. Willen jullie dan mee?'

Vreemd genoeg krompen beide jongens in elkaar. Alsof ze bang waren.

'Nee... Ik wil niet naar het ziekenhuis,' zei Patrick ongewoon timide.

'Oké,' zei Zoë. 'Dan gaan Hari en ik samen, goed schatje?'

En haar kleine jongen keek stralend op.

De volgende dag reed Zoë nerveus naar het ziekenhuis. Hari zat opgewekt achterin op en neer te wippen en te kijken naar de vallende helderrode en oranje bladeren die over de weg dansten.

'Wat zijn het er veel, hè,' merkte Zoë een beetje verwonderd op. 'Waar blijven die in vredesnaam allemaal?'

Ramsays opluchting straalde van hem af toen Zoë voorreed en ze allebei op haar stonden te wachten. Hij had donkere kringen onder zijn ogen; hij had blijkbaar niet geslapen en leek wel vijf jaar ouder geworden, en toen Mary niet in een rolstoel naar de auto wilde worden gereden, tilde hij haar op en droeg hij haar er in zijn armen heen.

Hari zwaaide met twee handjes en grijnsde vrolijk toen hij Mary zag. Zoals gewoonlijk negeerde ze hem hooghartig, maar dat deerde hem niet. Hij was gewoon oprecht blij.

Zoë en Ramsay keken zwijgend naar de twee kinderen, waarna Zoë achter het stuur ging zitten. Ramsay moest zich zowat dubbelvouwen om in het kleine autootje te passen. Hij leek volkomen uitgeput en Zoë vond het prima om in stilte over de eindeloze, haast verlaten landweggetjes te rijden. De enorme glooiende velden lagen vol ronde – geen rechthoekige – balen hooi en het loch lichtte op als er een baan zonlicht op viel. Af en toe kwamen ze een tractor tegen of moesten ze een grote camper inhalen die meer dan de helft van de weg in beslag nam.

Zoë wachtte af tot de twee kinderen achterin, soezerig geworden door het gebrom van de motor, onder zeil waren en ze Ramsay een aantal vragen kon stellen.

Maar toen het eenmaal zover was en ze beiden lagen te pitten – Mary nog steeds spierwit en met haar dik ingezwachtelde been omhoog tussen de voorstoelen – wierp Zoë een blik opzij... en ontdekte ze dat Ramsay, met zijn hoofd tegen het raampje, ook was ingedut. Het zonlicht glansde op de blonde krullen die over zijn voorhoofd vielen en de spanning was uit zijn gezicht verdwenen. Ze kon het niet over haar hart verkrijgen hem wakker te maken.

Iedereen sliep en de stilte werd door niets verstoord, ze hoorde alleen het geroep van de vogels die hoger en hoger cirkelden door de thermiek.

Het was een enorme opluchting dat ze Mary uit het ziekenhuis hadden laten vertrekken. De kinderpsychiater had haar uitleg geaccepteerd dat ze zichzelf pijn had willen doen en geen zelfmoord had willen plegen. Niet dat dat nou zo positief was; ze moesten met allerlei deskundigen contact opnemen en kregen een hele lijst telefoonnummers mee. Ramsay had er een vluchtige blik op geworpen en Zoë had zich voorgenomen te zorgen dat ze die lijst in handen kreeg en actie kon ondernemen. Mary stond ook op de wachtlijst van de afdeling Kinder- en jeugdpsychiatrie. Zonder het precies te zeggen had de psychiater laten blijken dat het weleens lang zou kunnen duren voor er een plekje was, maar ze hoefde tenminste niet opgenomen te worden.

6

Zoë trok Mary voorzichtig haar pyjama aan en legde haar in bed zonder haar wakker te maken. Daarna bracht ze de kleintjes naar bed en uiteindelijk ging ze op zoek naar Ramsay.

Ze vond hem buiten bij de oude roeiboot, waar hij over het water stond te staren.

'Ze staat op een wachtlijst,' zei hij toen ze naast hem ging staan, alsof hij al wist wat ze wilde zeggen voordat ze haar mond had geopend.

'En als je het zelf betaalt?' Zoë kon diep in haar hart niet geloven dat Ramsay helemaal geen geld had. Ook al lag de boel er verwaarloosd bij, met zo'n enorm huis leek het haar gewoonweg onmogelijk.

Ramsay zuchtte diep. 'Daar ben ik... Daar heb ik geen...'

Zijn hand ging naar de achterkant van zijn nek. 'Dat hebben we geprobeerd, maar dat is niet goed uitgepakt.'

'Wat gebeurde er dan?'

'Ze weigerde iets te zeggen. Ze schold de therapeut alleen uit voor... Nou, dat ga ik maar niet herhalen.'

'O,' zei Zoë. De vraag lag op haar lippen, maar ze durfde hem niet te stellen: waarom is ze zo?

'Ze wilden haar medicijnen geven. Zware medicijnen.'

'Volgens mij kan medicatie vaak helpen.'

'Mijn kleine meisje verdoven zodat ze helemaal suf zou worden? Nee. Ze wilde helemaal niks innemen. Ze heeft gewoon verdriet. En daar heeft ze...' Ramsays blik vertroebelde. 'Daar heeft ze alle reden toe.'

Hij keerde zijn gezicht naar Zoë. Hij keek haar smekend aan.

'Verdrietig zijn omdat je je moeder mist... dat is toch normaal? Geen ziekte die met medicijnen moet worden onderdrukt? Toch?'

Zoë dacht erover na. 'Nee, maar als ze zichzelf snijdt...'

'Ja, ik weet het. Ik weet het. Dit verandert het allemaal.' Hij ging met zijn vingers door zijn haar en had duidelijk niet in de gaten dat het daarna alle kanten op stond. Toen draaide hij zijn gezicht af.

Het duurde even voordat Zoë zich met een schok realiseerde dat hij huilde en dat hij dat uit alle macht probeerde te verbergen. 'Zal ik met iemand op school gaan praten?' vroeg ze terwijl ze een stap naar hem toe deed. Als hij iemand anders was geweest, had ze hem een knuffel gegeven. Maar met Ramsay waren er twee problemen: ten eerste was hij zo lang dat ze hem ongeveer op heuphoogte zou omhelzen of iets dergelijks onhandigs en ten tweede was hij haar baas. Maar niks doen en er gewoon als een zoutzak bij staan voelde ook verkeerd. Dus maakte ze een soort troostend gebaar met haar armen, waarop Ramsay met zijn mouw over zijn ogen veegde.

Hij rechtte zijn rug. 'Sorry,' zei hij.

'Nergens voor nodig,' zei Zoë. 'Maar ik kan eens kijken wat Kirsty te bieden heeft. Ze moeten toch een schoolpsycholoog hebben die ze kunnen inschakelen...'

'Nee, ik wil geen...' Ramsay kneep zijn ogen even dicht. 'Ik wil geen... geroddel en maatschappelijk werkers en psychologen en dat soort dingen... Dat maakt het alleen maar erger voor haar als we proberen haar terug naar school te laten gaan.'

Zoë knikte. 'Goed. Oké. Nou, misschien kan ik dan proberen met het hoofd van de school te gaan praten, ze is een vriendin van me.'

Weer kneep hij zijn ogen even dicht. 'Goed dan. Gewoon om te zien wat ze kunnen bieden.'

Zoë knikte. 'Misschien helpt het... Maar ze is niet de enige... die zichzelf snijdt...'

Ramsay had niet triester kunnen kijken. 'Jezus! Echt?'

Op het meer sprong er een zalm op uit het water, een zilveren glinstering in het zonlicht die meteen weer weg was.

'O!' zei Zoë.

'Wat?' vroeg Ramsay.

Zoë staarde naar een zeehond op een rots. De huid glansde in de zon en het dier keek zo strak naar hen dat het leek alsof het hen herkende. De uitdrukking op zijn kop was als van iemand die je op een feestje niet helemaal weet thuis te brengen.

'Het is gewoon zo prachtig hier.'

De zeehond hopte over de rots.

'Hallo, dikkertje. Ik ben het! Je kent me wel!' riep Zoë.

De zeehond hopte nog wat verder over de rots.

'Dat lijkt me pijnlijk voor dat beest, dat schuiven over die ruwe rots,' zei Zoë.

'Ze hebben een heel dikke huid,' mompelde Ramsay.

Zoë keek naar Ramsay, die een steentje opraapte en dat over het water liet ketsen. Ze vroeg zich af hoe lang hij nou eigenlijk was en of hij het zelf vreemd vond om zo overal boven uit te steken. Toen besefte ze dat ze aan belachelijke dingen dacht.

Ze keek om zich heen, van het water naar de bossen en het huis. Opeens voelde ze een brok in haar keel. 'Waar ik ben opgegroeid... hadden we maar één kamer. Mijn vader... hij was er eigenlijk nooit. Die was betrokken bij...' Ze maakte haar zin niet af. Maar toen vervolgde ze: '... Bethnal Green-dingen. Voordat Bethnal Green helemaal leuk en chique was en vol met meubelwinkels en dat soort dingen. We hadden niks. Geen bomen, geen natuur, niets noemenswaardigs. Alleen uitlaatgassen en een klein huurflatje in een blok waar overal GRAS NIET BETREDEN stond en de parkeergarage vol zat met junks. Ik wist niet eens dat er plekken bestónden zoals hier.'

Ramsay glimlachte een beetje triest en liet vakkundig weer een steentje over het water scheren.

'Ik begrijp niet... Dit klinkt heel stom...'

'Dat maakt niet uit,' zei Ramsay.

Boven hen cirkelden twee meeuwen om elkaar heen. Zoë

keek ze na en tuurde toen naar de nauwelijks zichtbare rimpels die volgden op weer een steentje dat over het wateroppervlak van het loch ketste. 'Ik begrijp niet dat iemand hier ongelukkig kan zijn.' Zoë beet op haar lip en voelde vreemd genoeg opeens tranen achter haar ogen.

Ramsay liet zijn hand langzaam omlaagzakken. Dit was iets wat hij totaal niet had verwacht.

'Echt?' vroeg hij.

Zoë staarde naar de grond en knikte. 'Ik zou het nooit... Als je me je huis had laten zien en de tuin en je land, en... mijn god, je hebt je eigen bos! En de vossen en de vogels en de vissen en...'

Ramsay keek haar aan. 'Ja, ik snap het. Hoe kun je hier nou ongelukkig zijn, hè? Ja, daar zit wat in.' Hij zuchtte diep en keek om zich heen. 'Ik kan maar beter naar haar toe gaan.'

Helaas bleek Kirsty weinig te kunnen bieden.

'O, wat verschrikkelijk.'

'Ze moest twee keer gehecht worden!'

'Mijn god, weer eentje.'

'Echt?'

'Hoewel doorgaans niet hier; de Hooglanden en de eilanden zijn de fijnste omgeving in Groot-Brittannië voor kinderen om op te groeien, wist je dat?'

Zoë voelde iets trillen in haar binnenste. Het bevestigde wat ze al voelde sinds ze hier was. Wat ze tegen Ramsay had gezegd. Schone lucht, schoon water, veilige plekken om te spelen. Ze kon zich geen betere omgeving voor kinderen voorstellen. Voor haar eigen kind, dat, hoewel hij nog steeds niet praatte, meer naar buiten gericht was geworden, meer zelfvertrouwen had dan hij ooit had gehad en honden aaide en vriendjes maakte, dingen waarvan ze had gedacht dat hij dat misschien nooit zou kunnen.

Zoë rukte zich los uit haar gedachten. 'Ja, dat ben ik met je eens, maar Mary heeft daar natuurlijk niks aan.'

'Nee,' antwoordde Kirsty met een frons. 'Dat ze steeds maar thuiszit en in haar sombere gedachten blijft hangen, dat doet haar natuurlijk ook geen goed, dat snap je wel, neem ik aan.'

Zoë knikte. 'Ja, zeker.'

'We hebben hulpverleners die verbonden zijn aan de school...'

'Heb je daar ervaring mee?'

Kirsty haalde haar schouders op.

'Nou, om eerlijk te zijn is er met de meeste kinderen... Ik bedoel, het is al een ramp als er een hond doodgaat. En vorig jaar hadden we de kleine Ben die problemen had met lezen, maar ik heb nog nooit professionele hulp moeten inroepen voor iemand. Maar ik hoor dat ze heel goed zijn.'

'Dit is iets waarvoor echt professionele hulp nodig is,' zei Zoë vastberaden.

'Ja. Inderdaad. Natuurlijk. Maar Zoë, daarvoor moet ze wel terug zijn op school, anders kan ik niets doen. Zorg dat ze na de vakantie weer komt en dan ga ik het regelen.'

Zoë knikte. 'Oké.'

Ze zei maar niet dat het juist het teruggaan naar school was wat het hele drama in gang had gezet.

7

Mary moest een paar dagen in bed blijven, omdat de wond op een lastige plaats zat en de hechtingen niet los mochten raken. Maar op de een of andere manier was dat helemaal niet erg, met Zoë en de jongens.

Het ruziemakende, eigengereide stel dat Zoë pas twee maanden eerder had leren kennen, was ongelofelijk veranderd. Ze zetten thee, hielpen mee, haalden eieren. Natuurlijk ruzieden ze nog steeds. Maar nu meestal als ze iets aan het dóén waren. Zelfs Hari probeerde te helpen, hij veegde de vloer met een kinderbezem en bracht de schone was, één paar sokken tegelijk, vier trappen op naar zijn slaapkamer. Hij deed er eindeloos over, maar dat leek hem niet te deren.

Het gaf Zoë tijd om bij Mary te zijn, maar niet om met haar te praten; ze had haar lesje geleerd. In plaats daarvan nam ze een oud boek voor haar mee.

'Het gaat over een meisje dat geen moeder heeft en in bed moet liggen. Ze is boos op alles en iedereen,' vertelde ze. 'Dus misschien is het wel iets voor jou. Zal ik je voorlezen?'

Haar directe benadering had ze goed overwogen. De avond ervoor had Zoë lang wakker gelegen en besloten dat ze het heikele onderwerp niet langer ging vermijden, zoals iedereen in huis deed. Ze wist niet waar Mary's moeder was. Het lag voor de hand dat Mary dat ook niet wist, gezien de vragen die ze stelde. De enige die het waarschijnlijk wél wist, was Ramsay, en misschien Mrs MacGlone, en die zouden geen van tweeën hun mond opendoen. Maar Zoë stopte ermee, met doen alsof de moeder van de kinderen gewoon even weg was, een boodschap deed of in een andere kamer van het huis met iets bezig was en elk moment terug kon komen. Ze stopte ermee om het woord 'mama' of 'moeder' of 'mam' angstvallig te vermijden, ze was klaar met die onzin. Ze vond het een grove denkfout alles dood te zwijgen, en ze had het idee dat schrijvers van vroeger dat beter in de gaten hadden dan die van tegenwoordig. Ze was erdoor geïnspireerd.

Vroeger was het vaker voorgekomen dan nu dat een kind een ouder verloor. De kans om te overlijden bij de bevalling was vijf procent. En dan waren er nog allerlei ziektes waaraan je dood kon gaan. Toen waren er veel meer kinderen zonder moeder of vader (die meestal was omgekomen in de een of andere oorlog) en kinderen van wie broers of zusjes waren gestorven. Het was zelfs zo dat baby's, als ze niet dood werden geboren, pas een naam kregen als duidelijk was dat ze sterk genoeg waren om te blijven leven. En dan lag de dood nog altijd op de loer met ziektes als tetanus, mazelen, rodehond, waterzucht, polio, tyfus en griep en kon je natuurlijk ook nog sterven in een oorlog of een trap van een paard krijgen. Maar er werd eerlijk over gedaan. Kinderen wísten gewoon dat er pijn en dood bestonden in de wereld en deden niet alsof dat niet zo was.

Tegenwoordig kwam het maar zelden voor dat kinderen een ouder of ouders een kind verloren en er werd niet over gepraat – misschien was dat voor het geval je daarmee het kwaad over jezelf afriep? Zoë wist zelf maar al te goed dat mensen het feit dat Hari niet praatte nooit aanroerden en blijkbaar bang waren om er de aandacht op te vestigen.

Maar Zoë had besloten ermee op te houden. Kinderen waren niet achterlijk, absoluut niet. Ze pikten alles op wat er om hen heen gebeurde, ook al begrepen ze het niet echt. Hari had bijvoorbeeld al heel jong geweten dat zijn vader niet bij hen kwam wonen, dat hij geen constante in zijn leven zou zijn. Hij was er niet gelukkig mee, maar het wás nou eenmaal zo. Doen alsof er niets aan de hand was met de moeder van de kinderen had er onder andere voor gezorgd dat Mary in het ziekenhuis terechtkwam.

Zoë ging het vanaf nu anders aanpakken. Dus zei ze 'dit is een boek over een kind zonder moeder' op luchtige toon en keek ze Mary recht aan terwijl ze het zei.

Mary keek behoedzaam op. 'Mij best,' zei ze uiteindelijk.

Zoë wist niet zeker of ze het zich inbeeldde, maar ze had het gevoel dat het kind zich iets minder verzette tegen alles. Dus ging ze naast haar zitten en sloeg ze *Wat Katy deed* open.

8

Het was niet zo dat alle verzet uit Mary was verdwenen. Dat zou nooit gebeuren. Het kind had iets wilds in zich en dat zou ze nooit kwijtraken, maar Zoë dacht dat ze er uiteindelijk wel mee zou leren omgaan.

Maar het feit dat ze haar bed niet uit kon, maakte verschil. Voor sommige mensen, misschien wel de meeste, is aan bed gekluisterd zijn iets wat onrustig maakt, geïrriteerd en prikkelbaar. Maar op Mary leek het een tegengesteld effect te hebben. Zoë vroeg zich af of het haar leven misschien minder zwaar maakte, dat het steeds op haar hoede moeten zijn veel van haar vergde en haar afwerend en gestrest maakte, als een beest in het nauw.

Ze sliep veel en at de dingen die Zoë haar voorschotelde zonder gemopper. Niets bijzonders: dikke pap met room van lokale koeien en hun eigengemaakte bramenjam, goedgevulde groentesoep en zelfgebakken brood, en (meer dan eens, toen Zoë had ontdekt hoe lekker Mary dat vond) drilpudding met ijs.

En nu haar kamer opgeruimd en schoon was, kwamen Patrick en Hari vaak naar boven om daar te spelen. Mary protesteerde een beetje, maar dat was meer voor de vorm. En elk vrij momentje ging Zoë naar haar toe om voor te lezen.

Ze lazen alle *Katy's* en begonnen daarna aan *Onder moeders vleugels*, terwijl de dagen korter werden en de bladeren vielen en afvoerputten verstopten en treinen vertraagden. In de keuken brandde de haard nu constant en Mrs MacGlone stemde ermee in om ook een haardvuur aan te steken in de kamer van Mary. Na een paar dagen was Zoë er vrij zeker van dat de wond was geheeld – Mary was tenslotte een jonge meid – maar ze was er ook van overtuigd dat het aan bed gekluisterd zijn nog iets anders heelde in Mary, ook al wist ze niet precies wat, en dat zei ze tegen Joan, de aardige huisarts, toen die de hechtingen kwam verwijderen.

'Misschien kun je zeggen dat het nog niet helemaal geheeld is?' vroeg Zoë hoopvol toen ze in de hal stonden.

Joan schraapte haar keel luidruchtig. 'Het is niet goed voor iemand om niet op te staan en geen beweging te hebben.'

Zoë dacht aan Mary's lange, eenzame wandelingen langs de oever van het loch, hoe ver ze liep, in haar eentje in haar nachtponnetje, piekerend en peinzend over God weet wat.

'Ja, dat weet ik,' zei Zoë. 'Maar misschien zou je daar nu een uitzondering op kunnen maken?'

Joan knipperde met haar ogen. 'Volgens mij begin jij nogal gesteld te raken op de boel hier.'

'Nou... Het is hier ijskoud,' reageerde Zoë. 'Er is nooit voldoende heet water, de herten blijven alle aardbeienplanten opvreten, de kinderen gaan nog steeds niet naar school, het huis stikt van de spinnen en ik verdien niet eens genoeg om een muis te eten te geven.'

'Ach, ach,' zei Joan met een glimlach.

Toen ze aan Mary's bed stonden, zei Joan: 'Sorry, nog vier dagen bedrust.' Ze wierp een zijdelingse blik op Zoë, die haar gezicht keurig in de plooi hield.

Vroeger zou Mary meteen hebben geprotesteerd, maar nu zag ze er haast opgelucht uit. 'Oké,' zei ze met een klein stemmetje.

En het was inderdaad gezellig in haar kamer, vooral nu het eerder donker was: de zware gordijnen, nu eindelijk schoon, halfdicht, zodat je de sterren nog kon zien, het knappende vuur in de haard, de rij boeken boven Mary's bed die steeds langer werd en Patrick en Hari op het kleed voor het vuur, die speelden dat ze beren waren. Zoë had een boeket van laatbloeiende bloemen uit de tuin geplukt en in een vaas neergezet, wat het allemaal nog huiselijker maakte.

'En daarna,' zei Zoë nadat Joan was vertrokken, 'moeten we

echt eens denken over nieuwe kleren voor je.'

Mary's gezicht verstrakte.

'Hou op met dat geslijm. Dat doe je alleen maar omdat je wilt dat ik je aardig ga vinden.'

'Helemaal niet,' zei Zoë kalmpjes. 'Het is gewoon praktisch. In de zomer was het niet erg dat je rondliep in je nachtpon, maar in de winter is dat veel te koud.'

'Ik kan Shackletons oude kleren wel aan.'

'Dat kan echt niet.'

Shackleton droeg oude kleren van zijn vader waarvan Zoë vermoedde dat ze al generaties lang in huis waren. Maar ze moest zeggen dat hij er best knap uitzag in al dat tweed.

'Ah, kom op. We gaan naar Inverness, daar is een Zara,' zei Zoë nadat ze dat op haar telefoon had opgezocht.

Mary keek alsof ze geen idee had wat een Zara was en het haar ook niks interesseerde.

'Ach, je doet dit gewoon omdat je wilt dat ik je aardig vind,' zei ze nog een keer chagrijnig.

Zoë dacht dat Mary aan de beterende hand moest zijn nu ze haar afwerende houding terug begon te krijgen.

'Nee,' antwoordde ze oprecht. 'Het doet er niet toe of je me aardig vindt of niet, ik ben de au pair maar. Maar het doet er wel toe dat je niet doodvriest zolang ik geacht word voor je te zorgen.'

Mary dacht er even over na. 'Oké,' zei ze uiteindelijk.

9

Op een avond wachtte Zoë tot Ramsay na zijn terugkomst al even, maar niet te lang, in de bibliotheek was; ze wilde niet dat hij verzonken zat in een of ander geweldig dik boek.

Ze zette een kop thee voor hem en sneed een plak versgebakken *shortbread* af, dat ze die middag samen met Shackleton had gemaakt. Patrick en Hari hadden meegeholpen, maar hadden hun eigen deel, gekneed met hun smoezelige handjes, dat ze zelf mochten opeten.

Zoë klopte voorzichtig op de zware houten deur. Ze had de bibliotheek nog steeds niet vanbinnen gezien. De kinderen hadden zelfs verschrikt gekeken toen ze zei dat ze ernaartoe ging.

'Daar mag absoluut alleen papa komen, absoluut,' had Patrick haar gewaarschuwd met een gezicht of ze zou worden opgegeten door een monster zodra ze er binnenstapte. Het was gek: Ramsay leek zo'n goedmoedige man, absoluut niet de Blauwbaard die Zoë in eerste instantie had verwacht toen ze arriveerde. Maar alle kinderen Urquart waren even bang om de bibliotheek in te gaan.

Terwijl ze door de donkere gang liep, was ze toch een beetje bang; ze moest zichzelf inprenten dat ze niet zo belachelijk moest doen. Maar desondanks, de bibliotheek lag aan de voorkant van het huis, niet in de vleugel waar de keuken en Mary's kamer en de trap naar de bediendenkamers lag, het gedeelte van het huis waar ze normaal kwam. Ze vroeg zich af of ze een lijstje had moeten maken van de dingen die ze wilde vragen, voor het geval ze ze van de zenuwen vergat. Maar hij was gewoon haar baas. En ze moest dapper zijn, voor de kinderen. Alweer, dacht ze somber.

Eerst klopte ze zachtjes aan en daarna wat harder. Toen hoorde ze een stem waarvan ze aannam dat die 'Binnen' zei en duwde de zware, knarsende deur open.

Binnen was het zo prachtig dat ze even alleen maar als aan de grond genageld kon staan kijken.

De gordijnen waren nog open, maar er brandden overal lampen. Het laatste licht van de dag viel naar binnen, de verre horizon was een gouden streep. De kamer besloeg de hele diepte van het huis, besefte Zoë, en was twee etages hoog, met een galerij rondom op de bovenste etage en krullerige gietijzeren trappen aan beide kanten.

Om haar heen torenden alleen maar boeken boven haar uit, helemaal tot aan het plafond; ze zag oude donkergroene linnen ruggen, donkerrode in leer gebonden, goudopdruk. De boeken beneden in de zitkamer – waarvan ze eerst gedacht had dat dat de bibliotheek was – die ze al zo interessant had gevonden, vielen erbij in het niet. Dit was een heuse schatkamer. Zoë was helemaal overdonderd.

Er brandde ook een haardvuur, het rook er zoet naar hout en aan het einde van de kamer stond een heel oude globe onder de hoge glas-in-loodramen, er stonden nog niet eens alle landen op afgebeeld. In het dak was een grote glazen koepel, waar de eerste sterren al achter begonnen te verschijnen. In een erker op de galerij stond een diepe bank vol gobelinkussens met een telescoop ervoor.

Rechts van haar stonden twee grote bureaus met stapels boeken erop en links zag ze een ladekast voor grote landkaarten en een apothekerskast met heel veel kleine laatjes waarop etiketten met bijzondere namen zaten: gentiaan, zwavel, aluin, boorzuur. Er stond een sextant op een plank en een schedel – was die echt? – een opgezette vogel en zoveel enorm interessante dingen dat Zoë aan de ene kant meteen alles wilde bekijken en aan de andere kant direct wilde omkeren en wegvluchten. Ze durfde niet naar Ramsay te kijken, van wie ze opeens dacht – en dat klinkt idioot in deze tijd natuurlijk, maar als je er zelf had gestaan – ze dacht half en half dat hij een magiër moest zijn en dat ze in een andere tijd en op een andere plek was beland. Ze morste bijna wat thee van verbijstering. Toen hoorde ze Ramsay vragen: 'Zoë? Gaat het wel?'

Hij zat achter een van de bureaus en stond op – nee, geen magiër, gewoon een onhandige, veel te lange, lichtelijk verbaasde man.

Zoë keerde zich naar hem toe. 'O! Sorry!' zei ze. 'Ik was hier nog nooit geweest.'

Ramsay knipperde met zijn ogen. 'Ja. Ik hou het hier op slot, meestal. Er liggen een paar bijzondere... nou ja, sommige dingen...'

'De kinderen denken dat je ze vermoordt als ze hier komen.'

Hij glimlachte niet en zijn gezicht zag er opeens streng en nogal angstaanjagend uit in het schemerlicht. 'Ik wil niet dat ze hier komen.' Toen leek hij zich te herpakken. 'Ik bedoel, Patrick zou gaan schommelen aan de balustrade.'

Dat kon Zoë niet ontkennen, dus gaf ze hem zijn kop thee aan. 'Het is hier prachtig,' zei ze.

'O, waarschijnlijk heeft deze ruimte een van jouw magische schoonmaakbeurten nodig,' zei hij. 'Ik heb eigenlijk vrijwel niets veranderd hier en mijn vader ook niet. Dit huis is om de bibliotheek heen gebouwd, dit deel van het gebouw is veel ouder dan de rest. Waarschijnlijk uit de zeventiende eeuw. Er werden hier allerlei boeken heen gesmokkeld tijdens de Reformatie; het was hier te afgelegen voor de legers van de koning. Dit hier stond bekend als een veilige plek. Daar komt de naam van het huis ook vandaan: The Beeches.'

'Ik dacht dat dat met het bos hier te maken had.

'Dat zijn geen berken,' wees Ramsay haar terecht, 'dat zijn eiken. Wist je dat niet?'

Zoë sloeg haar armen over elkaar.

'Sorry,' zei hij. 'Weinig bomen in Bethnal Green?'

'Inderdaad,' zei Zoë.

'Nou, in elk geval,' ging Ramsay verder, 'was het een codewoord. Het woord "boek" komt van "berk". Daar werd papier vroeger van gemaakt. Men wist dat je hier je boeken veilig kon opslaan.'

Zoë liep verder de kamer in en liet haar vingertoppen over de oude teksten glijden. 'Ze zijn echt schitterend.'

'Ja, sommige zijn inderdaad echt schitterend. En heel belangrijk. Daar ben ik al mijn hele leven mee bezig: de series compleet maken. Ze samenbrengen met hun broers en zussen. Op zoek naar de boeken die branden en geloofsveranderingen en opruimingen hebben overleefd...'

'Familieherenigingen,' zei Zoë.

Ramsay glimlachte. 'Ja, zoiets ja. Heb je dit shortbread zelf gemaakt?'

Hij zag er hongerig uit, alsof hij niet had gegeten, en dat was waarschijnlijk ook zo. De twee plakken waren in een oogwenk verdwenen.

'Shackleton heeft het gebakken,' zei Zoë.

'Mijn hemel,' zei Ramsay. Hij keek Zoë met nieuw respect aan. 'En dat heb jij hem geleerd?'

'Het internet heeft verbazende krachten,' zei Zoë met een opgewekte lach.

'Nou, dat had ik nooit gedacht. Goed gedaan, Nanny Zeven. Dat was een grapje, dat was een grapje,' zei hij snel toen hij haar gezicht zag betrekken. 'Eerlijk, Zoë, dank je wel! En ik wil je ook nog een keer bedanken voor Mary.'

Zoë voelde de grond bewegen onder haar voeten.

Ramsay keek haar recht aan. 'Ik moet het vragen,' zei hij. 'Waarom ben je zo aardig voor haar terwijl zij echt afgrijselijk tegen jou doet?'

Zoë keek naar hem op, verbaasd dat hij dat vroeg. 'Maar daar kan ze toch niks aan doen! Ze is een kind. Een kind dat met zichzelf in de knoop zit. Dat is toch niet haar schuld?'

Ramsay kleurde en wendde zijn blik af.

'Nee, ik denk ook niet dat het jóúw schuld is,' voegde ze er snel aan toe, zich ervan bewust dat ze hem diep had geraakt.

Maar daar wilde – of kon – hij niet verder op ingaan en Zoë voelde het moment wegebben. 'In elk geval,' zei ze met een opgewektheid in haar stem die ze niet voelde, 'ik wilde je iets vragen.'

'Wat?'

'Mary heeft nieuwe winterkleren nodig...'

Ramsay dacht even na en zei toen: 'Ik had me niet gerealiseerd dat ze er natuurlijk uit is gegroeid... Natuurlijk. Het is ook alweer zo'n tijd geleden...' Hij verzonk in gepeins.

'... en ik heb geld nodig om met haar te gaan winkelen.'

Ramsay keek bezorgd op. 'Ah,' zei hij.

'Niet heel veel,' zei Zoë. 'Kleren zijn tegenwoordig niet meer zo duur, maar ze heeft wel laarzen en een winterjas nodig. Ik heb al even gezocht in de garderobe...' begon ze, om zijn bezwaren al van tevoren te ontkrachten, 'maar er hingen alleen maar mannenjassen, niets wat zij aan kan.' De zin hing in de lucht terwijl er een houtblok weggleed in de haard en de vonken knetterend opspatten. Verder was het doodstil in de kamer. Er stond alleen wat klassieke muziek op, die Ramsay zachter had gezet toen ze binnenkwam.

'Ja, ik snap het,' zei hij fronsend. Toen zuchtte hij diep. 'En zijn er nog meer dingen nodig?' vroeg hij.

Ze dachten allebei terug aan de vaatwasser.

'Een nieuwe wasmachine zou eigenlijk moeten,' zei Zoë. 'En een nieuwe stofzuiger; dat zou Mrs MacGlones leven een stuk eenvoudiger maken, de stofzuiger van nu is waarschijnlijk net zo oud als zijzelf. En een espressoapparaat,' voegde ze er snel aan toe.

'Hoe kan een espressomachine nou absoluut noodzakelijk voor iemand zijn?' vroeg Ramsay.

'Hoe kan iemand nou een tuinman nodig hebben?' bracht Zoë ertegen in.

Ramsay knipperde met zijn ogen. 'Maar Wilby is hier op legaat.'

'Ik weet niet wat dat betekent.'

'Ik heb hem... geërfd. Hij krijgt een jaarlijkse toelage, dat had mijn vader zo bepaald in zijn testament. En Mrs MacGlone krijgt die ook. Dat is gebruikelijk bij bedienden op hun oude dag. Wist je dat niet?'

'Jawel, ik ben natuurlijk met honderd bedienden opgegroeid op ons landgoed,' zei Zoë sarcastisch. 'Waar héb je het in vredesnaam over?'

'Dat ík hen niet betaal. Dat komt uit de erfenis van jaren geleden. Ze hoeven helemaal niet te werken voor het geld; ze zijn technisch allebei met pensioen.'

Zoë fronste. 'En toch blijven ze allebei doorwerken?'

Ramsay keek een beetje ongemakkelijk. 'Eh, ja, dat blijkt...'

Zoë dacht erover na. 'Dus Mrs MacGlone komt hier schoonmaken terwijl ze dat helemaal niet hoeft te doen?'

Ramsay keek nog ongemakkelijker. 'Ik heb gezegd dat ze vakanties moet nemen, maar...'

Zoë schudde haar hoofd. 'Dus... dus... je hebt écht helemaal geen geld? Weet Larissa dat wel?'

Ramsay knipperde met zijn ogen. 'Wat bedoel je dáár nou mee?'

'Sorry,' zei Zoë. 'Niks. Vergeet wat ik zei.'

Ramsay schudde zijn hoofd niet-begrijpend. 'Wat heeft Larissa hiermee te maken?'

Zoë deed een stap naar voren. Ze vond de kamer werkelijk prachtig. Achter de boekenplanken waren de muren betimmerd met zware eiken panelen, evenals het plafond.

Er hingen eenvoudige, ronde, ruw ijzeren kroonluchters – als er zoiets bestaat als een eenvoudige kroonluchter – aan het plafond, met kleine brandende lichtjes erin. Her en der stonden lage groene schemerlampen.

Zoë liep naar de boeken toe. 'Er moet hier,' zei ze voorzichtig, 'van alles staan wat je zou kunnen verkopen.'

Ramsay trok een gepijnigd gezicht en stak zijn handen in de lucht. 'Ik heb niet het gevoel... ik heb het gevoel dat ze niet van míj zijn. En dat ik ze dus niet mag verkopen.'

'Dus de boeken zijn niet jouw bezit, maar zij bezitten jóú?'

Plotseling zag hij eruit als een uit de kluiten gewassen versie van het jongetje dat hij eens moest zijn geweest. 'Ze hebben me gemaakt tot wie ik ben,' zei hij zacht. Hij keek om zich heen. 'Ik heb mijn halve leven in deze kamer doorgebracht.'

Zoë glimlachte. 'En als ik het doe als je er niet bij bent?' Ze keek op. 'Ik heb geen idee waar ik moet beginnen, dat niet, maar...'

'Er is een almanak...'

Ze keek naar hem op en hij leek meer gezegd te hebben dan hij had gewild.

'Wat voor almanak?'

Ramsay wierp een blik op zijn rommelige bureau. 'Dat is een jaarlijkse lijst van zeldzame boeken... en wat ze zouden kunnen opbrengen.'

'Dus ik zou kunnen kijken of een van de boeken hier op die lijst staat?'

Ramsays gezicht betrok ongelukkig. 'Moet ik daarbij zijn?'

Zoë schudde haar hoofd. 'Ik zal echt heel, heel erg voorzichtig met ze zijn,' zei ze. 'En niks meenemen zonder jouw toestemming.'

Ze sloeg de dikke almanak open en keek naar de kleine lettertjes en de lange lijsten. 'Oeps,' zei ze. 'Misschien kan ik de kinderen laten helpen.'

'Nee!' zei Ramsay plotseling scherp, op een toon die ze nog nooit van hem had gehoord. 'De kinderen mogen hier niet komen.'

'Okeee,' zei Zoë.

Ramsay knipperde met zijn ogen. 'Er staan hier dingen die ze niet mogen aanraken,' mompelde hij.

Zoë keek in het rond. Het was zo'n prachtige kamer. Ze vond het echt jammer. 'Oké,' zei ze beslist. 'Ik ga het doen. Dingen zoeken om te verkopen.'

'Wanneer wil je dat doen?' vroeg Ramsay. 'Volgens mij heb je het al ontzettend druk.'

'Ach, ik vind wel een gaatje,' zei Zoë met een glimlach.

10

En zo kwam het dat Zoë 's ochtends vroeg, voordat de kinderen op waren (ze hadden nog steeds geen goed dag- en nachtritme, maar Zoë vond het belangrijker dat ze gezonder aten en de boel achter zich opruimden en bewaarde de discussie over bedtijden liever voor later), een uurtje in het scherpe herfstlicht dat door de gouden bladeren van de overwoekerde tuin viel in de bibliotheek doorbracht, waar ze opruimde, inventariseerde en de almanak raadpleegde.

Ze vond een heleboel kostbare, zeldzame schatten: antieke atlassen waar nog slechts een deel van de wereld op stond, lijsten van toverspreuken, zo nuchter beschreven alsof het een eenvoudig receptenboek was, en ook echte kookboeken, sommige zelfs handgeschreven, met ouderwetse gerechten als schapenmaag of stoofpot van Schotse hooglanders. Ze vond een onaangeroerde eerste uitgave van *Mrs Beeton*, het traditionele huishoudboek, waar Mrs MacGlone, dacht ze een beetje zuur, duidelijk geen enkele belangstelling voor had. Een paar echt antieke Wisdens – de cricketers almanak – met verloren gegane en onleesbare scores van jaren en jaren geleden.

Ramsay raakte eraan gewend dat ze er bezig was; met haar donkere hoofd gebogen over haar notitieblok, een potlood achter haar oor, een geconcentreerde uitdrukking op haar gezicht en af en toe een lok haar die voor haar gezicht viel. Ze werkte vrijwel geruisloos en stoorde hem niet, zette af en toe een kop oploskoffie voor hem neer (de koffie was óf heel erg slap óf bijna koud – een passief-agressieve manier om hem duidelijk te maken, tevergeefs, hoe fijn het zou zijn een espressoapparaat te hebben). Ze praatten niet, hoewel Zoë af en toe een zachte kreet van blijdschap niet kon onderdrukken als ze iets bijzonders tegenkwam, waarna Ramsay opkeek en zij haar vondst omhooghield om te laten zien.

Over het algemeen was ze op zoek naar boeken die iets met de streek te maken hadden. Soms was het een toeristengids of een kaart van de omgeving die wat de inhoud betreft niet interessant meer waren, maar wel te verkopen vielen als 'erfgoed' bij het bezoekerscentrum en dus nog waarde hadden.

'En je hebt er nóg duizenden, schat ik,' herinnerde ze hem dan.

Maar soms – toen ze een eerste editie van *Peter Pan* van J.M. Barrie vond, die een goede kennis van Ramsays grootvader bleek te zijn geweest, ze waren praktisch buren – kon ze niet anders dan een opmerking maken. 'Hier kun je waarschijnlijk het hele dak van de oostvleugel van laten repareren.'

'Volgens mij wordt het hele huis bij elkaar gehouden door alle vogelnesten,' reageerde Ramsay.

'Het viel me op dat er geen voorziening hier in de bibliotheek is om bij het dak te komen als dat eens gerepareerd zou moeten worden,' zei Zoë. 'Heeft je vader nooit gezegd dat je beter bouwvakker kon worden in plaats van Engelse literatuur te gaan studeren?'

'Dat had hij beter kunnen doen, hè?'

'Nou, je zou er goed in zijn geweest. Sterk. Grote handen,' zei Zoë. Ze kleurde; ze was even vergeten dat hij haar baas was.

Ramsay merkte het niet en keek naar zijn handen, die onder de inkt zaten. 'Hmm,' zei hij. 'Denk je dat het te laat is om dat nog te leren?'

'Nou, ik heb je nog nooit een trap op zien klimmen zonder je hoofd te stoten,' zei Zoë met een grijns.

Ramsay rolde met zijn ogen. 'Ik ben meestal helemaal ergens anders met mijn gedachten.'

'Ja, dat weet ik.'

En hij wierp een blik op zijn horloge, zoals hij elke ochtend deed, fronste zijn wenkbrauwen en verdween naar iets belangrijkers.

Wat dat was? Zoë had geen idee.

11

Op een ochtend – een frisse, koude oktoberdag waarop de geur van vreugdevuren in de lucht hing, ook al waren die er niet – stuurde Zoë Hari en Patrick al vóór het ontbijt de tuin in, met allebei een paar rubberlaarzen aan uit de ruime voorraad in de jassenkamer, om bladeren te verzamelen. Ze kwamen terug met rode wangen en een hele berg gele, rode en oranje bladeren, een berg vrolijke kleuren en blijheid. Ze legde ze in een turfbak naast het haardvuur in de keuken zodat ze konden drogen en de keuken wat gezelliger zouden maken; Zoë was ook al begonnen er de tekeningen van de kinderen op te hangen. Ze gaf de jongetjes opgeklopte warme melk met wat nootmuskaat erin om hun ijskoude vingertjes te ontdooien en ging toen naar boven.

Op dat moment kwam Ramsay het huis binnen, terug van het een of ander, en zo kwamen ze elkaar tegen in de gang naar de bibliotheek. Ze glimlachten naar elkaar en liepen samen verder over het lange verschoten tapijt.

'Nou... ik heb al die oude toeristengidsen in het Gaelic verkocht,' zei ze.

'Echt?'

'Ja!'

'Wisten ze wel dat die gidsjes in het Gaelic waren?'

'Ja, dat vonden ze juist prachtig! Een van de kopers probeerde me zelfs in het Gaelic te bedanken!' Ze zweeg even. 'Of tenminste... ik denk dat het Gaelic was.'

'Hoe klonk het?'

'Alsof iemand een prachtig lied zong en toen opeens per ongeluk moest hoesten.'

'Ja, dat moet het zijn. *Tapadh leat.*'

'*Tippa lit*,' herhaalde Zoë.

'Ja, dat verstaan ze wel.'

'Nou, in elk geval hebben we wat geld verdiend...'

Ze stonden voor de deur van de bibliotheek en Zoë stak haar hand uit voor de grote oude sleutel. Ramsays ogen vernauwden zich even omdat hij niet begreep waarom, maar hij gaf hem wel. Zoë draaide de sleutel voorzichtig om in het knarsende oude slot en deed de krakende deur met een zwaai open.

'Ta-da!' riep ze vrolijk.

Ramsay knipperde met zijn ogen van verbazing toen hij naar binnen keek.

Zoë was met het geld dat ze had verdiend naar het café in Kirrinfief gegaan en had daar rondgevraagd naar een glazenwasser. Die had ze verteld hoeveel ze kon uitgeven en gevraagd wat hij daarvoor kon doen. Tot haar blijdschap had hij beloofd de westelijke vleugel (alleen de twee verdiepingen van de bibliotheek) vanbinnen en vanbuiten te doen, hoewel ze uiteindelijk zo bang was voor zeep- en waterspetters dat ze toen hij de binnenkant deed alleen maar nerveus om hem heen had staan draaien, zodat ze het uiteindelijk bijna net zo goed zelf had kunnen doen.

Toen hij weg was, was het binnenvallende licht zo drastisch anders dat elk stofje en elke spinnenweb zichtbaar was, dus had ze Mrs MacGlones plumeau geleend om die te lijf te gaan. ('Je bent in de bibliothéék?' had ze afkeurend gevraagd, en Zoë had zo vriendelijk mogelijk geglimlacht en gezegd 'Gewoon aan het helpen, Mrs MacGlone!' en zich haastig omgedraaid, waarop ze Mrs MacGlone op haar fameuze manier had horen snuiven – waar ze zich steeds minder van aantrok.)

Patrick was ostentatief voor haar neus gaan staan met ook een plumeau in zijn handen en terwijl Hari achter hem instemmend knikte, had hij gezegd: 'Wij gaan meehelpen.'

'Fijn!' had Zoë gezegd, 'jullie beginnen beneden in de zitkamer,' wat Patricks plan natuurlijk had gedwarsboomd, maar Zoë hield stug vast aan haar nieuwe tactiek van gewoon vastberaden blijven.

En nu keek ze nerveus op naar Ramsays gezicht terwijl hij de bibliotheek bekeek in het overvloedige licht dat door de glanzend schone ramen naar binnen stroomde.

'O!' zei hij. 'Goede genade!' Hij zette zijn bril af en weer op. 'Ik heb dit...' Hij wreef in zijn ogen. 'Nou, zo heeft het er al heel lang niet uitgezien hier!'

'Ik heb niks aangeraakt of verplaatst!' zei Zoë. 'Nou, behalve de dingen die ik heb meegenomen om te verkopen. Die ik stuk voor stuk heb genoteerd! Dus...'

Ramsay probeerde een glimlachje. 'Zolang er geen open plekken te zien zijn in de kasten...' zei hij. 'Dat vind ik echt vreselijk.'

Hij liep rond en raakte van alles aan. 'O!' zei hij plotseling. 'Dank je wel!'

'Gelukkig!' zei Zoë met een zucht. 'Ik was bang dat je boos zou zijn. Als een soort Blauwbaard die niet wilde dat iemand in zijn kamertje kwam.'

'Blauwbaard?' vroeg Ramsay ontzet. 'Dacht je dat ik zo iemand was?'

'Nee!' zei Zoë. 'Tuurlijk niet!'

Hij staarde haar aan.

'Kunnen we het over iets anders hebben?' vroeg Zoë.

Maar hij bleef haar aanstaren en mompelde: 'Blauwbaard?'

Zoë greep het eerste het beste boek dat ze zag. 'O, kijk nou,' zei ze haastig. Het was een prachtige uitgave met goudopdruk van *The Princess and the Goblin* van George MacDonald.

'Nee, echt niet,' zei Ramsay terwijl hij het voorzichtig uit haar handen pakte. 'Het is echt buitengewoon, dit boek, daar kan ik geen afscheid van nemen.'

'Dat wil ik ook helemaal niet,' reageerde Zoë geduldig. 'Ik dacht dat het misschien wel iets voor Mary was.'

'O! Natuurlijk!' zei Ramsay terwijl hij het onmiddellijk teruggaf. 'Hoe gaat het met mijn meisje?'

'Ben je gisteravond niet bij haar langsgegaan?'

Hij vertrok zijn gezicht in een grimas. 'Ik was te laat, ze sliep al toen ik mijn hoofd om het hoekje van de deur stak.'

'Oké. Ja, ze slaapt inderdaad veel. Ze tekent wat, ze leest. Ze is heel stilletjes, maar ik denk wel dat ze mee kan om kleren te gaan kopen.'

'Is dit het moment waarop je me vertelt dat je geld voor me hebt verdiend en je het weer gaat uitgeven?'

'Inderdaad!' antwoordde Zoë. 'Ik ga winkelen met Mary.'

'Goed,' zei Ramsay. 'Maar is ze er echt toe in staat, denk je?'

'Nou,' zei Zoë. 'Ik geloof niet dat meisjes rustig en braaf en dat soort dingen moeten zijn. Totaal niet. Maar in Mary's geval... Ik vind dat ze een goede reden heeft voor rust en kalmte. En misschien is dat wel precies wat ze nodig heeft.'

'Maar ze moet wél naar school.'

'Iedereen verdient een kans om normaal te zijn,' zei Zoë.

Ramsay knipperde met zijn ogen. 'Dank je wel,' zei hij nogmaals terwijl hij om zich heen keek in de bibliotheek.

Toen werd er op de deur geklopt. Ramsay fronste zijn voorhoofd terwijl Zoë naar de deur liep en die op een klein kiertje opende.

Het waren Hari en Patrick.

'Mogen we heel misschien even binnenkomen?' vroeg Patrick.

'Ik vrees van niet,' zei Zoë. Ze voelde zich belachelijk omdat ze weigerde hem binnen te laten.

De twee kinderen hadden samen een tinnen bak in hun handen met vlammend rode bladeren erin.

'Deze zijn voor papa,' zei Patrick.

'Nou, dank je wel,' zei Zoë, en ze bukte om de bak aan te pakken. 'Ik breng ze wel naar hem toe.'

Maar de kinderen maakten geen aanstalten om te vertrekken.

Patrick zuchtte diep.

Toen bedacht Zoë plotseling iets. 'Hoewel,' zei ze, 'we kunnen ook iets anders doen...'

En zo kwam het dat Zoë opgewekt, tevreden over wat ze had gedaan, en met het geld in haar zak voor het winkelen, met twee vrolijke kleine jongetjes kwam opdagen bij het kinderdagverblijf. Hari was met zijn enige echte vriend en beschermer en kon zijn geluk niet op, en was voor het eerst blij om er te zijn.

12

Zoë voelde zich het weekend daarna een beetje schuldig toen ze de boekenbus liet staan en met Mary naast zich en Hari op de achterbank in het kleine groene autootje naar Inverness reed.

Patrick had hevig geprotesteerd omdat hij niet mee mocht en de hele dag met Shackleton moest achterblijven op The Beeches.

Zoë had Wilby aangesproken en gezegd dat het belachelijk was dat de twee jongens in huis rondhingen en niets van tuinieren wisten. Wilby had dat totaal niet belachelijk gevonden; hij vond het eerder vreemd dat de zonen van de laird hetzelfde werk moesten doen als hij, heel vreemd, en de lairds vader zou dat absoluut niet goed hebben gevonden, maar Zoë was vastberaden en hoewel (en ook een beetje omdat) Mrs MacGlone doorlopend klaagde over hoe eigenwijs en gewoontjes deze nanny was, had hij toegestemd. Dus hadden Shackleton en Patrick oude kleren aangetrokken en stonden ze de heg al te knippen voordat ze wegging.

'Zorg maar dat jullie wat kleur op je wangen krijgen,' zei ze tegen hen.

Hari's ogen vulden zich echter met tranen. Het vooruitzicht de hele dag buiten te zijn met Patrick, zijn allerbeste vriend, en met een enorme heggenschaar te mogen werken, was veel te leuk en hij voelde zich belazerd.

Het was een lange rit naar Inverness. Ze reden onder een grijze wolkenhemel die steeds grijzer werd en steeds lager hing – er kon elk moment een hoosbui uit losbarsten – langs prachtig gekleurde bomen waarvan de felle roden en gelen verflensten in het weinige licht.

Ze parkeerden midden in het nieuwe deel van de stad, in een sombere parkeergarage van enkele verdiepingen naast het busstation, die geen recht deed aan het mooie stadje eromheen of de dramatische schoonheid van de hoge bergen erachter.

Mary liep zo ver mogelijk van Zoë vandaan, nog net niet op de stoeprand.

Hari drentelde ongeduldig naast haar. Tot haar verbazing merkte ze dat Hari voor het eerst gewoon meeliep en niet aan haar mouw trok omdat hij gedragen wilde worden, niet bleef staan of op de grond ging zitten en niet elke buggy verlangend nakeek. In de korte tijd dat ze hier nu waren, was hij blijkbaar sterker geworden. Hij begon ook minder mager te worden, zijn wangen waren ronder en hadden een gezonde kleur en hij leek lang niet zoveel meer op een bang konijntje. Haar mannetje had zelfvertrouwen, en Zoë was er vrij zeker van dat dat voornamelijk door maar één ding kwam: dat hij een vriendje had. Hij keek nieuwsgierig om zich heen en ze vroeg zich af of hij dacht dat ze terug in Londen waren. Het was belachelijk lang geleden, bedacht ze, dat ze een zebrapad had gezien.

Mary beende voor hen uit en zag er al heel puberachtig uit. Het magere kind – nog een heel klein beetje trekkend met een been – liep voor haar en wierp boze blikken op oude dametjes die het lef hadden haar voor de voeten te lopen.

Zoë hield haar hart vast voor hoe dwars ze over een paar jaar zou zijn. En waar ben *ík* dan? Toen die gedachte in haar opkwam, besefte ze dat ze nodig moest bedenken wat ze ging doen als Nina was bevallen en weer aan het werk kon. Waar ging *zíj* dan heen en wat ging ze doen?

Diep in haar hart hoopte ze dat Jaz zou inzien dat hij een fout had gemaakt en dat hij zou beseffen wat hij was kwijtgeraakt door geen deel uit te willen maken van haar leven, en heel veel berouw zou hebben en zijn leven ging beteren. Maar die hoop probeerde ze te onderdrukken. Spijt van iets hebben en terugkomen op een besluit werd tegenwoordig niet meer als iets goeds gezien, eerder het tegenovergestelde, een teken van zwakte. Mensen gaven niet meer toe dat ze een fout hadden gemaakt, ze volhardden er juist in, waren er haast trots op.

Als ze eerlijk was, wist ze eigenlijk zeker dat Jaz een manier had gevonden om háár de schuld te geven: dat ze zo stom was geweest om zwanger te raken, dat ze hem aan zich had willen binden, hem wilde beknotten, wilde dat hij stopte met het ontwikkelen van zijn dj-talent.

Tegenwoordig had iedereen overal een excuus voor. Alleen betekende dat dat iemand anders de scherven bij elkaar moest rapen.

Maar wat dan? Als ze niet terugging, wat moest ze dan? Ze had een klein bedrag gespaard van wat ze nu verdiende in de bus en haar salaris als nanny, maar dat was nog maar akelig weinig en groeide heel erg traag. Hoewel de proefperiode van zes weken was verstreken zonder dat het onderwerp door iemand was aangeroerd... Ze zette haar zorgen uit haar hoofd en concentreerde zich op Mary, die met een woedende blik op haar gezicht voor de etalage van New Look stond.

'Ik vind het allemaal helemaal niks. Superstom,' zei ze zodra Zoë opperde om naar binnen te gaan om te kijken of er iets leuks voor haar was.

'Ja, ik snap het,' zei Zoë. 'Maar we kunnen hier beginnen, en als we niks leuks vinden, gaan we gewoon door naar de volgende winkel.'

Maar er bleek een leuke collectie tienerkleding te hangen. Zoë merkte dat de mode weer eens teruggreep op een eerdere periode, want alles leek in haar ogen op kleren die haar moeder had gedragen: A-lijnrokken en ribbroeken in herfstkleuren. Ze probeerden een mosterdkleurig gestreept truitje met een gestreepte legging en een bordeauxkleurig rokje. Het stond Mary prachtig, met haar slanke taille en lange benen, als een gracieuze lappenpop, maar haar gezicht bleef op onweer staan.

'Oké,' zei Zoë. 'Naar de volgende!' En ze gingen naar H&M. Hari zat geduldig te wachten terwijl Mary kleren paste. Zoë wisselde een blik met een moeder die niet veel ouder was dan zijzelf en ook buiten een pashokje zat te wachten. Haar mollige dochter van een jaar of tien kwam het hokje uit in een kort truitje met STARLET erop in zilveren letters en een niet bijzonder flatterende luipaardlegging.

'Het staat walgelijk,' krijste het kind boos tegen haar moeder. 'Niks past hier! Ik vind het allemaal spuuglelijk.'

'Ik vond die jurk bij Marks leuk,' zei haar moeder zwakjes.

'Jurken zijn stom! Niemand doet een jurk aan!'

'Hier,' zei haar moeder, en ze gaf haar dochter een grotere maat aan.

Mary kwam tevoorschijn. Ze droeg een paarse suède overgooier met een rode bloes eronder.

'Dat is leuk,' zei Zoë oprecht.

Mary's gezicht betrok onmiddellijk. Als Zoë het leuk vond, moest het wel vreselijk zijn.

'Nee, nee, kijk even in de spiegel. Vind je niet dat het leuk staat?'

'Het staat stom,' zei Mary terwijl ze weigerde zichzelf in de ogen te kijken.

'Wat moeten dat voor pubers worden,' zei de moeder samenzweerderig tegen Zoë, die niet wist wat ze anders moest doen dan teruglachen. 'Ik vind dat je er prachtig uitziet!' vervolgde ze tegen Mary. 'Ik wou dat ik Tegan zover kreeg dat ze zoiets aantrok.'

'Wat voor iets?' klonk een stem uit de paskamer, en het meisje stak haar hoofd naar buiten. 'O!' zei ze.

'Het staat stom, toch?' vroeg Mary onzeker terwijl ze naar het andere meisje keek.

Tegan haalde haar schouders op. 'Het is wel oké,' zei ze. 'Mooie kleuren wel.'

'Wil jij het ook passen?' vroeg de moeder meteen.

'Nee,' zei het meisje terwijl ze naar buiten kwam. Haar T-shirt was nog korter dan het vorige en liet een groot stuk van haar buik bloot boven een loeistrakke legging. 'Dit is oké.'

'Weet je het zeker?'

'Wil jij ook zoiets passen?' vroeg Zoë. Ze vond het zelf maar niks, maar herinnerde zich nog heel goed dat ze de kleren die haar moeder voor haar uitkoos nooit leuk had gevonden. Ze wist dat mode superbelangrijk was op school en dat een kind zelf beter wist wat er speelde dan een volwassene. Hoewel het idee om terug op The Beeches te komen met Mary in een nauwsluitende legging en een heel kort topje met STARLET erop haar tegenstond: ze was toch meer een snob dan ze zelf had gedacht.

Mary schudde haar hoofd.

'Maar jou staat het goed,' zei ze tegen Tegan.

Tegan glimlachte en vroeg: 'Echt?'

'Ze kunnen tegen iedereen aardig zijn, behalve tegen hun moeder,' zei de vrouw zachtjes tegen Zoë.

'Zij is mijn moeder niet!' Mary draaide zich met een ruk om, haar ogen sproeiden vuur.

'Dat ging ik net zeggen!' zei Zoë. 'Ik ben de au pair,' zei ze tegen de vrouw.

'O, oké,' zei de vrouw. 'Nou, dan word je er in elk geval voor betaald!'

'Mwah,' mompelde Zoë.

Mary had de paarse overgooier in haar hand.

'Laten we die nemen,' zei Zoë kordaat. 'En wat vond je van de strepen?'

Mary haalde haar schouders op.

Uiteindelijk scharrelden ze grote tassen vol kleding bij elkaar, het meeste van de Primark. Nieuw ondergoed, sokken die pasten, leggings, vesten, topjes en twee grofgebreide truien waarin ze wel een student leek en die haar heel schattig stonden. Op een van de truien was een vos geborduurd die Hari helemaal fantastisch vond, dus vroeg Zoë of Mary het erg vond als ze er ook een in een kleinere maat kocht voor Hari. Mary haalde haar schouders op, wat het dichtst bij een concessie kwam als ze tot dan toe was gekomen.

Als laatste trakteerde Zoë hen op McDonald's. Hari's gezicht lichtte op toen ze het aankondigde; het was lang geleden dat ze daar waren geweest. Maar toen betrok het weer en Zoë herinnerde zich met een schok dat dat zijn vaste uitje met Jaz was. Toen hij aan zijn nuggets zat, trok ze hem op haar schoot en fluisterde in zijn oor: 'Mis je papa?'

Hij knikte ernstig.

'Dat snap ik, lieverd,' zei ze. 'Dat weet ik. Maar je ziet hem binnenkort. Ik weet alleen niet precies wanneer.'

Plotseling was ze zich bewust van Mary's blik op hen; het kind volgde het gesprekje aandachtig. Zodra ze merkte dat Zoë dat in de gaten had, keek ze de andere kant op en at ze haar frietjes verder op alsof ze niets had gezien of gehoord.

Zoë gaf Hari een knuffel en vroeg zich af of ze moest regelen dat Jaz hun kant op kwam. Ze kon in elk geval aan Surinder vragen of zíj dat eens kon voorstellen.

'Waar is zijn vader?'

De vraag kwam uit het niets en paste zo precies bij wat door Zoës hoofd speelde dat ze even in verwarring was en niets zei, zodat Mary zelfs enige schaamte voelde en ze net deed of ze niets had gezegd.

'Nou,' zei Zoë blozend en nerveus. 'Hari's vader en ik wonen niet samen. Dat hebben we nooit echt gedaan. Maar hij houdt heel veel van Hari. Hij is op reis nu, daarom ben ik hier om voor jullie te zorgen.' Er zaten twee afwezige ouders bij hen aan hun tafeltje.

'Ga je dan terug?' vroeg Mary nonchalant.

'Hoezo?' vroeg Zoë. 'Wil je dat?'

Mary wierp een ongeïnteresseerde blik op haar en Zoë voelde zich opeens verdrietig. 'Maakt mij niet uit,' zei Mary.

'Oké. Nou. Ik heb nog geen plannen om te vertrekken, vrees ik.'

'Wanneer ziet Hari zijn vader dan?'

Zoë had er alles voor overgehad om uit het gesprek te kunnen ontsnappen. 'Dat weet ik niet. Het is ingewikkeld.'

'Dat zeggen alle grote mensen, dat het ingewikkeld is.'

'De dingen zijn ook ingewikkeld,' mompelde Zoë terwijl ze voelde dat ze nog roder werd. 'Het léven is ingewikkeld.'

Mary liet een diepe zucht ontsnappen.

Zoë leunde naar voren. 'Mis je je moeder?'

Mary zei een hele tijd niets en Zoë begon in paniek te raken, ze was bang dat ze iets helemaal verkeerd had gedaan.

Toen duwde Mary het koude en onappetijtelijke eten van zich af en zuchtte ze nog een keer diep. 'Ja...'

Hari keek gespannen naar haar gezicht. Hij pakte Zoës kin vast en wees eerst op Mary en toen weer op zichzelf.

'Ja,' zei Zoë, die hem helemaal begreep. 'Net zoals jij.'

Het was triest hoe ze daar alle drie bij elkaar zaten, naar het stollende vet op de frietjes keken en iemand misten. Het was totaal het tegendeel van het gezellige dagje dat Zoë voor ogen had gehad.

'Ze komt me halen,' zei Mary vastberaden. 'Ze komt terug. Gauw. Dan ga ik weg, denk ik. Met haar mee.'

'Oké,' zei Zoë. 'Nou, dan is het maar goed dat je nieuwe kleren hebt!'

Mary leek een beetje opgevrolijkt door die gedachte en ze fleurde nog meer op toen Tegan en haar moeder binnenkwamen en naast hen kwamen zitten. Terwijl de twee meisjes met elkaar kletsten – Tegan had een mobiel met glinsterende nepdiamantjes erop en liet Mary er God weet wat op zien, in elk geval was het iets waar Mary duidelijk van onder de indruk was – drong het nog eens extra tot Zoë door dat Mary nooit een ander meisje als gezelschap had. Ze luisterde naar het gebabbel van de aardige vrouw, over squishies en *Fortnite* en slaappartijtjes en verjaarsfeestjes en beugelafspraken en alle gewone dingetjes uit het leven van een kind van tien. Ze kon alleen maar glimlachen en knikken en zich verwonderen over het enorme verschil tussen de levens van de twee meisjes. Ze hoopte dat als alles in een wat rustiger vaarwater kwam, ze dat soort simpele dingen kon stimuleren.

'Waar wonen jullie?' vroeg ze de vrouw uiteindelijk. 'Misschien kan Tegan een keertje naar Mary toe komen om samen te chillen.'

'Stromness,' zei de vrouw. 'We zijn een dagje over, het is maar drie kwartier vliegen. En jullie?'

'Drie uur rijden vanhier,' zei Zoë, en ze zeiden allebei beleefd en teleurgesteld 'Ah'.

Maar toen ze ieder hun eigen weg gingen, was Mary duidelijk opgeknapt en vrolijker.

'Je bent goed in vrienden maken,' merkte Zoë op toen ze verder op schoenenjacht gingen en – Zoë stond erop – op zoek naar een klein cadeautje voor de jongens.

En voor één keer trok Mary geen minachtend gezicht, maar keek ze nadenkend, alsof ze eigenschappen had die nog nooit in haar waren opgekomen.

13

Schoenen kopen was zo saai dat Hari op de vloer ging liggen en in slaap viel, maar na eindeloos passen was het toch gelukt. Ze kochten een paar leuke Lelli Kelly's (Zoë had even tegen de prijs aangehikt maar ze toen betaald, want als je je op je negende al geen leuk paar schoenen kon veroorloven, wanneer dan wel?) en – in de uitverkoop – een paar mooie lichtblauwe Timberlands die letterlijk overal bij pasten.

Het was een heel gesleep met alle tassen en Zoë trakteerde op een ijsje om hen op de been te houden. Vanuit haar ooghoek zag ze dat Mary al haar tasjes steeds telde en er even in keek, alsof ze niet kon geloven dat ze zoveel schatten had.

Mary keek op en zei: 'We moeten ook nog iets voor jou kopen. Dat zei papa.'

Zoë was het alweer compleet vergeten: toen ze die ochtend op het punt stonden te vertrekken, had Ramsay gezegd dat ze ook iets voor Hari en zichzelf moest kopen.

'O ja!' zei ze. 'Nou, dan zoek ik een trui, die heb ik echt nodig.'

Mary schudde haar hoofd. 'Nee, we gaan iets echt moois uitzoeken.'

'Dat heb ik helemaal niet nodig,' zei Zoë. 'Ik ben de hele dag met boeken in de weer. Of met jullie.'

Maar Mary was TK Maxx al binnengestruind en stond het rek met avondjurken door te kijken.

Zoë lachte. 'Echt,' zei ze, 'ik heb geen avondjurk nodig. Echt niet.'

'Je hoort gewoon een mooie jurk te hebben,' zei Mary koppig. 'Al je kleren zijn lelijk en flutterig en saai. Je bent maar een beetje oud, niet zo oud als Mrs MacGlone. En zelfs zíj heeft jurken.'

Zoë wist niet precies welk deel van Mary's verhaal ze beledigend moest vinden, dus besloot ze het maar helemaal te negeren.

Mary was intussen druk bezig dingen uit te zoeken en haalde allerlei ongeschikte zijden avondjurken uit het rek. Ook Hari vond het spannend en liet zijn plakkerige vingertjes over de glanzende stoffen glijden. Mary duwde Zoë een hele stapel in haar armen. 'Ga maar passen!' droeg ze haar op.

'Je hebt niet eens naar de maten gekeken,' protesteerde Zoë.

'Ze zijn allemaal prachtig. Dus kijk maar wat er past!'

Ze waren níét allemaal prachtig. Een kanariegele chiffon jurk stond haar zo afschuwelijk dat ze zelfs afgewezen zou worden voor de achterste rij van het publiek bij *Strictly Come Dancing* en gaf haar iets vale huid een leverachtige kleur. En in een donkerblauwe met glinstersteentjes bezette jurk leek ze een ferme douairière. Maar helemaal onder aan de stapel vond ze een gekreukelde, op een bijzondere manier onopvallende rode jurk van parachutezijde van Katherine Hamnett, een naam die Zoë niet eens kende, met een wijde rok en een enorme rode zijden ceintuur die je moest strikken. Er stond niet eens een maat in.

Zoë trok hem over haar hoofd en kneep haar ogen dicht toen ze in de spiegel zag hoe versleten haar beha was. De stof voelde koel en luxueus aan en toen ze de strik had vastgemaakt, deed ze een stap naar achteren om zichzelf te bekijken, in de verwachting dat ze er weer belachelijk popperig uitzag, alsof ze was gekleed voor een kinderpartijtje.

Maar in plaats daarvan... Ze draaide zich opzij. De jurk zwierde om haar benen. O! Ze kon niet ontkennen... Ze draaide nog een keer.

De kleur stond goed bij haar donkere ogen en haren; ze

kwamen beter uit. Het feit dat ze bijna geen borsten had was juist goed: anders had de jurk misschien wat te veel gepoft, maar nu stond hij juist chic. Chic? Echt? Dat was niet een woord dat Zoë op zichzelf van toepassing vond. Ze keek achterom in de spiegel. Bij elke beweging waaierde de jurk uit als een zijden wolk.

'Laat eens zien!' hoorde ze een ongeduldige stem buiten het pashokje. In een impuls voelde ze onder in haar handtas naar een oude lippenstift en deed die snel op haar lippen.

'Wat vinden jullie?' zei ze toen ze het gordijn opentrok. Hari sprong op en rende op haar af om haar een knuffel te geven, de zachte zijde streek langs zijn wang.

'Pas op dat er geen spuug op komt!' zei ze glimlachend.

Mary stond alleen maar naar haar te staren.

'Mooi?'

Mary haalde haar schouders op. 'Ja. Neem die maar.'

Hari knikte heftig.

Zoë keek op het prijskaartje; de jurk was enorm afgeprijsd, maar toch... Het leek belachelijk om zo'n luchtige zijden jurk te kopen terwijl ze in een koud land woonde en het tegen de winter liep en ze zoveel andere dingen nodig hadden... Maar aan de andere kant was het lang geleden dat ze zoiets moois had gehad.

'O, kijk nou!' zei de verkoopster die op hen afliep. 'Er zit een vlek op.' Ze wees op de plek waar Hari's mond de stof had geraakt. 'Weet je wat? Ik doe er vijftien procent extra af.'

Tegen zo'n verleiding kon Zoë natuurlijk geen nee zeggen. Zelfs Mary glimlachte.

Op de terugweg waren allebei de kinderen zo moe dat ze op de achterbank in slaap vielen. Zoë concentreerde zich op de weg; het was al donker. Toen ze moest stoppen voor een stel overstekende schapen, wierp ze een blik in de achteruitkijkspiegel en zag Mary's gezicht er zonder alle agressie en woede in het licht van de weinige auto's die hun tegemoetkwamen, er net zo jong uitzag als dat van Hari.

'Slaap lekker, kleine meid,' mompelde Zoë toen ze weer begon te rijden. Het leek welhaast onwerkelijk: de sterren kwamen tevoorschijn, er speelde een zacht muziekje op de radio en de kinderen lagen te dromen, terwijl de kilometers langzaam onder haar wielen verdwenen.

14

Om haar geweten te sussen ging Zoë weer eens een dag in Kirrinfief staan. Ze vond het niet erg, maar het was wel frustrerend, omdat ze wist hoeveel meer ze zou verdienen bij het bezoekerscentrum.

De eerste die binnenkwam, was Mrs Murray van het kruidenierswinkeltje. Met een boos gezicht vroeg ze: 'Is Nina er nou nóg niet?'

Zoë overwoog even om uitgebreid om zich heen te kijken in de kleine ruimte en zelfs een blik onder de toonbank te werpen, maar vond het nog te vroeg voor dat soort sarcasme. Het was nog niet eens elf uur. 'Nee,' zei Zoë. 'Ze heeft nog een flinke tijd te gaan. Misschien moet u haar eens bezoeken,' voegde ze eraan toe terwijl ze zich met een schuldgevoel realiseerde dat ze zelf ook al een tijd niet meer bij Nina was geweest, hoewel ze wel steeds boeken aan Lennox voor haar meegaf. Ze had natuurlijk even langs kunnen gaan nadat Mary was gehecht – Nina had er vast al iets over gehoord – maar toen was alles zo paniekerig en zo snel gegaan.

'O, ik wou dat ze die baby nou eindelijk eens kreeg,' zei Mrs Murray. 'Kunnen ze dat kind er niet gewoon uit halen?'

'Ik geloof dat ze willen dat het kindje voorlopig nog even blijft zitten, dat zal wel beter zijn,' zei Zoë.

'Nou, ik zou het niet erg vinden om zes weken in bed te liggen,' zei Mrs Murray – iets wat alleen mensen zeiden die dat nooit hadden hoeven doen. Hoewel Nina het beter uithield dan de meesten.

Zoë glimlachte vriendelijk. 'Zeg, ik heb de nieuwe *Blood Ro-*

ses binnen!' zei ze. Dat kon toch niet anders dan goed zijn? Ze haalde het dikke historische-fantasydeel van meer dan achthonderd pagina's tevoorschijn – een feministische *Game of Thrones* over een onsterfelijke vrouw die elke keer bloeddorstig wraak neemt als er een man onbeschoft tegen haar doet, waarmee ze hele steden verwoest en overal dood en verderf zaait. Het was eerst door elke uitgeverij in het land afgewezen, maar bleek opmerkelijk goed aan vrouwen te worden verkocht.

'O ja!' zei Mrs Murray. 'Ja, dat lijkt me wel wat. Leg het maar voor me apart, dan betaal ik het als Nina terug is. Bedankt. En zeg ook tegen Nina als je haar ziet dat ze Lennox moet ompraten en hij het veld niet mag wisselen.'

Zoë keek haar niet-begrijpend aan.

'Hij weigert de Samhain te doen omdat hij het veld wisselt. Nina krijgt hem vast wel zover. Zeg dat ze iets sexy's aan moet doen of zo.'

Zoë had geen idee wat Samhain was en wat dat met akkers wisselen van doen had, maar ze zei: 'Ze is acht maanden zwanger!'

'Ze ziet er nog steeds fantastisch uit, hoor!' hoorden ze een stem achter hen, en ze draaiden zich allebei met een ruk om. Lennox stond in de deuropening.

'Wat doe jij hier?' vroeg Mrs Murray.

'Nou, u vroeg me over Samhain en ik zei dat het niet bij mij kan omdat ik het veld wissel – wat ik ook zeker ga doen – maar u kennende wilt u van geen nee horen en inderdaad: ik dacht al dat u iedereen zou inschakelen om me op andere gedachten te brengen.'

Mrs Murray sloeg haar armen over elkaar. 'Nou, dat zou ik nooit...'

Lennox keek hen allebei streng aan.

'Nou, reken niet op mij,' zei Zoë. 'Ik heb geen idee waar jullie het over hebben.'

Mrs Murray richtte zich tot haar. 'Nou, velden moeten...'

'Nee, niet over velden. Ik wil weten wat Savvy Rain of zoiets is.'

Lennox en Mrs Murray keken elkaar aan. 'Dat kunt u beter uitleggen,' zei Lennox. 'Ik heb het te druk. Met het wisselen van het onderste veld. Maar ga nou geen protestgroepje tegen me proberen op te richten.'

'Een petitie dan?'

'Het is uw eigen tijd die u verspilt.'

'Kom op, Lennox, je moet toch dingen hebben die verbrand moeten worden.'

'Aye,' zei Lennox. 'In mijn eigen huis, om het warm te houden.' Hij beende weg.

'Dat zégt hij wel,' zei Mrs Murray, 'maar hij bedenkt zich vast nog.'

'Ik bedenk me níét,' hoorden ze een stem van veraf.

Mrs Murray keek Zoë aan op de vriendelijke manier van iemand die om een gunst gaat vragen. 'Dan zul jij Ramsay moeten vertellen dat híj de gastheer moet zijn voor Samhain.'

'Dat kan ik niet,' zei Zoë. 'Ik heb echt geen idee waar u het over hebt.'

'Hij begrijpt het wel. Zeg maar dat het comité het helemaal heeft geregeld.'

Er viel een stilte.

'Gaan jullie een heks verbranden op een grote brandstapel of zoiets?' vroeg Zoë wantrouwend.

'Neeee!' zei Mrs Murray. 'Dat gebeurt al heel lang niet meer... Nee!'

15

Uiteindelijk vroeg ze het hem op een dag die niet erg goed was verlopen en waarvan ze had gedacht dat die juist leuk zou zijn.

Murdo had gevraagd of ze mee wilde op zijn boot en ze had enthousiast gereageerd en ja gezegd. Ze hadden afgesproken aan de oever bij Agnieszka, die vreemd koeltjes deed en vroeg of ze een broodje wilden meenemen, maar zei dat er geen ham-kaas was, alleen kaas. Zoë zei dat dat prima was.

Ze had de kinderen in allerlei soorten en maten waterdichte jacks weten te hijsen, zelfs Mary. Ze stonden keurig in een rijtje te wachten, Hari en Patrick sprongen op en neer van opwinding bij het idee dat ze een boottochtje gingen maken.

Toen legde Murdo aan. Hij droeg een pak met das, had zijn haar achterovergekamd met gel en er stond een fles prosecco in de koelbox van zijn boot. Pas op dat moment drong het tot Zoë door dat Murdo een date met haar had gewild, en besefte Murdo dat er van hem werd verwacht dat hij een rondvaart ging maken met vier kinderen, van wie er twee maar bleven springen van enthousiasme, er één een miljoen vragen stelde over Nessie en of dat eigenlijk een dinosaurus was en wat voor soort dan, en er één doorlopend riep dat het supersaai was en superstom was om op een boot te moeten zitten, terwijl Zoë een heel eind van hem vandaan zat en het hoosde van de regen en iedereen had gedaan alsof alles veel leuker was dan het was, behalve Patrick en Hari, die het helemaal geweldig vonden.

Zoë schaamde zich dood toen ze kletsnat thuiskwamen. Ze kneep haar ogen stijf dicht bij de herinnering aan hoe vervelend Mary zich had gedragen, hoe Shackleton onhandig door de boot was gestruind en overal met zijn zware schoenen op de verkeerde plek had gestaan en Murdo had geprobeerd haar persoonlijke vragen te stellen, maar die vanwege de wind naar haar had moeten schreeuwen, waarop Patrick ze negen van de tien keer probeerde te beantwoorden.

'O god,' verzuchtte ze toen ze eenmaal in de keuken was.

'Wat is er?' vroeg Ramsay.

Het was een beetje vreemd: Ramsay leek tegenwoordig steeds vaker in de keuken te moeten zijn.

'Zoë had een date!' reageerde Patrick onmiddellijk. 'En ze hadden prikwijn die wij niet mochten!'

'Dat... dat was niet helemaal...'

'Heb je alle kinderen meegenomen op een date?' vroeg Ramsay in verwarring. 'Had je een date?'

'Nee, het was geen date.' Zoë moest even glimlachen bij de herinnering. 'Tenminste, na vijf minuten niet meer. O god!'

'Wat?' vroeg Ramsay. 'De arme man.'

'O god,' zei ze weer. 'Ik ben er... ik ben er zo aan gewend dat iedereen weet dat ik au pair ben hier. Ik denk dat ik...' Ze sloeg haar handen voor haar ogen. 'Ik geloof niet dat ik hem heb verteld dat het niet allemaal míjn kinderen waren... O god! O god!' Toen barstte ze in gegiechel uit. 'O mijn god! Mijn liefdesleven hier is naar de maan!'

'Nou, jíj hebt in elk geval dat prikspul gekregen!' zei Patrick boos.

'Eén glaasje,' zei Zoë. 'Ik was nog prima in staat om te rijden, hoor!'

Maar de frisse lucht en haar gegiechel en dat ene glaasje hadden wel een blos op haar wangen gebracht en Ramsay glimlachte toen hij dat zag.

'Papa date met Rissa,' zei Patrick somber en toen fluisterde hij hard: 'Dat is een heks!'

'Patrick, ophouden!' zei Zoë. 'O ja!' vervolgde ze omdat haar plotseling iets te binnen schoot, ze haalde een stapeltje bankbiljetten met een elastiekje erom uit haar tas en gaf dat aan Ramsay. 'We hebben *Lark rise to Candleford* verkocht,' zei ze triomfantelijk.

Ramsay knipperde verrast met zijn ogen. 'Echt?'

'Ja. Alles, de hele serie!'

'O... De editie met de houtsneden,' mompelde Ramsay ongelukkig in zichzelf. 'Heel bijzondere exemplaren.'

Zoë zwaaide met haar houten lepel naar hem. 'Dat doet er niet toe. Het gaat erom wat er ín het boek staat, het gaat om de woorden. De kaft is maar gewoon een kaft.'

Ramsay keek geschokt. 'Dus eigenlijk vind jij alles wat ik doe maar onzin?' vroeg hij. 'Mijn werk, mijn reden van bestaan?'

Zoë glimlachte hem toe. 'Ik vouw nog steeds de hoekjes om als ik lees.'

'Nee!' zei Ramsay.

'Ik ook!' riep Mary vanuit de vensterbank, en ze zwaaide met *Anne of Avonlea* als bewijs.

'O mijn god,' zei Ramsay. 'Wat heb je gedaan?'

'Ik neem hardcovers mee in bad!' zei Zoë uitdagend.

'Nee,' zei hij. 'Dat zeg je alleen maar om me te kwellen.'

'Soms zijn e-boeken beter, dat ligt eraan wat ik aan het doen ben.'

'Je bent een barbaar,' zei Ramsay, 'die het verdient om uit mijn keuken te worden verjaagd!'

'Is dat een waarschuwing?'

'Ik teken op de bladzijden!' zei Patrick in de hoop ook mee te kunnen doen terwijl hij een druk beklad stripboek omhoogstak.

'Aaaahhh! Hou op!' riep Ramsay uit, maar hij zei het lachend, terwijl hij van alle kanten werd belaagd.

'Mijn aapjes zijn helemaal losgeslagen!'

'En dan heb ik nog niet eens gezegd wat ik met kookboeken doe!' vervolgde Zoë met een blik op haar favoriete volgekrabbelde Nigella.

Ramsay nam het geld van haar aan en wierp er een blik op. 'Ach,' zei hij, en hij gaf het terug. 'Hier.'

Zoë keek verbaasd naar hem op. 'Waar is dat voor?'

Ramsay boog zijn hoofd. 'Ik heb gewoon het gevoel... dat we je dat verschuldigd zijn. Iets extra's.'

Zoë kleurde. Ze had grapjes met hem lopen maken en gedacht dat ze het gewoon gezellig hadden in de keuken. Ze vond niet dat ze daar betaald voor moest worden.

'Dat hoeft niet,' zei ze stijfjes, en Ramsay pakte het geld weer aan en stopte het weg, zonder te begrijpen wat hij verkeerd had gedaan. Toen ging zijn telefoon.

Het was Larissa.

16

Zoë was Samhain alweer helemaal vergeten, maar de rest van het dorp niet. Ramsay vond het geen probleem en was er kalmpjes onder, dus tegen Halloween was er, voor het eerst in lange tijd, een team mensen in de tuin druk aan het timmeren en verven.

Zoë had de kinderen gevraagd of ze Halloween wilden vieren en langs de deuren wilden – *guising,* noemden ze het hier – maar ze hadden alle drie vastberaden hun hoofd geschud. (Zij had overigens wel veel Schotse spookverhalen verkocht, die ze speciaal voor deze periode had besteld; Schotland was ten slotte het land dat bekendstond om zijn spoken.)

‘De mensen doen toch allemaal stom,’ zei Mary.

‘En hier aan huis komt toch nooit iemand langs,’ vulde Shackleton aan.

Dus had ze het idee laten varen. Bovendien leek dat samhainfeest, wat dat dan ook precies mocht inhouden, in deze contreien veel belangrijker. Misschien vonden de kinderen dat wél leuk.

Op de avond van het feest hadden de kinderen zich verkleed en waren ze, terwijl zij zich nog stond op te tutten, al verdwenen in het feestgedruis. Ze was blij met haar rode jurk, het enige wat ze had dat enigszins gepast was. Maar toen ze beneden kwam, drong het tot haar door dat het helemaal niet zomaar een feest was en al helemaal niet voor kinderen, maar een soort festival, een rituele viering van het begin van de winter die hoorde bij de Keltische tradities.

Het terrein was verlicht met fakkels en overal liepen figuren op stelten rond. Bijna iedereen was verkleed, de meesten hadden er enorm veel werk van gemaakt. Om acht uur 's avonds hadden ze trommels gehoord en was er een grote optocht aangekomen over de lange oprijlaan, die werd geleid door een dansende, vuurspuwende figuur die helemaal in het rood was en een grotesk rood masker droeg.

Zoë was nogal overdonderd door alles en ging haastig achter de twee kleintjes aan. Het was bitterkoud en aardedonker, het enige licht kwam van toortsen en het vuur dat was ontstoken bij de waterkant. Ramsay viel nergens te bekennen en Zoë besefte dat ze een grote fout had gemaakt door de twee jochies hier alleen rond te laten lopen.

De meeste mensen uit de optocht waren óf als heks óf als de dood verkleed en iedereen schreeuwde en jammerde. De macabere, bijna carnavaleske stoet trok in de richting van een podium met doedelzakspelers.

Zoë rende paniekerig heen en weer tussen alle feestende gasten. Het was ontzettend druk, ze moest steeds stilstaan om op adem te komen en was helemaal overrompeld. Bij het loch begon er een of ander ritueel: de menigte rende krijsend naar het vuur toe en dan wild lachend weer terug. Sommige meisjes hadden zowat niks aan: ze fladderden rond als elfjes in ijle jurkjes of lange tulen rokken. De muziek werd steeds wilder, steeds woedender, en volgde geen herkenbaar patroon meer; het ging maar door, zonder een begin of een einde, maar op de een of andere manier wisten de viool- en bodhránspelers instinctmatig wat ze deden en speelden ze steeds sneller en harder, totdat het bloed in hetzelfde ritme door ieders aderen joeg.

Er werd steeds uitbundiger gedanst en gedronken en Zoë drong zich langs wankelende, schaterlachende dansparen terwijl ze met haar ogen de kinderen probeerde te volgen, die ze af en toe hand in hand tussen de menigte zag. Maar op een gegeven moment was ze ze echt kwijt en hoorde ze soms alleen nog Patricks opklinkende lach.

Onderweg stuitte ze op Shackleton, die werd omringd door meisjes uit het dorp, bijna onherkenbaar zonder hun leggings en fleecetruien, zwaar opgemaakt, met losse lange haren en blozende wangen van opwinding.

'Je wóónt hier?' hoorde ze een van de meisjes vragen. 'In het héle huis?'

En Shackleton, die er groot en best knap uitzag in zijn kilt, knipperde met zijn ogen, glimlachte ongemakkelijk en mompelde: 'Mjah...'

Zoë bemoeide zich er verder niet mee, maar vervolgde haar zoektocht naar Hari en Patrick. Ze kende bijna iedereen die ze zag – ze had het hele dorp nu zo ongeveer wel een keer ontmoet – dus er kon niet iets echt akeligs gebeuren. Toch?

Daar stonden Mrs Murray en de oude kolonel, en daar was Lennox, met een zwart masker op, wat hem een sinister uiterlijk gaf – dat een beetje werd verpest door het feit dat hij ongeveer elke vijftien seconden zijn telefoon tevoorschijn haalde om Nina te appen.

Zoë kon Patrick op de een af andere manier nog steeds af en toe ergens horen lachen, tussen alle herrie van de muziek, het dansen en het knetterende vuur door, maar steeds verder van haar vandaan. Ze stortte zich weer in het feestgedruis;.

'Haaarii! Haaaaaariii!' schreeuwde ze terwijl ze zich door de mensenmassa drong, mannen in kilt met dreadlocks en blauwe gezichten, vrouwen als zeemeerminnen in lange jurken met loshangende haren, oud en jong. Er kwamen vonken op haar rode jurk terecht en op een gegeven moment stond er iemand op de sleep van haar jurk en scheurde die, maar dat merkte ze allemaal niet. 'Haaaaariii!' Ze zag de kinderen nog steeds niet en het hoge gelach van Patrick klonk steeds verder weg.

Plotseling greep de angst haar bij de keel. Er stonden veel mensen bij het vuur, maar als je afdwaalde naar de zwarte duisternis van het bos of het diepe donkere water...

'Heb jij Hari gezien?' riep ze naar Shackleton toen ze weer langs hem liep, maar hij schudde zijn hoofd.

Ze holde terug naar het huis omdat dat wat hoger lag dan de tuin, en draaide zich daar nerveus om om over de meute heen te kijken of ze iets bij het donkere water zag. Paniekerig wrong ze zich opnieuw door de feestende menigte, er opeens zeker van dat Hari iets was overkomen, dat hij in de golven was verdwenen en naar de diepte was gezonken, allemaal omdat zij zo stom en onverantwoordelijk was geweest. Ze besloot de waterkant, verder weg van het vuur, af te speuren. Hoe verder ze van de mensen wegliep, hoe kouder en donkerder het werd. De wind gierde door de bomen, de bladeren ritselden en het water klotste tegen de kiezels op de oever.

'Haaaaaariii! Haaaariii!'

'Zoë!' De stem was achter haar en klonk streng en kortaf.

Zoë draaide zich langzaam om.

17

Zoës hart klopte in haar keel terwijl ze zich omkeerde. Was dit iemand met slecht nieuws? Iemand die haar iets vreselijks kwam vertellen?

In eerste instantie kon ze niet zien wie het was, het was slechts een zwart silhouet met erachter het laaiende vuur – een vreemde bulkachtige vorm die slechts een paar meter van haar vandaan stond. Toen Zoë dichterbij kwam, kon ze wel huilen van blijdschap: Mrs MacGlone, met een protesterende Patrick onder haar ene arm en haar lieve Hari onder de andere. Ondanks haar geringe lengte kostte het Mrs MacGlone zo te zien weinig moeite om beide jongens te tillen.

'Ik wilde deze twee in bed gaan stoppen,' zei ze, 'want dit is niet echt een plek voor kinderen, leek me.'

'Maar wij willen blijven!' protesteerde Patrick. 'Ik vind dat we absoluut moeten blijven, toch, Nanny Zeven? Absoluut!'

'Absoluut niet!' zei Zoë. Er ging een grote vlaag van opluchting door haar heen.

Hari strekte zijn armpjes naar haar uit en ze nam hem even van Mrs MacGlone over om hem, met tranen in haar ogen, stevig tegen zich aan te drukken. 'Nooit meer zomaar weglopen bij mama!' zei ze.

'We waren helemaal niet weggelopen, we waren op het feest!' protesteerde Patrick. 'Ik heb vier worstjes op en Hari negen!'

'Echt?' Ze keek Hari vragend aan.

'Absoluut! Negen!' hield Patrick vol.

'Ik zal ze allebei in bed leggen,' zei Mrs MacGlone, en ze stak haar armen uit om Hari weer van Zoë over te nemen. 'En dan blijf ik wel in het huis om op ze te passen. Ga jij maar...' – haar gezicht lichtte even op in het schijnsel van de vlammen en als het iemand anders was geweest, zou Zoë gezworen hebben dat ze een beetje weemoedig keek – '... van het feest genieten.'

Het was veruit het aardigste wat Mrs MacGlone ooit tegen haar had gezegd of voor haar had gedaan. Zoë beet op haar lip. 'Dank u wel.'

'Aye...'

Ze keerde zich om alsof de beide kinderen niets wogen en voerde hen af naar de achterdeur, terwijl Patrick onder haar ene arm zijn mond geen ogenblik dichthield. Zoë keek hen na en besefte toen dat ze huiverde, zowel van de kou als van angst. Ze stapte dichter naar het vuur en ontdekte dat ze toevallig naast Kirsty stond, die haar meteen een glas hete cider gaf. Zoë klokte de warme drank veel te snel naar binnen en voelde haar hart in haar keel kloppen. Ze stak haar arm uit omdat ze nog een glas wilde. De kinderen waren veilig; voor één keer hoefde ze niet op hen te letten. Voor één keer hoefde ze zich nergens zorgen om te maken.

Dat was een heel ongewoon gevoel, ze was het totaal niet meer gewend. Zoë maakte zich altijd overal zorgen over, elke seconde van de dag. Over de bus. De boeken. De toekomst. Hari. Hari's toekomst. Hari's vader. De kinderen. Het huis. Geld. Alles.

Maar nu was het alsof er een enorm gewicht van haar schouders was gevallen. Vanavond niet. Vanavond ging ze zich geen zorgen maken. Op dit ogenblik, in dit kleine glimpje licht, het laatste voordat ze ondergedompeld werden in de lange donkere wintermaanden, nu, op Allerheiligen, Samhain, waarop de chaos wordt gevierd en alle doden terug op aarde komen...

Behalve dan dat Zoë het gevoel had dat ze zélf een dode was.

De muziek schetterde naar een crescendo, luider en luider, terwijl Zoë dichter naar de band op het podium bij het vuur liep, het middelpunt van het feest.

De angstaanjagende vuurspuwende rode figuren zwaaiden nog steeds met hun brandende toortsen, maar begonnen nu de menigte uit elkaar te drijven om een doorgang te creëren. Achter hen verschenen tien vrouwen in lange witte gewaden, met gezichten geschminkt als doodshoofden, die draaiend en wervelend hun weg naar voren zochten en handenvol bladeren om zich heen strooiden. Ze werden gevolgd door een stel mannen met baarden, in kilts, die uitbundig schreeuwden en een enorme stoel op een plankier op hun schouders droegen. De stoel was weelderig versierd; Zoë had nog nooit zoiets gezien: het leek een boom, er ontsproten op een heel natuurlijke manier takken en twijgen aan de poten en leuningen. De stoel moest door mensenhanden zijn gemaakt, maar het leek of hij zo in het bos was gegroeid.

Boven op de troon, metershoog in de lucht, zat iemand in een grote cape. Zijn gezicht ging verborgen in het duister.

'Uit de weg,' schreeuwde een van de bebaarde mannen, zijn stem rauw en schor. 'Uit de weg voor de koning van de doden, de heer van Samhain!' Ergens begonnen klokken te luiden, diep en helder, terwijl de stoet vorderde.

De violen speelden nu een trieste, trage melodie en Zoë kneep haar ogen tot spleetjes. Ze tuurde een beetje angstig omhoog naar de donkere figuur op de stoel.

Kirsty stond weer naast haar. 'Het is een beetje eng, vind je niet? Ik ben elk jaar nog bang, hoewel ik weet dat het Lennox is daarboven in die doodscape,' bekende ze.

Maar het kon Lennox niet zijn, omdat die stond te filmen zodat Nina het kon zien, zag Zoë.

De stoet ging het podium op en zette de draagbaar voorzichtig neer. De grote donkere gestalte kwam overeind uit zijn stoel en de menigte brulde goedkeurend. Toen stak de koning van de doden een benige vinger op en werd iedereen stil. Hij deed een stap naar voren en Zoë besefte opeens wie de lange, indrukwekkende figuur was die nu, zijn gezicht nog steeds verborgen in de donkere schaduw van de capuchon van zijn cape, een groot, in leer gebonden boek met gouden letters op de rug van de stoel pakte en eruit begon voor te dragen, luid en duidelijk, zodat iedereen het kon horen:

But pleasures are like poppies spread,
You seize the flower, its bloom is shed;
Or like the snow falls in the river,
A moment white – then melts for ever;
Or like the borealis race,
That flit ere you can point their place;
Or like the rainbow's lovely form
Evanishing amid the storm.–
Nae man can tether time or tide;
The hour approaches Tam maun ride.

Zoë begreep niet alle woorden, maar de strekking was duidelijk. De voordracht ging steeds sneller.

And, vow! Tam saw an unco sight
Warlocks and witches in a dance;
Nae cotillion brent-new frae France,
But hornpipes, jigs strathspeys, and reels,
Put life and mettle in their heels.

Bij die woorden begon de band weer te spelen: een langzame wals. De gasten vormden een kring en voor Zoë het wist, werd ze erin opgenomen. Aan haar beide zijden stond een man en ze werd meegetrokken toen de hele kring in beweging kwam.

As Tammie glowr'd, amaz'd, and curious,
The mirth and fun grew fast and furious;
The piper loud and louder blew;

The dancers quick and quicker flew;
They reel'd, they set, they cross'd, they cleekit,
Till ilka carlin swat and reekit,
And coost her duddies to the wark,
And linket at it in her sark!

Eerst draaide de kring de ene kant op en toen de andere, waarna er in paren werd opgesplitst. Zoë voelde hoe ze plotseling walsend werd meegevoerd naar het midden en weer terug terwijl de kring draaide, uiteenbrak en zich weer sloot, en de muziek wilder en wilder werd en Zoë, hoewel ze volkomen uitgeput was, hysterisch lachend bijna maniakaal doorging met dansen.

And how Tam stood, like ane bewitch'd,
And thought his very een enrich'd;
Even Satan glowr'd, and fidg'd fu' fain,
And hotch'd and blew wi' might and main;
Till first ae caper, syne anither,
Tam tint his reason 'thegither,
And roars out, 'Weel done, Cutty-sark!'
And in an instant all was dark:
And scarcely had he Maggie rallied,
When out the hellish legion sallied.

Op dat moment krijsten alle violen tegelijk en sloeg de grote klok die een van de bandleden in zijn handen hield middernacht, waarna er plotseling een paard uit het bos kwam rijden, met een van de vrouwen in het wit erop, die nu ook een doodscape droeg met een kap over haar hoofd. Ze galoppeerde om de kring heen en strooide handenvol goud gespoten bladeren uit een grote gevlochten mand die ze bij zich had om zich heen.

Iedereen hield onmiddellijk op met dansen om, terwijl ze probeerden de fladderende bladeren te pakken, achter het paard aan te gaan dat weer in het donkere bos verdween, met alle gasten achter zich aan, die daar wie weet wat voor ondeugends gingen doen in de struiken...

Zoë stond helemaal buiten adem en gedesoriënteerd op haar plek aan de grond genageld, terwijl iedereen langs haar heen stormde, achter het paard aan, lachend en gillend en verder en verder wegrende naar het bos.

De band begon een wat rustiger wals voor de achterblijvers. Zoës ogen gingen naar Ramsay die, in zichzelf lachend om de idiote pracht van het hele gebeuren, weer was neergevallen op zijn enorme troon. Met één been hangend over de leuning nam hij een enorme slok uit een rijkversierde bokaal die iemand had achtergelaten.

Plotseling, in de gloed van het vuur, op het podium met het grote huis achter zich, op de enorme stoel uit het bos, zag hij er niet meer uit als de een beetje vreemde, zich verontschuldigende figuur die hij in het huis was, waar hij moest bukken om een kamer binnen te gaan, zijn voeten te groot waren voor de traptreden en hij er altijd afwezig leek, alsof hij ergens anders moest zijn dan hij was, op zijn horloge keek en zich terugtrok in zijn bibliotheek of stilletjes uit het huis verdween.

Hier, met zijn cape naar achteren gegooid, een lach resonerend in zijn borstkas, zag hij eruit alsof hij zijn rol van die nacht niet speelde maar hij het echt wás: de koning van de doden, de heer van de chaos, de machtige heerser van de duisternis waarin, diep onder de aarde, het leven stilhield en zich voorbereidde op het nieuwe jaar.

Zoë deed een paar stappen naar voren, gefascineerd. Hij leek een totaal ander iemand: krachtig, zelfverzekerd en... gevaarlijk? Maar niet op de Blauwbaard-manier. Hij leek eerder – terwijl de schaduwen van de vlammen langs het rode zandsteen van het huis flakkerden – een elementair onderdeel van de hele omgeving, een oude ziel die hier hoorde. Er vibreerde iets in haar binnenste, iets wat ze lange tijd niet had gevoeld en waarvan ze had gedacht dat ze het misschien wel nooit meer zou voelen: het was een steek van verlangen...

Ramsay kon niet zien wie er voor het podium stond; door het vuur achter haar zag hij alleen een donker silhouet.

Zoë merkte dat haar jurk vlak onder haar knieën bijna helemaal was afgescheurd en ze ontzettend vuil was: haar benen zaten onder de modder door de zoektocht naar Hari bij het water, er kleefden roetdeeltjes op haar gezicht en haar haren waren compleet verwaaid. Met rode wangen van de warmte van het vuur hief ze zonder nadenken haar armen naar hem op.

Ramsay, dronken van de opwindende avond en aangeschoten van de cider, dacht geen seconde na en stak zijn lange arm uit om haar het podium op te trekken en een draai te laten maken op de tonen van de muziek – hij was lang genoeg om te blijven zitten terwijl hij dat deed – en haar naar zich toe te trekken.

'Weel done, Cutty-sark,' zei hij terwijl hij haar op zijn schoot trok en Zoë opeens werd overspoeld door iets heel onverwachts: het gevoel dat ze zijn armen om zich heen wilde, ze verlangde er opeens wanhopig naar door hem te worden vastgehouden. Hij was zo groot en breed dat het praktisch leek alsof ze in hem verdween, alsof ze heel klein was, en heel erg veilig. Ze voelde zijn hartslag, zijn brede borstkas, en merkte dat ze haar hoofd ertegen verborg. Hij rook naar brandend hout, whisky, boeken, naar alles wat Zoë het allerliefste wilde op de hele wereld.

Toen begonnen de violen en de doedelzakken weer een nieuwe dans, en hij tilde haar op om haar nog een keer rond te draaien op de dansvloer. Pas toen zag hij wie ze was; Zoë zag het duidelijk aan zijn gezicht: de afschuw toen hij zag dat het meisje dat hij uit de menigte had opgepikt... dat zíj dat was.

Zijn gezicht – dat een seconde ervoor nog trots had gestaan, woest en krachtig, zelfs een beetje angstwekkend toen hij het gedicht in die vreemd klinkende taal voordroeg – betrok meteen, alsof hij weer terug op aarde belandde, alsof het vuur wegstierf en hij zich de werkelijkheid herinnerde.

Het echte leven stormde op hen af...

Ramsay knipperde met zijn ogen en rimpelde zijn voorhoofd op een manier die Zoë heel goed kende. Zijn stem klonk heel anders, verontschuldigend en bijna stotterend: 'Ah! Nanny Zeven... Ik bedoel Zoë...'

En Zoë veranderde van een wervelende derwisj in haar rode zijden jurk met haar wilde haar en ontvlamde hart, die op blote voeten danste als de wind voor een groot vuur, weer in een eenvoudige au pair, een meisje uit Londen, dat onder de modder en de zwarte vegen zat, in een gescheurde jurk met uitgelopen make-up. Ze moest er, besefte ze, belachelijk uitzien. 'Sorry, ik...'

'Sorry, het was niet de bedoeling je op mijn schoot te trekken,' zei Ramsay terwijl hij zijn hand vliegensvlug losmaakte alsof hij zich had gebrand. 'O god! Het spijt me! Ik liet me te veel meeslepen...' Hij keek plotseling bang, alsof ze hem van iets ging beschuldigen. 'Het was natuurlijk absoluut ongepast, ik...'

Zoë schudde haar hoofd. 'Het is... Het is goed,' zei ze.

Haar hoofd gonsde te veel van teleurstelling en schaamte om iets anders te kunnen zeggen. Plotseling voelde ze hoe koud ze het had in haar dunne jurk, en toen de feestvierders terug begonnen te komen uit het bos, lachend en met de goud gespoten bladeren tegen zich aan geklemd, en er zich een rij vormde voor het spit met het geroosterde varken, voelde ze zich plotseling ontzettend belachelijk.

'Ik... Ik ga even bij de kinderen kijken,' stamelde ze.

'Eh... natuurlijk. Natuurlijk,' zei Ramsay, en hij stak zijn arm beleefd naar haar uit om haar van het podium af te helpen. Zoë kon niet begrijpen hoe ze zo stom had kunnen zijn, wat een enorme idioot ze was, ze had zich bijna onsterfelijk belachelijk gemaakt. Met bonzend hart liep ze in de richting van het huis, haar hoofd gebogen alsof ze iets schandelijks had gedaan, terwijl ze zichzelf keer op keer voorhield dat ze te veel had gedronken, dat ze te veel was opgegaan in de avond. Er is niets gebeurd. Niets.

Ramsay keek haar na en voelde zich een nog grotere sukkel dan anders. Wat had hij in vredesnaam gedacht? Wat een belachelijk... O god! Even, heel even had hij, voordat hij besefte dat zij het was, gedacht – hij schaamde zich alleen al bij de gedachte

– dat ze een verschijning was, een prachtige verschijning. Een donkerharige, in het rood geklede fee die op deze avond uit de andere wereld was gekomen en weer weg kon glippen, prachtig en wild en zo sexy...

Wat had hij zich in zijn hoofd gehaald? Hij had plotseling gewild... de nanny van zijn kinderen! Jezus! Straks stond hij nog in de krant! Hij wreef vermoeid over zijn voorhoofd en keerde zich weer naar zijn gasten, maar het hoogtepunt van de avond was voorbij en er viel weinig meer te doen dan zich beleefd onder de feestgangers te mengen die nog nuchter genoeg waren om op hun benen te kunnen staan, en de jongens en meisjes te bedanken die straks alles op zouden ruimen.

Hij besefte niet dat ze waren gezien. Dat er een klein meisje met donker haar in een lange witte jurk naar hen had gekeken, een meisje dat alleen in het donker van haar kamer zat en uit het raam staarde, een meisje dat als een spook in de gangen had kunnen dwalen, slapeloos, wachtend, dat het allemaal had gezien en er nu zeker van was dat het ergste ging gebeuren.

18

Dat de winter eraan kwam, betekende niet dat er minder toeristen kwamen. Zoë had gedacht dat het toerisme in Schotland, zoals in de meeste landen, seizoensgebonden was, maar ze was erachter gekomen dat het een vrij constante stroom was; niemand verwachtte goed weer in Schotland, welk seizoen het ook was, dus het maakte niet veel uit wanneer je kwam. En het was alleen maar een prettige meevaller als je, als je regen verwachtte, zo'n heerlijke zonnige herfstdag of een stralende lentedag cadeau kreeg.

Dus in feite waren er zelfs meer toeristen als het weer slechter werd, en veel mensen leken het wel fijn te vinden om lang in een bus te zitten in plaats van de hele dag rond te wandelen. De bekendheid van de boekenbus was gegroeid; de buschauffeur (uit schaamte, daar was Zoë van overtuigd, omdat hij had gelogen over het ongeluk) maakte reclame voor de boekenbus en tegenwoordig kreeg ze vaak boekenliefhebbers op bezoek, zelfs zoveel dat Ross (zo heette de buschauffeur) overwoog een speciale leesreis te lanceren. Hij had zelf ook enkele boeken gekocht en een klein bibliotheekhoekje in zijn bus gemaakt bij het toilet, een nogal ongelukkige plek, maar hij had maar heel weinig ruimte en iets was beter dan niets.

Zoë was intussen begonnen met Shackleton in het weekend mee te nemen (om geen vragen te krijgen waarom de jongen niet op school was), en ze liet hem een paar uur bij Agnieszka in de keuken werken.

Hij vond het geweldig om perfecte scones uit de oven te halen en genoot van het werk. Vanaf het eerste moment toverde hij een reeks heerlijke baksels uit de oven en Agnieszka betaalde hem graag wat geld voor zijn prestaties. Zoë was geroerd toen hij van zijn eerst verdiende centen twee Superman-pakken kocht voor Patrick en Hari, hoewel het wat minder leuk werd toen de jongens weigerden ze ook maar één moment uit te doen. En toen ze hen er eindelijk uit had gepeld, gingen ze allebei in hun onderbroekje voor de nieuwe wasmachine zitten wachten tot die klaar was, en daarna voor de kachel tot de pakken weer droog waren. Zodra ze ze weer aan konden, kwamen ze opnieuw in actie om de misdaad te bestrijden, wat er meestal op neerkwam dat ze Mary's benen begonnen aan te vallen (maar ze richtten zich voornamelijk op haar goede been).

Op een avond stond Zoë in de risotto op het fornuis te roeren terwijl ze probeerde Mary te beschermen tegen de twee Supermannen die haar belaagden – ze weigerde op te staan uit de vensterbank, waar ze *De geheime tuin* zat te lezen, maar hield ook niet op met het heen en weer bungelen van haar been, waarmee ze de twee jongens alleen maar méér uitdaagde – en Porteous steeds de keuken uit joeg, die elke keer binnenkwam om zich met het spel van de jongens te bemoeien en te kijken of Zoë misschien nog een rijstkorreltje had laten vallen en dan weer wegschoot. Verder probeerden ze Shackleton met z'n allen te laten stoppen met het eindeloos opnieuw afspelen van het nieuwe nummer van Drake op zijn laptop door er genadeloos commentaar op te leveren, waarop hij boos zijn idool verdedigde.

Toen Ramsay thuiskwam, koud en moe na de lange rit en met een hoop werk dat hij nog moest doen, verwachtte hij net zo'n lange, kille, boze avond als hij gewend was, maar tot zijn verrassing en verbazing hoorde hij geklets en gelach uit de keuken komen, en toen hij zijn hoofd om het hoekje stak, kwamen de warmte en de etensgeuren hem tegemoet en... mijn god... stond Shackleton nou te dansen? Zelfs Mary glimlachte! Toen herinnerde hij zich de avond van Samhain en wilde hij, plotseling vervuld van schaamte, meteen weer ongemerkt verdwijnen maar...

'Papa!' schreeuwde Patrick, die om de een of andere reden alleen een onderbroek aanhad, met gaten erin, leek het. Het jochie stormde op hem af, gevolgd door – zag Zoë met pijn in haar hart – Hari. Samen renden ze naar de man toe, die nu op de grond knielde om hen op te vangen.

O, alsjeblieft, dacht ze. O, alsjeblieft. Ze had al zo lang niets van Jaz gehoord. Ze wist dat het afschuwelijk was, hij moest echt op bezoek komen, echt. Ze stuurde hem berichtjes, foto's via WhatsApp, maar kreeg nooit een reactie. Ze wist dat het niet goed voor Hari was. Maar de rest is allemaal beter, bleef ze zichzelf vastberaden voorhouden. Het huis, Patrick, de frisse lucht, de opvang. Alles. Het was goed dat ze hierheen was gegaan.

Maar o, hij had een vader nodig! Ze draaide haar gezicht af, ze kon er niet naar kijken, maar Ramsay legde zonder ook maar één moment te aarzelen zijn grote hand op Hari's donkere krullen en trok hem naar zich toe. 'Hallo, mannetje,' zei hij.

Zoë keek op en besefte niet hoe ongerust ze naar Hari keek tot Ramsay dat opmerkte en hem losliet en overeind kwam.

'Hm... het eten ruikt goed!' zei hij.

Zoë knipperde met haar ogen en vroeg: 'Wil je met ons mee-eten?'

'Nou... als dat goed is?'

'Dit is jóúw huis,' reageerde Zoë een beetje kortaf. 'Natuurlijk is dat goed.'

Ze voelde zich nog steeds verlegen om haar heftige lichamelijke reactie op hem; hoe het in één seconde opeens – verschrikkelijk, afschuwelijk – leek alsof alles anders was.

Ze bloosden allebei.

'Oké,' zei Ramsay op precies hetzelfde moment dat Zoës telefoon pingde. Jaz!

'Shackleton, neem jij het over? Goed blijven roeren!'

Het eerste wat tot Zoë doordrong terwijl ze de koude gang in stapte om het bericht te lezen, was dat ze op een gegeven moment – ze kon zich niet herinneren wanneer – gestopt was Jaz te volgen op Insta. Dat was vreemd. Ze had zo lang dagelijks elke foto die hij plaatste minutieus bekeken, geprobeerd te ontrafelen wie er op de achtergrond stond, of het dezelfde persoon was, hetzelfde meisje...

Wanneer was ze daarmee opgehouden? Wanneer was ze gestopt met op die manier aan hem denken, obsessief en ongerust bij de gedachte aan hem en wat hij deed, als het peuteren aan een korstje terwijl je weet dat je dat niet moet doen? En nu...

Ik kom naar H toe, ja? stond er. En daarna: Waar the fuck zit je?

Schotland, typte ze opgewekt. Bij Inverness.

Je zit in Inverness?

Drie uur rijden ervandaan.

Shit!

Ze stuurde een lachende emoji. H. wil je heel graag zien.

Praat hij al?

Nee.

Oké. Nou in elk geval is dat dan niet mijn schuld.

Zoë staarde naar het schermpje. Laat gaan, hield ze zichzelf voor. Laat gaan. Hij zegt maar wat. Zoals altijd. Dat is het probleem. Wanneer ben je van plan te komen? Ik app je de postcode.

En het huisnummer.

Dat is er niet. Het huis heeft zijn eigen postcode.

Nou, dan ben je goed terechtgekomen.

Zoë hield zichzelf voor dat ze er niet op in moest gaan. Niet doen. Denk aan Hari. Trek je er niks van aan. Het gaat om Hari.

Wanneer?

Land morgen om kwart over elf. Huur wel een auto.

Zoë slikte haar bitterheid in over het feit dat hij zomaar zei: huur wel een auto. Ze zag hem voor zich, hoe hij zonder een spier te vertrekken nonchalant zijn creditcard op de balie zou gooien.

Oké, stuurde ze terug. Stuur me een berichtje als je bent geland.

Ze staarde voor zich uit en vroeg zich af wat ze nu in vredesnaam moest doen.

Zou hij van plan zijn te blijven logeren? Ze was vergeten hem dat te vragen. Misschien deed ze dat ook maar niet. Ze wilde hem niet al van tevoren een bepaalde richting op duwen. Maar er waren natuurlijk wel een miljoen lege kamers in het huis... Wat zou Mrs MacGlone zeggen? O god, zou Jaz onbeschoft tegen haar doen? Of zou hij verwachten dat hij bij háár in de kamer kon slapen? Nee... dat zou hij niet verwachten...

Ze probeerde te stoppen met piekeren en ijsbeerde heen en weer op de koude gang. Wanneer moest ze het tegen Hari zeggen? Hij zou waarschijnlijk helemaal uit zijn dak gaan. Maar ze was blij dat ze zo'n leuke mededeling voor hem had. Maar stel dat Jaz van gedachten veranderde? Of de vlucht vertraagd was of er iets anders misliep? Dat zou verschrikkelijk zijn voor Hari. Nee, ze zei maar niks, maar ze zou Hari morgen extra vroeg ophalen van de opvang.

O god! Ze... Verdomme, waarom had ze alleen die stomme rode jurk, die nog kapot was ook... En ze moest nodig haar haar laten knippen, haar nagels had ze allang opgegeven; ze had helemaal niks om aan te trekken... verdomme, verdomme, verdomme. Niet dat ze indruk op hem wilde maken – die fase was ze allang voorbij – maar ze wilde hem laten zien dat het prima ging. Niet zo prima dat ze geen geld nodig had, maar... Oké. Goed.

Kon ze het hem gewoon rechtstreeks vragen? Zou ze Surinder een berichtje sturen om te vragen hoe de situatie ervoor stond?

O god, waarom deed hij haar dit aan. Ze liep stampend door het huis, met haar armen om haar bovenlijf geslagen – waarom moest het hier toch zo koud zijn? – en ging de keuken weer binnen, waar het heerlijk warm was. Ze had de kachel wel willen omhelzen. Ramsay zat de krant te lezen bij de haard en er stond theewater op.

‘Shackleton, wil jij de risotto op tafel zetten?’ kreeg ze nog net uit haar mond. En zo gauw ze klaar waren met eten trok ze zich terug met het excuus dat ze de jongens naar bed moest brengen.

19

'Ik had nooit gedacht,' zei Kirsty de volgende morgen toen ze samen in de boekenbus zaten, 'dat ik op een dag nog eens beautytips zou geven. Ik ben gewoon trots op mezelf!'

'Ja... Ik heb het gewoon helemaal opgegeven,' zei Zoë.

'Hoe ziet hij eruit?' vroeg Kirsty. 'Laat eens zien. Ik ben nu zes jaar getrouwd. En hij pulkt in zijn neus.'

'O?'

'De hele tijd!'

'O!'

'Dus iets spannends zal me goeddoen. Heb je een foto?'

Zoë liet Jaz' Instagram zien.

'Ooooo,' zei Kirsty. 'Ooooo, kijk nou toch eens! Hij is knap! En die baard! Leuk!'

'Het zijn heel flatterende foto's, hoor!' zei Zoë.

'Jaja, dat weet ik wel. Ik had er de gebruikelijke Instagram-dertig-procent al afgetrokken. Op mijn foto's lijkt het altijd of ik maatje 36 heb.'

'Waarom doe je dat?' vroeg Zoë.

Kirsty slaakte een zucht. 'Ik weet niet... Waarschijnlijk om een trut van school van vroeger, die nu in Australië woont, de ogen uit te steken.'

'O,' zei Zoë, en ze knikte begrijpend.

'Maar in elk geval,' zei Kirsty. 'Hier heb je de hele collectie monstertjes.'

'Dit kan ik niet allemaal aannemen,' zei Zoë toen ze de Avon-doos openmaakte.

'Jawel,' zei Kirsty. 'Hij is van mijn moeder. Haar beste vriendin is gescheiden en is daarna Avon-consulente geworden. Mijn moeder had medelijden met haar en heeft alles gekocht wat ze maar kon bestellen, dus haar hele huis staat barstenvol Avon-zooi. Als ik daar iets van meeneem, doe ik haar daar eigenlijk een plezier mee.'

'Je bedoelt dat je het hebt gestolen?'

'Juffen stelen niet! En nu we het er toch over hebben: je weet dat het moment nadert dat de school weer begint...'

'Nee, hè? Het is toch geen nieuw semester... Jullie hebben zo'n rare tijdsindeling hier...'

'Nee, helemaal niet. We zitten pas op de helft van het semester, maar ze moeten na de herfstvakantie wel op school komen, anders ben ik genoodzaakt stappen te ondernemen.'

'Ik kan me niet voorstellen dat dat lukt,' zei Zoë. 'Ik heb geprobeerd ze wat schoolwerk te laten doen, maar Mary zit de hele dag alleen maar te lezen en Shackleton doet niets anders dan bakken.'

'Maak je een grapje? Dat is toch juist fantastisch! Ze zijn kilometers voor op andere kinderen. Echt! Als Mary kan lezen, kan ze de rest van de stof op school gemakkelijk inhalen. Als je eenmaal kunt lezen, staat de deur wijd open en is de rest alleen een kwestie van inkleuren.'

'Rekenen is inkleuren?'

'Natuurlijk! Ook allemaal rare tekentjes, toch?' Ze fronste haar voorhoofd. 'Heb je al iets gehoord van de schoolbegeleidingsdienst?'

'Nou, Ramsay heeft er niets over gezegd,' zei Zoë.

'En zo snel gaat het waarschijnlijk niet,' zei Kirsty.

'Of misschien is er niets met haar aan de hand en is ze gewoon een vroege puber,' zei Zoë.

Kirsty glimlachte naar oude Ben die binnenkwam.

'Heb je dat blauwe boek al?'

'Ja!' zei Zoë triomfantelijk. 'Nina zegt dat het absoluut zeker deze geschiedenis van de Spitfire is.' Ze pakte het boek van een plank onder de kassa, waar ze alle Nessie-boeken had verborgen voor het geval de dorpelingen er commentaar op zouden hebben en er discussies zouden ontstaan over de vraag of het monster echt bestond of niet.

Ben bekeek de mooie donkerblauwe kaft van het boek aandachtig. 'Aye!' riep hij plotseling uit. 'Het gaat echt over Spitfires!'

'Fantastisch, hè?' zei Zoë. 'Een blauw boek over Spitfires!'

Bens gezicht betrok. 'Maar ik geloof niet dat dit het is.'

'Nina zegt het.'

Ben fronste zijn voorhoofd.

'Ik moet het... Ik moet alleen zeker weten...' En hij hobbelde het trapje weer af.

'Ik snap niet hoe je het redt en niet omkomt van de honger,' merkte Kirsty op.

'Ik heb zo mijn talenten,' zei Zoë terwijl ze over de stille straat uitstaarde. 'Hoewel het verkopen van boeken aan de mensen uit deze buurt er niet een van lijkt te zijn.'

Haar telefoon pingde en ze keek op het scherm. 'O jezus, het vliegtuig is geland.'

'Hoopte je dan dat het zou verongelukken?'

'Neeee! Nou ja, als hij verzekerd was... Neeee... Hoewel...'

Kirsty glimlachte. 'Zeg alsjeblieft tegen Ramsay dat hij langs moet komen om over school te praten. Ja? We maken ons ook ongerust over hém. Ik ben blij dat hij jou heeft.'

'Hij hééft me niet, hoor,' zei Zoë meteen, en niet als grapje.

'Je weet wat ik bedoel, idioot. Ik ben blij dat je daar zit. Mrs MacGlone is maar kil gezelschap. En jouw arme, verdrietige voorgangsters hielpen hem ook weinig.'

'Denk je... Komt hun moeder ooit nog terug?'

Kirsty zuchtte diep. 'Geen idee, schat. Niemand heeft enig idee.'

Als ze niet zo zenuwachtig was geweest, had het haar goedgedaan de jongens allebei verkleed als piraten naar buiten te zien hollen met een nogal zielig uitziende 'gevangene' in wie Zoë Rory herkende.

Tara kwam even naar buiten. Ze zag er uitgeput uit.

'Ze zijn vandaag,' zei ze ernstig, 'nogal lastig geweest! Ze probeerden de andere kinderen niet te laten meedoen aan de zangkring.'

'Ik dacht dat Hari niet mee mocht doen aan de zangkring,' zei Zoë effen.

'En Patrick kletste de hele tijd door de meditatie heen.'

'Omdat meditatie absoluut superstom is!' protesteerde Patrick meteen.

'En volgens mij hebben ze Rory pijn gedaan,' ging Tara verder.

'Nee, helemaal niet!' riep de kleine gevangene.

'Nou!' zei Tara.

'Nou,' zei Zoë. 'Tot maandag!'

Ze zette de jongens haastig in de auto.

'Papa komt vanmiddag,' fluisterde ze in Hari's oor. Zijn gezicht lichtte op.

'Niet mijn papa, maar Hari's papa?' vroeg Patrick, wie niets ontging. 'Oo!'

Hari glimlachte breed en klapte in zijn handen. O god, dacht Zoë. Misschien zou het niet zo rampzalig verlopen. Ze had Jaz geappt en voorgesteld om elkaar ergens in de stad te ontmoeten, maar Jaz had meteen – een beetje pompeus en bezitterig (iets wat ze helemaal niet van hem kende) – geantwoord dat hij wilde zien waar zijn zoon woonde.

Ze reed snel terug naar het huis, bang dat Jaz er eerder zou zijn dan zij. En inderdaad had ze maar nauwelijks de tijd om thuis nog wat meer make-up op te doen en een zwart topje aan te trekken dat eigenlijk te koud was voor deze tijd van het jaar zodra je uit het directe zonlicht stapte. Maar het zag er min of meer oké uit.

Zoë besefte niet dat ze er duizend keer beter uitzag dan ze in lange tijd had gedaan, hoewel Jaz dat meteen opmerkte en haar vrienden uit Londen datzelfde zouden hebben gedaan.

Haar huid was veel mooier door de frisse, niet-vervuilde lucht; en door de late zomerzon had ze een paar sproetjes op haar neus. Elke nacht stortte ze, uitgeput door haar twee baantjes, doodmoe in bed en ze sliep beter dan ze in jaren had gedaan; bovendien werd ze niet meer midden in de nacht gewekt door Hari omdat hij akelig had gedroomd. Haar kastanjebruine haren waren superzacht en weelderig geworden door het heldere, zachte water en door het feit dat ze het niet meer verfde, en ze was niet meer zo mager door het gezonde eten.

Maar er was nog iets: de dagelijkse stress was minder nu ze niet meer hoefde te piekeren waar ze de huur vandaan moest halen en over hoe ze dat in de toekomst moest doen. Niet dat ze helemaal geen stress meer had, natuurlijk niet, maar die was wel veel minder. De fijne lijntjes om haar ogen en de frons in haar voorhoofd waren gladgetrokken. Ze was natuurlijk nog steeds nerveus over de toekomst en ongerust over wat er voor haar lag, maar niet meer zo erg als vroeger. Niet dat akelige om drie uur 's nachts wakker worden en niet meer in slaap kunnen komen van de zorgen, niet de allesoverheersende plotselinge paniekaanvallen die haar overrompelden wanneer ze het helemaal niet verwachtte, niet de spanning van het moeten afwachten of ze nog geld uit de muur kon halen. Hier kon ze haar geld toch nergens aan uitgeven.

Ze zag er fantastisch uit, dacht Jaz toen hij aankwam in een klein rood huurautootje – er was maar weinig keus geweest. Bijna zoals toen hij haar leerde kennen...

Als hij minder op zichzelf gericht was geweest, had hij gedacht dat deze plek haar goeddeed. Maar nu dacht hij dat ze er voor hém sexy probeerde uit te zien. Wat op een bepaalde manier wel zo was, maar niet op de manier die ze allebei dachten.

'Hé!' Ze zwaaide naar hem vanuit de voordeur, met Hari op haar arm, die zich meteen los begon te wringen.

De wind blies haar haren naar één kant terwijl ze Jaz met wild kloppend hart uit de auto zag stappen en met Hari op haar arm op hem afliep.

Jaz keek nog een keer op naar het huis. Het was absoluut

gigantisch. Ongelofelijk. Als je dichterbij kwam, was het niet zo chic als het in eerste instantie leek, maar hij ging hier absoluut heel veel selfies maken met het huis achter hem. Cool. Beneden zag hij achter het raam twee gezichtjes die naar hem gluurden. Hij keek ze recht aan, maar zwaaide niet. Die twee verwende kakkinderen interesseerden hem geen klap.

Hari kronkelde in haar armen van blijdschap. Het is het waard, hield ze zichzelf voor. Het maakt hem zo gelukkig, mijn jochie. Het is het waard. Het is het allemaal waard. Ze zette Hari neer en ze keken allebei – Ramsay ook, vanuit het raam van de bibliotheek; hij had Jaz' auto horen arriveren – hoe de kleine Hari rende over het knerpende grind waar hier en daar het onkruid uit opschoot, terwijl Jaz hurkte en zijn armen wijd opende.

Ramsay zag Zoë haar armen om haar bovenlijf slaan, alsof ze wilde wegkruipen, probeerde haar emoties te onderdrukken en zichzelf gerust te stellen. Op de enorme oprijlaan met het gazon erachter leek ze heel klein. Kwetsbaar, dat was hem niet eerder opgevallen.

'Haaaaaarrrrriiiii!' Jaz tilde het kleine ventje op en wervelde hem rond; Hari gooide zijn hoofd naar achteren van plezier.

'Goed om je te zien, bro!'

Je bént zijn bro niet, dacht Zoë voor de duizendste keer, maar ze zei niets. Ze liep in zijn richting.

Hari wrong zich alweer uit Jaz' armen en Zoë begreep dat hij Patrick wilde halen, die nu samen met Shackleton bij de voordeur stond, om hem zijn vader te laten zien. Ze draaide zich om en wenkte hen.

'Hi, Jaz,' zei ze toen ze bij hem was.

Ramsay betrapte zichzelf erop dat hij benieuwd was of ze elkaar zouden omhelzen – waarop hij zich meteen afvroeg waarom hij dat wilde weten (ze omhelsden elkaar niet) – en keerde zich toen om. Hij had het gevoel dat hij hen stond te bespioneren, dat hij iets verkeerds deed, en hij vroeg zich weer af waarom hem dat iets uitmaakte en waarom zijn gedachten naar plekken dwaalden waar ze absoluut niet thuishoorden.

20

‘Wauw,’ zei Jaz. Hij bleef selfies maken: in de zitkamer, naast het harnas, bij de zwaarden aan de muur, en Mrs MacGlone snoof hard toen ze dat zag.

‘Wat heeft ze?’ vroeg hij luid. ‘Is ze racistisch of zo?’

‘Jaz,’ zei Zoë op dringende toon. ‘Ik wérk hier! Kom, laten we een kop thee drinken. Heb je zin in een scone?’

‘Een scóne?’ vroeg Jaz terwijl hij in lachen uitbarstte. ‘Ah, een scone. Is dat wat we tegenwoordig doen? Scones eten? Je bent veranderd, man. Een scone!’

Zoë keek hem boos aan. ‘Wil je er een of niet?’

Hari knikte blij.

‘O, tuurlijk, ik wil wel een scone proberen,’ zei Jaz, alsof het het grappigste idee was dat hij ooit had gehoord.

Zoë wist dat zijn luidruchtigheid te maken had met hoe ongemakkelijk en niet op zijn plaats hij zich in het enorme huis voelde, dat had zij ook gehad toen ze hier net was. Ze had eigenlijk altijd gedacht dat Schotland een iets winderiger versie van Engeland was en niet beseft hoe ánders het was, helemaal anders, tot diep in zijn vezels, de stapelmuurtjes en de bomen en het land. En daarbij kwamen ze geen van beiden uit zo’n huis als dit. Verre van dat.

‘Scones zijn heerlijk,’ zei ze.

In de keuken was het warm en gezellig, zelfs met Mrs MacGlone, die bezig was de afwasmachine in te ruimen en met haar rug naar hen toe bleef staan.

‘Dit is Jaz,’ zei Zoë zo opgewekt als ze kon. ‘De vader van Hari. Hij is op bezoek.’

Mrs MacGlone keek om, haar mond een dunne lijn. 'Nou,' zei ze nors, 'dat had je me niet hoeven te vertellen. Die lijken als twee druppels water op elkaar.'

Hari keek op naar zijn vader en ze glimlachten allebei. Zoë voelde een steek in haar hart.

'Ik ga theezetten,' zei Zoë. 'Mrs MacGlone, ik ben de hele middag hier... Dus u hoeft niet te blijven als u liever naar huis gaat...'

'O, je wilt me weg hebben, hè?'

'Nee!'

'Je weet dat ik niet roddel.'

'Dat weet ik inderdaad,' zei Zoë, die best wel wat roddels had kunnen gebruiken af en toe, ook al ging het over mensen die ze niet eens kende.

'Nou dan...' Maar ze liep naar de kapstok om haar jas aan te trekken.

Patrick liep steeds als een hondje achter hen aan en kon zich niet langer meer inhouden. Hij posteerde zich voor Jaz en zei: 'Ik ben absoluut Hari's allerbeste vriend.'

'O, goed!' zei Jaz. 'Kun je zorgen dat hij gaat praten?'

'Jaz!' zei Zoë vermanend, want hij wist heel goed dat hij het daar niet over moest hebben.

'Ik vind Hari absoluut leuk zoals hij is,' zei Patrick, en Zoë had hem wel een zoen willen geven.

'Kom,' besloot ze plotseling. 'Ik zet een film op voor jullie.' Ze had de tv aan de praat gekregen door een nieuw kabeltje te kopen.

Dat was een zeldzame traktatie die met veel vreugde werd ontvangen, hoewel Hari ook een beetje sip keek omdat hij moest kiezen tussen een film kijken en bij zijn vader blijven.

'Ga jij ook maar kijken,' zei Zoë tegen hem. 'Wij blijven hier zitten, oké? Even praten, goed?'

Hari knikte en klom van Jaz' schoot af terwijl Zoë de videorecorder in de zitkamer ging aanzetten. Ze had één versleten videoband van *The Wizard of Oz* en een oude recorder die ze weer aan de praat had gekregen; zelfs Shackleton vond het leuk om de film te zien.

Uiteindelijk waren ze alleen in de keuken.

'Nou, vertel eens, hoe is die weirdo voor wie je werkt?'

'Wat wil je horen?'

'Ik weet alleen wat Surinder me heeft verteld. Een of andere kakkerige, idioot lange vent van wie zijn vrouw ervandoor is.'

'Eh... Goedemiddag,' zei Ramsay, die opeens in de deuropening stond omdat hij had bedacht dat het onbeleefd was om nog langer te wachten en de kennismaking om de een of andere onduidelijke reden maar liever achter de rug wilde hebben. Hij had een enorme stapel boeken in zijn handen zodat alleen de bovenkant van zijn hoofd te zien was, die het plafond bijna raakte.

Zoë sprong op. Knalrood. 'Jezus,' zei ze, 'ik hoorde je niet binnenkomen.'

Ramsay knipperde met zijn ogen en keek om zich heen waar hij de stapel boeken kwijt kon, maar zag er toen maar van af en bleef staan, vastgelopen in de deuropening van zijn eigen keuken. 'Blijkbaar.'

Jaz was geenszins van zijn stuk. 'Sorry, man! Leuk kennis te maken. Ik ben Jazwinder.'

'Ramsay Urquart,' zei Ramsay, en hij wilde automatisch zijn hand uitsteken, waardoor er een paar boeken op de grond belandden.

Zoë rende erheen om ze op te rapen.

'Leuk huis,' zei Jaz terwijl hij om zich heen keek. 'Het vrouwtje is blijkbaar goed terechtgekomen.'

Ramsay keek verbaasd en wierp een blik op Zoë, die nog steeds knalrood was. 'O! Sorry! Ik wist niet dat jullie...'

'Dat zijn we niet!' zei Zoë heftig.

Jaz lachte. 'Dat vindt ze prima, hoor!'

'Blijf je hier logeren?'

'Neuh,' zei Jaz. 'Ik heb een hotelkamer in de stad. Vroege terugvlucht.'

Het feit dat Jaz weer zo nonchalant deed over geld – een hotelkamer boekte terwijl hij ook gratis had kunnen overnachten – en haar nog steeds geen toelage gaf, schoot Zoë in het verkeerde keelgat. 'O, leuk,' zei ze sarcastisch. 'Een hotel. Heerlijk!'

'In Schótland,' zei Jaz. 'Kom op, het is geen Ibiza.'

'Ik zou het niet weten,' zei Zoë. Ze baalde ervan dat ze zo bitter klonk. Om niet nog meer te zeggen stond ze op om de mokken nog een keer bij te vullen, waarbij ze automatisch ook een mok voor Ramsay inschonk. Jaz bekeek alles nieuwsgierig. Ramsay had intussen een plekje gespot om zijn boeken neer te leggen en pakte de mok zonder te bedanken van haar aan. Hij mompelde iets over dat hij weg moest, keerde zich met een ruk om en struikelde over zijn eigen voeten toen hij de trap op ging.

Jaz keek hem na. 'Mijn god, wat een lange slungel,' merkte hij op. 'Serieus.'

'Waarom doe je zo onbeleefd hier?' vroeg Zoë beschuldigend. 'Dat lijkt me nergens voor nodig.'

'Nee, dít is niet nodig,' zei Jaz. 'Mijn god, ik reis een miljoen kilometer om het joch te zien en het enige wat ik krijg, is commentaar.'

Zoë ademde diep in. 'Het is goed dat je hem komt opzoeken. Misschien kun je straks een eindje met hem gaan wandelen. Het is prachtig hier.'

'Oké,' zei Jaz. 'Nou, het ziet ernaar uit dat je goed terecht bent gekomen hier,' zei hij na een tijdje nog een keer.

'Ziet het er zo uit in jouw ogen?' vroeg Zoë, heen en weer geslingerd tussen de wens om hem te laten zien dat ze het goed had gedaan en hem aan de andere kant zijn verplichtingen niet kwijt te schelden. 'God zij dank voor Surinder.'

'Ja, inderdaad.'

Hij knipperde met zijn ogen en wendde zijn blik af. 'Oké, luister. Ik moet je iets vertellen. Ik eh... werk bij de firma.'

Hij bedoelde het textielbedrijf van zijn oom in Birmingham, waar Surinder sinds kort ook voor werkte.

'Verhuis je naar Brum?'

'Nee, ik ga het exportkantoor in Londen leiden.'

‘Oké,’ zei Zoë. Ze vroeg zich af waar dit naartoe ging. ‘Nou, dat is mooi.’

Het bleef lang stil.

‘Dus... eh... ik bedoel... Als je wilt kun je terugkomen.’

Zoë knipperde met haar ogen. ‘Wat bedoel je?’

‘Terug naar Londen komen.’

Hij ging met zijn hand langs de boord van zijn nogal belachelijke satijnen bomberjack.

Zoë keek hem verward aan. ‘Ik snap het niet. Wat bedoel je? Dat ik bij je kom wonen of wat?’

‘O jezus! Ik bedoel... Nou. Ik dacht dat je misschien een appartement kon vinden en ik je dan wat geld kon geven. Bijdragen aan de kosten voor Hari.’ Zijn stem werd zacht. ‘Zoals het hoort.’ Hij schoof zijn mok ongemakkelijk heen en weer en staarde naar de tafel. ‘Ik weet dat ik niet... Ik bedoel. Kom op, Zoë, help me even.’

Zoë had niet verbaasder kunnen zijn. ‘Maar... Ik snap niet wat je bedoelt. Ik dacht dat je dj was en festivals afging.’

‘Ik bedoel... Kom terug naar Londen. Neem je oude baan terug. Ik neem Hari om het weekend of zo, haal hem op van de opvang. Ga vlak bij je wonen. Geef je geld.’

‘Maar dat heb je allemaal nog nooit gedaan! Toen we er woonden!’

‘Ik zei het: ik ben veranderd. De dingen zijn veranderd.’

‘Hoe komt dat dan?’

Jaz haalde zijn schouders op.

Zoë dronk langzaam van haar thee. Ze voelde zich triest worden, hoewel ze natuurlijk niet terug wilde. Natuurlijk niet. ‘Je hebt iemand ontmoet,’ zei ze uiteindelijk.

Hij haalde weer zijn schouders op.

‘Nou, tussen ons was het voorbij, toch?’ zei hij, en hij probeerde het als een grapje te laten klinken, hoewel het in de verste verte niet grappig was.

‘Je hebt iemand ontmoet... die weet van Hari,’ zei Zoë langzaam in een poging te begrijpen hoe het in elkaar zat. De waarheid was als een stomp in haar maag. 'O mijn god, je bent verliefd...'

Jaz leek opeens een verlegen schooljongen. 'Nou...'

'Echt, hè? Je bent verliefd. Je wilt een serieuze relatie!'

Hij glimlachte half. 'Ze... ze maakt een beter mens van me,' zei hij, alsof hij in een film speelde.

Zoë snoof minachtend. 'Tja... Nou, ik heb toch wat meer nodig, wil ik dat echt geloven... Sorry, hoor...'

21

Maar Jaz meende het volkomen serieus. Nu de sluizen eenmaal openstonden, kwam er een waterval aan verhalen over zijn nieuwe vriendin. Ze heette Shanti, was betoverend mooi en helemaal fantastisch, had haar eigen bedrijfje en was, hoorde Zoë met de neiging om met haar ogen te rollen, drieëntwintig. Hij liet haar zelfs foto's van haar zien, en ze was ontegenzeggelijk mooi met haar lange donkere haar en grote groene ogen.

Zoë voelde zich een soort tante. 'Nou, geweldig voor je!'

'Je vindt het toch niet erg, hè, Zoë?' vroeg hij licht verontschuldigend. 'Ik bedoel... Wij tweeën... Dat is ouwe koek, toch?'

'Ouwe koek' zat in de kamer ernaast en verstopte zich elke keer als de enge heks in de video voorbijkwam achter Shackleton, maar Zoë noemde zijn naam maar niet.

'Tuurlijk,' zei ze. 'Ik ben blij dat je gelukkig bent.'

'Ik bedoel, Shanti en ik... we praten over alles. Echt alles. We hebben samen in Goa de zon zien opkomen. En ze is zo spiritueel, snap je?'

Zoë vond spiritualiteit typisch iets voor mensen die nooit tussen de kussens van de bank naar geld om eten te kunnen kopen hadden hoeven zoeken, maar ze wist zich in te houden.

'En door haar zie ik alles anders: dat het een voorrecht is om een kind te hebben en ik een voorbeeldrol voor hem heb als man en hem moet laten zien dat een fatsoenlijke man voor zijn gezin zorgt.'

Zoë kneep haar lippen op elkaar en dwong zichzelf alleen aan Hari te denken. Hari, haar trots, het licht in haar leven. Ze moest doen wat het beste was voor hém.

'Nou,' zei ze, en ze deed haar best om niet sarcastisch te klinken, hoewel dat niet helemaal lukte. 'Ik zou haar graag een keer ontmoeten.'

'Je zult haar leuk vinden! Iedereen vindt haar leuk!'

Zoë vroeg zich af of hij ooit zo enthousiast over háár was geweest tegen iemand en ze wist dat dat niet zo was.

'Oké,' zei Zoë. 'Maar eigenlijk...' Ze keek om zich heen. Het haardvuur knetterde en ze hoorde zacht gegiechel in de kamer ernaast, wat waarschijnlijk betekende dat de laffe leeuw net was komen opdagen.

Ze moest aan het eten beginnen. 'Ik bedoel, het is niet allemáál vervelend hier,' zei ze terwijl ze de snijplank en een ui pakte.

Jaz keek haar verbouwereerd aan. 'Hou je me voor de gek? Je zit hier ongeveer een miljoen kilometer van... nou... alles begraven. Ik bedoel, je kunt net zo goed dood zijn.'

Hij stond op. 'En ik dacht eerst dat het huis er chic uitzag en zo, maar als je beter kijkt...' Hij wees op een niet opgemerkt spinnenweb. 'Het is één grote, verwaarloosde, ouwe zooi. Moet je die oven zien! En het is hier ijskoud. Ik bedoel, het lijkt heel wat, maar eigenlijk is het gewoon ouwe shit...'

'Helemaal niet! Het is echt heel erg mooi, vind ik.'

'Hou toch op. En die enge kinderen. Jezus! En dan nog die lange oude vent... Die zit vast op je te geilen...'

'Doe niet zo belachelijk! Ik ben de au pair!'

'Nou, dat soort gozers neukt altijd het personeel. Wist je dat niet? Dat is algemeen bekend!' zei Jaz. 'En hij is toch afgrijselijk. Heeft zijn eerste vrouw vermoord en wil nu een jonger vrouwtje. Klassiek.'

'Hou je kop!' schreeuwde Zoë veel heftiger dan nodig was op zijn belachelijke commentaar.

'Oké! Oké!' reageerde Jaz terwijl hij zijn handen omhoogstak. 'Ligt gevoelig, blijkbaar. Maar doe nou niet zo stom. Kom gewoon terug naar Londen. Ik zoek wel een appartementje bij ons in de buurt voor je en zal je helpen met de huur. En dan kan ik Hari ophalen bij de opvang en zo. Kom op, dat is toch super geregeld? Dan ben je terug op de plek waar je thuishoort, terug bij je vrienden en vriendinnen. En je moeder. Zorg dat je moeder weer in Engeland komt wonen. Blijf hier niet hangen in de ijzige kou, in de rimboe, waar echt geen reet te doen is. Je hebt je bewezen, je hebt het gedaan, maar kom nu maar gewoon weer naar huis.'

Zoë hakte verwoed de uien om niet meteen te hoeven reageren. Ze wist echt niet wat ze ervan moest vinden.

'Hari is gelukkig hier,' zei ze.

'Nou, hij praat anders nog steeds niet, is het wel? Dus zo gelukkig is hij nou ook weer niet. Dat is duidelijk, lijkt me.'

'Dat gebeurt heus wel als hij eraan toe is.'

'Ja, thuis, in Londen, met goede artsen in de buurt. En tussen kinderen die er net zo uitzien als hij,' voegde hij er nadrukkelijk aan toe.

'Er zijn hier zat kinderen die er net zo uitzien als hij,' antwoordde Zoë stoïcijns. 'Zat' was overdreven, maar hij was echt niet de enige van gemengde afkomst op de opvang. Dus die kon Jaz in zijn zak steken. 'En trouwens, ik kán helemaal niet terug,' voegde Zoë eraan toe. 'De eigenaresse van de boekenbus ligt in het ziekenhuis en ik moet haar vervangen. Ik móét hier wel blijven.'

'Dat is geen punt,' zei Jaz. 'Dan heb ik de tijd om alles te regelen. Shanti heeft een mooi appartement in Wembley. Dus ik trek misschien bij haar in en zoek een leuk appartement voor jou in die buurt.'

Zoë trok nog steeds een bezorgd gezicht.

'Jezus, zie je dan niet wat ik je aanbied? Verdomme, Zo, ik ben helemaal hierheen gekomen omdat ik mijn leven ga beteren.' Chagrijnig nam hij een hap van zijn scone. 'Ik dacht dat je helemaal uit je dak zou gaan van blijdschap.'

'Ik... ja... Ik bedoel... Het is echt heel goed dat je dat wilt doen...'

'Ik wil gewoon...'

'Ja, ik weet het, jij wilt gewoon doen wat goed is, ik snap het. Beter laat dan nooit.' Ze glimlachte flauwtjes.

'Nou, je zult toch een keer terug moeten komen.'

Zoë knikte nogal somber. Het was een tijd stil.

Hari's kleine krullenkopje keek om de hoek van de deur en hij begon te stralen van geluk toen hij allebei zijn ouders bij elkaar zag. Het was alsof hij checkte of het wel écht zo was.

'Hé, bro!' zei Jaz terwijl hij opstond. 'Geef me eens een rondleiding buiten, ja?'

'Ik ga ook mee,' zei Patrick terwijl zijn hoofd boven dat van Hari verscheen.

'Nee, Patrick, jij moet me helpen met het avondeten,' zei Zoë op een toon die geen tegenspraak duldde.

Patricks gezicht vertrok gekwetst.

Jaz negeerde hem en stak zijn hand naar zijn zoontje uit, die Hari vastgreep alsof het een kostbare schat was. Hij was helemaal verrukt.

'Het is wél zo...' zei Jaz toen ze zich omdraaiden om de deur uit te gaan naar de tuin, waar de bladeren opwaaiden in de wind. Hij dempte zijn stem '... dat het niet mág. Je mag niet zomaar in een ander land gaan wonen met een kind. Dat weet je, Zo. Het is tegen de wet.'

'We zijn toch niet in een ander land!'

'Hoezo? Dit is Engeland?' Hij snoof en wees naar het loch, dat er donker en dreigend uitzag.

'Nee,' zei Zoë. 'Maar het hoort wel bij Groot-Brittannië.'

Jaz keek om zich heen en haalde zijn schouders op. 'Tja...' zei hij, en zelfs al bedoelde hij het misschien niet zo, het klonk dreigend.

Hij stapte de tuin in, met Hari huppelend van blijdschap naast hem, helemaal in adoratie voor zijn vader, zijn held, en Zoë keek hen na in het verdwijnende licht. Ze renden door de bladeren, Jaz tilde Hari op en liet hem door de lucht vliegen. Ze leken zo op elkaar, zelfs in hun manier van lopen.

Het had een ontroerende scène moeten zijn, een hereniging.

Maar Zoë was plotseling door een angst, grenzend aan paniek, bevangen.

Patrick kwam naast haar staan. 'Nanny Zeven, je trilt helemaal!' Zachtjes vroeg hij: 'Heb je het monster gezien?'

'Ik weet het niet...' zei Zoë.

22

Toen Jaz en Hari binnenkwamen, moe en koud van de ijzige namiddag, waren ze buiten adem en vrolijk.

Patrick zat ostentatief met een puzzel in een hoekje te pruilen; Zoë was benieuwd hoelang hij het vol zou houden zijn mond te houden. Shackleton keek toe terwijl ze stukken rundvlees aanbakte tot ze bruin waren en ze daarna in een ouderwetse braadpan schepte, waaraan ze rode wijn, bessen, bouillon, wilde paddenstoelen en rozemarijn toevoegde om te laten sudderen zodat alle smaken zich mengden. Het rook heerlijk.

Jaz bleef in de deuropening staan.

'Eet je mee?' vroeg Zoë.

Jaz schudde zijn hoofd. 'Neuh, het ruikt raar,' zei hij. 'Ik eet in Inverness wel iets... Daar hebben ze toch wel een KFC, neem ik aan?'

'Geen idee.'

Hari keek omhoog naar zijn vader.

'Luister, bro. Ik moet nu weg, maar ik kom gauw terug, oké? En daarna zien we elkaar heel vaak, ja?'

'Jaz,' zei Zoë. 'Ik heb een baan hier. Twéé zelfs! Ik kan niet zomaar weglopen hier!'

Patrick spitste zijn oren.

'Jíj bent degene die weg is gegaan.'

'Ik ben híér niet weggegaan,' zei Jaz. 'En nu ben ik terug. In Londen. Waar jíj bent weggegaan!'

'Voor we van de honger omkwamen!' zei Zoë.

Jaz rolde met zijn ogen. 'Doe niet zo dramatisch,' zei hij. 'Je maakt Hari van streek.'

'Wat is er gebeurd met je ik-ben-veranderd-verhaal?' Zoë kon het niet laten dat te zeggen.

'Ik ben hierheen gekomen om jou te zeggen dat je naar Londen terug kunt en dat ik een appartement voor je zoek en betaal en voor mijn zoon wil zorgen,' zei Jaz. 'En op de een of andere manier ben ík de slechterik.'

Daarna viel er weinig meer te zeggen. Hij vertrok via de tuin – het was bijna donker – en stapte in zijn kleine rode autootje.

Hari stond voor het raam van de zitkamer en keek hem na tot hij uit het zicht verdween.

'Ik vind hem niet leuk,' fluisterde Patrick tegen Zoë.

Die moest een glimlach onderdrukken toen ze antwoordde: 'Doe niet zo raar, het is Hari's vader!'

'Ja, en Hari is heel erg verdrietig,' zei Patrick, wat Zoë niet kon ontkennen.

Het eten was heerlijk, maar Zoë raakte nauwelijks iets aan. Hari staarde alleen maar verlangend uit het raam en zuchtte af en toe diep. Mary was in een van haar prikkelbare buien waarin niets goed genoeg was. Alleen Shackleton at met smaak en genoot er duidelijk van. Na de maaltijd ruimde Zoë automatisch af, zorgde ervoor dat de kinderen hun borden in de vaatwasser zetten en bracht de oververmoeide Hari en Patrick zo snel het kon naar bed. Het was moeilijk om de twee jongetjes voor te lezen uit *Up on the Rooftops*, omdat het zich afspeelde in Londen en er allerlei bekende plekken in voorkwamen, waarbij Patrick doorlopend vroeg of Hari daar weleens naartoe ging en waar ze woonden en of ze ook op de daken konden klimmen daar, en hij zei dat hij als hij bij hen op bezoek kwam in Londen op alle daken ging klimmen.

Het huis voelde enorm verlaten toen iedereen naar bed was. Zoë ging gewoonlijk al slapen als de kinderen nog geen vijf minuten in bed lagen – ze had zo'n druk leven – maar vanavond kon ze dat niet. Ze drentelde door de keuken, zette thee, die ze vervolgens koud liet worden, overwoog een vriendin te appen. Maar wat had ze daaraan? Haar vriendinnen in Londen zouden alleen maar zeggen: 'Super! Tot gauw!' Jaz nam eindelijk zijn verantwoordelijkheid; hij ging zich eindelijk settelen. Haar moeder zou er blij om zijn dat haar dochter weer naar Londen ging, tussen haar eigen soort, terug naar waar ze thuishoorde, en dat die weglopen-naar-Schotland-onzin voorbij was. Ze kon Kirsty bellen, bedacht ze, maar die kende Jaz niet eens.

Ze voelde zich vreselijk alleen. Boven sliep haar mannetje, dat ze met haar eigen leven zou verdedigen. Maar wat was het beste voor hem? Waar kon hij het beste opgroeien? Hier, met vriendjes en alle ruimte? Hoe hij was veranderd, van houding, hoe vaak hij glimlachte, hoeveel hij leerde, hoe hij in bomen klom... Terug naar een klein eenkamerappartementje in de stad? Niet dat er iets mis was met de stad, maar...

De gedachte weer te moeten forenzen naar haar werk, geperst in een overvolle bus of metro, opgepropt tegen allerlei andere reizigers, een uur reizen van huis te werken... vergeleken met hoe haar leven nu was: haar dagelijkse wandeling de heuvels op, waarvandaan ze de natuur in al haar glorie voor zich zag liggen, die elke dag weer anders was en er vaak alleen voor haar plezier leek te zijn. De geur van de hete, smerige treinen inruilen voor de vage geur van houtvuur, het gescharrel van de ratten in de metro's verruilen voor de majestueuze vlucht van een arend boven de heuvels, of het grappige waggelen van een patrijs die een wandelingetje maakte, de wilde ganzen boven het water, de reiger, de zeehonden die lagen te zonnen op de rotsen.

Na weer een kop thee die koud was geworden, zette ze de ketel nog maar een keer op. Had Jaz gelijk over haar verhuizen? Ze wist dat je een kind niet mee het land uit mocht nemen, maar Schotland was hetzelfde land. Of in elk geval op dit moment.

Maar ze wist ook dat een rechter de dingen anders kon zien, ze mocht dan wel in hetzelfde land zijn, maar Hari woonde wel heel ver van zijn vader vandaan.

De gedachte aan een rechter klemde zich als een koude hand om haar hart. De angst dat Jaz nooit voor Hari op bezoek zou komen was plotseling veranderd in bang zijn dat Jaz hem voortdurend zou claimen...

O god! Wat een puinhoop! Wat een puinhoop... Stel dat Hari voor de rechtbank moest verschijnen? Er ging een huivering door haar heen. Stel dat hij daar stond en dat hij vragen moest beantwoorden van de rechter en hij niets zei? Zouden ze haar de schuld geven? Zouden ze hem van haar afpakken?

Ze maakte zichzelf steeds banger, haar gedachten gingen alle kanten op, en ze stelde zich steeds akeliger dingen voor. Stel dat ze haar een slechte moeder vonden? Dat ze uit de ouderlijke macht werd ontzet? Stel dat Jaz' nieuwe vriendin inderdaad fantastisch was en Hari dol op haar was en liever in Londen woonde en...

Ze liet haar hoofd op de tafel zakken en verborg het in haar armen zodat ze – zoals ze altijd moest omdat ze met Hari op één kamer sliep – kon huilen zonder geluid te maken, hoewel niemand haar gehoord zou hebben in het enorme, doodstille huis, waar ze alleen de staande klok hoorde, die Patrick elke dag op moest winden (dat was een van zijn taken, zoals ze allemaal taken hadden tegenwoordig, maar Zoë had geprobeerd sommige daarvan ook leuk te maken en Patrick nam zijn taak uiterst serieus), zelfs toen de ketel op het vuur begon te fluiten.

En dat is hoe Ramsay haar aantrof toen hij een halfuur later via de achterdeur binnenkwam; ze had zich bijna in slaap gehuild.

Hij schrok toen hij haar zag. Het leek of ze bewusteloos was, maar ze schrok wakker uit haar halfslaap zoals dat gaat als je bezig bent in slaap te dommelen en je opeens het gevoel hebt dat je een traptree mist, en even wist ze niet waar ze was. Meteen veegde ze haar tranen weg en keek op naar Ramsay, die haar tot dan toe had beschouwd als uiterst capabel en ongelofelijk positief en onder de indruk was van haar dappere pogingen zijn lastige kinderen op te voeden, van hoe ze zich door niets liet weerhouden, van hoe ze in feite het licht had binnengelaten. Hij zou het nog in geen miljoen jaar letterlijk toegeven, omdat ze bijna een halve meter kleiner was dan hij, maar hij keek tegen haar op. Ze was het zo gewend om van niets iets te maken, ongestoord door alle drukte en herrie om zich heen. Ze had iets onverzettelijks.

En nu was ze totaal van de kaart en voelde hij een golf van tederheid voor haar, als voor een vogel met een gebroken vleugel. Hij zette de zware doos die hij in zijn handen had neer en haastte zich naar haar toe. Zijn eerste opwelling was om haar in zijn armen te nemen en zij besefte toen ze naar hem opkeek met een schok dat dat precies was wat ze wilde dat hij deed.

Hij deed het niet. 'Gaat het?' vroeg hij.

Zoë knipperde met haar ogen. Ze voelde dat ze rood werd, dus sprong ze op om water in haar gezicht te plenzen om af te koelen. Wat moest hij wel niet van haar denken? 'Sorry... Ja, het is gewoon... ik moet in slaap zijn gevallen...' Ze wreef hevig over haar wangen om haar uitgelopen mascara weg te wassen.

Ramsay stond er wat verloren bij, zijn grote handen bewogen nerveus. 'Weet je echt zeker dat het wel gaat?'

Door de bezorgdheid in zijn stem barstte ze bijna weer in tranen uit. Ze bleef voor de gootsteen staan en durfde zich niet om te draaien. 'Eh...' begon ze om haar stem te testen, die een beetje trilde. Ze ademde diep in en slikte. 'Het was gewoon... het is altijd lastig...'

'Om Hari's vader te zien?'

Zoë knikte. 'Nou,' zei ze stoutmoedig. 'Jij kent het gevoel.' Ze had zich nog steeds niet omgedraaid en zag dus niet dat Ramsay zijn gezicht vertrok in een grimas.

'Hm,' reageerde hij vaag. 'Maar het is fijn dat hij je zoontje komt opzoeken.'

'Mwah,' zei Zoë terwijl ze zich eindelijk omdraaide, 'zo zit het niet helemaal in elkaar' Toen zag ze de doos. 'Wat is dat?' vroeg ze nieuwsgierig terwijl ze haar gezicht afdroogde.

Ramsays mond vertrok. 'Het was... het was eigenlijk een verrassing,' zei hij.

Zoë liep naar de doos. 'Is dat wat ik denk dat het is?' vroeg ze verrast. Ze had niet gedacht dat de dag nog iets in petto had voor haar.

'Ik wilde hem aansluiten zodat je morgen als je beneden komt...'

'Maar hoe... Waarom?'

'Ik heb... Nou...' Hij wreef een beetje verlegen over zijn gezicht. 'Sinds jij ermee bent begonnen... Je weet wel, het opruimen van de bibliotheek... Nou...' Hij kuchte. 'Dat heeft me geïnspireerd en ik heb ook dingen uitgezocht en best veel verkocht...'

Zoë bekeek het plaatje op de doos: een glanzende espressomachine. 'O, geweldig!'

Ramsay tilde het apparaat uit de doos. 'Huh? Kuipjes?' Hij rimpelde zijn voorhoofd. 'Ik begreep niet helemaal hoe het moest.'

'O, dat weet ik wel!' zei Zoë.

Dat ze zo snel weer haar evenwicht had gevonden, verbaasde hem. Ze wist hoe ze zichzelf moest herpakken; dat had ze vaak moeten doen, besefte hij. Ze was helemaal geen gewond vogeltje. Ze had veerkracht.

Zoë sloot het apparaat aan en slaakte een blijde kreet toen ze zag dat er twee kopjes en een melkschuimer bij zaten, en hij keek toe terwijl het bijzondere apparaat opwarmde. 'Eens kijken of er cafeïnevrij bij zit,' vroeg ze zichzelf hardop af met een blik op de klok. Het was laat. 'Ach,' mompelde ze, 'wat maakt het ook uit. Ik slaap toch niet.'

Ze maakte twee perfecte kleine macchiato's voor hen, met een mooie melkkrul bovenop.

'Nou, proef dit maar eens!' zei ze terwijl ze hem zijn koffie aangaf.

Het kleine kopje zag er belachelijk uit in zijn grote handen, als het speeltje van een reus. Hij kon zijn vinger niet eens door het oortje krijgen om een slok te nemen.

Zoë besefte dat ze naar zijn grote handen zat te staren en zich afvroeg hoe die op haar lijf zouden voelen...

'Ja, ik ken het,' zei Ramsay. 'Je slaapt nooit meer hetzelfde als je eenmaal kinderen hebt, toch?'

Ze bloosde en richtte haar aandacht weer op hem; hij vroeg iets.

'Nee, echt niet,' beaamde ze. 'En als je in je eentje bent...'

'Precies, ja...'

Ze gingen allebei aan tafel zitten.

'Wat is er misgegaan tussen jou en je vrouw?' vroeg ze spontaan.

'Te jong getrouwd,' antwoordde Ramsay meteen, alsof het was ingestudeerd.

'Ik ook,' zei Zoë. 'Nou, niet getrouwd. Maar...'

Ramsay nam een slokje van zijn koffie en vertrok zijn gezicht in een grimas.

'Je gaat me toch niet vertellen dat je het niet lekker vindt?'

'Het is... anders.'

'Ja, omdat het koffie is. Zo hoort koffie te smaken.'

'Nou, wat heb ik tot nu toe dan altijd gedronken?'

'Afwaswater.'

'Hm, ik hou wel van afwaswater.'

'Nou, leuk voor je.'

Ze glimlachten.

'Ik geloof niet dat je daarna nog jong kunt zijn,' vervolgde Ramsay peinzend terwijl hij het kleine kopje terug op tafel zette. 'Niet echt. Als je eenmaal kinderen hebt. Wat vind jij?'

'Niet op dezelfde manier, nee,' zei Zoë. Buiten riep een uil, maar verder was alles doodstil. 'Niet in de zin dat je alles kunt doen en overal heen kunt waar je maar wilt. Ik weet nog goed toen het voor de eerste keer tot me doordrong dat het een ramp zou zijn als ik doodging. Niet voor mij, maar voor hém, snap je.'

Ramsay knikte heftig.

Het was zo stil, zo rustig. Er leek een soort magie in de keuken te hangen: de gezellige lampen, het langzaam dovende vuur in de haard, de dunne lijn tussen waken en slapen in het diepst van de nacht, wanneer alles mogelijk lijkt.

Zoë werd heen en weer geslingerd tussen Ramsay alles vragen over de moeder van de kinderen, alles wat ze moest weten, en een absurd verlangen om zijn hand te pakken en die plompverloren over de hare te leggen. Hij was linkshandig, besefte ze. Geen ring. O god, waarom kon ze haar ogen er niet van afhouden? Het was een prachtige hand: slank maar sterk, met dunne blonde haartjes erop die onder zijn horlogebandje verdwenen. Het leken de handen van een pianist. Ze moest haar ogen ervan losrukken. Of naar bed gaan voordat ze iets idioots ging doen waardoor ze ontslagen zou worden, iets wat alleen maar het resultaat was van haar triestheid en de cafeïne en het feit dat haar baas de enige in lange tijd was die een beetje aardig tegen haar deed.

'Dus, eh... je man?' zette Ramsay het gesprek voort.

'Mijn ex-vriend.' Ze slaakte een zucht en was weer terug in het heden met alle problemen. O god! Jaz! 'Hij wil dat ik terugverhuis naar Londen.'

Hij trok zijn wenkbrauwen op.

'Ik heb gezegd dat dat niet kan,' zei ze haastig. 'In elk geval... in elk geval niet tot Nina weer kan werken.'

'En dan?' Hij hield zichzelf voor dat hij zich natuurlijk teleurgesteld voelde omdat ze de beste au pair was die ze ooit hadden gehad. De kinderen zouden haar missen.

Zoë haalde haar schouders op. 'Tegen die tijd gaan ze weer naar school... Ik...' Ze zuchtte. 'Is het goed als ik dat nu niet hoef te bedenken?'

'Natuurlijk,' zei Ramsay. 'Ik ben alleen bang dat we geen Nanny Acht aankunnen.'

Ze glimlachte flauwtjes. Natuurlijk was ze gewoon de nanny voor hem. Natuurlijk. Ze was gewoon bij hem in dienst. Een soort Mrs MacGlone, alleen een jaar of veertig jonger.

Ze brachten allebei hun kopje naar hun mond en dronken het leeg.

'Goed!' zei Zoë. Ze probeerde luchtig te klinken en stond op het punt op te springen. 'Tijd om...'

Op dat moment hoorden ze een auto aankomen over het grind, die slippend en met piepende remmen tot stilstand kwam.

23

Er werd luid op de achterdeur gebonkt, maar wie er ook voor stond, diegene wachtte niet tot er werd opengedaan maar kwam meteen naar binnen en wankelde de keuken in. Zoë en Ramsay sprongen op, om de een of andere reden allebei een beetje schuldbewust. In het licht van de koplampen van de auto, die helemaal tot naast het huis was doorgereden – de motor draaide nog en uit het openstaande portier blèrde muziek – stond Larissa.

Zoë merkte meteen twee dingen op: dat ze er prachtig uitzag in een strakke roze jurk met een mooie ketting om haar hals en – o mijn god, was dat een tiara in haar opgestoken blonde haar? – ten tweede dat ze duidelijk heel, heel dronken was. Ze wankelde vervaarlijk op haar hoge hakken.

'Schat?' zei ze. Ze zag er verdrietig uit. 'Schat?'

Ramsay stapte snel naar haar toe. 'O, shit!' zei hij. 'O, Larissa. Het spijt me! Het spijt me ontzettend! Ik ben het helemaal vergeten.'

'Ik zat daar...' zei ze met dubbele tong. 'Ik zat daar... met al die vreselijke mannen die maar opmerkingen bleven maken... over... over jóú, Ramsay. En mij.' Ze snifte melodramatisch.

'Wil je een kop thee?' vroeg Zoë snel. 'Of een glas water?'

Larissa keerde zich om alsof ze Zoë nu pas zag, wat ook inderdaad zo was. 'O!' zei ze met overslaande stem. 'O! Dus zó zit het!'

'Er zit helemaal niks zó,' zei Zoë meteen.

'Larissa, lieverd, rustig! Kom, dan rij ik je naar huis,' zei Ramsay.

Ze keek hem aan. Haar gezicht zat vol mascaravegen. 'Ik was... Ik heb zo mijn best gedaan voor je, Shackleton Ramsay Urquart,' krijste ze.

'O, daar komt het dus vandaan,' reageerde Zoë mompelend. 'Maar waarom moet Shackleton dan wél zo genoemd worden? Hij heeft vast ook een leukere tweede naam.'

Ramsay probeerde Larissa mee te krijgen. 'Kom mee, schat. Ik breng je naar huis.'

'Ik heb zo mijn best gedaan! Ik heb aardig gedaan tegen die afgrijselijke kinderen van je. Ik kom hier heel vaak langs. Ik bel je, ik neem je mee uit, ik... ik... Neuk je met haar?'

'Wat?' vroeg Ramsay. 'Kom, ik breng je naar huis.'

'Je neukt de au pair! Natuurlijk! Verdomme! En ga nou niet zeggen dat ze vroeger non was en leuk kan zingen. Von Trapp!'

'Je weet niet wat je zegt. Ik breng je nu meteen naar huis.'

Zoë was knalrood en wilde de keuken uit gaan.

'O nee!' krijste Larissa. 'Hier blijven! Schenk een whisky voor me in!'

'Ze is geen dienstmeid,' zei Ramsay.

'Ik kan echt wel voor mezelf opkomen, dank je wel,' zei Zoë kattig.

'Natuurlijk is ze de fucking dienstmeid!' zei Larissa. 'Je neukt de dienstmeid! Je hebt het altijd lagerop gezocht, hè, schat?'

Het was alsof ze een masker had afgezet, alle gif kwam eruit.

'Je bent dronken,' zei Ramsay. 'Je weet niet wat je zegt.'

Zoë dacht dat het andersom was: dit wilde ze al heel lang zeggen.

'Larissa. Alsjeblieft. Laat me je naar huis brengen.'

'Hoe kun je daar nou nog energie voor hebben nadat je de hele avond hebt liggen wippen met de au pair?'

'Ik ben weg hier,' zei Zoë, inmiddels bijna paars van woede.

Ramsay wierp haar een gepijnigde blik toe, maar Zoë negeerde hem.

'Ik zat daar maar... iedereen vroeg naar je... iedereen bekeek me medelijdend... Míj! Ik ben vergeten hun te vertellen dat je van arme kleine meisjes houdt...'

Zoë liep naar de keukendeur en trok hem open. Daar stonden alle vier de kinderen. Zelfs het enorme huis kon niet voorkomen dat ze wakker waren geworden van het gekrijs.

'O, jezus,' zei Zoë. 'Kom mee, jongens, terug naar bed. Het is niks.'

'Niks?' gilde Larissa. 'Ha! Maak kennis met jullie nieuwe moeder, kinderen. Ze staat voor jullie. Jullie denken dat ze de nanny is, maar dat is ze niet! Ze trekt bij jullie in! En ze neukt je vader. Hoop dat je ervan geniet, nanny! Dat is het enige wat hij goed kan.'

Zoë verstijfde, maar draaide zich niet om. De kinderen keken geschokt.

'Het is oké,' zei ze. 'Kom. Kom maar mee. Shackleton, help me alsjeblieft. Luister. Het is goed. Soms drinken grote mensen te veel en dan gaan ze rare dingen zeggen die ze helemaal niet menen.'

Larissa hief met overslaande stem "Daar komt de bruid" aan.

'Ze moet ophouden!' riep Patrick.

Ramsay stak zijn hand uit om Larissa mee naar buiten te nemen.

'Raak me niet aan!' krijste ze. 'Raak me niet aan! Behandel me niet zoals de eerste.'

Zoë smeet de deur achter zich dicht en trok de kinderen met zich mee.

24

Zoë trilde van woede terwijl ze een huilende Hari en Patrick met zich meetrok en Shackleton zijn zusje zachtjes mee de trap op nam. Achter hen ging Larissa's schelle gekrijs door, gevolgd door Ramsays kalmerende, mompelende stem. Uiteindelijk reed de auto weg.

Zoë nam iedereen mee naar Patricks kamer en liet ze allemaal op de bedden gaan zitten. Toen liep ze naar de wasbak en dronk in één keer een glas water leeg in een poging rustig te worden.

Dat Larissa zich zo kon gedragen voor de ogen van Ramsays kinderen, voor de ogen van háár kind, maakte Zoë zo kwaad dat ze het liefst keihard wilde gaan schreeuwen, met dingen wilde gaan gooien, ergens tegenaan wilde trappen. De trut was natuurlijk van streek en dronken en voelde zich in de steek gelaten, maar toch. Zoiets deed je gewoon niet in het bijzijn van kinderen, of je nou dronken was of niet.

Na vaker dan een paar keer diep inademen en met veel wilskracht lukte het haar na een tijd zich om te draaien naar de rij ongeruste en geschokte kinderen. Ze wilde hun niet gaan vertellen dat ze de hele tijd gelijk hadden gehad in hun oordeel over Larissa.

Haar hart klopte als een razende toen ze ging zitten en begon: 'Nou, soms drinken grote mensen te veel... en dan gaan ze zich... anders gedragen... niet op hun best, meestal. In dit geval was Larissa... heel erg moe. En begreep ze de dingen verkeerd. En ik weet zeker dat ze niet meende wat ze zei, dat ze het echt niet zo bedoelde en het ook niet waar was en ik weet ook zeker dat ze zich er morgenochtend echt heel vreselijk over zal voelen. En dat,' voegde ze eraan toe, 'is waarom je nooit te veel moet drinken.'

Ze keken haar allemaal aan, behalve Mary, die uit het raam staarde.

'Ik denk,' verbrak Patrick de stilte, 'dat ze jou helemaal niet mag.'

'Niet iedereen mag iedereen,' zei Zoë automatisch. 'En dat is niet erg.'

Ze stond op en knielde voor Mary neer. 'Schatje, ik weet dat jij sommige dingen hebt begrepen van wat ze zei. Maar je weet dat het niet waar is, hè? Larissa was gewoon... over haar toeren.'

Mary's gezicht bleef ijzig. 'Ze wil met papa trouwen, maar dat kan niet, want jíj gaat met hem trouwen.'

'Ooooo!' zei Patrick.

'Nee!' zei Zoë. 'Jezus! Nee! Zo zit het helemaal niet. Dat zweer ik.'

Mary schudde haar hoofd. 'Wel waar! Wel waar! Ik heb jullie gezien!'

Zoë verbleekte van schuldgevoel. Wat had ze gezien? Er viel niks te zien, er was helemaal niets, niets...

'Met Samhain! Ik zag jullie elkaar omhelzen!' Mary knipperde met haar ogen.

O god! 'We dansten samen, Mary. Twee seconden! Dat was alles. Niet... niet wat jij denkt.' Zoë voelde dat ze rood werd omdat het voor haar méér was geweest en Mary, die haar met brandende ogen aankeek, wist het.

'Je liegt!' schreeuwde het meisje. 'Je liegt! Iedereen liegt tegen me! Iedereen liegt!'

Ze stond op en rende de kamer uit.

DEEL VIER

'De raven verzamelen zich,' vertelde de Beefeater hun, terwijl hij met zijn spies op de torenvloer bonkte. 'Ze maken zich klaar om te gaan vliegen. En als ze dat doen, kleurt de hemel zwart, de rivier rood, verbrokkelen de stenen en splijt de aarde open om te huilen voor alle verlorenen. Dus. Wie wil er een theedoek met de Tower Bridge erop mee naar huis nemen?'
Wallace staarde hem aan. 'Wat zei je?'
'Ik zei: "Wie wil er een theedoek met de Tower Bridge erop mee naar huis nemen?"'
'Ik!' riep Francis luid.

Uit: *Up on the Rooftops*

1

Het duurde eindeloos om de jongens zo rustig te krijgen dat ze konden slapen en Zoë wist dat ze naar Mary toe moest. Ze kalmeerde hen, vertelde hun dat Larissa heel erg over haar toeren was en daarom zulke rare dingen zei en stemde er ten slotte mee in dat Hari voor één keer in Patricks kamer sliep. De jongens gingen in één bed liggen en ze streelde hun hoofdjes. 'Het is niet waar,' fluisterde ze. 'Ga maar lekker slapen.'

Shackleton was weggeslenterd en Zoë maakte zich ook zorgen om hem, hij kropte alles zo op. Maar eerst moest ze iets met Mary.

'Ga weg!' was het antwoord na haar klopje op Mary's deur. 'Ga wég!'

'Ik wil alleen even met je praten.'

'Nee! Ik wil niet praten met jou. Nooit meer. Nooit!'

Zoë pakte een deken en wat kussens van de stoel aan het einde van de gang en zei: 'Oké, ik blijf hier zitten totdat je er klaar voor bent. Ik ga niet weg hier, Mary. Ik blijf hier wachten.'

'Ik haat je!'

'Dat is oké.'

Helaas eiste de lange, emotionele dag zijn tol en toen Zoë op een paar verrassend comfortabele kussens op de vloer van de gang lag merkte ze dat ze geen energie meer had, de gebeurtenissen van die dag waren te groot en ingrijpend om allemaal in één keer te kunnen verwerken. Zoë kon van een klein probleem urenlang wakker liggen, maar nu, met een heel groot probleem, was ze te overdonderd en werd ze overmand door een diepe slaap.

Ramsay kwam pas twee uur later thuis, na een vervelende reis terug naar Larissa's huis waarin hij van plan was geweest haar de waarheid eens goed te zeggen, maar in plaats daarvan had Larissa eerst niet in de auto willen stappen zodat hij er haar zowat in had moeten tillen en was ze daarna onmiddellijk in slaap gevallen en luid begonnen te snurken. Hij had zijn jas over haar prachtige jurk gelegd en in stilte over de verlaten landweggetjes gereden, witheet van woede en flink van streek, en zich niet eens gerealiseerd dat hij veel te hard reed tot er vlak voor de auto een hert over de weg schoot, waarna hij een minuut of tien stil had gestaan aan de kant om te kalmeren; als hij een ongeluk kreeg en Larissa en hij omkwamen, waren de kinderen nog slechter af dan ze nu waren.

Eindelijk bij Lochdown Manor aangekomen, trof hij daar tot zijn afschuw een stel kakkerige jachtvrienden die nog op waren en een fles whisky soldaat maakten. Ooit behoorden ze tot zijn kennissenkring en ze vonden het geweldig hem weer eens te zien; Larissa's kleine intermezzo was in hun ogen ronduit hilarisch.

'O jezus, je wist dat je ervanlangs zou krijgen, Rammy, kerel,' zei Crawfs. 'Ze zat de hele avond te koken van woede.'

'Weet je dat ze zelfs de ober probeerde te verleiden en tegen hem aan ging hangen om jou jaloers te maken? En je wás er niet eens!'

'Mijn god, ze gedroeg zich als een dronken slet.'

Ramsay merkte dat hij bijna medelijden voelde voor Larissa om de manier waarop er over haar werd gepraat, dus bracht hij haar snel naar boven, trok haar schoenen uit – maar niet haar kousen – en legde haar in bed in haar enorme Laura Ashley-slaapkamer, waar hij naartoe was gegaan op avonden waarop hij zich zo alleen voelde dat hij het niet meer uithield. Hij had haar lief en schattig gevonden...

Hij vulde een groot glas met water en zette dat naast haar neer, en toen hij zijn hoofd omdraaide om voor de laatste keer naar haar blonde hoofd te kijken, schudde hij zijn hoofd. Hij koos altijd de verkeerde vrouwen uit. Altijd. Hij had er genoeg van. Dit was de laatste keer geweest.

Beneden begonnen de mannen meteen weer met hun grappen en hij haastte zich het huis uit om in haar auto weer naar huis te rijden. Ze zouden later wel regelen hoe die weer terugkwam. Hij racete langs het donkere loch terug naar The Beeches. De ondergaande maan bescheen de golven op het wateroppervlak met daaronder de mysterieuze diepte. Het weer was aan het veranderen. Het zag ernaar uit dat het frisse heldere herfstweer ten einde liep. Er was storm voorspeld, hoewel de enige weersverwachting die je hier eigenlijk nodig had 'veranderlijk' was.

Hij tolde van vermoeidheid toen hij thuiskwam. Hij nam aan dat Zoë de volgende ochtend zou vertrekken. Ze had gezegd dat ze terug naar huis ging. Dus was dit de druppel.

God, wat een puinhoop. Wat een ongelofelijke puinhoop, alles. Het was vier uur in de nacht. Hij kon net zo goed proberen nog wat slaap te pakken.

Tot zijn verbijstering trof hij Zoë als een soort schildwacht voor de deur van Mary aan. Ze was diep in slaap. Het drong tot hem door hoe absurd het was: zijn eerste gedachte was geweest dat Zoë nu wel weg zou gaan. Maar háár eerste gedachte gold zijn enige dochter.

Hij keek om het hoekje van Mary's kamer. Ze ademde regelmatig, maar op de een of andere manier betwijfelde hij of ze echt sliep, dus zei hij heel zachtjes haar naam. Ze reageerde niet en na een seconde of twee liep hij naar het bed toe, bukte zich over haar heen en kuste haar op haar voorhoofd. 'Ik hou van je,' zei hij teder.

Mary lag zo stil mogelijk. Ze wist het. Hij had het bewezen. Hij verontschuldigde zich tegenover haar. Hij hield van haar. Ze probeerde niet met haar ogen te knipperen zodat de tranen niet op haar kussen liepen.

Ramsay struikelde bijna over Zoë toen hij de kamer weer uit kwam. Haar gezicht was zo kwetsbaar en open in haar slaap dat het niet gepast voelde om lang naar haar te kijken. Hij stak zijn hand uit om haar over haar haren te strijken, maar trok die haastig weer terug. Genoeg! Hij had al genoeg problemen.

Ze was de tweede slapende vrouw die hij achterliet die nacht. Maar zijn gevoelens voor hen verschilden enorm van elkaar.

2

Toen ze wakker werd, wist Zoë eerst niet waar ze was, ze wist alleen dat ze het ijskoud had en zich werkelijk afgrijselijk voelde.

Daarna drong het tot haar door dat ze op de vloer lag en dat het ochtend was. De regen sloeg tegen de ramen. En alles was afschuwelijk. O god! Wat was er gebeurd?

Langzaamaan kwamen de herinneringen aan de avond ervoor terug en ze ging kreunend rechtop zitten in de lange gang.

O god! Ze had niet in slaap willen vallen! Ze had wakker moeten blijven voor Mary. Ze sprong op, al haar zintuigen plotseling op scherp. Jezus. Was er één volwassene in het leven van het kind die haar niét in de steek liet? Ze klopte aan en toen ze geen antwoord kreeg, leek het alsof zich een ijskoude hand om haar hart sloot.

'Mary? Mary?'

Ze rammelde aan de deur, die gewoon openging. De kamer was verlaten en het raam stond wijd open. Er blies een ijskoude wind naar binnen.

Ze is al naar beneden en zit gewoon te ontbijten, hield Zoë zichzelf voor.

Haastig liep ze naar de kamer van Patrick om te kijken of de kleintjes al op waren. Patrick wreef zijn ogen uit, maar Hari viel nergens te bekennen.

Dan was Hari natuurlijk ook al beneden, samen met Mary. Misschien hielp ze hem wel met zijn ontbijt. Het idee dat Mary Hari met iets zou helpen was volkomen irreëel, maar toch hield Zoë eraan vast terwijl ze de trap af holde.

De keuken was leeg. Er stonden alleen twee koffiekopjes op

het aanrecht. Zoë staarde er verwezen naar alsof ze niet wist waar die in vredesnaam vandaan kwamen. Het leek eeuwen geleden.

'Hari!' riep ze. Toen rende ze de trap weer op, helemaal naar de zolder, naar de dienstbodekamertjes, en gooide daar alle deuren open. Alleen maar ijzeren bedden, en geen Hari. Zoë begon in paniek te raken. Waar was hij? Hij kwam altijd meteen als ze hem riep.

Ze racete weer de trappen af. Intussen was Mrs MacGlone gearriveerd.

'Mrs MacGlone! Hebt u Hari gezien? Toen u binnenkwam? Hij is niet hier?'

'Heb je overal gekeken?' vroeg Mrs MacGlone. 'Ik bedoel, er zijn heel veel kamers. En weet je zeker dat hij geen verstoppertje speelt en niet ergens in een kast zit?'

'Alleen op zolder. Maar hij gaat niet zomaar naar een andere kamer die hij niet kent.'

'Dan ga ik op de andere kamers zoeken.'

'Ja,' zei Zoë met een dichtgeknepen keel. 'En Mary is er ook niet.'

Mrs MacGlone fronste haar voorhoofd toen Zoë naar de achterdeur rende en die opengooide. Het waaide stevig en de deur klapte bijna dicht in haar gezicht. Het gras was berijpt en Zoë zag er de voetstappen op van Mrs MacGlone naar het huis, maar ook nog vaag twee paar méér.

Zoë trok wit weg. 'Ze heeft hem meegenomen.'

'Wat is er?' Plotseling stond Ramsay naast haar in de deuropening, in spijkerbroek en bezig een oude schipperstrui aan te trekken over een gestreepte pyjama die er net zo oud uitzag als het huis.

'Mary... Mary is weg met Hari. Ze heeft hem meegenomen.'

Ramsay vloekte. 'Je weet zeker dat ze niet gewoon naar buiten zijn om... om te spelen?'

De wind stormde door de bomen.

'Dat... dat soort dingen doen ze niet samen...' zei Zoë klappertandend.

'Jezus,' zei Ramsay. 'O jezus. Kom mee. Verdomme, waar is mijn telefoon?'

Die bleek op het aanrecht te liggen, maar de batterij was leeg.

'Ik heb de mijne,' zei Zoë met bevende stem. 'Mrs MacGlone, blijft u hier en... zorg voor de jongens die ze...'

De jongens die ze niet heeft meegenomen, had ze willen zeggen. De zin hing onuitgesproken in de lucht. Mrs MacGlone knikte, haar mond een dunne lijn. 'En zeg dat ze niet bang moeten zijn...' riep Zoë erachteraan, maar dat had weinig zin, omdat de twee jongens inmiddels allebei in de keuken stonden en Ramsay en Zoë nakeken terwijl die de overwoekerde tuin in snelden.

Shackleton haalde hen binnen een paar tellen in. 'Ik ga in het bos zoeken!' zei hij, en zijn stem klonk opeens veel te oud voor zijn leeftijd.

Zoë keek nog even naar hem om en ving een glimp van het huis op, afgetekend tegen het grijze ochtendlicht. De bomen bogen door in de wind en de hemel was vol voortjagende grijze wolken. De ramen van het huis waren donker, als blinde ogen die niets konden zien.

'Hari!' schreeuwde ze.

Het begon weer te regenen, de vlagen sloegen in haar gezicht en de bladeren wervelden op in de wind, en opeens zag alles er donker en eng uit.

'Mary!' Ramsay begon ook te roepen, hij was ook radeloos, geen van beiden kon geloven dat de kinderen echt weg waren; ze konden niet weg zijn, dat kón niet.

Er schoten allerlei angstwekkende gedachten door haar hoofd over de wereld waarin ze nu woonden. Het was ijskoud en als je lang buiten was, liep je de kans onderkoeld te raken. En tussen de dichte struiken op de heuvels kon je gemakkelijk verdwalen.

Het loch! Het loch!

Ramsay dacht blijkbaar hetzelfde op hetzelfde moment en plotseling renden ze allebei die kant op, optornend tegen de wind, ze schreeuwden de namen van de kinderen, maar hun stemmen gingen verloren in de storm.

Ze bereikten tegelijkertijd het kleine zandbaaitje, waar de golven over het strand rolden.

Het roeibootje was verdwenen. Ze keken elkaar vol ongeloof aan. 'Dat doet ze niet,' mompelde Ramsay, 'dat doet ze niet... Waarom zou ze?'

Zoë probeerde met trillende vingers een nummer in te tikken op haar telefoon. Ze was zo gespannen dat ze het toestel uit haar handen liet vallen.

Ramsay raapte het op en begon meteen te bellen. 'Kustwacht,' zei hij kort. 'Oostkant van Loch Ness.' Hij staarde naar Zoë, ze konden allebei niet geloven wat hij zei. 'Ik denk dat er twee kinderen op uit zijn met een boot en we weten niet waar ze zijn.'

Zoë moest haar snikken inhouden terwijl Ramsay de details gaf. Ze liep helemaal naar de rand van het water en staarde over het meer uit. Maar er viel niets te zien: het water was woelig en alles wat grijs, het meer en de lucht, alles leek hetzelfde.

'Ja! Ik weet het zeker!' zei Ramsay, hij moest duidelijk zijn best doen om zijn stem onder controle te houden. 'The Beeches.'

Hij wachtte. 'Oké. Ja.' Hij gaf de telefoon terug aan Zoë. 'Ze kunnen waarschijnlijk geen helikopter sturen. Het stormt te hard.'

Zoë voelde haar benen plotseling week worden en Ramsay kon haar nog net op tijd vastpakken voordat ze door haar knieën zakte en op de grond viel.

3

Ramsay hield haar overeind, maar ze schudde hem weg. Ze kon niet zwak zijn nu, ze kon niet zwak zijn. Ramsay wilde haar blijven ondersteunen, maar ze liep van hem vandaan en besefte niet eens dat ze haar hoofd schudde naar hem. Ze was nog steeds te nerveus om goed met haar telefoon om te kunnen gaan, maar het lukte haar om Murdo's nummer te vinden.

'O, hoi!' nam hij op. Murdo was zijn vrolijke zelf – zeker nadat Agnieszka was langsgekomen om hem te troosten vanwege zijn mislukte date – en Zoë merkte dat ze zich vastklampte aan hoe normaal zijn stem klonk.

Hij begon meteen te ratelen over het boek dat ze hem had verkocht. 'Heb je nog een boek voor me? Ik vond *De slechtste reis ter wereld* van Cherry-Garrard fantastisch! Echt. Elke dag was ik blij dat ik niet op Antarctica zat met zoveel graden onder nul en dat ik niet op pinguïns hoefde te jagen om te kunnen eten... Ik heb Agnieszka gezegd dat ze eens moest proberen of ze pinguïn kan klaarmaken, maar...'

'Murdo,' zei Zoë radeloos, en hij begreep eindelijk dat er iets aan de hand was.

'Wat is er?'

'Hari... Hari is verdwenen. Op het loch.'

'Die kleine van je?'

'Ja...'

'Wat...'

'Dat weten we niet. We denken dat Mary hem heeft meegenomen...'

'Maar er is een flinke storm op komst.'

Ramsay keek haar wanhopig aan. Zoë vocht tegen haar woede en haar angst.

'Dat... dat wist ze niet...' zei ze uiteindelijk.

'Waar zijn ze, denk je?'

'Ze kunnen niet ver zijn,' zei Zoë. 'Het is een roeiboot.'

'Aya, maar met die stromingen hier...' zei Murdo, en Zoë jammerde van angst.

'Aye, maak je niet ongerust, ik ben onderweg.'

Murdo zond een oproep over de radio en racete met een snelheid die zijn toeristenpassagiers nooit voor mogelijk hadden gehouden het meer over. De boot bonkte over de zware golven. Zodra het kon zette hij zijn verrekijker aan zijn ogen om het meer af te speuren. Hij kende het loch als zijn broekzak.

Zoë stond intussen in haar eentje, met een troosteloos gezicht en haar armen om haar bovenlijf geslagen, op het strandje van The Beeches over het loch uit te turen. Ramsay stond een eindje van haar vandaan.

Murdo moest vechten om zijn slingerende boot op koers te houden. Hij werd heen en weer geworpen op de woeste golven. En was al snel doorweekt, het water sloeg onder zijn oliejack en droop via zijn nek omlaag. Het was een slechte dag, dat was zeker. In deze tijd van het jaar kwam het weer vanuit het westen binnenzetten en wist je nooit wat het zou worden totdat je er opeens middenin zat. En als dat gebeurde, kon je maar beter maken dat je zo snel mogelijk wegkwam. De wind blies in vlagen over het water, maar nooit in dezelfde richting. Murdo moest alles op alles zetten om de boot in bedwang te houden en tegelijkertijd uit te kijken naar de kinderen. De gedachte dat er nu kinderen op het water waren, verkilde hem tot in zijn botten. Hij zou nooit, nooit met gasten in zulk weer het meer op gaan.

Hij wilde weer een oproep doen op zijn radio, maar plotseling hoorde hij een geluid door zijn dikke zuidwester: het stotteren van een motor. Toen hij omkeek, zag hij dat het Alasdair van de pub was, samen met de oude Ben, allebei met een ongerust gezicht.

'We nemen de noordkant,' riep Alasdair boven de wind uit terwijl hij een halve cirkel om hem heen maakte.

Achter hem bleek de cavalerie meegekomen en voor Zoë, op de wal, was het een ongelofelijk gezicht: alle soorten bootjes die opeens op het loch waren: weekendjachten, kleine motorbootjes, roeiboten, snelle speedboten. Hamish McTavish had, bleek later, zelfs tegengehouden moeten worden, anders was hij met zijn platbodempje uitgerukt.

Het was een hele vloot. Murdo hield de kanalen vrij om alles te coördineren.

Zoë kon haar ogen niet geloven toen ze zag wie er allemaal waren uitgerukt. De kolonel, die alleen maar had geklaagd dat Nina wel wist wat hij mooi vond, zat in een sputterend klein bootje met een buitenboordmotor. En daar was Wullie, die de bus ooit aan Nina had verkocht en er alleen maar over had gemopperd. En Lennox, in een roeibootje nota bene, hij moest al zijn kracht gebruiken om de heftige golven te bedwingen. Het hele dorp was er!

Murdo bereikte hen het eerst en Zoë en Ramsay klommen aan boord, Zoë deze keer zonder te struikelen.

'Ze kunnen niet ver zijn,' zei Murdo meteen, 'in dat kleine bootje.'

Hij zei niets over de afschuwelijke waarheid: je hoefde ook niet ver te komen om te verdrinken als er iets niet goed was met de boot, dat kon ook vlak bij de kant. En als je door de stroming omlaag werd getrokken, kon je in deze tijd van het jaar in een halfuur sterven aan onderkoeling. Het loch was verraderlijk: prachtig en verleidelijk, maar ook gevaarlijk.

'Kan hij zwemmen?' vroeg Murdo aan Zoë.

'Hij is vier!'

Murdo had het liefst iets geruststellends gezegd of gedaan,

maar hij wist wat Zoë niet wist: dat er doden vielen op het loch. Niet elk jaar, maar het gebeurde. Hij keek naar haar bleke, ongeruste gezicht, waarop alle nachtmerriescenario's zich aftekenden. Hij kon niets anders bedenken dan zijn eigen jas uittrekken en die om haar heen slaan, alsof dat het hevige bibberen kon stoppen.

4

Murdo coördineerde de boten toen ze uit elkaar gingen; ze kregen allemaal een bepaald gedeelte van het meer om af te zoeken. En algauw hoorden ze ook een helikopter boven zich, die ondanks de sterke wind blijkbaar toch was uitgevlogen. Zoë en Ramsay stonden ieder aan een kant van Murdo's boot over het meer uit te staren en probeerden niet aan het allerergste te denken.

Alles was grijs en de regen kwam in vlagen vanaf de bergen, het zicht was slecht, je kon nog geen drie meter ver kijken.

Er voegde zich een krachtige politieboot bij de vloot, met een sterk zoeklicht voorop, maar het leek nog steeds bijna of het nacht was, niet acht uur 's morgens. De geluiden die over het meer aan kwamen waaien, leken bijna onwerelds. Het viel onmogelijk te bepalen of een andere boot dichtbij of veraf was. De tijd verloor zijn betekenis terwijl ze langzaam in de inhammen voeren en rondom de eilandjes die droogvielen bij eb.

Zoë stond vastberaden op de boeg van de boot 'Hari! Hari!' te schreeuwen. Ze had plotseling allerlei beelden van Hari in haar hoofd: hoe blij hij lachte toen hij leerde lopen in het kleine appartementje, zijn slaperige kleine hoofdje toen hij net geboren was en ze hem, diep in de nacht, borstvoeding gaf, geschokt en betoverd door de kracht van haar liefde voor hem, maar ook flitsen van een doodsbleke Hari die aangespoeld was op de oever, onder water getrokken door de meermannen en verdronken, vissen die zijn ogen aanvraten... Nee!

'Hari! Hari! Hari!'

Ze herinnerde zich hoe hij danste op de muziek van de televisie, hoe blij hij keek toen Patrick voor het eerst meeging naar de opvang, hoe ernstig hij bezig was rode bladeren te verzamelen in de late herfstzon, hoe levendig hij altijd was, zijn verrassend zware, kleine lijfje, het gewicht van zijn hoofd als hij sliep in haar armen, hoe zijn haar rook, hoe ze het in bad weleens met shampoo tot een hanenkam vormde.

'Hari! Hari!'

En Ramsay riep 'Hari! Mary! Hari! Mary!', turend in alle richtingen.

5

Plotseling kwam de hele boot een stuk omhoog. Murdo vloekte. Zoë besefte niet dat er iets mis was, ze wist niets van boten en varen. Ze bleef de naam van haar zoontje roepen.

De boot begon abrupt naar één kant over te hellen en ze grepen zich alle drie instinctief vast aan de bakboordreling.

'Godver!' riep Murdo uit.

'Wat is er?' De motor jankte tegen de enorme kracht van het water.

'Eh... Het moet een onderstroom zijn,' zei Murdo terwijl hij de helmstok vastgreep. Maar dat hielp niet: de boot was onbestuurbaar en wilde alleen de kant op die het water hem op duwde. Murdo probeerde de helmstok opnieuw naar zich toe te trekken, maar weer werd zijn hand eraf gegooid.

Hij keek om zich heen. Er was geen andere boot in de buurt en de regen kletterde als een dicht gordijn naar beneden. Het zicht was abominabel.

'Hari!' schreeuwde Zoë weer. Ze gebruikte de zaklamp van haar telefoon, een nutteloos lichtvlekje in het donkere grijs.

'Shit!' vloekte Murdo plotseling. Midden in het meer voor hen doemde, als uit het niets, opeens een grote rotsformatie op. 'Het is laag water! Shit!' Hij probeerde weer vat te krijgen op de helmstok. Tevergeefs. 'Verdomme!'

Ze naderden de rotsen met hoge snelheid. 'O god!' riep Murdo. 'Doe een reddingvest aan... We moeten misschien overboord springen. Wat ís dit verdomme?'

Hij gooide hun de reddingvesten toe. Zoë staarde angstig naar de rotspartij voor hen, hoog en scherp, die de boot zeker in stukken zou rijten. En henzelf erbij, dacht Murdo vol afgrijzen, of ze nou overboord sprongen of niet. Ze konden weinig meer dan staren naar de hoge golven die tegen de rotsen aan sloegen en zich schrap zetten voor de klap.

Het was onmogelijk iets te horen boven het lawaai van de motor, de kletterende regen en het geratel van de helikopter uit. De herrie was oorverdovend. Langzaam begon Zoë te beseffen, vlak voordat ze op de rotsen zouden slaan, dat Hari en Mary deze maalstroom nooit overleefd konden hebben... En háár einde was ook nabij; maar als Hari er niet meer was, kon dat haar weinig schelen.

Toen ze zich dat realiseerde, hield ze even op met roepen. Ze hoorde iets... Maar dat kon niet... Het was de wind of iets met het water, of misschien zelfs wel een geest, een kwade geest in het meer die dit deed om alles nog wreder te maken, of misschien verbeeldde ze het zich in de laatste minuten voor ze te pletter sloegen, een soort droom, een nachtmerrie. Alles leek wel een nachtmerrie.

Ze draaide zich naar Ramsay om en schreeuwde zo hard ze kon zodat hij haar kon verstaan. 'Hoor je dat?'

Hij hield op met roepen en luisterde ingespannen. Toen zag ze aan zijn gezicht dat hij het ook hoorde.

'M-mmm-mammie!'

6

Zoë wierp een wanhopige blik naar Ramsay en Ramsay bedacht zich geen seconde. Hij griste het touw van de bodem van de boot. Moedig, maar ook levensgevaarlijk, sprong hij het water in, waar hij meteen werd meegevoerd door de golven. Murdo zette de motor uit terwijl Ramsay vrij hard tegen de eerste rots werd geworpen. Hij liet zich er echter niet door van de wijs brengen, maar klemde het touw tussen zijn tanden en dook onder water om een uitsteeksel te vinden waar hij het touw aan vast kon maken.

Hij schoot omhoog uit het water om naar adem te happen en verdween opnieuw. Door de storm was het water bijna ondoorzichtig, er was te veel sediment in omgewoeld. Maar er lagen al sinds mensenheugenis boten en boeien in het loch en inderdaad ontdekte hij een opening in de rots waar hij het touw doorheen kon halen. Hij knoopte het stevig vast en gaf Murdo een signaal, die het andere eind vastknoopte. Toen sprong hij op de rotsen, met blote voeten, zich niets aantrekkend van de wonden en beurse plekken die hij opliep, en hij hield de boot af door hem de ene of de andere kant op te trekken als hij te dicht bij de rotsen kwam.

Zoë hoorde de hele tijd 'Mammie! Mammie!' roepen... Ze moest erheen. Terwijl Ramsay – hij leek wel twee meter lang en het puur op wilskracht vol te houden – de boot weghield van de rotsen kon zij niet werkeloos toezien. Ze had haar reddingvest aan en voordat Murdo de kans had om haar tegen te houden, sprong ze ook in het ijs- en ijskoude meer en klauwde door het water naar de rots. Ramsay hing aan het touw om de boot af te houden en stak een hand naar haar uit, die ze na een paar pogingen wist vast te grijpen. Hij hees haar op de rotsen en Murdo startte meteen de motor, maakte het touw los en voer weg terwijl hij alle boten tegelijk opriep.

Ramsay en Zoë klauterden de rots op, Zoës voeten gleden steeds weg en die van Ramsay zaten al onder het bloed. Toen hij boven was, hees Ramsay Zoë het laatste stukje omhoog en samen keken ze omlaag... En in een fractie van een seconde veranderde alles...

7

Water leeft. Het beweegt, het stroomt, kan niet worden vastgehouden. Water is op zijn eigen manier sterker dan alles. Het kan bergen vlak maken, huizen verwoesten, alles veranderen in modder. Water komt overal.

Bij laagwater kwamen de rotsen tevoorschijn, maar slechts voor een paar uur per dag, totdat ze weer in de mysterieuze diepte verdwenen.

Beneden lag een roeibootje, ondersteboven, met afbladderende verf, totaal niet geschikt om mee het diepe loch op te gaan. Het was toevallig op een heel smal stukje zand terechtgekomen, het enige streepje zand tussen al het water, dat zo diep was dat het pas precies gemeten kon worden toen de satelliet was uitgevonden.

En naast het roeibootje zaten de twee kinderen, in elkaar gedoken, bibberend. Ze keken omhoog en Zoë en Ramsay keken verbijsterd terug, vol ongeloof dat ze de kinderen hadden gevonden.

En ze hoorden weer dat stemmetje: 'Mammie.'

Zoë wist niet hoe ze het had, de wind en de schok benamen haar de adem. Ramsay was bang dat ze ging vallen. Maar ze gleed en glibberde de andere kant van de rots af, doornat en zwaar van het water.

'Hari!' gilde ze. 'Hari!'

'Mammie!' riep hij blij.

Mary sprong meteen op.

Zoë was woedend, ze werd er zelf bang van hoe woedend. 'Wat heb je gedáán?' krijste ze. 'Wat heb je verdomme gedáán?'

Ze was nog nooit zo furieus geweest. Het kwam heel diep uit haar binnenste, het was een primitieve, onbedwingbare kracht.

Mary snikte en huiverde in haar witte nachtpon, haar haar hing doorweekt over haar schouders en ze zag er weer uit als de geest die door de gangen had gedwaald toen Zoë net op The Beeches was.

'Jezus, Mary,' zei Ramsay terwijl hij naar haar toe liep. 'Je had wel... je had wel...' Hij kon zijn zin niet afmaken.

Zoë had Hari opgetild. Ze kokhalsde zeewater, zijn kleine lijfje was doorweekt en ijskoud, dus drukte ze hem dicht tegen zich aan voor een beetje warmte.

'Mijn zus, ze vond mij,' verkondigde hij zo zelfverzekerd dat Zoës mond ervan openviel. 'Wij gaan in boot.'

'Hari,' zei Zoë bevend. 'O mijn god. Hari! Je praat!'

Maar het was meer dan alleen praten. Hij keek haar stralend aan, alle angst leek verdwenen en op zijn gezicht was alleen maar trots te zien. Zoë registreerde nog iets wat ze zich pas later realiseerde: hij had een zwaar Schots accent.

'Ikke op boot,' zei Hari. 'Is beetje koud.'

Zoë schudde haar hoofd. 'O god. O mijn god.'

Plotseling werd de onwaarschijnlijk smalle landtong waar ze op terecht waren gekomen, beschenen door het zoeklicht van de politieboot. De helikopter was meteen na het bericht naar het dichtstbijzijnde stuk land gevlogen om hen naar het ziekenhuis te brengen, het geratel klonk geruststellend.

Zoë verborg haar gezicht tegen Hari's schouder. Ze voelde dat er aan haar jas werd getrokken en ze draaide zich om.

Mary stond voor haar.

'Sorry,' zei ze, en ze herhaalde het een paar keer. 'Sorry, sorry, sorry. Hij was buiten bij de boot en ik heb geprobeerd hem tegen te houden. Ik zweer dat ik heb geprobeerd hem tegen te houden!'

'Ik was op boot met Mary,' zei Hari trots.

'Hij zat er al in en duwde de boot af. Ik heb geprobeerd hem tegen te houden!'

'Jezus!' zei Zoë. 'Maar je liet hem het meer op gaan!'

Mary schudde haar hoofd. 'Ik probeerde hem tegen te houden!'

'O god!' zei Ramsay, en Mary keek naar hem op, haar ogen vol angst.

'Je haat me,' zei ze.

'Jezus, Mary!' zei Ramsay terwijl hij zijn armen opende. 'Ik hou van je! Ik hou verschrikkelijk veel van je! Ik weet alleen niet of dat genoeg is voor je.'

'Mary is lief,' zei Hari gul, en Zoë knipperde opnieuw met haar ogen van verbijstering toen de welkome, geruststellende stem die van de politieboot kwam hun beval te blijven waar ze waren, ook al begon het water weer te stijgen; het stond al tot aan hun enkels. Als het wat langer had geduurd... Als ze iets langer hadden geslapen...

Maar daar wilde Zoë de rest van haar leven niet over nadenken.

Van de politie moesten ze hun natte kleren uittrekken en dekens van zilverfolie en slaapzakken omdoen. Zoë zag dat Ramsay onder de snijwonden en beurse plekken zat. Hij was heel, heel stil en hield Mary stevig in zijn armen.

Hari, aan de andere kant, kon plotseling niet ophouden met praten. Hij vond de politieboot helemaal geweldig en was heel erg geïnteresseerd, en de aardige agente liet hem alles zien. Uiteindelijk, toen de boot bijna bij het strandje van The Beeches was, trok Zoë hem weer op haar schoot. Alle boten waren daar samengekomen. Murdo stond hen op te wachten en Zoë stortte zich zodra ze hem zag meteen in zijn armen en barstte in tranen uit. Hij klopte haar op haar rug en hield haar overeind omdat ze bijna niet meer op haar benen kon staan.

Ze werden allemaal naar het ziekenhuis gevlogen – de helikopter was tenslotte niet voor niks gekomen – maar Ramsay bleek de enige te zijn die behandeld moest worden: een aantal hechtingen in zijn voeten. Maar desondanks werden ze de hele dag onderzocht en getest en moesten ze talloze vragen beantwoorden, en uiteindelijk stond het ziekenhuis erop dat ze nog een nacht bleven. Zoë zocht de kamer op waar Hari lag, het was er heerlijk warm, en kroop naast hem in bed.

Toen ze eenmaal lag, schoot haar iets te binnen. 'O mijn god,' zei ze terwijl ze haar handen voor haar gezicht sloeg. 'Ik moet Jaz natuurlijk bellen. Shit. Ik weet niet wat ik moet zeggen. Misschien is hij nog niet eens vertrokken!'

'Papa is lief,' mompelde Hari slaperig.

Zoë was bang om te veel waarde te hechten aan het feit dat Hari nu praatte, voor het geval het per ongeluk was, eenmalig, iets wat weer zou verdwijnen als ze het aan Jaz vertelde. Ze hield hem vast. En er was nog iets: hij klonk alsof hij in Schotland geboren en getogen was.

'Wat is er gebeurd, liefje?' vroeg ze. Wat is er vanmorgen gebeurd?'

'Mary wil spelen,' zei hij. 'Mary zus.'

'Ja, dat weet ik,' loog Zoë. Eén probleem tegelijk.

'Ik ga in boot.'

'Uh-huh.'

'Ik vin boot leuk.'

Ze verborg haar gezicht tegen zijn nek, ze kon hem niet genoeg inkapselen, als het had gekund, was ze teruggegaan naar toen ze zwanger van hem was, dan had ze hem veilig in haar buik.

Ze voelde dat ze wegdommelde in de warme kamer in het ziekenhuis, met alleen het gezoem van iets elektrisch en de geur van haar kind in haar neusgaten.

'Monster helpte,' zei Hari geeuwend. Zoë trok haar wenkbrauwen op.

'Monster duwt,' zei Hari. 'Truste.'

Hij stak zijn kleine handje uit en het lukte hem het bedlampje uit te doen. Zoë lag in het donker, plotseling klaarwakker.

8

Zoë had Jaz nog niet gebeld en probeerde het 's morgens meteen. Het is verbazend hoe goed je iets kunt vertellen als je een nacht goed hebt geslapen. En het hielp ook dat het in Londen – Jaz was al terug – idioot lekker weer was, zonnig en elke dag tweeëntwintig graden, en het was dus moeilijk voor hem zich voor te stellen hoe slecht het had kunnen aflopen. Hij was niet bepaald gelukkig met het feit dat hij nog een keer naar Schotland moest komen, maar wel blij dat Zoë nu begreep dat ze in Londen moest wonen.

Zoë zuchtte diep. Ze kon met geen mogelijkheid blijven in een huis waar dit soort dingen konden gebeuren; dat was duidelijk. Hoewel ze Jaz daar natuurlijk niets over vertelde.

Toen ze opkeek van haar telefoontje stond er een enorm donker silhouet in de deuropening van het kleine kamertje. Het was Ramsay, en Zoë vroeg zich af hoe ze subtiel kon zeggen dat ze wegging, vanwege een poging tot doodslag op haar kind, en of hij haar kon betalen tot het einde van de maand.

Ze besefte ook dat Nina nog altijd in het ziekenhuis lag en ze naar haar toe moest om het uit te leggen. Ze baalde ervan dat ze de boekenbus in de steek moest laten, maar ze had geen keus.

Hari was nog steeds diep in slaap. Ramsay had een verpleegkundige meegebracht. 'Zij let op hem,' zei hij. 'Kun jij... kun jij met me meelopen?'

Zoë keek hem aan. Hij zag er opgejaagd en uitgeput uit.

Ze verlieten de kinderafdeling en liepen het gebouw uit. Buiten was het verbazend genoeg een rustige, zonnige dag. Klote-Schotland, dacht Zoë. Elke dag weer totaal ander weer.

Ramsay zei niets, maar hobbelde naast haar. Zoë wierp een korte blik op hem. Ze verwachtte een excuus, wat ze van plan was te accepteren, maar ze zou hem wel zeggen dat het nu natuurlijk onmogelijk was nog langer te blijven en dat hij hulp moest – móést – zoeken voor Mary. Ze had het geprobeerd. En het had niet gewerkt. Het had allemaal zo heel, heel anders kunnen zijn. Uit de verschillende door elkaar gehaspelde verhalen die ze de dag ervoor hadden gehoord, hadden ze begrepen dat Mary had gedaan of ze verstoppertje wilde spelen met Hari, om hem kwijt te raken in het bos en hem zo angst aan te jagen – gemeen, maar niet gevaarlijk. Maar Hari was in de boot gaan zitten en had zich afgeduwd; Mary had geprobeerd hem te redden. Natuurlijk was hij zo vroeg 's ochtends niet buiten geweest als zij hem niet had meegenomen.

Ramsays rood aangelopen gezicht had een trieste uitdrukking, alsof hij dit had verwacht, en ze sjokten langs het met bladeren bezaaide gras om het lage bakstenen gebouw van het ziekenhuis heen. Erachter bleek nog een gebouw te liggen, een beetje verstopt op een plek waar de meeste mensen nooit kwamen. Er lag een verrassend mooie tuin voor, met kiezelpaadjes en heggen en bankjes op de plekken waar je beschut in de zon kon zitten zodra die zich liet zien. Hier en daar zaten patiënten in rolstoelen met hun bezoek.

Ramsay, nog steeds zwijgend, leidde Zoë naar een van de onbezette bankjes en vroeg haar te gaan zitten. Daarna liep hij naar de hoofdingang van het gebouw en belde aan.

Het was, besefte Zoë, een afgesloten deur waar je je eerst moest melden voordat je naar binnen mocht. Ramsay werd zonder problemen binnengelaten en ze zag hem staan achter het getraliede raam, waar hij iets overlegde met het ziekenhuispersoneel, dat hem duidelijk goed kende. Na een tijdje zag ze dat zich een andere persoon bij hen voegde en ging de buitendeur weer open.

Omdat de zon in haar ogen scheen, kon Zoë de persoon die met Ramsay meekwam nauwelijks zien. Het leek iemand die heel oud was: gebogen, met piekerig haar. Maar toen ze vlakbij waren, drong het met een schok tot Zoë door dat het een vrouw was die niet veel ouder was dan zijzelf. Ze miste tanden, zag er verwilderd uit en was broodmager.

Zoë staarde naar haar terwijl ze opstond. Toen wierp ze een blik op Ramsay om te checken of het waar was wat ze dacht. Hij knikte.

Zoë deed een stap naar voren. 'Hallo, ik ben Zoë,' zei ze.

De vrouw reageerde niet. Uit niets bleek dat ze Zoë had opgemerkt. Ze had een afwezige blik in haar ogen, alsof ze op een andere planeet was. Haar handen beefden.

'Ga zitten, lieverd,' zei Ramsay, en toen de vrouw niets deed, raakte hij zachtjes haar schouder aan en hielp haar neer te zakken op het bankje, waarna ze recht voor zich uit staarde en hen beiden niet aankeek. Het enige wat ze deed, was steeds met haar ene hand over de andere strijken.

'Dit is Elspeth,' zei Ramsay, 'de moeder van de kinderen.'

9

'Hallo, Elspeth,' zei Zoë terwijl ze zachtjes de vingers van de vrouw pakte, die nu over Zoës hand begonnen te strijken. De huid voelde dun en papierachtig, als van een honderdjarige. 'Je vrouw?' vroeg ze terwijl ze hem aankeek.

Hij knikte.

'"Al heb je de hele wereld, mij heb je nooit!"' zei hij wrang. 'Dat is Elspeth. Hè, lieverd?' zei hij tegen haar.

Zoë staarde naar haar. 'Wat is er gebeurd?'

Hij zuchtte. 'Het hele verhaal?'

Zoë haalde haar schouders op.

Hij boog zich naar Elspeth toe en trok haar vestje beter over haar schouders. Ze negeerde hem, alsof hij er niet was. 'Sorry dat ik over je praat,' zei hij tegen haar. 'Ik... Ik heb je beloofd dat ik dat nooit zou doen. Maar er is iets gebeurd. Er is iets gebeurd.' Hij knipperde met zijn ogen en zijn stem trilde. 'Toen ik haar ontmoette...'

'In het dorp zeggen ze dat ze een schoonheid was,' merkte Zoë op.

'Dat was ze, ja. En ze zeggen ook dat ze een fee was.'

'Ja, dat zeggen ze, ja. Maar ik heb geen idee wat ze daarmee bedoelen.'

'Ik wel,' zei Ramsay 'en ik denk dat ze gelijk hebben. Een fee is een vrouw met bovennatuurlijke krachten...'

'Maar...'

Ramsay wreef over de achterkant van zijn nek. 'Ze was heel jong... misschien te jong voor kinderen. De bevalling van Shackleton was heel zwaar... Ze was nooit echt... Ze had een postnatale depressie, dat is zeker. Misschien was het nog wel erger dan dat. Maar ze wilde niet naar een dokter, wilde geen hulp. Ik was wanhopig.' Zijn gezicht vertrok. 'Mijn familie was er niet blij mee dat ik voor haar had gekozen, om het zacht uit te drukken... En ik deed mijn best om alles draaiende te houden... Ik was te veel weg...'

Zijn stem werd zacht. 'Ja, ik was te veel weg. Ze ging dwalen. 's Nachts. Naar de stad. Liet Shackleton bij Mrs MacGlone en... verdween gewoon. Steeds voor langere perioden.'

'Waar was ze dan?'

Ramsay haalde zijn schouders op. 'Overal waar drugs waren, bleek. Ik bleef thuis, maar dat hielp niet. Het maakte haar niet gelukkiger, niet rustiger. Ze moest altijd weg en kon zich niet settelen.'

Er kwam een ongelofelijk aardige verpleegkundige naar buiten met twee koppen koffie; Zoë omklemde de hare met twee handen. De kou van de dag ervoor zat nog steeds in haar botten, ook al werd ze nu verwarmd door de zon.

'Ze was gewoon ontembaar, niet iemand die gebonden kon zijn,' vervolgde Ramsay. 'Ik had het gevoel alsof ik een wild dier in een kooitje probeerde te houden. Maar dat wílde ik helemaal niet. Ik hield van haar.'

Elspeths vingers streken nog steeds over Zoës hand.

'Als ik 's morgens beneden kwam, stond de voordeur vaak wagenwijd open. Dan was ze weer weg.'

'Was dat waarom je hem liever op slot had?'

Ramsay haalde zijn schouders op.

'Hoe kan het dat jullie nóg twee kinderen kregen na Shackleton?' vroeg Zoë niet-begrijpend.

Ramsay stond op en staarde uit over de tuin, de muren en de huizen, naar de bergen erachter, waar de zon weerkaatste op de vleugel van een cirkelende vogel, zo ver weg dat hij bijna niet te zien was. Hij liet een diepe zucht ontsnappen, alsof er iets heel zwaars van hem af viel. 'Niemand...' begon hij, en hij balde zijn handen tot vuisten. 'O, wat maakt het ook uit,' mompelde hij in zichzelf. 'Alleen Shackleton is van mij,' zei hij zacht.

Zoë knipperde met haar ogen. 'Wat? Wat bedoel je?'

'We zijn maar kort samen geweest, net lang genoeg om een baby te krijgen. Toen verdween ze. Ze haatte me intussen. Ze was steeds weg, ik wist niet waarheen. Eén keer was het Ierland, denk ik. En dan kwam ze weer terug. Op een keer was ze zwanger.'

'Van Mary?'

'Wat kon ik doen?' vroeg Ramsay. 'Ze had mijn hart gebroken, maar ze had hulp nodig. Ik was de enige in de wereld van wie ze die niet wilde aannemen. Ik dacht... ik dacht... dat ze misschien toch zou kunnen settelen als ze thuiskwam en we Shackleton en Mary samen grootbrachten. Maar het werd alleen maar erger. Steeds erger.'

'Dus ze liet Mary bij je achter? En hoe zit het dan met Patrick?'

Ramsay boog zijn hoofd. 'Ik kan... ik kan niet vertellen hoe erg het allemaal werd. Met Patrick kwam ze niet eens meer thuis. Ze liet hem achter op het bordes, als een vondeling.'

'Dat meen je niet.'

Hij schudde zijn hoofd. 'Was het maar waar.'

'Maar in het dorp...'

'O, ze zeggen van alles. Af en toe kwam ze weer opdagen. Ik had verzonnen dat ze werkte... Ha!'

Hij raakte Elspeths arm aan. 'Ach, liefje, jij en een baas, dat was nooit iets voor jou geweest.' Hij zweeg even. 'We... leefden teruggetrokken, erg op onszelf.'

'En deed de overheid dan niets? Kreeg je geen hulp, geen ondersteuning?'

Ramsay keek haar veelbetekenend aan. 'Waarom denk je dat die niet constant op de stoep staan? Ze zijn volledig op de hoogte. Ze had geen familie, voor zover we weten... Als ik de kinderen onder mijn hoede wilde nemen, waren zij blij daarvoor te tekenen.' Hij kneep zijn ogen even dicht. 'Ik denk dat ze nog steeds denken dat de regels voor iemand als ik niet gelden...'

Zoë voelde zich triest. De gedachte dat Patrick zomaar was achtergelaten... En Mary...

'Ze probeerde het wel. Dan was ze een paar dagen clean, of zelfs een paar maanden, en kwam ze terug. Ze naaide voor de kinderen, maakte de prachtigste dingen voor hen. En dan gebeurde er iets... werd ze door iets getriggerd en...'

Zoë besefte plotseling iets. 'Mary's litteken?'

Ramsay knikte. 'Twee jaar geleden. En daarna... kon het niet meer. Ze kon niet meer bij de kinderen zijn. Het was toch al slecht voor hen dat ze kwam en ging. En toen heeft ze Mary zo ernstig verwond. Mary, die juist zo vreselijk hard een moeder nodig had...'

Zoë slikte met moeite en herinnerde zich alle slechte dingen die ze over het moeilijke kind had gedacht.

'De politie werd erbij gehaald en ik moest een contactverbod instellen, en dat was de druppel. Het was afgrijselijk, echt afgrijselijk.'

'Wat gebeurde er?'

'Op de een of andere manier kwam ze aan drugs. Ze was al vrij lang clean, dus wist ze de hoeveelheid die ze nam niet goed in te schatten. Ze nam een overdosis en stopte negen minuten met ademen. Zware hersenschade. Dat komt veel vaker voor dan je denkt. Nou ja, dat zeggen ze tenminste. Voor ons is het natuurlijk helemaal niet gewoon...'

Hij gaf een klapje op Elspeths arm.

'Ze... Misschien komen er mettertijd wat functies terug. Of dat dachten ze. Een tijd geleden. Ik kom hier vaak. We weten niet wat zij beseft.'

'Dus hier ben je als je steeds weg bent?'

Hij knikte. 'Ik blijf hopen dat ze misschien wat beter wordt.'

'En als je werkt?'

Hij lachte spijtig. 'Het kost hier een fortuin.'

Zoë knikte. Het contante geld in het koekblik, het gebrek aan moderne dingen in het huis. Tja.

'Ik probeerde het allemaal in mijn eentje te redden.'

Zoë leunde naar voren. 'Niemand kan alles alleen doen. Niemand redt het in zijn eentje.'

Hij keek om naar het ziekenhuis. 'Maar nu zie ik in dat ik het heel lang heb geprobeerd te ontkennen. Mary heeft hulp nodig. Psychiatrische hulp. Mijn god, ze lijkt zo op haar. Tot nu toe dacht ik dat het misschien was vanwege de moeite om een au pair te houden. Mrs MacGlone haatte Elspeth, ze haatte haar verschrikkelijk en vond het lastig om gehecht te raken aan de kinderen. Ze vond zelfs dat we Patrick niet moesten opnemen in ons midden.'

'Pátrick? Pátrick niet?' zei Zoë vol ongeloof. 'Wie wil Patrick nou níét?'

Ramsay haalde zijn schouders op. 'En ik dacht dat het kwam omdat we geen goede nanny konden vinden, dat het daarom was. Ik kon niet onder ogen zien dat ze het kind van haar moeder is.'

Hij zweeg.

'En toen kwam jij. En besefte ik dat het niet aan de nanny's lag.'

Zoë beet op haar lip. 'O, ik geloof niet...'

Ramsay keek haar aan, zijn ogen intens vermoeid.

'Jawel, door jou is alles veranderd,' zei hij. 'Jij beseft niet wat je hebt gedaan. Je hebt het huis een thuis gemaakt. Voor... voor ons allemaal.'

Zoë schudde haar hoofd.

'En jij beseft niet...' – terwijl ze het zei, wist ze dat het waar was wat ze hem vertelde – '... dat dit het eerste echte thuis is dat Hari en ik hebben. Jíj hebt óns een thuis gegeven.'

Bij de gedachte aan hoe akelig dat was en wat het betekende, en dat het geen zier zou veranderen, dat ze ondanks alles nog steeds moesten vertrekken, sprongen de tranen Zoë in de ogen.

10

Ze liepen moedeloos terug. Ramsay had Elspeth zachtjes een paar klapjes op haar hand gegeven, waar ze niets van leek te merken. Zoë staarde naar haar, ze kon het niet helpen. Wie was deze vreemde, kwikzilverachtige vrouw op wie Ramsay zo verliefd was geweest? Als je goed keek – en het was heel raar om iemand zo aandachtig te kunnen bestuderen zonder dat die persoon reageerde of het vervelend vond – kon je nog zien dat er ergens een beeldschone vrouw in haar huisde die de jonge Ramsay, nog treurend om zijn vader, had betoverd. Ze zag dezelfde hoge jukbeenderen als Mary had, de puntige kin. Patrick leek totaal niet op haar. Geen spat. Dat kind komt werkelijk uit een andere wereld, schoot het door haar hoofd, maar die gedachte verwierp ze meteen weer.

Triest kwamen ze het ziekenhuis weer binnen. Hari was niet in zijn kamertje. Zoë wilde al in woede uitbarsten, toen Ramsay haar vastpakte en meenam naar het kamertje ernaast. De lakens waren van het bed en over een paar stoelen gehangen. Eronder werd gegiecheld. Ramsay tilde een punt van het laken op. Hari en Mary schaterden om iets op Hari's tablet.

'Hallo, jullie daar!' schreeuwde Hari opgewekt.

Ramsay nam Mary mee; ze had een afspraak op de psychiatrische afdeling om te kijken wat het beste was om te doen. Voor ze vertrokken, kwam ze nog een keer naar Zoë toe om te zeggen dat het haar speet, zo oprecht en zo radeloos dat het Zoë lukte te knikken.

Ze wist dat het akelig was, maar meer kon ze niet opbrengen, niet terwijl alles zo gemakkelijk – zo gemakkelijk – verkeerd had kunnen aflopen. Ze slikte moeizaam en dacht aan de moeder die het arme kind nooit meer zou zien, ademde diep in en gaf haar een paar klapjes op haar schouder.

'Oké,' zei ze, onuitsprekelijk verdrietig. 'Ik denk dat de dokter je echt gaat helpen, lieverd. We willen allemaal graag dat je je fijner voelt. Dat is alles.'

Mary knikte ernstig en haar vader stak zijn hand naar haar uit. Hand in hand liepen ze het kamertje uit.

Zoë zette de televisie voor Hari aan. Ze vond een oude herhaling van *Balamory* en Hari zei blij alle tekst woordelijk mee. Zoë luisterde gefascineerd, wilde alles opslokken met haar oren, nog niet in staat te geloven dat dit echt waar was, totdat ze een minuut voor zichzelf vond en, opgesloten op de wc, haar tranen de vrije loop kon laten.

11

Het enige wat de aardige arts van de GGD zei toen Zoë haar belde met het nieuws over Hari, was dat Zoë er gewoon blij mee moest zijn. 'Het was dus duidelijk een angststoornis,' zei ze, en Zoë had een gezicht getrokken en gezegd dat ze dat wist.

'En wist je dat Einstein...'

'Ik denk niet dat hij een Einstein is,' reageerde Zoë vriendelijk maar gedecideerd.

'Is er iets gebeurd waardoor hij zijn angst kwijt is?'

Eerder het omgekeerde, dacht Zoë, ook al hoorde ze hem lachen om zijn tekenfilmpje.

Zou Hari het haar ooit kunnen uitleggen? Die vreemde stille wereld waarin hij zichzelf had gevangen, de muren die hem elke dag insloten, totdat iets die had afgebroken – de schok misschien? De kille werkelijkheid te beseffen hoe gemakkelijk je alles kwijt kunt raken en hoe belangrijk het was van alles wat hij had gebruik te maken? Hari zei, als hem ernaar werd gevraagd, vrolijk en eenvoudigweg dat het het monster was en Zoë nam aan dat hij, doornat en koud, terwijl hij nauwelijks iets kon zien door de stromende regen, in de war was geweest.

'Ben je blij?' vroeg de dokter, en Zoë begon weer te huilen, maar ze knikte heftig door haar tranen heen.

De lange rit naar huis zou in stilte zijn verlopen – zowel Ramsay als Zoë zei geen woord – als Hari niet bij alles wat hij zag, riep hoe het heette: 'Boom!' 'Stenen!' 'Vogel!' Zoë moest bij elk woord tegen haar tranen vechten. Ze besloot niets aan Jaz te vertellen, het werd een verrassing.

Ze had nog niet tegen Hari gezegd dat ze weggingen. Ze wist niet hoe ze dat moest doen. Toen hij uit de auto sprong, rende hij naar Patrick en riep: 'Patrick! Ik kan praten!'

Patrick begon op en neer te springen van blijdschap, stond toen stil en zei: 'Ja, Hari, maar je moet mij absoluut het meeste laten praten, ja?'

Ramsay keerde zich naar Zoë en vroeg met een verdrietig gezicht 'Is er geen enkele manier waarop je zou willen...' en ze merkte dat ze weer volschoot.

Op de psychiatrische afdeling hadden ze afgesproken dat Mary direct in therapie zou gaan bij een psychiater en dat als de dingen dan niet verbeterden, ze medicatie zouden overwegen. Ramsay had dat aan Zoë verteld alsof dat goed nieuws was en het dingen kon veranderen, en in andere omstandigheden was dat misschien ook zo geweest, maar als Jaz te horen kreeg wat er precies was gebeurd, was er geen sprake van dat Zoë met zijn zoon op The Beeches kon blijven.

Zoë was niet bij Nina langsgegaan in het ziekenhuis en daar voelde ze zich erg schuldig over, ze stond op het punt iets vreselijks te doen en haar in de steek te laten, maar ze had al veel te veel om zich zorgen om te maken.

Weer thuis, terug op The Beeches beter gezegd, was het een prachtige herfstdag, de kleuren vrolijkten het sombere huis op, het gras was bezaaid met oranje, gele en rode bladeren, en de wind pikte ze op en wervelde ze rond. Wilby was begonnen ze bij elkaar te harken en binnen de kortste keren lieten Patrick en Hari zich om de beurt languit in de hoop vallen. Shackleton was naar buiten gekomen om te zien wat ze deden en besloot ook mee te doen, waarbij hij zijn eigen lengte en gewicht totaal verkeerd inschatte, zodat de bladerenhoop in één keer helemaal verdwenen was. Zoë stuurde de kinderen weg om harken te halen en Wilby te helpen, wat resulteerde in een eindeloos spel van bladeren harken en in de hopen duiken.

Mary zat buiten met een boek, het was ongewoon mild en

warm genoeg als je een vest aantrok. Ze had haar nieuwe vossentrui aan. Ze was nerveus in Zoës bijzijn en Zoë had besloten dat ze eroverheen moest stappen. Zij was volwassen en Mary was een kind, een kind dat ongelukkig was en geestelijk niet gezond. Dus liep ze naar haar toe om bij haar te gaan zitten.

'Wat lees je?'

Mary stak *Het neefje van de tovenaar* omhoog.

'O, mooi!' zei Zoë. 'Kon ik dat boek nog maar voor de eerste keer lezen, geluksvogel!'

'Niemand...' zei Mary peinzend. 'In al die boeken die jij me te lezen geeft, heeft niemand een moeder.'

Zoë fronste haar voorhoofd en dacht erover na. Narnia, Katy, Alice, Anne met een E. Mary Lennox... Mary had gelijk. Ze hadden allemaal geen moeder.

'Ik denk dat dat komt omdat een kind anders niet weggaat om avonturen te beleven... Dan heeft de schrijver niks te schrijven.'

'Ik denk dat ik genoeg avonturen heb beleefd,' zei Mary.

'Dat denk ik ook,' zei Zoë, en samen keken ze naar de jongens die als blije hertjes over de herfstbladeren huppelden.

Ramsay stond bij de auto naar hen allemaal te kijken en besefte opeens met een schok: hij wilde heel graag dat ze bleef. Heel, heel graag. Niet alleen om de kinderen, ook om hoe ze was. Om alles aan haar: de manier waarop haar haren voor haar gezicht vielen, haar klaterende lach, de muziek in de keuken, de enorme liefde die ze voor haar zoontje had, de manier waarop ze doorzette – iets waarin hij vreselijk had gefaald terwijl hij alles maar liet voortsudderen, in de ijdele hoop dat Elspeth terug zou komen of de dingen zouden veranderen. Hij had, besefte hij, zitten wachten tot hij werd gered, als een prinses in een sprookje. En zij was de knappe prins. Hij wilde zo graag dat ze bleef... Maar het was te laat.

Terwijl hij het dacht, kwam er een klein rood huurautootje de oprijlaan op rijden.

12

Verbazend genoeg stapten er drie mensen uit het kleine autootje: Jaz, een heel knap meisje dat Shanti moest zijn en nog iemand: Surinder.

Surinder liep meteen naar Zoë toe en de twee vrouwen omhelsden elkaar.

'Ik weet niet wat ik moet zeggen...' zei Surinder. 'Ik had echt gehoopt dat het een goede oplossing was.'

'Dat was het ook,' zei Zoë, iets wegslikkend.

Hari kwam naar hen toe rennen, zijn haar alle kanten op, hijgend en happend naar adem.

'Hoi, tante!' riep hij nonchalant.

'Wat?' riep Jaz uit. Zoë moest grinniken toen ze zijn gezicht zag. 'Wát?'

'O! Hoi, papa!' zei Hari terwijl hij zich naar Jaz omdraaide.

'Wát?' Jaz was zo verbaasd dat hij wel een stripfiguur leek. 'Je praat!'

'Aye,' zei Hari.

Jaz staarde naar Hari, toen naar Zoë, en toen weer naar Hari.

Surinder barstte in lachen uit.

'Dat heeft hij absoluut van mij geleerd,' zei Patrick.

'Patrick is mijn broer,' zei Hari.

'Eh... Hi, bro,' zei Jaz ongemakkelijk.

Patrick keek hem ernstig aan. 'Hari en ik moeten absoluut weer naar de bladeren, dat is heel erg belangrijk. Dág!' Hij draaide zich om en liep, met Hari in zijn kielzog, terug naar de tuin.

Jaz was volkomen verbluft.

Zoë liep met uitgestoken hand op Shanti af – ze was inderdaad heel mooi – en stelde zich voor. 'Hallo, ik ben Zoë. Het is nogal indrukwekkend als je het voor het eerst ziet, hè?'

Shanti staarde helemaal gehypnotiseerd naar het huis. 'Wauw, wat een kast!'

Surinder maakte foto's van de twee jochies, die in het warme licht van de laagstaande zon op het grasveld dartelden.

'Ik ga theezetten,' riep Zoë, en Shanti liep met haar mee het huis in. Het rook er naar bijenwas, Mrs MacGlone was duidelijk aan het boenen geweest.

'O mijn god,' verzuchtte Shanti. Ze wierp een blik in de zitkamer, waar de zon door de ramen scheen en op dat moment een enorme constructie stond van een vliegtuig in aanbouw, waar Shackleton en Patrick mee bezig waren. Er lagen stukken hout en oude verknipte lakens op de tafel. 'Mijn god, wat een huis!' zei Shanti. De kinderstemmen schalden door de lucht, er werd gelachen en druk gekwebbeld. Ze liep achter Zoë aan naar de keuken, waar Zoë de ketel op het vuur zette.

'We hebben ook koffie,' zei Zoë, terwijl de herinnering aan die ene avond in haar opkwam. Toen ze zo had verlangd zijn hand op haar... Ze schudde de gedachte weg.

'Mooi apparaat,' merkte Shanti op. 'Goh, ik weet eigenlijk niet wat ik verwachtte, maar dít zeker niet!' Ze keek Zoë aan. 'Ik ben... Ik ben echt... Ik hoop dat je het niet raar vindt van Jaz en mij...'

Zoë stond op het punt haar opmerking weg te wuiven en te zeggen 'Nee hoor, helemaal niet', toen ze besloot eerlijk te zijn. 'Nou,' zei ze. 'Je bent de eerste vrouw van wie ik wéét sinds... mij. Maar we zijn eigenlijk al lang uit elkaar.'

'Maar jij bent de moeder van zijn...'

'Jaja, natuurlijk. Zeker!'

'Hij lijkt me een heel bijzonder jongetje.'

'Bijzonder, dat weet ik niet...' zei Zoë peinzend. 'Nou, ja, dat is-ie eigenlijk wel.'

Shanti knikte.

'En dank je wel,' ging Zoë verder, 'dat je ervoor hebt gezorgd dat Jaz zijn verantwoordelijkheid neemt.'

Shanti rolde met haar ogen. 'Ik ben zonder vader opgegroeid,' zei ze, 'en heb gedreigd hem te vermoorden als hij zijn zaakjes niet regelde.'

'Nou... dank je wel... misschien had ik dat ook moeten doen.'

Shanti vertrok haar gezicht in een grimas. 'Er is nog weinig om voor te bedanken. Maar Jaz heeft wel al wat appartementen bekeken...'

Zoë ging druk in de weer met het zoeken naar mokken en kijken of er nog shortbread was – wat er gelukkig nog was – en liet Shanti's opmerking onbeantwoord in de lucht hangen.

13

Ramsay zag eruit alsof hij van plan was naar de bibliotheek te verdwijnen, hij kon het niet verdragen te moeten luisteren naar een gesprek over hoe deze man een of ander verschrikkelijk hol in Londen voor Zoë regelde waardoor hij haar nooit meer zou zien.

Maar Zoë wierp hem een blik toe die min of meer zei: doe niet zo onbeleefd! En dus ging hij bij hen zitten op de sierlijke ijzeren stoeltjes die Shackleton toen Zoë het vroeg naar buiten had gesleept en met een doekje had afgenomen; wanneer, dacht Ramsay, had ze in vredesnaam de tijd gevonden om te ontdekken dat die stoeltjes er waren? En wanneer was zijn mopperende, stugge puber veranderd in zo'n knappe, welwillende jongen?

Toen ze allemaal zaten, wist niemand hoe het gesprek te beginnen, tot Jaz vroeg, met zijn benen wijd gespreid en zijn enkel op zijn knie – wat betekende dat hij nerveus was maar dat niet wilde laten blijken, wist Zoë – hoe het kon dat Hari zo opeens was gaan praten. En ook hoe hij in vredesnaam aan zo'n verschrikkelijk Schots accent kwam.

Ramsay wierp Zoë een blik toe, die ze negeerde. Ze knipperde met haar ogen en zei: 'Nou, Mary en Hari hadden zichzelf een beetje in de nesten gewerkt op het loch. Waar ze helemaal niet mogen komen, dat is streng verboden.'

Shanti keek om zich heen. 'Waar is dat loch dan?'

'Aan het einde van de tuin,' zei Zoë.

'O mijn god... Jullie hebben echt álles hier,' zei ze met grote ogen.

'In elk geval. Hari was bang en... de dokter zegt dat dat waarschijnlijk de doorbraak was.'

Jaz schudde zijn hoofd. 'Ik dacht dat ik hierheen moest voor mijn getraumatiseerde zoontje. In plaats daarvan luistert hij naar de Proclaimers en eet hij haggis.' Niemand reageerde. Jaz stond op en schopte tegen een steentje. 'Ik ga hem halen. Dan kan hij me dat meer laten zien.'

'Loch,' corrigeerde Zoë hem automatisch.

'Jezus, Zo, niet jij ook al!'

Hij liep weg, het was duidelijk dat hij baalde, en Shanti kneep haar ogen even dicht.

Surinder schudde haar hoofd en keek Zoë aan. 'O god, je bent nog erger dan Nina! En over Nina gesproken...' Ze keek op haar horloge. 'Ik moet gaan als ik op tijd wil zijn voor het bezoekuur.'

Zoë sprong op. 'Wacht even, ik heb wat boeken voor haar in de bus.'

Surinder liep opgewekt met haar mee. 'O, kijk nou, daar is-ie,' zei ze blij, en ze gaf een paar klopjes op de zijkant. 'Wat hebben we het toch leuk gehad in dat ouwe ding.' Ze grinnikte. 'Ik moet een paar mensen opzoeken nu ik hier ben. Jongens vooral.'

'Hoelang blijf je?'

'Dat hangt ervan af wanneer Nina bevalt. Ik heb nog vrije dagen tegoed. En Lennox heeft het natuurlijk druk met zijn schapen. Lammeren of zo. Weet ik veel.'

'Ik geloof niet dat het nu lammertijd is,' zei Zoë.

'O, oké, James Herriot...'

Surinder klom het trapje van de boekenbus op en trok de deur open. 'Oooo!' riep ze verrast uit. 'Je hebt hem veranderd!'

'Eh... ik geloof niet dat het echt...'

'Al die Loch Ness-monsterboeken. En knuffels?'

'De mensen vinden het leuk,' mompelde Zoë.

'Jezus! Kleurboeken! En allemaal toeristendingen... Weet Nina dat je zit soort dingen verkoopt?' Surinder kneep haar ogen tot spleetjes. 'Ik bedoel, dat doet ze normaal niet.'

Zoë fronste haar voorhoofd. 'Je bedoelt dat je het ordinair vindt.'

'Neeeee...'

'Luister,' zei Zoë. 'Ik verkocht bijna niks. Ik ben Nina niet; zij is een genie in boeken verkopen. Maar er is hier een enorme markt, echt een enorme markt van mensen die geïnteresseerd zijn in de geschiedenis van Schotland en het gebied hier, dus hebben we heel veel atlassen verkocht, kijk maar, ze zijn prachtig. En de monsterboeken zijn gewoon voor de kinderen om iets te doen te hebben als ze heel lang in de bus moeten zitten, dat is alles.'

Surinder knikte. 'Hmm. Ja, misschien heb je gelijk. Nina is niet erg goed in cijfers.'

Ze pakte een van de prachtige grote boeken met landkaarten op, waar flinke prijzen op stonden. 'Wauw! Verkoop je deze?'

'Ja... Ze komen uit Ramsays collectie. Boeken die in Londen niet veel opleveren.'

Surinder knikte.

'Ik heb het gevoel dat ik word geïnspecteerd,' zei Zoë.

'Ha!' zei Surinder. 'Ja, dat gevoel heb ik ook.'

Zoë glimlachte. 'Jaz lijkt een stuk... rustiger,' zei ze.

Surinder knikte. 'Shanti is goed voor hem. Ja. Maar je kent Jaz. Altijd vol goede voornemens. Maar uiteindelijk verwateren ze meestal weer.'

Ze keken naar buiten. Shanti stond met Jaz en Hari in de tuin.

'Het ziet ernaar uit dat ze nogal weg is van alles hier,' zei Surinder. Ze zuchtte en keek om zich heen. 'Ik ook. In Brum vergeet ik dat er plekken zoals deze zijn. Het is zo... zo onbedorven hier, zo vrij...' Als om haar opmerking kracht bij te zetten vloog er een vlucht wilde ganzen op weg naar het zuiden over, hun vleugels blikkerden in het herfstlicht van de late ondergaande zon. 'Jaja, ik zie jullie,' zei Surinder. 'Oké, ik kan maar beter gaan nu.'

'Zeg maar niks over die kleurboeken,' zei Zoë snel.

'Ja. Oké.'

Surinder nam haar op. 'Dus je komt terug naar Londen?'

'Mmm,' zei Zoë.

14

Sommige beslissingen overkomen je. Sommige gaan sluipenderwijs. Maar van sommige kun je exact aanwijzen hoe ze zijn genomen.

Die avond, terwijl de zon onderging, beende Ramsay naar de kelder, waar hij heel soms een van de stoffige flessen wijn uit de verzameling die zijn vader daar had aangelegd pakte, en nam twee flessen mee naar boven. Buiten – toen de razend nieuwsgierige jongetjes na verschillende vermaningen eindelijk op veilige afstand stonden – stak hij een kampvuur aan van dode takken en bladeren die ze met z'n allen in het bos bij elkaar hadden gesprokkeld. Zoë legde er in zilverfolie gewikkelde aardappelen naast en bracht lange vorken voor de volwassenen naar buiten om worstjes te roosteren. Het vet spetterde als het in het hete vuur droop. Jaz zocht muziek op zijn telefoon op en ze zaten met z'n allen om het warme vuur, drinkend van de oude wijn in verschillende metalen bekers die Zoë uit de keuken had gehaald. Surinder kwam terug van het ziekenhuis met de mededeling dat Nina alle Val McDermids had herlezen en nu dacht dat iedereen een moordenaar was, maar dat het verder goed ging, en Jaz en Ramsay moesten naast elkaar gaan zitten van de jongetjes omdat ze allebei op hun vaders knie wilden – Hari vond het heerlijk om met zijn vader te pronken – en Zoë keek toe hoe Ramsay Patricks hoofd aaide en geduldig zijn mysterieuze vragen over vuurvliegjes en satellieten beantwoordde, en de enorme liefde die hij overduidelijk had voor het kind dat niet van hem was, raakte haar diep.

Het stond in sterk contrast met hoe achteloos Jaz zijn eigen zoontje had achtergelaten. Als zij er niet was geweest, besefte ze, en Surinder en Shanti, had Hari geen vader in zijn leven gehad. Jaz voelde dat ze naar hem keek en wendde zijn blik af, alsof hij wist wat ze dacht.

Maar verder was het, ondanks de wat ongemakkelijke situatie, een gezellige avond, en toen de gasten vertrokken, met Shanti achter het stuur, zwaaiden ze ze met z'n allen uit totdat ze helemaal aan het einde van de lange oprijlaan waren.

'Ik vind het leuk als papa op bezoek komt,' zei Hari peinzend. 'Het is *braw*.'

Zoë glimlachte omdat hij zo'n typisch Schots woord gebruikte en pakte zijn en Patricks hand om hen naar bed te brengen.

'Wacht even,' zei Hari, en hij rende naar het kampvuur, waar Ramsay zijn te lange benen naar uit had gestrekt, klom op zijn schoot en gaf hem tot ieders verrassing een knuffel. 'Truste!'

Zoë en Ramsay keken elkaar verbouwereerd aan en Zoë bracht de jongens naar bed, Hari op zijn eigen kamer, niet bij Patrick of in de buurt van Mary.

Ze vroeg zich af of ze het moeilijker maakte voor Hari door hem zo gesteld te laten raken op iedereen. Aan de andere kant, wat wilde ze dan? Dat hij ongelukkig was? Nog steeds diep in gedachten liep ze naar buiten om de vorken en mokken buiten te gaan halen. Ramsay zat nog steeds in het vuur te staren met zijn beker in zijn hand en zijn grote donkerblauwe visserstrui, die nog onder de bladeren zat, naast zich.

'Hier,' zei ze terwijl ze er een blad af pakte en dat aan hem gaf. 'Een herinnering aan de leuke dag.'

Hij keerde zijn gezicht naar haar toe en keek haar toen zo verlangend aan dat ze het niet kon verdragen. Hij omvatte haar smalle pols lichtjes met zijn enorme hand.

'Blijf,' zei hij. 'Alsjeblieft. Blijf.'

15

Het was ongelofelijk druk in de bus bij het loch de volgende dag. Het stikte van de gezinnetjes die in de herfstvakantie naar de zeehonden kwamen kijken en een kop soep kwamen eten. Agnieszka was dolblij. Toen Murdo aankwam met zijn boot, riep Zoë hem binnen.

'We hebben... Ramsay en ik, ik bedoel... we zijn geen stel hoor of zoiets... dat bedoel ik niet... ha!'

Ze bloosde diep terwijl ze aan de avond ervoor dacht, toen ze stotterend had gezegd dat ze naar bed ging, in verwarring en angstig naar boven was gevlucht en de hele nacht wakker had gelegen terwijl ze alleen maar kon denken aan zijn handen en wat er zou zijn gebeurd als hij haar in zijn enorme sterke armen had opgetild en wat dat dan zou betekenen voor de kinderen en hoe onmogelijk het was.

'In elk geval... wat klets ik nou toch... ik wilde alleen zeggen... we zijn je zo enorm veel verschuldigd, álles, en Ramsay wilde je iets geven... Ik weet dat het niet veel is...' Ze haalde een houten krat met heel oude whisky tevoorschijn die in de kelder van het huis had gestaan.

'O jee,' zei Murdo. 'O jee, het was... ik bedoel... iedereen zou dat gedaan hebben.' Hij glimlachte. 'Ach, moet je nou kijken! Dat is toch veel te veel.'

'Het is lang niet genoeg,' zei Zoë op serieuze toon.

'En eigenlijk was ík het niet,' vervolgde Murdo. 'De boot werd gewoon over het loch die kant op gedreven...'

'Hou toch op,' zei Zoë. 'Jij bent al zo lang op zoek naar dat monster met die toeristen van je dat het je naar je kop is gestegen.'

'Misschien,' zei hij, 'maar misschien ook niet.'

Samen brachten ze de whisky naar zijn boot.

'Nou, dat was heel aardig van jullie. Alles goed met de twee kleintjes?'

'Prima,' zei Zoë automatisch, niet van plan om daar verder over na te denken.

Kirsty kwam naar haar toe om samen te lunchen bij Agnieszka. Ze maakte tegenwoordig een heerlijke *cock-a-leekie*-soep met dikke sneden brood en Zoë vertelde Kirsty het hele verhaal, of eigenlijk een deel ervan.

Kirsty floot tussen haar tanden en vroeg: 'Wat is de diagnose?'

Ramsay en zij hadden het... voordat Ramsay... nou... ze hadden het met de artsen besproken. Die drongen erop aan dat Mary met medicatie begon, een heel lage dosis, om haar stemmingswisselingen wat af te vlakken. Ramsay was fel tegen welke medicijnen dan ook. 'Een kind van negen aan de pillen?' Ze waren verbijsterd en vonden het idioot, maar de arts vertelde hoeveel kinderen van negen in het land dezelfde medicijnen slikten. Dat waren er akelig veel.

Toen had Zoë eenvoudigweg gevraagd of de andere kinderen onder hetzelfde dak veilig waren als Mary aan medicatie begon en had de psychiater haar verzekerd dat dat zo was. Voor Zoë gaf dat de doorslag. Het was niet voor eeuwig, alleen om haar nu wat rustiger te laten worden, zodat ze tot haar door konden dringen, haar konden helpen.

Zoë vroeg hoe Kirsty erover dacht, en die was het met haar eens. 'Je hebt geen idee hoeveel kinderen het slikken. Echt. Het verandert levens.'

'Dat had ze bijna met dat van ons gedaan,' zei Zoë somber. 'Ik moet steeds tegen mezelf zeggen dat het haar schuld niet was.'

'Ik geloof oprecht,' zei Kirsty, 'dat je zult merken dat die pillen echt helpen. En bovendien zal ze zich dan wat beter kunnen aanpassen op school.'

'Ja... En niet meer bijten,' zei Zoë, met een trieste glimlach knikkend. Toen veranderde ze van onderwerp. 'Ik vroeg me af... ik dacht... we moeten de mensen uit het dorp bedanken voor hun hulp. De kinderen hebben Halloween niet echt gevierd. Ze voelen zich te ongeliefd en te veel buitenstaander om eropuit te gaan.'

'Ah, dat is echt rot voor ze,' zei Kirsty oprecht gemeend.

'Ik dacht dat het samhainfeest dat wel goed zou maken, maar...' – Zoë bloosde bij de herinnering – '... dat bleek in de verste verte niet geschikt voor kinderen. Nou... in elk geval... Ik dacht... Ik weet dat het al geweest is, maar stel dat we een halloweenfeest houden, wil jij dan iedereen vragen om te komen? Dan kunnen de kinderen... kunnen ze misschien weer een beetje meedoen met de anderen. Of vind je dat gek?'

'Alle kinderen! Dat zijn er zestig!'

'Ja, dat weet ik.'

'Maar,' zei Kirsty, 'ik kan me niet voorstellen dat er ook maar één kind is dat nóg een Halloween vervelend vindt.'

'Mooi,' zei Zoë. 'Vertel het rond!'

16

Het kostte haar een hoop gezoek. Ze deed het 's avonds. Ramsay was weg, maar nu wist ze waarom. En waar hij was.

Ze moest iets vinden. In de bibliotheek. Iets waardoor ze in staat waren een feest te geven, iets waarmee ze de kinderen hielp om weer deel te nemen aan het gewone leven, naar school te gaan.

Boeken die niet in de almanak stonden waren niet geschikt, zoals de encyclopedieën die te oud waren om kennis te hebben over atomen, en de prachtig bewerkte boeken over het leven van een heilige. Ze had iets goeds nodig. Iets fantastisch. Iets wat ze meteen kon verkopen.

Boven op de galerij, onder een stapel kerkelijke hymnes, vond ze uiteindelijk het soort boek dat ze zocht. Ze floot.

De lichtgrijze omslag van de daken van Londen, de twee jongetjes die langs de zijkant van St Paul's Cathedral renden. Ze bekeek de datum aan de binnenkant. Het was een tweede druk, maar die was nog altijd een fortuin waard: een vroege uitgave van *Up on the Rooftops.*

Ze liet het boek, een beetje terughoudend, aan de kinderen zien en legde uit dat ze het gingen verkopen.

'Dat is hetzelfde boek als je ons voorleest. Dat wil ik houden! Ik vind het zo'n mooi verhaal!' protesteerde Patrick.

'Wij lezen het van de e-reader toch? Ik snap dat je het graag wilt houden omdat het zo mooi is, maar… ,' zei Zoë.

'Ja maar...' zei Patrick, en hij keek haar verdrietig aan.

'Ik snap het, Patrick, ik snap het,' zei Zoë. 'Maar het is het waard, vertrouw me. We gaan een heel groot halloweenfeest geven van de opbrengst!'

'Ooo!' riepen de jongens uit.

'En komen er ook... meisjes?' vroeg Shackleton.

'Tuurlijk,' zei Zoë.

Mary keek haar aan. Ze werd slaperig van de medicijnen en was een beetje langzaam in haar reacties. 'Wat voor soort feest. Zoiets als Samhain?'

'Nee!' zei Zoë overtuigd. Dat was helemaal uit de hand gelopen. 'Een kinderfeest. Ik dacht dat we het huis mooi konden versieren en halloweenspelletjes als appels happen en zo kunnen doen.'

'En krijgen we dan heel veel snoep?' vroeg Patrick.

'En limonade?' vulde Hari aan.

'Tuurlijk,' zei Zoë. 'En ik dacht dat we iedereen van school konden uitnodigen.'

'O!' riep Patrick uit.

'Die zijn afschuwelijk,' zei Mary.

Shackleton keek op.

'Hm,' zei Zoë. 'Ik dacht dat jullie allemaal een prachtig kostuum aan konden en dat we dan iedereen uitnodigen en het huis er fantastisch uitziet en het het leukste feest ooit is en dat iedereen dan snapt dat jullie supercool zijn, en het meisje dat je hebt gebeten...'

'Stephanie,' gromde Mary, 'ze zei dat mama gek was.'

Zoë had op het punt gestaan voor te stellen dat ze het goedmaakten, maar besloot het helemaal anders aan te pakken. 'Stephanie. Nou, die kunnen we mooi op haar nummer zetten.'

'Hoe bedoel je?' vroeg Mary. Ze leek benieuwd.

'Nou, normaal proberen we aardig te zijn tegen iedereen...'

'Mary niet!' zei Patrick.

Mary trok een gezicht alsof ze in woede zou uitbarsten, maar daar liet ze het bij. Wat niemand ontging.

'... maar in dít geval denk ik dat we superaardig tegen iedereen moeten zijn, maar als zij dan komt...'

'Ze komt misschien niet,' zei Mary.

'Iederéén wil komen, dat weet ik zeker,' zei Zoë. 'Dus jullie zijn superaardig en heel blij iedereen te zien, maar als zij binnenkomt, zeg je bijvoorbeeld alleen maar "O, hoi".' En dan zou ík zeggen "O, jíj bent Stephanie", op een heel valse manier.' Ze zei het nog een keer: '"O, jíj bent Stephanie." Dat is natuurlijk gemeen en lelijk van me, maar...'

'Ze zei dat mammie knettergek was.'

'Precies. Verzachtende omstandigheden. Dan mág je lelijk tegen iemand doen, vind ik!'

'En dan ga ik haar bijten,' zei Patrick.

'Nee!' reageerde Zoë. 'Dat mag nou juist niet! We bijten voortaan niemand meer.'

'Verzachtende omstandigheden,' zei Patrick.

'Nee, we bijten nooit meer.'

'Wat voor soort kostuum krijg ik dan?' vroeg Mary verlegen.

'Wat je maar wilt! Zombieprinses? Enge heks?'

'En we gaan geld verdienen met een bóék?' vroeg Shackleton.

Ze stonden om haar heen terwijl ze de foto's maakte en het boek op eBay zette. Er werd snel en goed geboden en het was heel spannend om te zien dat er steeds een hoger bod binnenkwam. Vlak voor het eten was er genoeg voor een groot feest. Toen Ramsay thuiskwam, was er genoeg voor...

'Mijn hemel,' zei Ramsay, starend naar het scherm. 'Mijn hemel...'

'Dank je wel,' zei Zoë, die hem toen ze het boek vond als eerste had geappt om te vragen of ze het op eBay mocht zetten. 'Dank je wel dat ik het mag verkopen.'

'Nou, zonder jou had ik niet eens geweten dat ik het had.'

Zoë stond op, ze werd verlegen als hij zo dichtbij was.

Ramsay was zich ervan bewust dat ze uit zijn buurt wilde zijn en fronste. 'Het spijt me... het spijt me van eh... laatst,' mompelde hij.

'Nee... het spijt míj,' zei ze meteen, zonder nadenken. En

toen: 'Sorry, ik bedoel, geen probleem.'

Hij knikte triest.

'En?' vroeg Zoë zacht. 'Hoe was het vanavond?'

Hij ademde diep in en ze liepen van de kinderen vandaan. Dit was nieuw, erover kunnen praten.

'Er is... nou. Goed nieuws, denk ik. Moeilijk te zeggen. Ik heb van de politie vernomen dat ik het contactverbod mag intrekken.' Hij schudde zijn hoofd. 'Ze is... is blijkbaar geen bedreiging meer.'

'Goed...' zei Zoë. 'Is dat goed?'

'Het betekent dat de kinderen bij haar...' Hij staarde naar de vier kinderen, die zaten te lachen achter de computer, en schudde zijn hoofd. 'O, die klotedrugs, de prijs die ze heeft betaald.' Hij probeerde zijn tranen in te houden. 'Sorry, ik doe belachelijk.'

'Helemaal niet!' reageerde Zoë gedecideerd. 'Jullie hadden allemaal al heel lang wat meer troost kunnen gebruiken.'

Ze gaf hem de keukenrol aan en Ramsay bedankte haar.

'Ga je ze meenemen naar haar?' vroeg ze.

Ramsay zuchtte diep. 'Shackleton wil zeker niet. Hij... hij herinnert zich haar. Hij heeft haar op haar allerslechtst meegemaakt en ze liet hem elke keer weer in de steek. En Patrick kent haar niet eens. Hij heeft nooit een moeder gehad.'

'En Mary?'

'Ja. Ja. Misschien neem ik Mary wel mee.' Hij haalde zijn hand door zijn haar. 'Het zal een enorme schok voor haar zijn.'

Zoë dacht aan de zwijgende vrouw met haar afwezige blik die tevreden was met ergens zitten en over iemands hand strijken.

'Je weet het nooit,' zei Zoë. 'Misschien is het voldoende om... gewoon naast haar te zitten.'

'Denk je?'

'Nee,' zei Zoë. 'Maar soms moet je het in je leven doen met wat je kunt krijgen.'

17

Het boek werd verkocht voor een bedrag dat ze in hun wildste dromen nog niet hadden verwacht en Ramsay had geglimlacht en gezegd: 'Oké, gaan jullie je maar helemaal te buiten!'

Zoë nam ze allemaal mee op een speciale trip naar de dichtstbijzijnde rommelwinkel (twee uur rijden), waar ze zoveel afgeprijsde spinnenwebben, pompoenen, vleermuizen en skeletten kochten als ze konden vinden, en iedereen verheugde zich op de volgende dag, wanneer ze het huis gingen versieren.

Daarna was ze met hen naar een feestwinkel geweest, waar gelukkig nog veel halloweenkostuums hingen. De kinderen waren totaal overdonderd.

Wanneer, vroeg Zoë zich af, had er ooit iemand iets leuks voor hen gekocht. Hari en Patrick deden er eeuwen over om te beslissen en eindigden uiteindelijk met twee precies dezelfde dinosaurusoutfits. Shackleton wilde alleen een paar lange Draculatanden en rode schmink; Zoë bedacht dat hij niet onherkenbaar wilde zijn voor de meisjes. Toen ze zoiets tegen hem zei, werd hij knalrood en fluisterde hij haar toe of ze misschien ook een scheerapparaat voor hem kon kopen, wat ze meteen beloofde. Hij was heel blij dat ze dat zonder verdere vragen deed. Ze begonnen goede vrienden te worden met z'n tweetjes.

Mary bekeek alles heel ernstig en haalde, na alles gezien te hebben, slechts één kostuum uit het rek. Er hing een kaartje aan met 'Elfje' en het was gemaakt van lange zilverkleurige stroken met glinstertjes en had zachte gazen vleugeltjes op de rug.

'Ooo!' riep Zoë uit.

'Wat?' vroeg Mary sloom.

‘Niks,’ zei ze. ‘Maar dat jurkje is helemaal perfect voor je. Perfect! En we kunnen eyeliner bij je opdoen en je haar touperen.’

‘Wat is dat?’

‘Je haar helemaal wild maken, als een soort distelpluim.’

Mary glimlachte. ‘En mag ik ook lippenstift op?’

‘Nou, ik zou niet weten waarom niet.’

‘Zal iedereen echt komen?’ vroeg ze onzeker.

‘Natuurlijk komt iedereen!’ zei Zoë, en ze hield haar mond over hoe ontzettend nieuwsgierig de dorpsbewoners waren om het mysterieuze huis vanbinnen te zien, waar ze nog nooit waren geweest, zelfs niet met het samhainfeest, dat beperkt was gebleven tot de tuin.

‘Een paar van de meisjes zijn best leuk,’ zei Mary peinzend. ‘Misschien.’

‘Er zijn altijd wel een paar leuke mensen,’ zei Zoë.

‘Wat doe jij aan, Nanny Zeven?’ wilde Patrick weten.

‘O, ik weet niet,’ zei Zoë. ‘Misschien schmink ik alleen mijn gezicht.’

‘O nee! Je moet als heks!’ riep Hari.

‘Ja! Ja!’ zei Patrick enthousiast. ‘Of als een grote dinosaurus!’

Mary kwam met een volwassenenversie van haar eigen kostuum aanzetten: zilverkleurig met een lange sleep en dezelfde glinsterende gazen vleugels. ‘Misschien kun je dit aan,’ zei ze nerveus terwijl ze Zoë met enorme ogen aankeek.

Zoë was helemaal van haar stuk. ‘Goh,’ zei ze. ‘Eh... ja, oké. Dat doe ik.’

18

Ze waren een dag druk bezig met versieren, maar het zag er daarna ook fantastisch uit. Zelfs – de wonderen waren de wereld nog niet uit – Mrs MacGlone deed mee en hielp het huis te decoreren met pompoenen en spinnenwebben en enge plastic schedels met kleine flikkerende lichtjes erin en een paar van Mary's oude poppen die kapot – en best eng – waren. Ze omwikkelden alle lampen met gekleurd papier en Mary tekende met een stift op de druiven zodat het oogbollen leken, toen Mrs MacGlone de keuken binnenkwam, om zich heen keek, haar armen over elkaar sloeg, ze toen weer van elkaar haalde en met ongewoon roze wangen zei: 'Goh! Nou! Goh.'

Zoë glimlachte naar haar. 'Blijft u voor het feest?' vroeg ze. 'Hebt u een kostuum meegenomen?'

'O,' zei Mrs MacGlone. Toen wendde ze haar ogen af. 'Ik dacht dat ik niet welkom was.'

Zoë liep naar haar toe. 'Natuurlijk bent u welkom!' zei ze. 'U bent de ruggengraat van het huis! Ik zou niet weten wat we zonder u moesten!'

Mrs MacGlone schudde haar hoofd. 'Ach, dat is niet waar.'

'Zeker wel! Kom gewoon, alstublieft,' zei Zoë. 'Met uw man, natuurlijk!'

Mrs MacGlone zag er verheugd uit toen ze haar jas pakte. 'Aye. Misschien dan.' Toen kreeg ze een idee. 'Nou, we hebben het lang niet gedaan en wie weet slaan alle stoppen door, maar dat zal wel niet, want Wilby houdt alles prima in orde... Maar het wordt wel een hoge elektriciteitsrekening, natuurlijk...'

'Wat bedoelt u?' vroeg Zoë toen Mrs MacGlone een kast in

de keuken opendeed waarin de stoppenkast en de boiler zaten.

'Nou, daar gaan we,' zei ze, en ze zette een knop om.

De kinderen sprongen op en renden met Shackleton voorop door de hal en de voordeur naar buiten. Zoë ging achter ze aan, het was ijzig koud buiten. Buiten hapte ze naar adem bij wat ze zag: de hele voorkant van het huis was verlicht; het zag er spectaculair en betoverend uit.

'O! Wauw!' riep Zoë.

'Die goeie ouwe Wilby,' zei Mrs MacGlone tevreden.

Zoë had het opgegeven de kinderen kalm te houden en had ze hun kostuums laten aantrekken en keihard halloweenmuziek opgezet.

Er waren meer mini-Snickers en -Bounty's dan er ooit in huis waren geweest en de kinderen beloofden dat ze er vóór het feest ieder maar vier zouden opsnoepen. Zelf hield ze zich daar minder goed aan... Uiteindelijk ging ook zij naar boven om zich te verkleden.

Ramsay stond bij de deur van de bibliotheek.

'Doe je die op slot?' vroeg Zoë.

'Ah...' zei hij. 'Nou, ik neem aan...' Hij keek omlaag naar de sleutels in zijn hand. 'Dat ik hem vanavond op slot doe en dan...'

'Waarom eigenlijk?'

'Nou, ik wil niet dat de kinderen er binnenkomen. Dat weet je.'

'Maar waarom is dat zo belangrijk? Omdat ze overal aan zitten en de kostbare boeken beschadigen? Omdat je je dan niet kunt concentreren? Omdat je je terug wilt kunnen trekken en ze niet om je heen wilt hebben?'

Hij keek verbaasd op. 'Jezus, nee! Boeken zijn bedoeld om gelezen te worden en ze móéten gelezen worden. Nee... Dat is het niet... Dat is het helemaal niet.'

Hij draaide de sleutels om in zijn hand.

'Nee, god nee. Maar alle correspondentie ligt er... alle informatie over Elspeth en van de hulp en de dingen over de kinderen en zo. Alles. Alle dingen waar ze niets van weten.'

'Weten Mary en Patrick...? Weten ze iets over...'

Hij keek gealarmeerd. 'Maar ik ben hun vader!'

'Jaja, dat weet ik, maar...'

Hij schudde zijn hoofd. 'Ik heb altijd gevonden... dat ze al genoeg ellende hebben meegemaakt.'

Zoë zuchtte. Aan de ene kant was het misschien niet goed, maar aan de andere wel.

'En Shackleton? Weet hij het ook niet?'

Ramsay schudde zijn hoofd. 'Natuurlijk niet. Dat zou... dat zou oneerlijk zijn...'

Zoë knikte. Ze begreep het.

'Hij is een goeie jongen, weet je,' zei hij peinzend.

'Natuurlijk! Al je kinderen zijn leuk. Ik hou van ze allemaal!' zei Zoë spontaan. Ze zei het zonder nadenken.

Ze had het luchtig willen zeggen, dacht Zoë later, zoiets als "ik hou van grapefruit" of "ik hou van aardbeienijs", maar het kwam heel anders uit haar mond. Ramsay staarde haar aan, alsof hij wanhopig wilde dat er iemand van zijn kinderen hield. En Zoë voelde haar hart ineenkrimpen, ze wilde heel graag blijven, maar dat kon niet. Het kon niet.

'Ik ga me omkleden,' mompelde ze, en ze liep van hem vandaan.

Toen keek ze over haar schouder en zei: 'Misschien moet je gewoon de kast op slot doen waarin je al je papieren bewaart,' opperde ze.

Hij knikte. 'Ja, ja, dat kan natuurlijk ook.'

19

Tegen vijven begonnen de auto's de oprijlaan op te komen en was het bijna helemaal donker. Zoë trok haar zilveren tulen jurk aan. De elfenvleugels stonden belachelijk, maar op de een of andere manier ook bekoorlijk. Daarna ging ze naar Mary's kamer om haar haar te doen. Ze maakte haar gezicht dramatisch wit en bracht zwarte eyeliner en mascara bij haar op.

Mary keek in de spiegel. 'Ik zie er super uit!' zei ze.

'Ja, geweldig!' zei Zoë.

Beneden hoorden ze de gasten al binnenkomen.

'Oké,' zei Zoë. 'Jij zult voor gastvrouw moeten spelen.'

Mary keek nerveus. 'Ga jij dan met me mee?'

'Tuurlijk.'

En voor het eerst pakte Mary haar hand vast. Samen liepen ze de trap af.

Zoë grijnsde naar Kirsty, die fantastisch was uitgedost als heks. En ze had duidelijk geweldige reclame gemaakt: iedereen was er, een mix van onder andere kobolden, elfen, heksen, superhelden, één robot (die steeds struikelde), een stel luidruchtige vampiers en twee dinosaurussen.

Het was een plezier te zien hoe snel Mary's angsten verdwenen. 'Wauw, Mary, wat woon je in een cool huis,' zei een groen geschminkt elfje. 'We missen je op school,' hoorde ze een ander kind zeggen. 'Het is zo saai. Iedereen doet altijd zo braaf...'

Met een glimlach drong Zoë door de menigte. Tot haar verbazing zag ze iemand in een enorme Franse baljurk, met een brede kanten kraag, een torenhoge grijze pruik op, een opvallende getekende beautyspot en een bloederige rode streep over haar keel. Het duurde even voordat ze begreep dat het Mrs MacGlone was als Marie-Antoinette. Ze was bezig het appel happen te organiseren. Ze zwaaide opgewekt naar Zoë, die naar haar toe liep. 'Dit,' zei ze terwijl ze met haar beker cider gebaarde, 'is hoe het huis hoort te zijn.' En Zoë knikte blij.

In een andere hoek was Agnieszka bezig het koekhappen te begeleiden. Ze had een enorme heksenhoed en een gifgroene pruik op. Naast haar stond een man die haar hand vasthield. Hij was breed en droeg een skeletkostuum met een bijbehorend masker. Zoë kon niet zien wie erachter schuilging, maar ze had wel een vermoeden, net zoals ze had gemerkt dat een bepaalde boot tegenwoordig een permanente aanlegplaats leek te hebben aan een bepaalde kant van het loch.

De kinderen wisten allemaal precies wat er ging gebeuren en hoe alles moest. Zoë merkte dat Halloween in Schotland echt anders werd gevierd dan in Engeland.

Toen ze de zitkamer binnenging, bleek daar een klein meisje in een hagedissenpak op te treden: ze bracht een Taylor Swiftnummer ten gehore. Er hadden zich allemaal bewonderende ouders omheen verzameld.

Toen ze er even later iets tegen Mrs MacGlone over opmerkte, legde die uit: 'Iedereen moet iets feestelijks doen om snoep te verdienen. Wist je dat niet?'

'Nee, dat wist ik niet,' zei Zoë, zich ervan bewust dat er twee kleine dinosaurusjes naast haar meeluisterden.

'Ik kan niks feestelijks,' hoorde ze een klein stemmetje.

Het was Hari. Zoë bukte zich en tilde hem op. 'Dit is jóúw feest,' zei ze, 'dus hoef jij niks te doen.'

'Of...' zei de iets grotere dinosaurus, '... je vertelt een supergrappige mop!'

De twee jochies stonden een tijdje luid fluisterend te overleggen en keken toen Zoë aan, die zich aandachtig naar hen overboog.

'Waarom,' begon Hari, waarna hij naar Patrick keek.

'Waarom zei de dinosaurus...'

'Waarom zei de dinosaurus...'

'Waarom zei de dinosaurus "boeoeoe"?'

'Waarom zei de dinosaurus "boeoeoe"?'

'Geen idee,' zei Zoë. 'Waarom zei de dinosaurus "boeoeoe"?'

De kleine dino haalde alleen zijn schouders op.

'Omdat hij een nieuwe taal aan het leren was!' riep de grotere dino, en ze barstten allebei in geschater uit, hoewel Zoë er voor negenennegentig procent zeker van was dat Hari er helemaal niets van begreep. Vervolgens renden ze weg en begonnen ze, allebei aan een kant van Mrs MacGlone, de grap in stereo aan haar te vertellen.

Zoë haalde haar telefoon tevoorschijn om een paar foto's te maken en zag dat Jaz haar een e-mail had gestuurd.

De schrik sloeg haar om het hart. Als ze hem foto's van Hari stuurde of ze elkaar iets wilden zeggen, appten ze altijd. Een e-mail was heel ongewoon.

Toen ze hem opende, bleek het een lijst te zijn van appartementen die te huur stonden in Londen. Ze ging naar buiten, de vrieskou in, om ze in alle rust te kunnen bekijken zonder dat iemand zag waar ze mee bezig was.

Dit is er beschikbaar, had Jaz getypt. Ik heb bij de gemeente geïnformeerd, maar daar zeggen ze dat je lang zult moeten wachten om voor iets in aanmerking te komen, omdat je er zelf voor hebt gekozen om uit je vorige woning te gaan.

Zoë scrolde naar beneden. Kleine, donkere eenkamerappartementen in drukke straten, grote kamers in huizen die je deelde met vreemden. En stuk voor stuk peperduur.

Ze draaide zich om en ademde verrast in. Alle lichten in het huis waren aan en met het licht op de oude stenen buitenmuren... Hoe had ze het in vredesnaam ooit eng en somber kunnen vinden terwijl het zo prachtig was? Hoe had ze het hier ooit koud en eenzaam kunnen vinden?

Nou, oké, het was koud, dat wel. Ze huiverde in haar dunne zilvergrijze jurk.

Plotseling kwam er een donkere figuur tussen de bomen door haar kant op lopen.

Ramsay had het parkeren geregeld en had geen kostuum – het was een drukke dag geweest – maar er was hem plotseling te binnen geschoten dat er nog een oud spookmasker ergens moest rondzwerven – er zwierf altijd wel iets rond wat geschikt was – en hij had dat gelukkig gevonden. Hij merkte dat hij het prettig vond dat hij onherkenbaar was: de mensen zeiden hem nu vrolijk gedag in plaats van verstolen blikken op hem te werpen, wat ze deden als hij zich heel af en toe in het dorp vertoonde.

Iedereen was gearriveerd, dus was hij op weg naar het huis. Hij had het ijskoud in zijn zwarte pak toen hij haar zag staan, haar silhouet afgetekend tegen het verlichte huis. Haar jurk stond haar goed, vond Ramsay, die pas zag dat het een kostuum was toen ze zich iets omdraaide en hij haar vleugels zag. Haar wangen waren rood van de kou en hij glimlachte; ze was prachtig.

Toen drong het tot hem door dat ze haar hoofd tegen de muur steunde en er op de een of andere manier radeloos en verdrietig uitzag.

Hij rende op haar af.

20

Zodra ze hem zag – het masker stond hem vreemd sexy – nam ze een besluit. Als ze weg moest, als ze moest vertrekken en terug moest naar haar benauwde, paniekerige leventje in Londen, Hari weg moest sleuren van de vrienden die hij hier had, Patrick en Shackleton en zelfs Mary, dan – verdomme – eiste ze ook eens iets voor zichzelf op. Alles wat ze deed was altijd voor iemand anders. Het was het waard, dat wel, maar op de een of andere manier voelde het opeens allemaal te onrechtvaardig. Wanneer kreeg ze eens iets wat zíj wilde?

Ze gebaarde dat Ramsay stil moest zijn en trok hem met zich mee het bos in. Daar was het, weg van de lichten en de herrie van het huis, vreemd stil en koud, de sterren leken wel ijsflinters boven hun hoofd en de bomen ruisten zacht in de wind, er riep een uil en zonder woorden bleef ze staan bij een boom. Ze wilde niet praten, niet alle moeilijkheden en problemen bespreken. Vanavond was ze niet de au pair en was hij niet haar baas. Zij was een elfje uit een sprookje. En hij was de knappe prins.

Hij begreep het meteen, rukte zijn masker af en gooide het opzij.

Ze moest haar armen zo ver omhoogsteken om hem te kunnen omhelzen dat hij haar eenvoudigweg optilde en tegen een boomstam aan drukte zodat hij haar beter kon kussen. Ze merkte niets van de hobbelige schors, het geritsel van de bladeren of de bijtende kou. Ze was zich nergens anders van bewust dan van zijn kussen, zo voorzichtig en intens als hij in het dagelijkse leven onhandig en aarzelend was. Het was een openbaring. Zijn mond, zijn enorme handen in haar haren en om haar middel, zijn imponerende borstkas. Hij was totaal overrompelend, hem kussen was alles, alles wat ze ooit had gewild.

Ze stopte en keek naar hem op in het maanlicht.

'Dat ik dacht dat je vrouw in een kamertje op zolder zat opgesloten...'

'O, die zit er ook. Mijn tweede vrouw...'

Maar toen hij haar gezicht zag, zei hij haastig: 'O, laat me er een grapje over maken. Voor één keer.'

'Volgens mij ben je veel beter in zoenen. Laten we dat maar doen.'

21

Zoë kon niet zeggen hoelang ze in het bos waren. Ze had alle besef van tijd verloren en Ramsay maakte helemaal geen haast, hoewel ze zich allebei hevig bewust waren van hun groeiende opwinding en ze het allebei steeds warmer kregen.

Zoë hoorde ver weg haar naam roepen en het geluid steeds dichterbij komen. Maar ze kon zich echt niet van hem losmaken.

'Zoë!' werd er weer geroepen.

'Er moet iets met de kinderen zijn,' zei ze. Ze besefte dat ze hijgde en dat Ramsays mond onder haar lippenstift zat. Ze keken elkaar aan, de betovering verbroken.

Hij maakte zich met een kreun van haar los, maar stak zijn hand uit om haar wang te strelen.

'Oooo!' Ze zuchtte diep.

'Zoëeeeeee!' klonk het steeds dichterbij.

'Blijf jij hier,' zei Zoë. 'Ik kan niet... We... Je snapt het wel...'

'O jezus, ja, ik weet het...' zei Ramsay op bittere toon. Ze keek hem verontschuldigend aan en rende, wrijvend over haar mond, het bos uit. Haar hart klopte als een razende. O god! O god! Ze verlangde zo naar hem...

'Zoëeee!' Surinder stond plotseling voor haar. 'Wat moest je daar in vredesnaam?'

'Lantaarns,' zei Zoë. Het sloeg nergens op, maar dat maakte niet uit. Surinder was duidelijk nogal aangeschoten.

'Zoë! Nina... Ze heeft weeën! De baby komt!'

'O, wauw! Fantastisch!' zei Zoë.

'En iedereen heeft te veel cider gedronken. Jij ook?'

'Ik heb helemaal geen cider gedronken,' zei Zoë, hoewel ze

zich licht in haar hoofd en dronken van geluk voelde.

'Goed! Mooi! Oké! Kun je me naar het ziekenhuis rijden?'

'Wát? Nee! Het feest is in volle gang!'

'Nee, niet echt,' zei Surinder, en inderdaad hadden de kinderen genoeg koek gehapt, appels met hun mond uit het water gevist, zich bijna misselijk gesnoept en waren ze moe van het dansen op 'Monster Mash'. De gasten begonnen te vertrekken.

'Ze hebben het hartstikke leuk gehad,' zei Surinder, die gekleed was als een sexy vampierverpleegster, wat straks in het ziekenhuis misschien nogal verwarrend werd, dacht Zoë. 'Iedereen vroeg zich af waar je was.'

'O, nergens...' zei ze. 'Serieus?'

'Kom op. De baby komt!'

'Jaja, oké,' zei Zoë. 'Laat me even een jas halen.'

'Nee, geen tijd!' Surinder trok haar met zich mee.

Zoë pakte haar telefoon en appte Ramsay haastig dat hij terug naar het huis moest en voor de kinderen moest zorgen. Toen liepen ze samen naar het kleine groene autootje, dat volkomen ingesloten bleek te zijn door andere auto's van mensen die nog niet waren vertrokken. Ramsay had het parkeren toch niet zo slim geregeld...

'Ik ga wel vragen of ze de auto's weg...' begon Zoë.

'Nee!' zei Surinder. 'We moeten weg! We moeten haar bijstaan! Haar moeder kan nooit op tijd hier zijn.'

'Lennox is er toch!'

'Ja, maar die behandelt haar als een kalvende koe. Nee, ze heeft óns nodig!'

Er was maar één oplossing. De blauwe boekenbus.

De rit was onwerkelijk, Surinder kletste aan één stuk door. Zoë concentreerde zich op de weg, terwijl de gedachten aan Ramsay en haar in het bos door haar hoofd tuimelden.

Het was rustig bij het ziekenhuis, dat Zoë onderhand, vond

ze, iets te bekend voorkwam. Zodra de bus stilstond, sprong Surinder eruit en rende ze naar de ingang. Zoë deed het wat kalmer aan en wenste voor de zoveelste keer dat ze niet was verkleed als elf (en als ze had geweten dat haar haar vol takjes en twijgjes zat, zou ze ook hebben gewenst dat dát niet zo was), hoewel ze vermoedde dat het personeel wel wat gewend was.

Surinder holde, klaar voor alle opwinding, de kraamafdeling op, maar Nina zat gewoon rechtop in haar bed met haar neus in een Ngaio Marsh terwijl Lennox rondliep, op zoek naar kleingeld voor de koffiemachine. 'Huh? Waar is de baby?' riep Surinder toen ze hen zag.

'Eh...' reageerde Nina aarzelend.

'Vals alarm?' vroeg Surinder.

'Nee...' zei Nina. 'Ik heb weeën. Maar blijkbaar... Nou, de vroedvrouw heeft me onderzocht en zegt dat het nog lang kan duren.'

'O! O, dat lijkt me niet iets wat je wilt horen van een vroedvrouw,' zei Surinder.

'Nee, dat is precies wat ik dacht,' zei Nina. 'Ik heb hier de laatste acht weken wel duizend vrouwen gesproken die een kind hadden gebaard en het is duidelijk dat je wilt dat zo'n kind er in één keer uit floept, twee seconden na de ruggenprik of zo.' Ze zuchtte somber. 'O god, ga nou niet zeggen dat het wel zal meevallen.'

'Nee! Dat was ik helemaal niet van plan. Ik heb gehoord dat het lijkt alsof je een zwaar verkeersongeluk hebt gehad.'

'Huh. Bedankt.'

De vroedvrouw kwam haastig binnen. 'Wat jij nu moet doen is in beweging komen. Opstaan en gaan rondlopen,' zei ze tegen Nina.

'Ik heb twee maanden van je gehoord dat ik dat juist níét mocht! Weet je het echt zeker?'

'Ja, natuurlijk! Kom, eruit en lopen!'

'Ik weet niet meer hoe dat moet,' kreunde Nina. 'En ik denk dat ik de rest van mijn leven in pyjama zal doorbrengen, omdat ik niet meer weet wat ik anders aan moet trekken.'

'Ja, dat dacht ik toen ook,' zei Zoë met een glimlach.

'En moet je jou nu eens zien. Een elf!' zei Nina terwijl ze haar glimlach beantwoordde. 'Hoe gaat het met de monsters?'

'Vanavond waren ze alleen maar verklééd als monsters!' zei Zoë nadenkend.

Nina vertrok haar gezicht en sloeg haar benen met moeite en wat hulp over de rand van het bed.

'Oké, laten we een stuk gaan lopen. Ik heb mijn boek toch bijna uit.'

'Wij zijn met de bus gekomen! Komt dat even goed uit! Dan lopen we daarheen!' zei Surinder.

Zoë klemde haar kaken op elkaar. O god! Ze wilde helemaal niet dat Nina de bus zag. Niet zoals hij nu was...

Maar Nina's gezicht lichtte op. 'O, ja! Ja, alsjeblieft! Ik mis mijn busje zo...'

Ze stond onzeker op, haar buik was zo idioot dik dat het onmogelijk leek dat ze niet om zou kukelen.

'Kunnen jullie me,' pufte ze terwijl de vroedvrouw de monitor losmaakte, 'een arm geven?'

En zo schuifelden de drie meiden de parkeerplaats op.

22

Het was bitterkoud buiten. Zoë kon zich niet voorstellen dat ze daar in het bos helemaal niets van had gemerkt.

'Ik had intussen weer een wee moeten hebben,' zei Nina somber. 'Serieus. Als dit de victoriaanse tijd was, zou het vijf dagen duren en zou iedereen om me heen met me meejammeren.'

'Waarom leiden ze je niet in?' vroeg Zoë, rillend van de kou, die Nina juist heerlijk vond.

'Ze willen hem de kans geven... O!' zei Nina.

'Het is een jongen!' riep Surinder uit. 'O mijn god! Liegbeest! Je bent verdomme een liegbeest!'

Nina glimlachte verlegen. 'Ik wilde het niet... ik wilde het echt niet weten. Echt! Maar ik had zóveel scans! Ik begon het zo saai te vinden!'

'Maar waarom heb je me dat niet verteld?'

'Omdat...' Nina's stem stierf weg. 'Ja... Sorry. Maar... het voelde als iets van óns. Iets van Lennox en mij. Zo speciaal dat we het voor onszelf wilden houden. Sorry.'

'Ja, zal wel,' zei Surinder.

Maar Zoë zuchtte diep en verlangend, ze begreep het volkomen.

Ze moesten Nina het trapje op helpen.

Zoës hart klopte in haar keel. Misschien zou het helpen dat Nina op het punt stond een aardverschuiving mee te maken? Of misschien zou ze het niet echt merken omdat ze met de bevalling bezig was?

'Wat is dít verdomme?'

'De bus... Mijn bus!' jammerde Nina. Ze hadden haar geholpen om neer te zakken op het trapje, maar ze bleef omkijken, de bus in. 'Hij is... hij is helemaal "commercieel". Getver, ik haat dat woord. Het gaat om... het gaat om boeken... De liefde voor boeken. Ik hou van boeken en wil dat delen met mensen. Ik wilde een bus vol prachtige, geweldige boeken!' Ze stond op het punt in tranen uit te barsten.

Zoë voelde zich verschrikkelijk.

'Ik bedoel... Wat valt er te houden van een stom Nessie-kleurboek?'

'Ieder kind van vijf dat binnenkomt wil het hebben!' zei Zoë zwakjes.

'Ik bedoel... het is gewoon... stijlloos. Ordinair Schots toeristenspul dat je overal kunt kopen!'

'Dat is... dat is wat de klanten wilden!' zei Zoë. 'Ik ben jou niet, ik kan niet intuïtief weten wat mensen willen! Jij hebt daar blijkbaar een soort magisch gevoel voor! Ik... ik ging ervan uit dat het mijn taak was ervoor te zorgen dat je geld verdiende!'

Nina schudde haar hoofd. 'Maar dat is niet de manier! Misschien op de korte termijn, maar niet op de lange... Je hebt klanten nodig die terugkomen! Klanten die je vertrouwen, die weten dat je altijd een goed boek voor ze hebt.'

'Maar bij het loch is er een eindeloze reeks van nieuwe klanten! Toeristen die een aandenken aan hun reis willen, iets wat hen herinnert aan het mooie Schotland!'

'En daarom moet je ze rotzooi met whiskysmaak verkopen? Is dat hoe je dit land ziet? Aauuu!' Nina sloeg dubbel.

'O mijn god,' zei Surinder. 'Wat heb je nou gedaan?'

'Niks!' zei Zoë beledigd.

'Ahhhhh,' riep Nina hijgend, in elkaar gedoken op het trapje. 'Godver!'

'Nou, iets goeds, blijkbaar,' zei Surinder.

Nina keek op naar Zoë terwijl ze langzaam weer rechtop

ging zitten. Toen werd ze overvallen door een volgende wee.

'O god!' zei ze.

'Kom mee,' zei Zoë. 'Je moet terug naar het ziekenhuis.'

Nina schudde heftig haar hoofd. 'Dat kan ik niet... ahhhh... shiiiiit!'

'Dan halen we een rolstoel voor je.'

Surinder sprong op.

'Nee...' zei Nina terwijl ze in elkaar kromp van de volgende wee.

'Nou,' zei Surinder. 'Het helpt blijkbaar wel om iemand te laten schrikken als de weeën niet op gang komen.'

'Blijf jij bij haar,' zei Zoë. 'Dan haal ik hulp.'

'En Lennox!' kreunde Nina. 'Ahhh, shit! Shit! Shit!'

Zoë holde naar het ziekenhuis en was even later terug met een vroedvrouw, die Zoë opdroeg de bus te starten zodat ze Nina in het licht ervan kon onderzoeken.

'O!' zei ze. 'Ik... ik...' Nina schreeuwde het uit. 'Ik geloof dat dit sneller gaat dan ik dacht...'

Daarna was het allemaal vaag. Zoë hield zich op de achtergrond, ze had niet het gevoel dat ze erbij hoorde, en het enige wat ze zich herinnerde, waren ziekenhuismedewerkers die heen en weer holden en Lennox' lage, geruststellende stem die Nina rustig toesprak en zei dat ze het geweldig deed, en Zoë besefte dat hij inderdaad – zoals Surinder had voorspeld – precies tegen haar sprak zoals hij tegen zijn koeien of schapen praatte die moesten bevallen, maar de kalme manier waarop hij met beesten omging leek toch te werken, hoewel Nina allerlei geluiden maakte en vloekte. Zoë bleef op de gang wachten en dacht terug aan de nacht waarin Hari was geboren – en haar angst en haar blijdschap en alle slijmerige zooi – maar hoewel ze wist dat Nina pijn had, kon ze zich die eigenlijk niet herinneren, kon ze zich die niet meer voor de geest halen.

Het enige wat ze nog wist, was hoe heftig haar blijdschap was. Jaz was alleen maar bezig stomme foto's voor zijn stomme vrienden te maken en zij had eigenlijk al geweten, zelfs toen al, zelfs toen ze net zwanger was zonder zijn ouders ooit te hebben ontmoet, dat het niet goed zat, dat het helemaal niet goed zat, maar zodra Hari er was, waren ze een soort van versmolten, niet met elkaar, maar met de baby. Hij had Hari net zo'n wonder gevonden als zij. En dat was nog steeds zo. Dat viel niet te ontkennen.

Zoë hoorde plotseling een doordringend gehuil; een totaal nieuwe ziel die op de wereld kwam.

Ze keek op haar horloge. Middernacht. Exact middernacht. Het moment waarop de geesten naar de andere wereld konden glippen, waarop de levenden en de doden elkaar konden ontmoeten, waarop de werelden elkaar raakten.

De tranen sprongen haar in haar ogen.

Er kwam nog iets in haar op, een herinnering. Dat ze toen Hari werd geboren zichzelf meerdere malen had bezworen dat ze alleen zou doen wat het beste voor hém was. Altijd.

En nu, op de gang in dit kleine ziekenhuisje, herinnerde ze zich wat ze had gezworen.

Doen wat het beste voor hém was.

Ze draaide zich om en liep de kamer in om de nieuwe moeder te feliciteren, die, veilig en warm in haar ziekenhuisbed, met een klein ingepakt bundeltje in haar armen, al haar boosheid was vergeten. Ze had haar strepen verdiend, de strepen van de vrouwen die een bevalling hadden meegemaakt, hebben geleden in dezelfde oorlog.

En Nina kon alleen maar huilen en naar dat kleine gezichtje staren en iedereen omhelzen (en af en toe over de rand van haar bed leunen en overgeven).

'Nou! Vertel! Wat gaat het worden?' vroeg Surinder. 'Darcy? Heathcliff? Rochester, Willoughby. Willoughby, dat wordt het! Ik weet het zeker! Lawrie? Gatsby? Ooo, Gatsby, dat is leuk!'

Nina wierp een blik op Lennox en hij keek haar glimlachend aan. 'Doe niet zo belachelijk,' zei ze. 'Dit is John.'

23

Zoë had ze met z'n allen achtergelaten en reed in haar eentje in de bus naar een stil huis.

Ramsay zat in de keuken op haar te wachten, hij zat in het donker niks te doen, gewoon te wachten totdat ze thuiskwam. Hij wist dat ze de tijd had gehad om de dingen te overdenken.

Ze kwam binnen en hij keek haar aan. Ze lachte niet.

Ze kwam naar hem toe, ging op zijn schoot zitten, kroop tegen zijn borstkas aan en ze begonnen allebei te huilen.

'Ik móét gaan,' zei ze. 'Dat móét. Een kind heeft een moeder én een vader nodig.'

Ramsay knikte en zuchtte.

'En het is niet goed voor Mary en ze gaat een heleboel steun nodig hebben, weet je. Ze is niet zomaar "beter".'

Hij knikte weer en streelde haar hoofd.

'Misschien kunnen we... kunnen we op bezoek komen?' vroeg ze hoopvol. Maar diep vanbinnen had ze gevoeld dat als ze terug was in Londen en weer moest forenzen, ze moest vechten om alle eindjes aan elkaar te kunnen knopen en haar rekeningen te betalen, terwijl in de stad het geld als water voor de zon verdween, de betovering voorbij zou zijn. Ze wisten het allebei.

'Natuurlijk,' zei hij.

'Ik denk dat Nina helemaal gelukkig wordt,' zei Zoë. 'Tenminste als Lennox de baby soms naar bed brengt.' (Zoë was daar vreemd helderziend over: Lennox legde de baby nooit in bed.)

Ramsay knikte.

'Ze wil het op haar manier,' zei Zoë. 'Dat snap ik.'

Ze kusten elkaar niet meer. Niet met de foto's van de kinderen gezellig uitgestald rondom het nieuwe espressoapparaat. Ze zaten gewoon samen, zij op zijn schoot, hun twee hoofden bij elkaar, één groot, één klein. Een hele tijd.

In Londen, in een kleine maar leuke keuken in Wembley, werd er flink geschreeuwd.

'Wat ís dit?' gilde Shanti. 'Wat ís dit verdomme voor shit?' Ze was zijn e-mail aan het lezen.

'Dit is het enige wat we ons kunnen veroorloven, schat. Met wat ik verdien.'

Shanti keek op hem neer.

'Ze zijn afgrijselijk! Ik zou mijn hond nog niet eens in zo'n hok zetten!'

'Maar... ik wil hem in mijn buurt! En nu hij kan praten al helemaal! Dan kunnen we samen op pad, samen naar voetbal gaan en kan ik hem leren te dj'en en allerlei jongensdingen en...'

Shanti keek hem doordringend aan. 'Schat,' zei ze, 'we hebben toch gezegd dat het erom ging wat het beste is voor hém.'

'In mijn buurt zijn,' zei Jaz koppig.

'Je hebt hem gezien, hoe hij het daar heeft.'

Jaz staarde naar de vloer.

'Je ziet toch hoe goed hij het heeft daar.'

'Maar het is zo ver!'

'Niet zo ver als Ibiza, schat.'

Jaz staarde naar zijn schoenen.

'Kom op, zeg dat ze daar kan blijven! Toe, ze moet geen oog dichtdoen!'

'Maar het is twee uur 's nachts!'

'Ze ligt vast nog wakker. Ik zou alleen maar liggen te piekeren als ik haar was.'

24

Ramsay was koffie aan het maken en Zoë zat naar hem te staren, toen haar telefoon pingde. Wie stuurde haar nou midden in de nacht een berichtje? O ja, natuurlijk, dj Jaz, die heel andere uren had dan een ander.

'Ik hoef het niet te zien,' mopperde ze hardop. 'Je hebt toch gewonnen.'

Maar ze las het natuurlijk toch.

'Die appartementjes zijn allemaal klote. Zullen we het voorlopig maar laten zoals het is, babe? Jullie lijken happy daar. Zorg dat hij ophoudt met Schots praten en dat hij fan van Tottenham wordt.'

Zoës hand vloog naar haar mond. 'O mijn god!'

'Wat?'

'Hij... O mijn god! O mijn god!'

Ze fronste. 'Maar hij wordt nooit fan van Tottenham...'

Ze staarde een hele tijd voor zich uit en stuurde toen een lange reeks emoji's terug: een eindeloze stroom hartjes en kussen.

'Hartjes en kussen?' vroeg Ramsay terwijl hij meekeek over haar schouder. 'Mag ik er daar een paar van?'

Ze keek naar hem op. Het huis hield zich muisstil, alsof het zijn adem inhield. Buiten ruisten de bomen zacht in het donker. De wereld stond even stil.

Ramsay torende hoog boven haar uit en keek haar verlangend en hoopvol aan. Hij was onweerstaanbaar in de warme gloed van het dovende haardvuur.

'Ik neem aan... dat je misschien... een bezoekje kunt brengen aan een van de dienstbodekamers.'

'Dan zul je me moeten vertellen hoe ik daar kom.'

'Hou op!' zei ze terwijl hij haar tegen zich aan trok.

'Je bent zo klein,' zei hij. 'Onmogelijk klein. Dat heb ik zo vaak zitten denken.'

'O ja?' vroeg Zoë terwijl hij haar optilde. 'Naar rechts,' zei ze. 'De personeelstrap.'

'Tjezus,' zei Ramsay, en hij bleef staan om haar te kussen. Toen zette hij haar neer, pakte de twee koffiekopjes, spoelde die af onder de kraan en zette ze in de vaatwasser.

'Nou,' zei Zoë terwijl ze toekeek, 'je hebt geen idee hoe opwindend dat is voor een vrouw.'

'O ja?' vroeg Ramsay, en hij pakte haar hand. Samen deden ze de lichten in de keuken uit en gingen zachtjes de trap op.

Jaz legde zijn telefoon weg.

'Heeft ze iets teruggestuurd?' vroeg Shanti terwijl ze zijn rug masseerde.

Hij liet haar de emoji's zien.

'Ze moet me toch wel een stomme zak vinden, omdat ik steeds weer van gedachten verander en haar leven op z'n kop zet.'

'Ik denk,' zei Shanti, 'dat ze je op dit moment absoluut geen zak vindt. Integendeel. En ík ben heel, heel trots op je.'

De tranen sprongen Jaz in ogen. 'Ik... ik mis hem gewoon.'

'We gaan gewoon vaak op bezoek,' zei Shanti. 'Je weet dat hij het daar beter heeft, met de frisse lucht, met andere kinderen om zich heen en niet in zijn eentje opgesloten in zo'n shittig eenkamerappartementje. Je hebt zelf gezien hoe goed het daar voor hem is. Je doet wat het beste voor hem is. Ik ben zo trots op je!'

Jaz liet zich op een stoel zakken en knikte, de tranen gleden over zijn wangen, terwijl zij haar wang tegen zijn rug drukte en hem stevig vasthield.

25

Mary stond een beetje ongemakkelijk voor de spiegel terwijl Zoë haar haren vlocht. Ze had een nieuw schooluniform aan, dat wat te groot was en er kriebelig uitzag, en haar das zat scheef. Ze vertrok haar gezicht in een grimas.

'Je ziet er prima uit,' zei Zoë. 'En dokter Wainwright zei dat je na je therapie bij je moeder op bezoek mag.'

'Ze gaat mijn haar altijd borstelen,' zei Mary peinzend. Ze keek naar Zoë. 'Maar ze praat niet. Denk je dat ze ooit weer kan praten?'

'Dat weet ik niet,' zei Zoë eerlijk. 'Maar ik denk dat niets haar zo gelukkig maakt als jouw bezoekjes.'

Mary knikte nadenkend.

'Oké,' zei Zoë. 'School.'

Mary knikte somber.

'Shackleton zegt dat hij er klaar voor is en Kirsty komt naar buiten om je te halen.'

Mary zuchtte. 'In al die boeken... al die avonturen... die beleven ze niet op school.'

Zoë glimlachte. 'Ah, Mary,' zei ze terwijl ze een geruite strik om Mary's vlecht bond, 'dan heb ik nog wel een paar andere boeken voor je!'

26

En nu is het bijna Kerstmis en ligt er een witte bevroren laag over het gras en zijn Hari en Patrick, dik ingepakt, buiten aan het spelen, voorzichtig om niet uit te glijden.

Shackleton en Mary zijn binnen, niet van plan de kou te trotseren. Mary doet haar huiswerk en zit constant te snapchatten met vriendinnen en Shackleton bakt scones. Af en toe kletsen ze wat.

Ramsay is boven in de bibliotheek, de deur wijd open. Hij zit te werken met de open haard aan. Iedereen is een beetje nerveus.

Zoë en Ramsay zijn er nog steeds niet aan toe om het de kinderen te vertellen en hebben zichzelf ervan overtuigd dat die niets in de gaten hebben, wat vreemd is omdat Zoë heel goed weet dat kinderen alles zien. Maar ze houden het vol tot heel laat in de avond en hebben een van de vele, vele logeerkamers gebruikt (ze dachten dat dat niemand opviel, tot ze daar op een avond binnenkwamen en zagen dat Mrs MacGlone hout voor de haard had klaargelegd, het beddengoed had verschoond en een vaas verse bloemen had neergezet). Het is hun eigen toevluchtsoord en ze willen dat zo lang het kan voor zichzelf houden.

Wullie uit het dorp is kortgeleden met het aanbod van een tweedehands busje voor Zoë gekomen en ze kon zichzelf wel voor haar kop slaan omdat ze daar zelf niet op gekomen was. Ze was in de verleiding het Schots geruit te laten spuiten, alleen om Nina te shockeren, maar heeft daar toch van afgezien.

Nina is terug in Kirrinfief met haar geliefde vaste klanten. Soms neemt ze kleine John mee, maar meestal doet Lennox dat; hij heeft een draagzak en John gaat bijna overal mee naartoe, dus is het allemaal lang niet zo'n gedoe als Nina vreesde. Zoë gaat elke dag naar Loch Ness en ze ontmoeten elkaar regelmatig en kletsen over baby's en boeken. Laatst hebben ze samen het nieuwe broodje van Agnieszka uitgeprobeerd: ham, kaas én tomaat. Zoë gaat niet vaak naar de boerderij, ze heeft echt een bloedhekel aan die stomme kip.

Bij The Beeches komt een grote witte auto aanrijden over de oprijlaan. Zoë doet een stap naar voren, de voordeur staat wijd open.

Jaz stapt als eerste uit en doet eerst galant het portier achter zich open voor Shanti. Vanaf de passagiersstoel stapt een gebogen, licht kalende man uit, keurig in pak en das.

Jaz rent intussen om de auto heen, nog altijd, denkt Zoë, met dat overmoedige grijnsje van hem, en helpt een lief uitziende vrouw in een sari met een dikke jas eroverheen uit te stappen. Zoë is bang dat ze het koud heeft.

'Papa!' roep Hari, en hij rent naar voren, maar staat dan plotseling stil als hij de twee oudere mensen ziet. Hij weet wie het zijn, denkt Zoë. Hij weet het. Maar hij kan het nog niet precies plaatsen in dat kleine hoofdje van hem.

Dus pakt ze zijn hand vast en met haar andere hand die van Patrick – omdat families alle soorten en maten kunnen hebben – en loopt met hen naar voren om ze te begroeten.

Dankwoord

Dank: Jo Unwin van JULA; Maddie West en Rachel Kahan van Sphere en William Morrow; Milly Reilly, Joanna Kramer, Charlie King, David Shelley, Stephie Melrose, Gemma Shelley, Liz Hatherell, Hannah Wood en iedereen van Little, Brown; Jake Smith-Bosanquet, Alexander Cochran en het geweldige team bij CW.

En ook: Rona Monroe voor haar vriendelijke suggestie over iets heel belangrijks; Shirley Manson voor haar steun bij het hele Loch Ness-monstergedoe; het prachtige Betsy-hotel in Miami (www.thebetsyhotel.com) dat me hun Writer's Room ter beschikking heeft gesteld om dit boek af te maken; Muriel Gray voor de namen van bloemen en gewoon omdat ze zo super is; Agnieszka Ford, die bij een goededoelenveiling heeft gewonnen dat haar naam voorkomt in dit verhaal, dank je wel Agnieszka en hoi, Sophia!

Plus: de directie, Lit Mix, Laraine, en mijn lieve Beatons.

Lees binnenkort deel drie van de *Happy Ever After*-serie!

REEDS VERSCHENEN

VERSCHIJNT AUGUSTUS 2021

ZIN IN FEELGOOD

'Een heerlijk boek dat je met een goed en warm gevoel achterlaat.'
Romantischeboeken.nl

'Een heerlijke feelgoodroman waardoor je nu al zin krijgt in de zomer.'
Vrouw Glossy

Lees ook *De kleine bakkerij*-serie van Jenny Colgan…

REEDS VERSCHENEN

REEDS VERSCHENEN

REEDS VERSCHENEN

'Pure verwennerij van begin tot eind.'
Sophie Kinsella

'Met – zoals in elk deel van deze serie – een aantal heerlijke recepten om zelf te maken!' *VROUW*

ZIN IN FEELGOOD

… en de *Café Zon & Zee*-serie

REEDS VERSCHENEN

REEDS VERSCHENEN

REEDS VERSCHENEN

'De perfecte leeservaring voor fans van foodie fiction en lezers die gewoon op zoek zijn naar een heerlijke en luchtige feelgoodroman.'
Lezersreactie op Goodreads

ZIN IN FEELGOOD

'Gelijk vanaf de eerste bladzijde word je als lezer de wereld van Mure in getrokken.'
Booksanddreams.nl